Arlequín

MORRIS WEST

Arlequín

EDITORIAL POMAIRE, S. A.
EDITORIAL PLANETA, S. A.

Edición especial para Club Planeta

Título original: Harlequin

Traducción del inglés por Marta I. Guastavino

Diseño cubierta y sobrecubierta: Josep Maria López Viltró

Ilustraciones sobrecubierta: Manuel Grases

Primera edición para Club Planeta: marzo de 1977

Depósito legal: B. 7975-1977

ISBN 84-320-0670-X colección completa
ISBN 84-286-0164-X
ISBN 84-320-0674-2
ISBN 84-286-0431-2 primera publicación en Editorial Pomaire, S. A.

Printed in Spain - Impreso en España

Impreso y Encuadernado por
Printer Industria Gráfica, S. A. Tuset, 19
Barcelona Sant Vicenç dels Horts 1977

Para Sheila

Tal como si fuéramos villanos por necesidad
y bufones por imposición del cielo.

SHAKESPEARE, *El rey Lear,*
Acto I, Escena 2.ª

UNO

HACE VEINTE AÑOS QUE GEORGE ARLEQUIN y yo somos amigos y, sin embargo, tengo que confesar que es el único hombre a quien he envidiado de veras. Hubo una época en la que creo que le odié; y lo único que me curó fueron su encanto y su cordura.

George es todo lo que yo no soy. Yo soy grande, fornido, de armazón tosca: la desesperación de los sastres. El, esbelto, elegante, clásico como jinete, grato de mirar como jugador de tenis. Yo leo y escribo bastante bien una lengua; Arlequin es un polígloto que domina media docena. Más aún, luce su erudición prodigiosa con la descuidada gracia de un cortesano renacentista. Yo soy un antípoda, ansioso e impulsivo, y mis juicios pueden ser precipitados o simplistas. Arlequin es un europeo, calmo, conciliador, sutil, paciente hasta con los idiotas.

Nació en la riqueza. Su abuelo fue el fundador de la Banca Mercantil Arlequin et Cie, en Ginebra. Su padre estableció vinculaciones internacionales y abrió filiales en París, Londres y Nueva York. Arlequin extendió sus dominios y después heredó la presidencia y el bloque decisivo de acciones con derecho a voto. Para él, la tradición de la casa era sagrada: el carácter del cliente importaba más que su garantía; una vez asumido, un riesgo jamás se revocaba; el contrato jamás se hacía resguardado por artimañas legales; un apretón de manos era un compromiso tan válido como un documento formal; si el cliente o su familia pasaban por una época mala, mantenía su vigencia el lema del banco: *Amicus certus in re incerta;* un amigo seguro en un negocio inseguro.

Por mi parte, yo empecé pura y simplemente como vendedor ambulante. Me abrí paso con uñas y dientes en el mercado de metales; hice dinero y volví a perderlo. En los difíciles años que siguieron, me conmovió el interés que derrochaba en mí Arlequin, y no podía convencerme de las sumas que arriesgaba sin más garantía que mi palabra. Recuperada mi fortuna, le entregué el dinero para que lo invirtiera, mientras yo me sometía a una larga cura para las úlceras pépticas y empezaba a aprender las artes del contentamiento.

Me casé joven y conseguí un perfecto fracaso. Arlequin vivió su vida hasta los treinta y cinco años y entonces se fugó con Juliette Gerard, a quien conoció en mi yate mientras yo procuraba todavía convencerla de que se casara conmigo. Después de eso pasamos tres años sin vernos. Seguíamos siendo banquero y cliente, pero reticentes y reprimidos, hasta que nació el hijo de ambos y lo llamaron como a mí Paul Desmond, y fui su padrino de bautismo. El mismo día, Arlequin me ofreció un puesto en su junta de directores. En un cálido impulso sentimental, lo acepté y me convertí en embajador de Arlequin et Cie y en el padrino embobado de un gorgojo rubio demasiado parecido a su madre para mi tranquilidad de espíritu.

Digámoslo sin ambages. Eramos amigos del alma, pero

yo seguía estando celoso de Arlequin. Era a tal punto el árbitro de la elegancia; y sin embargo, tan sensato que hasta los veteranos del juego financiero le profesaban un respeto rabínico. Era demasiado afortunado, demasiado lleno de demasiadas gracias. Me imagino que se podría decir que su felicidad era en exceso evidente. Conducía automóviles y veleros, montaba caballos pura sangre, coleccionaba cuadros y porcelanas. Cortejado por hermosas mujeres, estaba fascinado por su mujer. Tan humillante era su excelencia que el común de las gentes se sentían intimidados por él. En raros momentos de desánimo, yo solía preguntarme por qué se preocuparía por un tipo tan poco interesante como yo. Me sentía como el bufón de la corte, fanfarroneando en torno del más exquisito de los príncipes.

Si escribo esto no es para desmerecerlo, líbreme Dios. Debe quedar en claro que el bufón amaba al príncipe y, para mal de sus pecados, seguía enamorado de la princesa. Quiero mostrar al lector a qué altura rayaba Arlequin, qué visible y vulnerable era, qué inconsciente del peligro de ser él mismo. Ni siquiera yo lo veía con total claridad. Juliette apenas si podía adivinarlo y, como mujer que era, le daba un nombre diferente.

—...Me siento tan inútil, Paul. Nada puedo darle que no sea yo misma en la cama, y otro hijo cuando él lo quiera. Veinte mujeres hay que mañana podrían ocupar mi lugar. No importa que George no lo vea; lo veo yo. Yo no soy necesaria para él, y día llegará en que lo sepa...

Aunque a veces haya deseado serlo, no soy Yago. Le dije la única verdad que sabía.

—Julie, te has casado con un hombre afortunado. Sé feliz con él. Para él todo es un goce, y el goce mayor de todos eres tú. Acéptalo, y al demonio con lo que venga después.

Entonces entró Arlequin, lozano y rebosante, con una tela nueva bajo el brazo y un cliente nuevo en sus libros y planes para pasar un fin de semana en Gstaad, donde la nieve ya tendría profundidad y el tiempo prometía ser claro y soleado para la gente bella.

Poco después, en abril, Arlequin y yo fuimos a Pekín porque los chinos estaban concertando negocios con Europa y Arlequin quería participar del asunto, él y sus clientes. Yo me preguntaba de qué manera ese mandarín de mandarines se ajustaría a las normas espartanas de la República del Pueblo. Como siempre, lo subestimé. Se sintió instantáneamente cómodo y en su casa. Se mostró fluido en el habla, diestro en la caligrafía. Su cortesía era impecable; su paciencia ilimitada. En poco más de un mes estaba en los mejores términos con la jerarquía de ancianos, se había ganado el respeto de políticos y tecnócratas. Fue pródigo en la compra de antigüedades, jades y alfombras. Estudió proyectos para la fabricación de antibióticos, drogas sintéticas e instrumentos de precisión. Se hizo amigo de eruditos y anticuarios. Advertía el matiz de las más sutiles bromas orientales y jamás perdía su compostura ni su humor. Su comportamiento era impecable y nuestros huéspedes no ocultaban su aprobación.

Pero no todo era encanto y virtuosismo. Arlequin estaba hondamente conmovido por la experiencia. Las cosas que a mí me deprimían, la inmensidad del país, la vastedad de la empresa tribal, despertaban en él al poeta y al soñador. Solía quedarse extático durante una hora, observando las épicas figuras en el paisaje... un hombre solitario que regresaba en su barco a su casa recortándose contra el crepúsculo, las mujeres en un molino de rueda, regando los campos de arroz. Después prorrumpía en comentarios apasionados pero inconexos.

—Hay un frenesí en nuestra existencia, Paul... Vivimos por fantasías y fragmentos. Hemos destruido la tribu y nos hemos condenado a la soledad de las ciudades. Reñimos por cosas superfluas y luchamos a muerte para defender lo que no necesitamos. Traficamos en dinero y desvalorizamos las monedas que acumulamos. Nos hemos apartado del Dios de nuestros padres para rondar las antesalas de los brujos y de los saltimbanquis... Sabes, a veces tengo mucho miedo. Vivo en un jardín amurallado, ornado de césped y flores. Me pregunto, en mis pesadillas, si no será el valle de los asesinos...

Después de Pekín fuimos a Hong Kong y a Tokio, y de allí a Hawaii y a Los Angeles, donde Arlequin cayó súbitamente enfermo. El médico lo envió inmediatamente al hospital, donde los rayos X revelaron una infección masiva en ambos pulmones. Primero se sospechó una tuberculosis, pero cuando los análisis dieron negativo, empezaron una nueva serie de investigaciones. Juliette se vino en avión desde Ginebra y yo regresé a Europa. Durante algunos días, Arlequin recuperó fuerzas y después tuvo una recaída. Investigaron la posibilidad de que tuviera psitacosis y otras infecciones más exóticas, hasta que un día, Juliette me llamó con una noticia inquietante. Los médicos sospechaban un cáncer linfagítico y habían recomendado una biopsia. Arlequin se había negado.

—Pero, ¿por qué, Julie... por qué?

—Dice que no le gusta la idea. Que prefiere esperar lo que él llama un veredicto de la naturaleza. Está en su derecho. Yo no quiero persuadirlo.

—¿Está deprimido?

—Por raro que sea, no. Está muy tranquilo. Dice que ha llegado a un acuerdo con la experiencia.

—¿Y tú cómo estás?

—Tremendamente preocupada. Pero él me necesita, Paul. Y me alegro de eso, por lo menos.

—Está bien, muchacha. Dale cariños. Dile que el niño está espléndido y que cuando él vuelva todavía seguiremos con el negocio...

Era una promesa que podía hacer con bastante confianza. Lo que no podía prometer era librarme de los buitres que ya empezaban a girar sobre nuestras cabezas. No pasaba día sin que algún colega solícito preguntara por teléfono o por télex cómo andaba la salud de Arlequin. Había preguntas sobre cambios de política e insinuaciones de posible fusión comercial en el caso eventual de muerte o incapacidad de Arlequin. De pronto me abrumó un diluvio de invitaciones: a almorzar, a cenar, a cócteles y pequeñas convenciones privadas en media docena de capitales. Más de un amigo perdido durante mucho tiempo reapareció con algún dato útil para el mercado o con un paquete de acciones a precio inverosímil. Lo más significativo de todo fue la intervención personal de un tal Basil Yanko, presidente de Creative Systems Incorporated. Su télex desde Nueva York era breve y simple:

> En Ginebra mañana. Necesito conferencia privada con usted 10.00 horas. Confirme por favor. Yanko.

Claro, se lo confirmé. Arlequin et Cie había asegurado todos los beneficios de Creative Systems Incorporated y de sus compañías subsidiarias. Las acciones que teníamos en su capital comercial equivalían a una licencia para imprimir dinero. Por recomendación de ellos habían acudido a nosotros una docena de clientes importantes. Si Basil Yanko me pedía que bailara un tango en la cuerda floja, yo trataría de complacerlo.

No es que el hombre me gustara. Al contrario, ya su aspecto me hacía sentir mal. Era un hombre alto y esquelético, con el cutis de un color gris como de ratón, una boca fina que parecía una trampa y negros ojos de ágata que no mostraban el menor rastro de humor. Era arrogante, dogmático y desprovisto de todo encanto social. Por lo demás, se le consideraba el intelecto más original en el dominio de la tecnología de computadoras. Había empezado como creador de máquinas para Honeywell; después fundó Creative Systems

Incorporated y empezó a diseñar programas para instituciones: organismos gubernamentales, corporaciones internacionales, bancos, líneas aéreas, la policía. La actividad de sus compañías se extendía a todos los países europeos, a Sudamérica, Australia, Japón y el Reino Unido. Su riqueza era ya legendaria. Sus sistemas eran los hilos que controlaban la vida de millones de títeres. También nosotros los usábamos. Basil Yanko insistía en que los sistemas nos usaban a nosotros. Apenas si nos habíamos instalado ante la mesa de reunión cuando me puso un sobre bajo las narices.

—Lea eso. Es el informe médico sobre George Arlequin.

No traté de ocultar mi enojo.

—Es un documento privado. ¿Cómo diablos lo consiguió?

—Muy fácil. El hospital es un instituto de investigación que nos alquila tiempo de computación.

—¡Eso es una absoluta falta de ética!

—Léalo, de todos modos. Presenta dos posibilidades. O Arlequin tiene cáncer linfagítico o una extraña infección causada por un virus. Si se recupera, pasará por una prolongada convalecencia y durante algún tiempo su actividad se verá drásticamente reducida.

—¿Y entonces...?

—Si Arlequin muere, los herederos naturales son su mujer y su hijo. La administración de Arlequin et Cie recaerá sobre los directores existentes y sobre cualquier talento nuevo que ellos descubran. Los buenos banqueros escasean. Consecuencia lógica, una reducción en el valor de las acciones y las utilidades potenciales.

—Esa es la lógica de usted, señor Yanko.

—Sobre ella estoy dispuesto a apostar. Si Arlequin muere, quiero comprar sus acciones. Superaré cualquier oferta en el mercado.

—Eso es cuestión de sus albaceas.

—El principal de ellos es usted.

—Es una novedad para mí.

—Pues puede darlo por cierto.

—Y si Arlequin vive, como estoy seguro, ¿que sucederá señor Yanko?

—La oferta sigue siendo válida. Será usted el encargado de transmitírsela cuando esté en condiciones de considerarla.

—Confío en que la rechazará.

—Como alternativa, estoy preparado para comprar las acciones de sus socios; varios de ellos están dispuestos a vender.

—Según los artículos del reglamento de la Asociación, la opción preferencial de compra corresponde a George Arlequin.

—Ya lo sé. Tal vez esté dispuesto a renunciar a la opción o a venderla.

—Lo dudo mucho.

—Está usted demasiado seguro, señor Desmond. Permítame que le diga que el comportamiento potencial en sujetos no psicóticos puede ser calculado por computadoras con un setenta y cinco por ciento de exactitud.

—¿Y Arlequin es uno de esos sujetos?

—Uno de los más importantes.

—Estará encantado de saberlo.

—No le sobreestime, Desmond. Ni me subestime; por lo común obtengo lo que quiero.

—¿Y por qué quiere Arlequin et Cie?

La trampa de su boca se aflojó en una sonrisa.

—¿Sabe usted de dónde viene el nombre de Arlequin? Su tatarabuelo era un actor que representaba el Arlequín en la Comedia del Arte. Es cierto, claro que sí. Me conozco de memoria la historia de la familia. En cuatro generaciones ha habido una gran transformación. Pero ese es el papel tradicional, ¿no es así? Arlequin transforma el mundo con una de sus payasadas... y después oculta en la manga la risa ante el desbarajuste. De paso... –rebuscó en su portadocumentos y sacó un grueso fajo de papeles–. Ustedes nos pagan para que nos hagamos cargo de la verificación de su sistema de contabilidad. Aquí tiene el informe de los últimos seis meses. La computadora ha revelado algunas curiosas anomalías. Ya verá usted que hay algunas que exigen acción urgente. Si necesita aclaración o ayuda, mi gente está a su disposición.

Se levantó y me tendió una mano fría y floja como un pescado muerto.

–Gracias por dedicarme su tiempo. Hágame el favor de transmitir mis respetos a Madame Arlequin, y a su marido, mis esperanzas de pronta recuperación. Buenos días, señor Desmond.

Cuando lo acompañé hasta el ascensor, sentí un débil escalofrío, como una premonición de muerte. Los primeros banqueros eran sacerdotes, y el dinero sigue teniendo un lenguaje ritual. De modo que decirle a un banquero que hay anomalías en su contabilidad es como insultarlo o salmodiar sobre su cabeza una maldición letal. Claro que, en teoría, la computadora debería asegurarlo contra ese primitivo desastre. La computadora es un poderoso cerebro, que puede almacenar siglos de conocimiento, realizar milagros en matemáticas en un abrir y cerrar de ojos y dar respuestas infalibles a las ecuaciones más abstrusas. En realidad, arrastra al hombre a una fe ciega y después lo deja librado a su propia estupidez.

En Arlequin et Cie no podíamos comprar el cerebro; contratábamos su tiempo. Contratábamos expertos en sistemas para que explicaran nuestras necesidades a la computadora. Empleábamos programadores para alimentarla con hechos y cifras. Basábamos importantes decisiones en las respuestas que nos devolvía. Pero como nos acosaba el miedo de que los programadores pudieran equivocarse o de que, sobornados, incurrieran en alguna falta de ética, nos valíamos de monitores que vigilaban al cerebro en busca de cualquier asomo de error o de fraude. Confiábamos, como corresponde a los creyentes, en que el sistema era seguro y sagrado, a prueba de tontos y de pícaros.

No había más que un problema: el cerebro, los programadores y los monitores eran todos miembros de la misma familia, de Creative Systems Incorporated; el padre de familia era Basil Yanko, que estaba ansioso de tenernos a todos bajo su control. Nos gustara o no, estábamos prisioneros en un círculo mágico, trazado por un hechicero del siglo XX. El informe, que aún seguía sin abrir sobre mi escritorio, era un grimorio lleno de fórmulas y peligrosos misterios. Tenía que hacerme de coraje para abrirlo. Y necesitaba silencio y soledad para estudiarlo. Ordené a Suzanne que no me pasara las llamadas, eché llave a la puerta y me dispuse a leer. Dos horas más tarde me enfrentaba con el hecho brutal: a Arlequin et Cie le habían exprimido quince millones de dólares. Y el autor de la maniobra era identificado como el propio George Arlequin.

AHORA BIEN, LA CUESTIÓN ERA SIMPLE: como el rabino que no iba a la sinagoga y jugaba al golf los sábados, ¿a quién contárselo? El culpable (o la víctima) estaba en el hospital a 11.000 kilómetros de distancia, esperando que los hombres de bata blanca le dijeran si viviría o no. Yo tenía que cubrir quince millones antes de que llegaran los peritos contables. Si ponía en la balanza todas mis acciones, llegaría a los cinco millones; el agujero restante era de diez. ¿A quién podía explicarle esa necesidad? ¿Quién me respaldaría por semejante suma? En el juego financiero no son muchos los héroes.

Los banqueros son tan sensibles como anémonas de mar. Si se los toca con un dedo se encogen, convirtiéndose en una gelatina temblorosa de aprensión y disgusto.

Tenía que comprobar la veracidad o falsedad del informe, pero ¿en quién podía confiar? La gente que trabaja en computación también es gregaria. Se casan y sucumben al matrimonio y se reúnen en el baile del Ayuntamiento. Además, la información de las computadoras es como el sexo. Uno puede venderla diez veces y sigue teniéndola. ¿Y a quién le preocupa ni le importa, siempre que uno no vaya a traficarla bajo las narices de algún policía? Y si no me creen, les puedo citar un caso auténtico. Uno de nuestros clientes se gastó veinte millones en estudiar una posible explotación de petróleo, sólo para encontrarse con que sus competidores estaban perforando la misma zona antes de que las últimas cifras hubieran aparecido impresas en la cinta.

Era la una. A la una y media, tenía que ir a almorzar y dar una charla en el Club Comercial de Ginebra. Sabía que si se me escapaba media palabra de duda o de desaliento, daría la vuelta al mundo antes de que abriera el mercado en Nueva York. Guardé el informe bajo llave en mi portadocumentos, me refresqué un poco en el cuarto de baño de Arlequin, abrí la puerta, conecté el teléfono y llamé a Suzanne. Ya que tengo que explicárselo, mejor hacerlo cuanto antes.

Suzanne es la secretaria de Arlequin. Anda por los cuarenta, año más o año menos, y está enamorada de él desde el día que entró en su oficina, hace quince años. Está empezando a encanecer, pero todavía es una mujer muy bien parecida, de buen porte y mentalidad despierta, con una actitud de gran sentido común hacia la amistad y el sexo. Durante un tiempo fuimos amantes por rebeldía. Ahora somos amigos por elección. Yo podría confiarle mi vida, pero no tenía derecho a confiarle la de Arlequin, de modo que solamente le conté la verdad a medias. El hecho de que lo aceptara sin resentirse ni preguntar nada, da la medida de lo que vale.

—Suzy, estamos en un lío... y de los grandes.

—¿Basil Yanko?

—Sí.

—Odio a ese hombre.

—Yo también. Pero tengo que tratar con él. Tengo que moverme mucho y rápido. Tú eres la única que debe saber dónde estoy o a quién veo. ¿Entendido?

—Entendido.

—Telefonea a Executive Charter para que me tengan listo un avión desde las tres de la tarde. Comunícame con Karl Kruger en Hamburgo. Llama al Club y diles que llegaré tarde para las copas, pero a tiempo para la charla. Después te vas a mi apartamento, me preparas una maleta y te vienes a buscarme después del almuerzo para llevarme al aeropuerto. Quiero dictar un cable para los gerentes de todas las sucursales; hay que enviarlo en código. Alguien metió mano en nuestras computadoras, y tenemos un agujero de quince millones de dólares.

—¡Santo Dios! ¿Y George lo sabe?

—No.

—¿Se lo vas a decir?

—No, mientras no sepa el veredicto de los médicos.

—¿El está metido?

—Hasta el pescuezo. Suzy, tienes que confiar en mí.

—Claro que sí, Paul. Pero tú también tienes que confiar en mí.

—Lo que tú no sepas nos ayuda a todos. Por el momento déjalo así.

—Recuerda una cosa, Paul. Arlequin es más fuerte de lo que tú crees.

—Bien que lo va a necesitar, Suzy... Hazme esos llamados como una chica buena.

Karl Kruger, presidente de Kruger and Co. AG, estaba

todavía en su escritorio, embuchándose cerveza con salchichón mientras sus subordinados almorzaban con los clientes en las Cuatro Estaciones. Ya me lo imaginaba, con sus sesenta y cinco años, tordillo como un oso del Báltico, gruñendo ante mi intrusión.

—*Also!* En Ginebra ustedes juegan a las bolitas con el dinero. Aquí tenemos que trabajar para ganarlo. ¿Qué demonios quieres?

—Casa y comida, y conversar un rato esta noche.

—Imposible. Hilde está en la ciudad, y sabes lo que eso significa. Actualmente es la única mujer que aguanto.

—Entonces hablemos primero, y después los dos la llevamos a cenar. ¡Por favor, Karl!

—Pareces preocupado, Paul, ¿Algo anda mal?

—Todo. Arlequin está en el hospital, en California, y yo estoy en un tremendo lío. Te necesito, viejo.

—A las seis en casa, entonces. Y si me haces quedar hasta tarde, tendrás que acostarte tú con Hilde. *Wiedersehen!*

—*Wiedersehen,* Karl. Y gracias.

Llegué a tiempo para el almuerzo. Me esmeré en veinte minutos de palabrerío optimista que serviría para llenar media columna en los periódicos de la mañana. A las tres y cuarto ya estaba en vuelo y a las seis menos cinco golpeaba a la puerta de la plaza fuerte de Kruger, en el parque Alster.

Si conocieran ustedes a Karl Kruger, no les gustaría. A muy poca gente le gusta. Los ingleses dirán que es un *junker* de la vieja guardia que le hizo el juego a Hitler, sobornó a los norteamericanos para renovar su certificado de buena conducta y se instaló en la *Bundesrepublik* a rehacer su fortuna. Tal vez lo hiciera; tal vez no. Yo no puedo decirlo. Lo que puedo decir es que Helli Anspacher jura que Karl gastó millones en salvar a su marido de la matanza después de la conspiración de Schellenberg, y que en Tel-Aviv Chaim Herzl afirma que le debe la vida, y que Jim Brandes pasó tres semanas oculto en su casa después que lo derribaron durante un *raid* sobre Lübeck. Todo eso es historia antigua, demasiado enmarañada para desenredarla. Unicamente puedo presentar a Karl Kruger tal como yo le conozco en este año del Señor.

Es tan ancho como alto, con una mata de pelo gris ferroso, puños grandes como jamones, de paso vacilante y tiene la cara moteada de marcas de nacimiento y manchas hepáticas. Se lo ve tan arruinado como un viejo boxeador; pero su mente es clara y más rápida que la de la mayoría. Me saludó como a un hermano durante largo tiempo perdido, me rodeó los hombros con un brazo y me empujó, tambaleante, hacia el fuego encendido.

—¡Santo Dios! ¡Estás pálido como una monja! Vamos a calentarte un poco la barriga. Le dije a Hilde que tú venías y dice que va a guardar su amor para cuando os encontréis... ¿Un poco de *scotch,* no? Tú sabes, Paul, que conocí a Hilde cuando hacía películas *kitsch* para Gregory en Munich. Hace veinte años de eso y sigue siendo hermosa. Bueno, ocupémonos de negocios primero. ¿De qué quieres que hablemos?

—De quince millones de dólares.

—¿Qué es lo que vendes?

—Nada. Es el déficit de nuestro balance. Nos han esquilmado, Karl.

—¿Quién ha sido?

—Según dice el informe, George Arlequin.

—¿Y tú qué dices?

—Que no fue George.

—¿Se lo preguntaste?

—Se lo preguntaré cuando sepa si va a vivir o no.

—Así que no fue George. ¿Quién, entonces?

—Alguien que tiene acceso a nuestro sistema de computadoras.

—¿Nombre?

—Yo digo Basil Yanko.

—¿Por qué? El dinero le sale por las orejas.

—Quiere hacerse cargo de Arlequin et Cie. Me lo dijo hoy, cuando me entregó el informe de verificación.

—¿Y qué es lo que necesitas de mí, Paul?

—Un préstamo de diez millones, para mantenernos a cubierto hasta que yo pueda revisar los libros y hacer las transferencias necesarias.

—¿Y los otros cinco de dónde vienen?

—Son míos. Es todo lo que tengo.

—Eres un tonto sentimental. Con eso cubres a Arlequin, pero Yanko sigue teniendo pruebas del desfalco.

—Si estamos cubiertos, le va a resultar difícil usarlas. Si lo intenta, eso va a sugerir complicidad. Es posible que ni tenga que pedirte los fondos, Karl. Si estamos tan firmes como Gibraltar, por Dios. Pero tengo que ganar tiempo hasta que tenga la autorización de Arlequin para iniciar una investigación independiente.

—¿Y por qué yo? ¿Por qué no tus propios accionistas?

—Yanko dice que los tiene en el bolsillo. Tú eres la única persona de quien puedo esperar que no abra la boca... no importa que me cubras o no.

—¿Y a quién le vas a encargar tu investigación?

—Ese es otro problema. Necesito un experto internacional o una firma de detectives bien conocida. El mercado no es grande, y cuando empiece a moverme, Yanko lo sabrá.

—Y te sobornará al hombre en tus propias narices.

—O peor. Este es un juego en que matan a la gente, Karl.

—¿Quién dijo que el dinero no hiede? No te envidio la situación, joven amigo. Sírvete otro whisky, que tengo que pensar.

Cuando piensa, Karl Kruger es una trituradora desmenuzando piedras. Recorrió el amplio salón de un lado a otro, resoplando, eructando y murmurando para sí. Abrió a tirones los cortinajes, se plantó con toda su mole en la puerta-ventana y durante largo rato se quedó mirando las luces de la antigua ciudad hanseática, cuyas raíces se hunden a tal punto en el dinero burgués y en el barro báltico que sobrevivió incluso al cataclismo de los bombardeos y de la división del Tercer Reich después de la guerra. La gente que la habita son banqueros y comerciantes, armadores de barcos y marineros fanfarrones, celosos de su ciudad y de sus libertades históricas. Son astutos e impasibles, amigos fieles y enemigos obstinados. Si Karl Kruger me prestaba su apoyo, ya podía empezar a luchar. Sin él, estaba desnudo en la tormenta. Finalmente se volvió hacia mí, torvo e inquisitivo.

—Conozco a Basil Yanko, y creo que lo entiendo. Es un genio, pura cabeza y sin pelotas; por eso juega el juego del poder. Y tu George Arlequin, ¿qué es? ¿Un playboy, un bufón, un aficionado? El dinero es asunto de hombres, y esta ciudad da la prueba de ello. Tu Arlequin lo malgasta como si fuera un juego de niños.

—¿Estás celoso de él también, Karl?

—¿Celoso? ¡Santo cielo! ¡Voy a estar celoso de un hombre que necesita que lo respalden por quince millones porque no puede seguir el hilo de su propia contabilidad!

—¡No me vengas con eso, Karl! Demasiado bien sabes que cualquier sistema se puede corromper. En Londres hay un detective que consigue clientes demostrando eso precisamente. Si le pagas por ello, se encargará de robarte hasta la camisa en seis meses y poner el dinero en cuenta cifrada. Lo que en realidad me estás preguntando es si Arlequin se merece que lo salven. Y te digo que sí. No hace falta vestirse de arpillera y andar sucio para demostrar que uno es un buen banquero. Tú vives tan bien como Arlequin. Y en tu época las has hecho peores que él. ¿Lo vas a matar simplemente porque no te gusta su estilo de vida?

—No se trata de eso. ¿Por qué Yanko lo eligió a él? ¿Por qué no a mí? ¿Por qué no a media docena de otros que ambos podríamos nombrar? Eligió a Arlequin porque tanto en el hombre como en el sistema hay una debilidad. Quiero saber cuál es.

—No es a mí a quien tienes que preguntármelo, Karl.

—¿Por qué?

—Porque él es mi amigo, yo soy padrino de su hijo y estoy enamorado de su mujer.

—¡Dios Todopoderoso! De manera que en vez de arrebatársela, te conviertes en mártir de la fraternidad. Eres más estúpido de lo que pensaba.

—Ahora que ya lo sabes, ¿cuál es tu respuesta, Karl?

—Estás cubierto... con una condición.

—¿Y es?

—Esté en las últimas o no, Arlequin tiene que saberlo. Y quiero la primera opción sobre sus acciones y sus derechos sobre otros accionistas. Si Arlequin no está de acuerdo, no hay trato.

—¡Es ponerme entre la espada y la pared, Karl!

—¡Estamos en Hamburgo, hermanito! Nada por nada. Y no te desabroches la bragueta si no quieres pescar la sífilis.

—Se lo plantearé a Arlequin.

—Sí, hazlo. Y en lo que se refiere a tu investigador... No puedes buscarlo en el mercado de computadoras porque Yanko se anticipará a cualquier jugada que hagas. ¿De acuerdo?

—De acuerdo.

—Podrías recurrir a la policía.

—Operamos en demasiadas jurisdicciones. Provocaríamos un escándalo en cada una.

—¿Y si usáras investigadores particulares?

—Aun así necesitaríamos un hombre que supiera de computación para revisar el sistema.

—Creo que necesitas algo más.

—No te entiendo.

—Yanko tiene todo a su disposición... dinero, información, influencia. Un prestidigitador que juega con el poder. Puede armar una mentira y, de la noche a la mañana, vendérsela al mundo entero. Una vez que se está en tratos con él, hay que empezar a arruinarlo antes de que él lo destruya a uno. Por eso te pregunto si George Arlequin tiene agallas suficientes. Si no, es mejor que venda ahora, mientras todavía tiene mercado.

—También eso le diré, Karl.

—Si está dispuesto a pelear, en Nueva York hay un hombre que puede ser útil. Tiene varios nombres; el verdadero es Aaron Bogdanovich. También él es una especie de genio, pero su mayor mérito es que no se le puede comprar.

—¿Qué es lo que hace?

—Organiza el terror.

En un instante, estábamos a dos mil años de distancia de la vieja mansión en el parque Alster. De vuelta en la negra selva que se llamó Hamma, con las piras encendidas y los guerreros entregados a la ebriedad y la lujuria después de la matanza. En ese momento visionario vi el verdadero nombre de nuestro comercio... una batalla sangrienta por el poder y el dinero, mientras los lobos esperan para comerse lo que han dejado tras de sí los combatientes.

Karl Kruger se sentó pesadamente, se sirvió, salpicando, un vaso de whisky y se lo bebió de un trago. Después me clavó una mirada sardónica y me interrogó burlonamente:

—¿Crees que bromeo, eh?

—No.

—¿Quieres preguntar algo?

—Sí. ¿Cómo conoces a Aaron Bogdanovich?

—Soy agente de sus banqueros.

—¿Para quién trabaja?

—Para el Estado de Israel.

—¿Y por qué va a tomar un cliente particular?

—Tiene una deuda personal conmigo. Yo saqué de Letonia a sus hermanos.

—¿Qué puede hacer por nosotros?

—Casi cualquier cosa, creo. El terror es algo muy flexible. El público no ve más que sus productos más burdos... el asesinato de un agente, el secuestro de un avión de línea. En realidad, todos vivimos bajo el pulgar de un chantajista. Los especuladores devalúan la moneda; los árabes nos dejan sin petróleo. Desde este ángulo, el informe que te presenta Yanko es un acto de terrorismo.

—¿Cómo me pongo en contacto con ese Aaron Bogdanovich?

—Tiene una floristería en la Tercera Avenida, entre las calles 49 y 50. Entras y le presentas mi nota. Te la escribiré ahora mismo. Hilde no tardará, y nos espera una noche de locura.

Me sentí aliviado. Era libre, blanco, y hacía rato que había alcanzado la mayoría de edad. Si Karl y Hilde querían pasar una noche en la ciudad, yo estaba dispuesto a hacerles compañía. Cenamos en casa, porque Karl tiene el mejor chef de Schleswig-Holstein. Hilde, regordeta, cordial y parlanchina como un pájaro, cantó para nosotros. Después Karl, arrebatado y tosco, decidió invadir Saint Pauli. Yo no pude refrenarlo; Hilde no quiso. De manera que entre la medianoche y las cuatro de la mañana recorrimos el Reeperbahn: bares privados, "sex shows", reductos de lesbianas, clubes de invertidos y lupanares para marineros, donde Karl Kruger tocó el acordeón y bailó zapateados sobre el piso cubierto de aserrín. Yo esperaba que en cualquier momento lo derribara la apoplejía. En cambio, terminó su espectáculo con un rasgo de actor. Mientras Hilde le desabotonaba la camisa y yo le quitaba los calcetines, abrió un ojo y declamó:

—Mira, joven Paul, si no puedes pelear con ellos, ya sabes qué hacerles. Y si tampoco eso puedes, mejor que te mueras.

Sonaba estupendo para terminar una noche de curda, pero yo dudaba de poder presentárselo en forma convincente a George Arlequin, el menos combativo, el más cortés de los hombres.

Treinta y seis horas después estaba yo en los Angeles, recorriendo junto a Juliette el jardín del hotel Bel Air, compartiendo su júbilo ante la noticia de que a George le había sido conmutada la sentencia de muerte, de que en una semana habría salido del hospital y en un mes más estaría en condiciones de volver a un trabajo ligero.

Juliette estaba llena de proyectos.

—...Hemos decidido ir a Acapulco. Lola Frank nos presta su finca, y habrá personal que se ocupe de nosotros. Hay un barco y... ¡Oh, Paul, será como una segunda luna de miel! No veo el momento de irnos. Estas semanas han sido terribles. Cada vez que sonaba el teléfono yo daba un salto. George parecía un extraño, tan calmo y lejano. Era como si tuviera que conservar hasta la última migaja de sus fuerzas para cuando le dieran el veredicto. Jamás se quejó. Siempre se mostró considerado conmigo, pero vivía en un país crepuscular y propio. Hasta cuando le dieron la buena noticia, se mostró tan reservado que era casi pavoroso. Sonrió y le dio las gracias al médico por sus cuidados. Cuando estuvimos solos, me abrazó muy estrechamente y lloró un poco; después dijo una cosa rara: "Ahora ya sé el nombre del ángel." Cuando le pregunté qué quería decir, me dijo que era algo que no deseaba explicar...

—¿Cuándo podré visitarlo?

—Esta tarde. ¿Por qué no vas tú solo y le das la sorpresa?

—Si a ti te parece...

—Naturalmente. Y me darás ocasión de ir a la peluquería y de hacer algunas compras. ¿Pero no lo vas a dejar hablar de negocios, verdad?

—Apenas un momento, te prometo.

—Se va a alegrar tanto de verte. ¡Oh, Paul! ¡Dime si no es un día maravilloso!

En mi opinión era un día infernal, hediondo. Entendí por qué, en la antigüedad, al portador de malas noticias le cortaban el pescuezo. Mientras conducía mi coche hacia la ciudad para ver a Arlequin me daban ganas de cortármelo. Contemplé la idea de no darle la noticia, pero eso era imposible. Sin la autorización de Arlequin yo carecía de poder para actuar.

Cuando lo vi se me fue el alma a los pies. Se hallaba sentado en un sillón, vestido con un pijama de seda y una bata, pero estaba tan pálido que era casi transparente. Al estrecharle la mano, la sentí reseca y arrugada. Sólo la sonrisa era la misma: luminosa y grave, pero así y todo, con un toque de travesura. No procuró, como suelen hacer los enfermos, convertirse en centro de la atención. Con un encogimiento de hombros, ignoró mis preguntas.

—Eso ya pasó, Paul. Tuve suerte. Me alegro por Julie, y quiero salir de aquí lo más pronto posible. Me dicen que la convalecencia es lenta. ¿Tú podrás seguir defendiendo un tiempo más el fuerte?

—Claro que sí. Pero tengo que molestarte con algunos problemas. ¿Te sientes con ánimo?

—Seguro. Adelante.

—Es una mala noticia, George.

Con una mueca, se encogió de hombros.

—Por mala que sea, sigo siendo un tipo de suerte.

Se lo dije. Me oyó en silencio, con los ojos cerrados, la cabeza caída sobre el pecho, las manos relajadas sobre las rodillas. Cuando terminé me interrogó, con calma.

—¿Y cómo lo hicieron, Paul?

—Está todo en el informe. Vamos a necesitar un experto para que verifique los detalles, porque hay en juego transacciones muy diversas; pero el método es esencialmente simple. Se soborna a un programador para que alimente a la computadora con instrucciones fraudulentas. A menos que se las anule, la computadora sigue ajustándose a ellas hasta el día del juicio... Tú sabes la forma en que operamos en el mercado. Compramos y vendemos en bloque a grupos de clientes, y después distribuimos acciones, costos y réditos. Nuestra computadora fue programada para cargar una suma supuesta sobre las transacciones y pagar los réditos a una cuenta secreta en el Banco Unión de Zurich. Esa cuenta está a tu nombre, George.

—Jamás en mi vida tuve cuenta en el Banco Unión.

—El informe expresa que tu firma se encuentra en los documentos de apertura de cuenta, y en los cheques.

—¿Quieres decir que la cuenta se ha movido?

—Que la han exprimido.

—¡Por falsificación!

—Eso tenemos que demostrarlo e identificar al falsificador. También tendremos que descubrir quién corrompió las computadoras en todas nuestras sucursales, y quién le pagó para que lo hiciera.

—¿Y por qué no encontramos nosotros mismos la discrepancia?

—Porque todos confiamos en la computadora. Mientras las transacciones diarias concuerden, no dudamos de ella y tenemos una diversidad tal de operaciones que únicamente los contadores y los peritos contables se fijan en las cifras finales.

—¡Es una locura, Paul! Presentarme robando a mi propia compañía... no lo entiendo.

—Alguien quiere destruirte, y creo que es Basil Yanko.

—Si es así, podemos librarnos de él y contratar otros servicios.

—¡Eso te crees! ¿Te has olvidado del tiempo que lleva instalar un sistema y entrenar los operadores? Además esto es sólo una advertencia... la primera nota del chantajista.

—Un acto criminal.

—Si podemos probarlo. Y también tenemos que cubrir los fondos que faltan en el banco. Sobre eso necesito tus instrucciones. Por el momento, Karl Kruger y yo salimos como fianza, pero ya te dije que Karl quiere su libra de carne.

—Pues que la tenga, Paul.

—En ese caso, necesitaré un poder sobre tus haberes, por lo menos hasta que tú puedas viajar y actuar por ti mismo. Eso también es un riesgo. Es posible que no quieras correrlo.

—Tengo que confiar en alguien, Paul. Si no es en ti, ¿en quién más?

—Entonces, nos enfrentamos a Basil Yanko.

—Yo no dije eso.

Me quedé mirándolo, boquiabierto. Me dirigió una sonrisa descolorida y triste.

—No te escandalices tanto, Paul. Acabo de ir hasta el borde del mundo, y he vuelto. Sé qué poco equipaje necesita un hombre. Debo decirte que no estoy seguro de querer conservar Arlequin et Cie. No quisiera que la consiga Basil Yanko; pero no me resistiría a vendérsela a Karl Kruger. Una solución muy limpia: tiene en cuenta a Julie y al niño, y me deja a mí fuera de este juego sucio.

—Si vendes en semejantes circunstancias, estás actuando bajo coacción.

—Ese es el anverso de la medalla.

—Pues te mostraré el reverso. Si tú abandonas la empresa, esos hijos de puta ganan. Y como ganan, hacen un nuevo intento... y no todas las víctimas se escurren tan afortunadamente como George Arlequin.

De pronto lo vi gris y sudoroso. Me sentí criminal por presionarlo de esa manera. Lo ayudé a acostarse, le refresqué la cara y esperé a que un débil color volviera a sus mejillas hundidas. Las únicas palabras que encontré para decirle fueron triviales y lamentables.

—Fue demasiado. Disculpa, George. No importa lo que decidas, seguiremos siendo amigos.

—Te diré un secreto, Paul —alegó—. Es difícil luchar con el ángel de la tiniebla, porque lo que él quiere no es que luches. Lo único que te pide es que te rindas y que duermas. Es muy tentador no hacer más que cerrar los ojos y dejarse ir. No me condenes todavía. Dame un poco de tiempo...

—No tenemos demasiado, George.

—¿Quieres que se lo diga a Julie?

—Todavía no. Ultimamente hemos tenido algunos problemas personales.

—¿Te gustaría que me quede un rato?

—No, gracias. Estoy muy cansado. Ven a verme mañana con Julie.

Aún era temprano. Yo no quería volver al hotel, con sus estrellitas de plástico escoltadas por agentes canosos. Quería sentirme anónimo y estar en libertad de hablar de cosas mundanas: el coste del biftec, el dolor de barriga del taxista y cómo las chicas ya no son lo que eran antes. Me gusta la vida simple. Es más fácil de vivir y uno tiene más amigos para compartirla. Me metí en un bar en el Strip, oscuro y casi desierto. Pedí un whisky, invité con una cerveza a los camareros y me preparé para media hora de lacónicos lamentos con el barman.

Acabábamos de ordenar el Medio Oriente y estábamos empezando con los escándalos en la administración pública cuando sonó el teléfono. El barman lo atendió y después se volvió hacia mí.

—¿Usted se llama Paul Desmond?

—Eso mismo.

—Nueva York al habla.

—¿Nueva York?

—Eso dijo el hombre. ¿Quiere atender la llamada?

Empujó el receptor hacia mí.

—Hola —dije estúpidamente.

—¿El señor Desmond? Basil Yanko. Lo llamé para darle la bienvenida a los Estados Unidos.

—¿Y cómo supo dónde encontrarme?

—Somos una organización eficaz, señor Desmond. ¿Tiene alguna noticia para mí?

—Un consejo, señor Yanko. No interfiera en mi vida privada.

Se rió sin alegría.

—¿Hay algún servicio que podamos ofrecerle durante su visita?

—Ninguno.

—Bueno, pues que tenga una grata estancia. Seguiremos en contacto. *Au revoir,* señor Desmond.

Colgué el receptor y volví a mi whisky. El barman me miró con desconfianza.

—¿Malas noticias?

—Aposté a un perdedor.

—Qué lástima. No se puede ganar siempre. ¿Otro trago?

—Gracias.

Me demoré con él, hoscamente, mientras el hombre me contaba, sin prisa y en detalle, cómo la noche que se divorció se había ganado un pozo en Las Vegas y —¡créame, hermano!— había tenido la mejor noche de cama en veinte años con una corista sin trabajo.

Su buena suerte me animó a tal punto que decidí llamar a mi amigo y cliente, Francis Xavier Mendoza, que vive en Brentwood. Es un pequeño milagro: un perfecto caballero castellano incontaminado por la vulgaridad de la costa. Tiene tres hijos y una hermosa hija. Va a misa los domingos y fiestas de guardar, produce algunos de los mejores vinos del valle de Napa y, en sus ratos libres, se afana por traducir al inglés los poemas de Antonio Machado. En la política californiana, es una especie de camaleón, siempre presente, siempre poderoso, pero nunca fácil de identificar. Cuando le dije que necesitaba verlo, me ofreció una anticuada bienvenida.

—Considera que mi casa es tuya. ¡Ven ahora mismo, y si puedes, antes!

Cuarenta minutos más tarde, descansando en su jardín, le pregunté:

—¿Qué puedes decirme de Basil Yanko y de Creative Systems Incorporated?

Frunció la boca con disgusto.

—¿De este tipo? Un bruto, pero poderoso. La mitad de las grandes empresas de la costa se valen de sus servicios y le besan los pies en el momento de pagarle la cuenta. En cuanto a mí, no me bañaría en el mismo océano que él.

—¿Qué se le puede echar en cara?

—Legalmente, nada. Eso tengo que admitirlo. Ofrece el mejor servicio de computación en el país... sistemas, programas, seguridad, todo completo. Una maravilla. Pero una vez que entró, no puedes hacerlo salir. Como controla tus sistemas, está al tanto de todos tus movimientos. Un signo de debilidad, y se mete en el despacho del Presidente. Se lo hizo a tres amigos míos, y a un enemigo, que no se lo podía haber merecido más. ¿Por qué me lo preguntas, Paul?

—Porque también trabaja con nosotros. Y creo que ha adulterado nuestros informes.

—¡Ay de mí! Mala noticia.

—¿Ha hecho lo mismo con alguien de aquí?

—Eso se rumorea, pero no hay pruebas.

—Si las buscáramos, ¿podríamos encontrar pruebas?

—¿Ahora, en California? Qué esperanza. ¡Por el amor de

Dios! El Presidente está desprestigiado, el Congreso tiene miedo, el pueblo está desmoralizado. No creo que te pueda nombrar veinte hombres en esta ciudad que no se hayan dejado comprar por alguien. Y no sé de diez que pudieran hacer frente a una revisión pública de sus cuentas.

—Qué triste veredicto.

—Triste y siniestro. Puedo encontrarte un asesino con más prontitud que un hombre honesto o valiente. Ya sé que exagero... —extendió los brazos en un gesto de desesperación— como siempre. Soy como Diógenes, mirando con ceño desde su tonel. Pero así es nuestra época. Cuando se vive a crédito, como hacemos los norteamericanos, siempre pueden sacarle a uno el jugo. Cuando se trepa por la pirámide, se tiene miedo tanto del hombre que trepa arriba como del que trepa abajo. Ahí reside el poder de Yanko. Sabe los secretos de todo el mundo. Lo que no sabe, lo puede inventar, incorporarlo al informe y presentarlo como si fuera el Evangelio cuando él decide.

—¿Cómo se le gana, entonces?

—No hay más que una manera. Vivir en su mundo. Perseguirlo en las sombras, durante años tal vez, hasta que un día lo obligues a salir a la luz y lo venzas. Sin embargo, para jugar ese juego se necesitan nervios de acero. Y cuando uno sale a cenar afuera, se sienta siempre mirando hacia la puerta y de espaldas a una sólida pared de ladrillos... Te estoy aconsejando bien. Recuérdalo. Voy a investigar un poco, y si me entero de algo útil, te lo haré saber.

—Eres un noble cristiano, Francis.

—No es mérito mío. Mi madre, a quien Dios dé descanso, me tiraba las orejas y me enseñaba buenas maneras. Ahora permíteme que te ofrezca un jerez. Es el mejor que tengo y estoy muy orgulloso de él.

Sirvió con orgullo la bebida e hizo el brindis: Salud, dinero y amor, y tiempo para disfrutar de ellos. Mientras bebía, tuve la pavorosa sensación de que Basil Yanko estaba mirando por encima de mi hombro, sonriendo como una calavera ante la ironía.

HACE AÑOS, CUANDO ESTUVE EN TOKIO vendiendo mineral de hierro que todavía estaba bajo tierra, y gastándome mi comisión antes de habérmela ganado, hice amistad con Kiyoshi Kawai, el decano de los grabadores japoneses. Ya entonces era viejo, pero rebosante de savia y de visiones. Cada vez que me sentía desdichado, como a menudo sucedía, me iba a su estudio y me sentaba durante horas a observar cómo cortaba las planchas y mezclaba los colores y reñía a los aprendices si la definición del grabado se apartaba un pelo de la perfección.

Cuando Kiyoshi estaba deprimido –acontecimiento tan raro como catastrófico– solía llevarme a un club de transvestidos en Shinjuku, donde los muchachos se vestían como *geishas* y las pocas chicas como los siete samurais. Aleteaban alrededor del maestro, mientras éste les tomaba apuntes. Le servían interminables tazas de sake mientras él improvisaba *haiku* y los transcribía con sus hermosas pinceladas. La experiencia era desalentadora, porque después de una larga sesión de sake y cerveza Kirin, era difícil distinguir muchachos y chicas, y yo tenía que llevarme al anciano antes de que empezara a firmar cheques y repartirlos como recuerdo.

Fue durante una de esas incursiones cuando me dio su receta para bien vivir. Cuando estuvo sobrio, hice que me la escribiera en caracteres Kanji; y allí donde despliego y cuelgo el rollo, es para mí el hogar. La inscripción reza: "Nunca mezcles colores cuando sopla el viento del oeste y nunca hagas el amor a una mujer con rostro de zorro." Es un adagio difícil de explicar a medianoche, de modo que lo enuncio como prólogo al relato de un día malísimo.

Se inició con una serie de pequeños desastres. Me desperté temprano y me fui a nadar a la piscina, pero resbalé en las baldosas húmedas y me torcí el tobillo. Después apareció el *smog*, y en cinco minutos me lagrimeaban los ojos y estaba estornudando. A las ocho llamó Suzanne desde Ginebra. Le di la buena noticia de la recuperación de Arlequin y ella me respondió con un despacho del frente interno. Los gerentes de nuestras sucursales estaban acobardados por mi cable. De pronto, les preocupaban los intereses de sus clientes y la integridad de su pescuezo. ¿No podría yo aclarar las instrucciones, por favor? Como yo no podía aclarar ni el alfabeto sin tener autorización de Arlequin, dicté un mensaje tranquilizador diciéndoles que su presidente vivía, que estaba bien y que no tardaría en volver a estrecharles la mano. En cuarenta y ocho horas irían nuevas instrucciones... por lo menos, eso esperaba yo. Para completarlo, Juliette me telefoneó para pedirme que la acompañara a desayunar. Estaba inquieta porque el pequeño Paul estaba con varicela y la estúpida de la niñera había celebrado el acontecimiento con un telegrama de cien palabras, escrito en alto alemán y mutilado en tránsito. También tenía otras cosas en la cabeza, y me había elegido a mí como confesor.

—Paul, hace mucho tiempo que somos amigos y no tenemos secretos.

—Los tenemos, querida, porque no podemos vivir sin ellos. Empieza de nuevo.

—Ahora sí que eres desconsiderado.

—Conque estoy malhumorado y horrible, y hoy no es mi día. ¿Qué otra cosa?

—Estoy preocupada por George.

—¿Por George y por ti, o solamente por George?

—Solamente por George.

—Ayer estabas hablando de una segunda luna de miel. ¿Qué pasó para hacerte cambiar de idea?

—Anoche me dijo que estaba pensando en vender Arlequin et Cie.

—¿Te dijo por qué, o a quién?

—No... Pero pensé que tú sabrías.

—Escucha, Julie, nada de tonterías. Yo os quiero mucho a los dos; pero los negocios son con tu marido, y no hablo de eso si no es en reunión de directorio.

—Entonces, él te habló del asunto.

—Yo no dije eso.

—Y tú también puedes irte al infierno, Paul Desmond.

—Ya me estoy yendo, tesoro.

—¡No, por favor! ¡Espera! Discúlpame, me estoy portando como una infame. Pero de veras estoy preocupada, George ha cambiado, no te imaginas cuánto.

—¡Pero por Dios! Ha pasado por una larga enfermedad. Está distante, está deprimido. Eso es normal. ¿No esperarás que esté bailando fandangos, verdad?

—¿Por qué quiere vender el negocio?

—Tal vez quiera retirar sus beneficios, invertir el dinero y dar la vuelta al mundo en barco de vela. ¿Por qué no?

—¿Y qué va a ser sin el negocio?

—¿Un hombre feliz?

—O un rico ocioso, como tantos.

—Durante los años que llevamos de amistad, jamás lo vi ocioso.

—Entonces, un aficionado, sin entregarse a nada.

—Ya se ha entregado a ti.

—¿De veras? No estoy tan segura.

—No puedo saberlo yo, Julie, que no soy más que un solterón inquieto.

—Paul, me pones enferma cuando te haces el tonto y te vas del tema.

—¿Y qué quieres que yo haga? Ya eres una señora crecidita. Conoces la letra y la música; cántaselas a George.

—Me saldría desentonado.

—No te creo. Lo único que pasa es que no quieres decidirte.

—¿Decidirme a qué?

—A achicar a George a tu medida... o a crecer tú y convertirte en mujer.

—¿Y no sabes por qué?

—Ni quiero saberlo. Es asunto tuyo, no mío... Arlequin quiere que esta tarde vayamos los dos al hospital. Te pasaré a buscar a las tres.

La dejé cavilando sobre el café frío y me fui a caminar por el jardín, enojado con ella, conmigo, con Arlequin y con todo el mundo dispéptico. Me hacía tanta falta una crisis conyugal como una pierna de más. Si en cuarenta y ocho horas no podíamos dar con la política adecuada, nos veríamos enfrentados a una revolución palaciega. Y lo peor era que aparentemente Arlequin, el hombre capaz de desenvolverse en todas las ocasiones, se estaba viniendo abajo. Ya había tres personas que habían percibido su debilidad y se dedicaban a explotarla: Basil Yanko, Karl Kruger, su propia esposa. Yo era el único que no lo veía. ¿Era el tuerto maravilloso, el que reina en el país de los ciegos, o el estúpido Paul, el zoquete deslumbrado por el esplendor de un príncipe de barro? Tenía que saberlo, aunque más no fuera para poder seguir respetándome a mí mismo.

Entonces, como estaba enojado y cuando estoy enojado me pongo cabeza dura, decidí dar comienzo a mi propia guerra. Llamé a la oficina de Creative Systems Incorporated en Nueva York y pedí hablar con Basil Yanko. Tuve que darme a conocer a cuatro personas hasta conseguir que se pusiera al habla, untuoso como mantequilla.

—Señor Desmond, qué placer. ¿En qué puedo serle útil?

—Pasado mañana estaré en Nueva York. Me gustaría conversar con el hombre que preparó nuestro informe.

—No es un hombre, sino una mujer. Se llama Hallstrom... Valerie Hallstrom.

—Así y todo, me gustaría conocerla. Y después quisiera hablar con usted.

—Excelente. ¿Por qué no me dice a qué hora?

—Todavía no hice la reserva. ¿Qué le parece si lo llamo al llegar?

—Desde luego, cómo no. ¿Transmitió mi oferta al señor Arlequin?

—Sí, y está estudiándola. Espero que hoy mismo tome una decisión.

—¡Bueno! Y él, ¿cómo está?

—Delgado, pero recuperándose.

—Me alegro. Transmítale mis mejores deseos.

—Así lo haré. Hasta que nos veamos, entonces...

Yo no tenía la menor idea de lo que podía decirle ese día ni ningún otro, pero por lo menos le había puesto una ortiga bajo la cola y tenía la esperanza de que se siguiera rascando un buen rato. Volví a mi habitación y llamé a la estenógrafa del hotel. Cuando vino, nos sentamos afuera junto a la piscina y nos dedicamos a redactar en borrador autorizaciones y traspasos de dominio que tendría que ejecutar George Arlequin. Fue una tarea liviana y llena de interrupciones, pero me tuvo ocupado hasta mediodía; entonces me di una vuelta por el bar para tomar un cóctel antes del almuerzo.

El barman me saludó por mi apellido y me señaló un hombre solo que estaba sentado en el rincón de la ventana.

—Ese caballero, señor, llegó hace apenas un momento y estuvo preguntando por usted.

Era joven, no más de treinta años, y vestía un traje de punto de corte italiano. Cuando me aproximé se puso de pie y se presentó, respetuosamente.

—¿El señor Desmond? Encantado de conocerlo, señor. Soy Alex Duggan, de Creative Systems Incorporated. Nuestra oficina de Nueva York me encargó entregarle un mensaje urgente. Llamé por teléfono a su habitación, pero usted no estaba. Entonces lo busqué en el bar. ¿No quiere sentarse?

Me senté, y el barman me trajo la bebida a la mesa.

—¿Dice usted que tiene un mensaje para mí? —pregunté.

—Sí, señor. Un télex de la oficina de nuestro presidente. Si hay respuesta, se la transmitiré encantado.

El mensaje era un documento formal y preciso.

> Basándonos en las cifras consolidadas actuales y en tres años de estimación prospectiva, tasamos la empresa Arlequin et Cie en 85 dólares por acción. Esta comunicación constituye oferta en firme y en efectivo por la totalidad de las acciones, a 100 dólares por acción. Se le ruega acudir inmediatamente al señor George Arlequin e informarle que estamos preparados a gestionar en términos generosos la venta o renuncia de las opciones existentes. Otros accionistas han sido informados... Basil Yanko, Presidente, Creative Systems Incorporated.

Me metí el mensaje en el bolsillo superior de la chaqueta y escribí la respuesta en el sobre:

> Acuso recibo de comunicación... Paul Desmond.

El joven dobló reverentemente el sobre y se lo guardó en la billetera.

—La enviaré tan pronto como vuelva a la oficina.

—¿Puedo invitarle a algo, señor Duggan?

—No, gracias, señor. No bebo durante mis horas de trabajo. Parte de la política de la compañía.

—¿Cuánto tiempo hace que trabaja para Creative Systems, señor Duggan?

—Tres años ya.

—¿Y qué es lo que hace?

—Relaciones con los clientes.

—¿Y eso qué abarca?

—Pues bien, señor, tengo un territorio exclusivo. Visito a todos nuestros usuarios una vez por mes. Investigo las quejas, sugiero mejoras, hago proyectos para futuras ampliaciones de nuestros servicios, que como es natural, tienden a crecer junto con el negocio del cliente.

—¿Está usted bien pagado?

—Muy bien. Tenemos bonificaciones, opción para la compra de acciones, todo eso. Es un trabajo excelente y con buenas perspectivas.

—¿Suele usted ver al señor Basil Yanko?

—No con frecuencia. Pero sé que está ahí... ¡eso sí! Sabe lo que hace todo el mundo, incluso el personal de limpieza. Si uno no responde, no dura mucho en Creative Systems.

—¿De modo que tienen mucho movimiento de personal?

—No demasiado. Supongo que lo suficiente para mantenernos en marcha. Así y todo, dicen que hasta las personas que despedimos son mejores que la mayoría. Parece que todos ellos encuentran trabajo con bastante facilidad.

—Qué interesante. ¿Adónde se dirigen?

—Bueno, la mayoría de los especializados en computación se inscriben en tres grandes agencias de Nueva York, y en dos de aquí, de la costa.

—¿Y su compañía tiene también una agencia de empleos?

—No, señor. Adiestramos y reclutamos personal para nosotros y para nuestros clientes solamente. Es nuestra política, y el señor Yanko se mantiene firme sobre eso.

—Bueno, gracias, señor Duggan. No le haré perder más tiempo.

—Ha sido realmente un placer, señor. Y en media hora su mensaje estará en Nueva York.

Era un joven agradable, con apenas la ingenuidad suficiente para ser real. Le estreché la mano, le acompañé hasta la puerta y me volví, pensativo y desdichado, a terminar mi copa. Ahora el que tenía la ortiga bajo la cola era *yo*. Yanko estaba bien al tanto del comportamiento potencial en sujetos no psicóticos... ¡vaya si lo estaba, señoras y señores! Una oferta vaga despierta la inquietud de un hombre; una oferta firme despierta su codicia... y un dieciocho por ciento por encima del precio de mercado hace que se precipite a firmar antes de que Papá Noel se vuelva a ir por la chimenea.

Arlequin podía negarse a vender, pero era una verdad indudable que no podía recoger todas sus opciones a cien dólares por acción y tapar encima un agujero de quince millones. Karl Kruger podía comprar a noventa, pero no iba a subir un centavo más y no se le podía culpar por eso. Arlequin podía tratar de librar batalla por poder... y entonces Yanko jugaría su as: pruebas documentadas de fraude y apropiación indebida. Tras lo cual nuestros amigos, clientes y aliados se marcharían en tropel.

Lindo boletín de noticias, muy alegre, para presentar en un cuarto de enfermo.

Arlequin lo sintetizó con torvo humor:

—Estamos atrapados entre las pinzas del cangrejo. No hay más que un consuelo: el precio está bien.

Juliette le espetó enojada y con los labios tensos:

—A ti te entregaron Arlequin et Cie en bandeja de plata... ¿y la vas a vender sin ruborizarte, sólo porque el precio está bien? Me avergüenzo de ti, George.

El enrojeció, colérico, y se volvió hacia mí.

—¿Qué aconsejas tú, Paul?

—La razón dice que vendas. El instinto dice que luches.

—¿Podríamos ganar?

—Podríamos.

—Pero también podríamos salir muy maltrechos. ¿Sí?

—¡Por Dios, George! —Juliette volvió a atacarlo, fría y despreciativa—. ¡Deja de dar vueltas y admítelo! Jamás en tu vida tuviste que pelear por nada. Todo fue un don... ¡hasta tu talento! Y ahora te ofrecen otro regalo. Una bonificación de quince dólares por acción para retirarte de la compañía que fundó tu abuelo y que, por derecho, debería pasar a tu hijo.

Arlequin se quedó mirándola, rígido como un hombre de piedra. Yo me sentía triste por él y avergonzado por todos nosotros. Por último habló, en tono cortante.

—Siéntate, Julie. Tú también, Paul.

Nos sentamos, y Arlequin se quedó de pie, de espaldas a la ventana, el rostro en sombras, dominándonos. Después empezó a hablar, lentamente, con renuencia, como si cada frase le fuera arrancada de algún secreto rincón de su interior.

—Me parece que te he fallado, Julie. No me había dado cuenta, y lo siento. Sé que tú también has tenido tus dudas, Paul. Pero había razones, y trataré de explicarlas. Ya hace mucho tiempo que estoy desilusionado con este negocio nuestro, donde cultivamos el dinero como repollo, y lo traficamos como buhoneros en el mercado internacional. Cada vez con más frecuencia, al ver los fondos que pasan por nuestras manos, me pregunto de dónde vienen: las transferencias de Florida, lo sabemos aunque no podemos admitirlo, son dinero de gángsters; el dinero del petróleo proviene de los reinos musulmanes donde todavía se venden esclavos y donde a un hombre le cortan las manos por robar una cesta de dátiles; y los fondos evadidos de países en crisis, el botín de los dictadores y tiranos locales. Oh, ya sé que cuando llega a nuestras manos está todo limpio y desinfectado, y que huele a agua de rosas... y vivimos como reyes de sus réditos. Pues eso no me enorgullece. Y cada día me enorgullece menos... Mientras estaba ahí tendido, esperando que los médicos vinieran a entregarme la sentencia de muerte, me preguntaba cómo podría responder de mi vida en cualquier juicio que pudiera esperarme del otro lado... Entonces, cuando sucedió todo esto, me pareció una especie de salida; cambiar las fichas, retirarme, comprar tiempo y ocio para descifrar el enigma de este mundo y del lugar que ocupo en él. Por otra parte, sé que soy buen banquero y que los hombres honestos confían en el nombre y en la tradición de Arlequin et Cie. Pero aquí está el dilema... y fuiste tú quien me lo planteaste, Paul: si peleo con Yanko, peleo en su mundo, en sus términos, con sus armas. Tengo miedo de eso, pero no por las razones que tú piensas, Julie. Créanme, me gustaría luchar; me gustaría el riesgo y la brutalidad y el desnudo desorden de ese otro mundo. Creo que podría ser más pirata que todos ellos y sonreír mientras enjugara la sangre del alfanje. Pero la cuestión de fondo es si después podría vivir conmigo mismo. ¿Te parecería así más hombre, Julie? Tú y yo, Paul, ¿podríamos aún salir juntos a navegar y reírnos y beber vino sobre cubierta? —sonrió e hizo un pequeño gesto de encogerse de hombros, como burlándose de sí mismo—. Bueno, este es el alegato de la defensa. Es el último que pronunciaré.

Julie se lo quedó mirando, pálida.

—Pero de todos modos vas a vender, ¿no es eso?

—No, mi amor. Eres una mujer muy persuasiva. Voy a pelear. Es la única forma que tengo de saber si el juego vale lo que se arriesga en él.

Sus palabras no tenían el resonar broncíneo de un llamado a las armas. Como tema musical para una segunda luna de miel, sonaba bastante poco propicio. Incluso mientras proyectábamos la campaña, parecía más bien una conspiración que una batalla de los justos contra los desalmados.

Cuando regresamos al hotel, soplaba el viento de Santa Ana y Juliette iba a mi lado, silenciosa y retraída. Yo anhelaba tomarla en brazos y hacer que volviera a sonreír, pero estaba muy lejos, perdida en el país de los zorros, donde las ánimas de las mujeres lloran a los amantes que han perdido o despreciado. Gasté cuatro horas y una pequeña fortuna en llamadas telefónicas y después me tomé el avión de medianoche hacia Nueva York.

DOS

En Nueva York me siento instantáneamente en mi casa; un capitalista desvergonzado henchido de los beneficios de la libre empresa. Tengo un apartamento en los East Sixties, un sirviente japonés, un buen club y multitud de amigos, varones y mujeres. Con toda su locura y su frenesí, es una ciudad que amo. Gozo con su bullicio chillón, con su lacónico cinismo y la brusquedad de sus malos modales. Es un lugar peligroso para vivir y donde morir es demasiado fácil; pero allí soy más feliz que en cualquier otra ciudad del mundo.

Disfruto también de un glorioso retiro, porque mi teléfono no figura en la guía, tengo un nombre ficticio en la chapa de la puerta y uso el apartamento del banco en el Salvador, donde puedo recibir pelmas sin tener que dejarles que atraviesen mi umbral. Es un arreglo que tiene también ventajas diplomáticas. El Salvador es un lugar muy público, donde se ve y se oye cuando alguien hace un negocio. De modo que me conviene tener la comodidad de una doble vida: una guarida para la caza y otra para el descanso.

A las ocho de la mañana, arrugado y medio dormido, ocupé las habitaciones en el Salvador. A las nueve estaba en mi propio apartamento. A las diez, gracias a los desvelos de Takeshi, estaba afeitado, bañado, alimentado y devuelto a la forma humana. A las diez y media caminaba lentamente por la Tercera Avenida para establecer contacto con Aaron Bogdanovich, traficante en terror y en flores carísimas.

La floristería era despampanante. Dos muchachas, armadas de tijeras de podar y alambre, estaban preparando centros de mesa; un joven exótico empaquetaba un ramo en una caja. Una mujer generosa que usaba gafas de oro, una blusa amarillo limón y una sonrisa voraz, me preguntó lo que deseaba y extrajo un catálogo de flores de primavera antes de que yo hubiera podido decir esta boca es mía. Cuando pedí ver al propietario, su sonrisa se esfumó y ya no le interesaron más mis deseos, sino únicamente mi nombre y mi ocupación.

La información que le di no le proporcionó satisfacción visible. Cuando le entregué la carta de Karl Kruger la recibió con tanta desconfianza como si fuera gelinita, la colocó sobre un platito y la llevó a la trastienda. Pocos momentos después volvía para decirme que cruzara la avenida, fuera a la taberna de Ginty y esperara una llamada por el teléfono público. Con una reverencia, me retiré sintiéndome leproso y rechazado.

En el bar de Ginty bebí jugo de tomates y conté las botellas que había sobre los estantes hasta que sonó el teléfono y una voz me ordenó que fuera a pie hasta la catedral de San Patricio y me arrodillara en el primer confesionario del pasillo de la derecha. Ya para entonces yo pensaba que todo el asunto era un maldito disparate y no me privé de decirlo.

—En asuntos bancarios, recurrimos a ustedes —me regañó bruscamente la voz—. En nuestro negocio, los especialistas somos nosotros. ¿De acuerdo?

Si lo planteaba de esa manera, de acuerdo, claro. San Patricio no quedaba muy lejos y algunas plegarias no vendrían mal... siempre que pudiera recordar las palabras. El confesionario estaba oscuro y rancio de viejas culpas. Una gasa opaca cubría la rejilla que separaba a penitente y confesor. La voz que habló a través de ella era un murmullo anónimo y tranquilizador.

—¿Es usted Paul Desmond?

—Sí.

—Yo soy Aaron Bogdanovich. Nada se me olvida. Dígame cuál es el servicio que quiere. Yo le diré si podemos encargarnos de prestárselo y en qué términos. Empiece, por favor.

En un murmullo confesional, se lo dije. Fue un ejercicio interesante porque me hizo ver con qué vaguedad había definido yo mi propia posición y cuánta razón podía haber para las dudas y vacilaciones de Arlequin. Aaron Bogdanovich era un buen oyente y un inquisidor muy hábil. Hacía preguntas incómodas:

—¿Cómo expresaría usted sus necesidades en orden de importancia?

—Impedir que controlen la compañía. Investigar la operación fraudulenta y sanear nuestro sistema. Demostrar que Basil Yanko es culpable de conspiración criminal.

—Las dos primeras operaciones son defensivas. La tercera es agresiva. ¿Por qué?

—Si libramos una guerra defensiva, la perderemos fatalmente.

—¿Calculó usted el posible costo?

—¿En dinero? No; aceptamos que puede salir caro.

—El dinero no es el principal aspecto.

—¿Cuál, entonces?

—El de vida y muerte. Cuando se recurre a la policía, cuando se llama a una agencia de protección reconocida, se contrata a un hombre armado para que defienda la seguridad y la vida de uno. La delegación es limitada; de lo que hacen son responsables ante la ley. Nosotros no somos responsables, porque operamos fuera de la ley. Sin embargo, nos ajustamos a ciertas normas y no somos asesinos a sueldo. Si buscan eso podrán conseguirlo en el mercado, a partir de veinte mil dólares por muerte.

—No queremos contratar. asesinos.

—Pero puede haber violencia, y la consecuencia de la violencia es la muerte. De modo que ustedes tienen que decidir primero, y después nosotros, si el problema es lo bastante grave para justificar un riesgo de muerte.

—¿Podemos hablar de eso?

—Ahora no. Me gustaría que definieran ustedes su posición de manera satisfactoria para ustedes mismos. Después podemos volver a encontrarnos.

—¿Cara a cara?

—¿Por qué me lo pregunta?

—Usted habló de normas. Necesitamos saber cuáles son las que tenemos en común. Jamás he cerrado un trato con un hombre a quien no conociera. Nunca firmé un contrato modificable unilateralmente. De modo que, o tenemos un encuentro cara a cara, o esto se termina aquí.

—Convenido.

—Propongo que sea en mi apartamento. Diga usted la hora.

—Esta noche a las once y media. ¿Tienen documentos que pueda estudiar?

—Los traje en mi portadocumentos.

—Déjelo allí fuera, sin llave, con su dirección y número de teléfono dentro. Yo lo recogeré cuando usted se vaya. Una cosa más.

—¿Sí?

—Yo sirvo en primer lugar a un país. Por concesión y corolario, sirvo a sus amigos y a los míos. No puedo arriesgar mi trabajo, de modo que ustedes deben comprometerse al más absoluto secreto.

—De acuerdo.

—Tienen que conocer también la penalidad por infracción.

—¿Y es...?

—La muerte, señor Desmond... y es la única advertencia.

Es una maravilla la claridad con que un hombre piensa cuando está en juego su propia muerte. Mientras recorría a pie la Quinta Avenida, en medio de la presión de la multitud que la llena a mediodía, comparé mi propia posición con la de mi siniestro confesor. Aaron Bogdanovich tenía razones plausibles para sus manejos. Una muerte, un centenar de muertes, eran nada contra los seis millones asesinados en los holocaustos. No había vida más importante que la supervivencia de una nación sitiada... Pero, ¿un banco? Una sociedad anónima consagrada únicamente a la producción de dinero. ¿Merecía un sacrificio humano para preservar su activo? ¿Quién elegía la víctima y según qué criterios? ¿Y qué derecho tenía Paul Desmond, seguro en la rectitud de la posesión, a designarse juez y jurado de este conflicto y a designar al ejecutor?

Mientras me detenía a admirar los brillantes en el escaparate de Cartier, un ciego que llevaba un cartel pendiente del cuello me sacudió bajo las narices un tazón de lata. Como no tenía monedas en el bolsillo, saqué un arrugado billete. Al metérselo en el tazón me di cuenta, demasiado tarde, de que era un billete de diez dólares. Lo lamenté tan irrazonablemente que no debe de haberme procurado absolución alguna.

TENÍA QUE ALMORZAR EN EL SALVADOR con nuestro gerente en Nueva York, Larry Oliver, un bostoniano con modales impecables para una fiesta y un escrupuloso respeto por la tradición. Si hubiera podido amueblar su oficina con empleados jorobados, escritorios altos y plumas de ganso, habría sido el más feliz de los hombres. Una vez Arlequin lo envió durante seis meses a Londres y regresó escandalizado y dolido por la declinación moral de la banca inglesa. Los bárbaros de Wall Street se burlaban de él, pero nos había hecho atravesar la crisis de 1970 casi sin mella para nuestras carteras. La más leve inexactitud era una maldición para él. Un fraude en nuestra contabilidad era un horror inconcebible, de modo que yo me esperaba una comida difícil; en realidad, fue un desastre total.

Oliver jugaba con su comida, con aire desdichado, mientras yo le ponía al tanto de lo que necesitaba saber de la situación, agregando los detalles pertinentes para Nueva York. Dejó el café sin probar, se levantó, ocultó las manos bajo los faldones de su chaqueta y empezó a caminar de un lado a otro, semejante en todo a un abogado que sermonea a un cliente difícil.

—Paul, entiendo la gravedad de la situación... créame que la entiendo. ¿Pero por qué no se me informó antes?

—¡Por el amor de Dios, Larry! Si no hace más que cuatro días que nos enteramos en Ginebra. Inmediatamente redacté un cable para usted y los demás gerentes. Me he pasado dos días en reunión con George Arlequin y el resto del tiempo viajando. ¡Sea razonable, hombre!

—Estoy haciendo lo posible por ser razonable. Pero está en juego mi reputación, mi apellido...

—En lo que a Arlequin y a mí se refiere, su reputación nunca ha sido puesta en duda.

—Pero una vez que esto se sepa...

—Es que no se tiene que saber, Larry. Ahí está la cosa. El

déficit está cubierto, y yo estoy aquí en Nueva York para iniciar una investigación.

—Pero por medio de una agencia privada.

—De varias, probablemente.

Interrumpió bruscamente su paseo y levantó hacia mí un dedo acusador.

—Me temo que eso no resuelva las cosas, Paul... ni siquiera a medias.

—¿Qué quiere decir?

—A menos que yo interprete mal la ley, somos víctimas de un gran fraude, ¿no es así?

—Aparentemente, sí.

—Entonces es asunto del F.B.I. ¿Por qué no recurrieron a ellos?

—Porque si bien sospechamos fraude, todavía no hemos tenido tiempo de cotejar y estudiar todas las pruebas. Además, operamos en varias jurisdicciones. Puede que el F.B.I. no sea el principal organismo que deba intervenir. De todas maneras, tengo una reunión en Creative Systems, y allí comprobaremos juntos el informe. Después le daré los datos al señor Arlequin y decidiremos si se llama o no a los investigadores federales.

—Entretanto, todo nuestro personal, y yo entre ellos, está bajo sospecha. Eso me resulta intolerable.

—Naturalmente. No me queda más que pedirles que tengan paciencia. Tenemos que coordinar la acción con todas las otras sucursales.

—Eso es evidente, claro; pero me pregunto cuánta información se ha filtrado ya.

—Espero que ninguna.

—Yo no estoy tan seguro. Ayer, almorzamos cuatro personas en el club y me hicieron algunas preguntas bastante extrañas.

—¿Por ejemplo?

—Si Arlequin quedaría en condiciones de volver al trabajo activo.

—Muy pronto lo estará.

—Si yo no percibía alguna debilidad en nuestras operaciones en Ginebra.

—¿Y les aseguró usted que no había ninguna?

—Hasta donde yo sabía... Jamás hago afirmaciones temerarias.

—Ya lo sé, Larry. Ya lo sé. ¿Qué otras preguntas le hicieron?

—Si aceptaríamos una oferta de compra, y si efectivamente se había presentado alguna. A ambas cosas respondí que no.

—Hasta donde usted sabía, claro.

—Claro... Después me preguntaron si alguna vez había pensado en un cambio. Dije que estaba muy satisfecho en Arlequin et Cie, y especialmente de mis relaciones con nuestro presidente. Como usted sabe, tenemos mucho en común... nos interesan los cuadros, respetamos la jurisprudencia... y, si me es permitido decirlo, tenemos buenos antecedentes familiares.

—Me alegro de oírselo decir, Larry. Arlequin cuenta con su apoyo en este momento.

—Asegúrele que lo tiene, por favor. Pero no sería honesto si no le dijera que cualquier sombra que caiga sobre la reputación del banco, o sobre la mía, me obligaría a reconsiderar mi posición.

—Se lo agradezco. Sé que Arlequin querrá verlo tan pronto como llegue a Nueva York. Hasta entonces, yo estaré en contacto diario con él. ¿Y, Larry...?

—¿Sí, Paul?

—Ahora es el momento de que todos los buenos... ¿Sabe?

—Lo sé, Paul. Seguro que sí. Le agradezco su confianza. Ahora es mejor que vaya a ocuparme del negocio.

Salió con la cabeza alta, las mejillas resplandecientes de

santidad, un buen bostoniano en quien, como proclamaba el viejo Tom Appleton, el viento del Este se hacía carne. La información que me había dado era desalentadora. Se había corrido la voz de nuestros problemas, y todos los días habría rumores nuevos. Los chismes de bar los difundirían por toda la ciudad y muy, pero muy pronto, una oferta de cien dólares por acción sería como el maná en el desierto. Me hacía falta un trago largo y fuerte, pero renuncié a él porque a las tres y media debía venir Valerie Hallstrom y tenía que estar bien despierto cuando nos sentáramos a estudiar el informe.

Valerie Adele Hallstrom –según su tarjeta de visita– era un fenómeno. Alta y rubia, tenía una de esas caras escandinavas, francas y sanas, que los agentes de viajes usan para convencerlo a uno de que se haga un crucero por el Báltico en mitad del invierno, y una figura que era una incitación al tumulto. Y no era que ella la destacase... El corte de su traje era un milagro de discreción, sus gestos mesurados, su voz un agradable contralto. Sabía lo que quería y no le faltaban palabras para expresarlo. Al principio su presencia me distrajo. Mientras estudiábamos el documento, línea por línea, llegué a la conclusión de que era una mujer muy intimidante.

–Fíjese usted, señor Desmond, que si ustedes deciden iniciar un procedimiento legal, como bien pueden hacerlo, este informe tiene que ser presentado en el tribunal. En el momento en que lo firmé, estaban en juego mi reputación y la de nuestra corporación.

–De manera que su conclusión, expresada sin reparos en el informe, es que el fraude se originó en el interior de nuestra propia organización.

–No nos cabe la menor duda.

–Explíqueme el procedimiento tal como usted lo ve.

–Tomemos a modo de ejemplo la oficina central de ustedes en Ginebra. La instalación de computadoras está ubicada en Zurich. Ustedes alquilan tiempo de computación: cuatro horas diarias, cinco días por semana. Tienen dos líneas directas a la central de computación y establecen el contacto valiéndose de un código exclusivo. Cualquiera que conozca ese código puede usar las líneas de ustedes, o alguna otra, para alimentar a la computadora con informaciones e instrucciones, o para obtener información de ella.

—Eso está claro. Pero abre posibilidades. O nuestros operadores cometieron el fraude, o alguien de afuera se entremetió usando nuestro código.

—Que tendrían que haber conseguido desde adentro, ¿no?

—Posiblemente... Ahora, según yo lo entiendo, una vez que se le da una instrucción a la computadora, queda almacenada en la memoria y es ejecutada automáticamente.

—Correcto.

—Y nadie sabe que esa instrucción existe, a no ser la persona que se la suministró a la memoria.

—Exactamente. Y esa es la base de todos los fraudes clásicos. Por ejemplo, si uno tiene un límite de 2.000 dólares para girar en descubierto, puede llevarlo a 200.000 con sólo agregar dos ceros al programa. Después, la instrucción queda registrada y se puede operar sin dificultades hasta el falso límite... a menos que alguien vuelva a verificar la instrucción original, y hasta el momento en que lo haga. Otro ejemplo. Usted puede ordenar a la computadora que deposite 100.000 dólares en su cuenta un día determinado, y que al día siguiente borre la transacción de su memoria. Usted retira el dinero de su cuenta con un cheque marcado "saldo de cuenta" y se va del país. A menos que se pueda demostrar que intruyó a la computadora para que cometiera el fraude, es muy difícil demostrar que ha habido un delito. Usted no estipuló una suma a la cual no tenía derecho. El error lo cometió la computadora que actúa y opera para el banco.

—Bueno, señorita Hallstrom, veamos exactamente lo que

sucedió en nuestra oficina de Ginebra. Estamos en la página 73 del informe. Alguien, supuestamente el propio George Arlequin, abrió una cuenta cifrada en el Banco Unión. La cuenta se abrió por correo, usando documentos firmados, o aparentemente firmados, por George Arlequin. Las firmas concuerdan. Arlequin desconoce toda la operación. De ello concluimos que las firmas son falsificadas. Después, alguien que se vale de nuestro código se entromete con la computadora y le ordena que cargue el uno por ciento en una transacción de cada tres, y que semanalmente deposite el producto en la cuenta de Arlequin en el Banco Unión. Como las comisiones bancarias se están poniendo cada vez más complicadas, porque los banqueros son cada vez más codiciosos, ese porcentaje podría pasar hasta el momento de la revisión contable. ¿No es así?

—Sí. Pero en el momento de la revisión contable tendría que ser justificado en virtud de una instrucción original.

—De modo que si ésta se hubiera originado en Arlequin, estaría expuesto inmediatamente a un juicio criminal.

—De acuerdo.

—Pero él no es estúpido y no necesita dinero. ¿Qué conclusión sacaría usted, señorita Hallstrom?

—No es cosa que a mí me corresponda comentar, señor Desmond. Nuestro contrato con ustedes es para descubrir anomalías y malas prácticas. Es lo que hemos hecho. Sacar conclusiones y tomar las medidas adecuadas es cosa de ustedes.

—Muy bien. Irrebatible. Vamos a decirlo de otra manera. Somos un hombre y una mujer solos en la habitación de un hotel. No hay testigos, y espero que no haya micrófonos, a menos que usted lleve alguno encima. ¿Estaría preparada para ofrecer, sin prejuicio, una opinión personal?

—No, señor Desmond, de ninguna manera.

—¿Pero la tiene usted?

—Sí. Que estoy decidida a atenerme únicamente al informe que firmé.

—Pero éstas son cuestiones que surgen del informe.

—Cuestiones de opinión, no hechos. Si cree usted que tiene alguna reclamación que formular a Creative Systems Incorporated, entonces debe dirigirse al señor Yanko, bajo cuya dirección trabajo... Ahora, ¿quiere hablar de lo que sucedió en las otras sucursales?

—No. Las transacciones difieren, pero el método es muy semejante. Y el resultado es idéntico. A George Arlequin se le achaca falsamente un gran fraude.

—¿Puedo preguntarle qué pasos han dado para impedir que eso continúe?

—Hemos anulado las instrucciones a todas las computadoras que hasta el momento figuran en el informe de ustedes.

—Muy bien.

—Y nos hemos puesto en busca de quien provocó originariamente el fraude. El informe de usted enuncia que tiene que ser alguien perteneciente a la firma Arlequin et Cie o conectado con ella. Observo que no se menciona la posibilidad de que haya intervenido alguien de Creative Systems Incorporated.

—Al contrario, señor Desmond. Lo mencionamos específicamente en la página 84, párrafo 3, que le cito: "Todo el personal de Creative Systems vinculado con estas operaciones ha sido repetidamente investigado y nos satisface encontrar que ninguno de ellos está en modo alguno complicado en las operaciones fraudulentas".

—¿Y esperan ustedes que aceptemos eso?

—A falta de pruebas en contrario, sí.

—Señorita Hallstrom, me gustaría decirle una galantería.

—Encantada, señor Desmond.

—Es usted una mujer muy hermosa.

—Gracias.

—Ojalá trabajara para nosotros.

—Es lo que hago, señor Desmond. Espere a recibir la cuenta. Mis servicios se cotizan muy alto.

—¿Le queda alguna vez tiempo libre?

—Muchas veces.

—¿Qué le parecería ser gentil conmigo y venir una noche a cenar... si le prometo no hablar de negocios?

—Creo que me gustaría.

—¿Cuándo puedo llamarla?

—Le daré mi tarjeta. Telefonéeme cualquier tarde, alrededor de las siete.

—Gracias.

—De paso, el señor Yanko me encargó que le dijera que estará a su disposición mañana, entre las diez de la mañana y el mediodía.

—Dígale que me espere a las once.

—*Au revoir,* señor Desmond. Ha sido un verdadero placer conocerlo.

—El placer ha sido mío, señorita Hallstrom.

¡Y vaya si lo era! Por más que la considerara una zorra enchapada en oro, ahora tenía su dirección y su número de teléfono, y una invitación semi formal a compartir su vida privada.

Como victoria era pequeña, pero no necesariamente frívola. Cuando uno tiene que tratar con grandes corporaciones, se necesitan amigos dentro de la red. Algunas compañías son más pudientes que las naciones en cuyo interior prosperan. Cabalgan sobre las fronteras y exceden las jurisdicciones locales. Negocian con los mejores cerebros de cada país, contratan los mejores consejeros legales. Su personal cuenta con la atención de diplomáticos y políticos... Pero si uno quiere una respuesta directa a una pregunta directa, se puede pasar dos años tratando de conseguirla, y necesitará una biblioteca para guardar la correspondencia del caso. Claro que cenar con Valerie Hallstrom podía ser una pérdida de tiempo. Pero, por otra parte, también podía ser la clave de secretos, porque cuanto más grande es la corporación, tanto más se diluyen las lealtades, y más ásperas son las luchas de facciones en los peldaños más elevados.

Eran las seis de la tarde, y de pronto me sentí cansado, desaliñado y viejo. Salí del Salvador, recorrí las diez manzanas que me separaban de mi propio apartamento y dormí hasta que Takeshi me despertó, a las once.

A las once y media, puntual como el día del juicio, apareció Aaron Bogdanovich: un hombre alto, magro, bronceado y musculoso. Representaba cuarenta años, pero podía haber tenido cincuenta. Imposible decirlo sin comprobar su partida de nacimiento. Vestía en forma descuidada, pero impecable. De sonrisa fácil, apretón de manos firme. Habló después de echar una rápida mirada estimativa al apartamento.

—Tengo un hombre vigilando la entrada en la calle, y otro aquí fuera, en la puerta. Me gustaría que entrara para asegurarnos de que no hay micrófonos en el apartamento. ¿Confío en que no tendrá inconveniente?

—De ninguna manera.

El hombre entró: un joven fantasma que merodeó por las habitaciones con un detector, hizo un gesto de satisfacción y se fue sin haber dicho palabra.

Bogdanovich se relajó.

—Ahora podemos hablar.

—¿Un trago?

—Un zumo de frutas, por favor.

Takeshi sirvió las bebidas y se retiró. Aaron Bogdanovich me sonrió por encima del vaso.

—Bueno, señor Desmond, ¿qué han decidido?

—Estamos sitiados y tenemos que pelear. Aceptamos que las consecuencias pueden ser drásticas.

—¿Y su jefe está de acuerdo?

—Me ha dado carta abierta.

—Los gastos son los siguientes. Entregarán ustedes inmediatamente 250.000 dólares en efectivo. Tendrán una suma igual, a pedido, en cualquier moneda y en cualquier capital que se solicite. Total, medio millón, con un sobregiro máximo del diez por ciento;

—¿Ganador o perdedor?

—Ese es el trato. Es un acto de fe. El otro lado de la medalla es que aceptamos todos nuestros propios riesgos y que jamás, en ninguna circunstancia, se los cargamos al cliente. Si la alfombra se mancha de sangre, la limpiamos nosotros. ¿Pueden ustedes asumir el compromiso de la suma requerida?

—Sí.

—¡*Lacheim,* señor Desmond!

Brindamos, bebimos y cerramos el trato. Nos sentamos a cenar y Bogdanovich me explicó la campaña como un general que instruye a su oficial de Estado Mayor.

—He leído el documento, y estoy de acuerdo con las conclusiones de ustedes. El fraude se relaciona con la oferta de compra. Yanko es el probable instigador. Para demostrarlo, tenemos que trabajar en el interior de su organización y de la de ustedes.

—¿Pueden hacer eso?

—Podemos. Sin embargo, tenemos que montar una operación de encubrimiento para distraer la atención de nuestras actividades.

—Y eso, ¿cómo lo hacemos?

—Recurran ustedes a una organizaión regular de detectives en busca de ayuda. Les sugerimos que se dirijan a Lichtman Wells, que son un equipo internacional. Pidan que la operación sea dirigida personalmente por el señor Saul Wells. El aceptará el encargo.

—¿Por qué?

—Tenga la seguridad de que lo aceptará y de que designará los detectives adecuados.

—Los de usted, digamos.

—Yo no dije eso, ni usted debe preguntarlo... Vea, señor Desmond, no es de ninguna manera imposible que algún día se encuentre usted sometido a presiones para revelar lo que sabe de esta operación. Teniendo en cuenta la sanción que ya dijimos, lo mejor es que no pueda decir nada, ¿eh? ¿Usted es casado?

—No.

—¿No tiene ninguna relación o vínculó que pueda servir para chantajearlo? ¿Una amante, tal vez? ¿Un hijo?

—No. Pero Arlequin tiene mujer e hijo.

—Entonces él también tiene que conocer los riesgos.

—Me ocuparé de que lo sepa.

—Quiero conocerlo personalmente.

—Esta mañana le dieron de alta en el hospital. Tenía la intención de pasar unas vacaciones en Acapulco con su mujer. En realidad, van a venir a Nueva York... Usarán el apartamento del banco en el Salvador, donde hemos dispuesto las cosas para que esté bajo vigilancia médica durante su convalecencia.

—Es prudente. Puede que ustedes dos tengan que viajar mucho en un futuro inmediato.

—¿Cómo dice?

—El banco de ustedes está en crisis y es obvio que tendrán que visitar todas las sucursales. También es posible que, por la propia seguridad de ustedes y la de nuestras operaciones, tengamos que mantenerlos a los dos en movimiento.

—No es una idea muy grata.

—No, claro que no. Pero piense, señor Desmond, que su compañía es un premio suculento y las grandes compañías no tienen moral. Es fácil preparar un accidente. A los ejecutivos y a los diplomáticos se los secuestra para pedir rescate. La tortura, en la actualidad, es una ciencia. Lea cualquier periódico y verá que no exagero... Y lo que no se lee es más siniestro aún. En este momento hay un cuerpo flotando en el East River. Es el de un pistolero que había sido contratado para asesinar a un delegado árabe ante las Naciones Unidas esta noche, señor Desmond, a las ocho y media, cuando bajara de su automóvil para concurrir a una cena. Mi pueblo habría sido acusado de su muerte... Me imagino que hablo con claridad.

—Su claridad no es un consuelo.

—El dinero es poder, señor Desmond. Y ninguno de los dos es consuelo.

—De modo que... es posible que Arlequin y yo tengamos que viajar. ¿Qué más?

—Actúen lo más normalmente que puedan. Yanko espera que ustedes negocien con él por las accciones. Háganlo. Espera una investigación. No se la nieguen. Los funcionarios y ejecutivos de ustedes nada saben de mis actividades y seguirán con su actividad normal. Cualquier información que recojan debe sernos transmitida.

—¿De qué manera?

—Aquí en Nueva York, por teléfono, desde una cabina pública. Le daré dos números que usted memorizará. Se identificará con el apellido Weizman. Cuando salga de Nueva York, combinará su viaje por medio de una agencia que le recomendaré. En el momento de recoger el pasaje le serán comunicados sus contactos en otras ciudades.

—En este momento tengo una información. Esta tarde hablé con una mujer, Valerie Hallstrom. Trabaja para Yanko y fue quien preparó el informe.

—¿Le dijo algo útil?

—Al contrario. Se negó a decir nada que no estuviera en el informe. Sin embargo, la invité a cenar. No se mostró mal dispuesta, y me dio su tarjeta.

—¿Puedo verla, por favor?

La escudriñó durante un momento y después me la devolvió.

No pude resistirme a preguntárselo.

—¿Realmente, usted es de aquellos a quienes nada se le olvida?

—Así es.

—¿Combino un encuentro con esa mujer?

—¿Es atractiva?

—Mucho.

—¿Y accesible?

—Me gustaría saberlo.

—Simplemente, téngame al tanto de cualquier disposición que tome.

—Eso plantea otra cuestión. ¿Cómo se pondrá usted en contacto conmigo? Estaré moviéndome bastante.

—No importa dónde esté usted, señor Desmond, yo lo sabré. Nuestros honorarios son altos, pero el servicio es durante las veinticuatro horas... De paso, ¿cuánto hace que está con usted su sirviente?

—Seis años ya.

—Es obvio que usted confía en él, pero ¿qué sabe de sus antecedentes?

—Casi nada. Durante cinco años estuvo con un amigo mío. Cuando este hombre se fue de Nueva York, yo me quedé con su apartamento y con Takeshi. Allí hay muchas cosas valiosas. Takeshi lleva la contabilidad doméstica y hasta el momento, no tengo quejas.

—Son buenas referencias, pero de todas maneras las verificaremos. ¿Tiene usted vicios, señor Desmond?

—¡Eso sí que es difícil de contestar!

—Tengo que saberlo.

—Bueno, pues digamos que no. Jugador no soy. Me gusta tomar una copa, pero hace veinte años que no me emborracho. No compro el sexo. Me gustan las mujeres únicamente y nunca las menciono por su nombre en el club.

—¿Alguna culpa secreta?

—Un matrimonio fracasado.

—¿Deudas?

—Ninguna.

—Gracias, señor Desmond. Es todo lo que necesito por el momento.

—¿Más café?

—No, gracias...

—Una pregunta, señor Bogdanovich.

—¿Sí?

—¿Por qué accedió usted a hacerse cargo de esta tarea?

—¿Lo que usted realmente quiere saber, señor Desmond, es por qué no busco honorarios dobles en alguna otra parte?

—No. Quiero saber exactamente lo que pregunté.

—Hay dos respuestas, señor Desmond. Ustedes me fueron recomendados por un buen amigo, Karl Kruger, y están en condiciones de pagar el servicio. La segunda es un poco más complicada. Tengo poca fe en la rectitud de los seres humanos. Sé que cada hombre tiene su precio, y que únicamente si nadie se lo ofrece será honesto hasta la muerte. Sé que todos los hombres temen algo mediante lo cual es posible destruirlos. He dejado de creer en Dios porque veo una creación fundada en una lucha destructiva por la existencia. Sin embargo, sé que el orden es necesario para que la vida sea más o menos tolerable. Si un hombre medianamente justo es atropellado por un matón, todos somos atropellados. La única manera de detener a un matón es romperle los dientes. Y el que no tiene fuerzas para hacerlo, me contrata a mí... —se encogió de hombros, mirándome con su sonrisa límpida y fácil—. Claro que el argumento es engañoso. Sería usted tonto si lo aceptara sin reservas. Pero incluso en nuestra jungla necesitamos un vestigio de razón para justificar lo que hacemos. Ahora, permítame que le dé los números telefónicos y el nombre de nuestra agencia de viajes.

Cuando Bogdanovich hubo partido, Takeshi lo resumió en una sola frase, obsesionante:

—Ese hombre, señor, me da la impresión de que duerme en una tumba.

EL CUARTEL GENERAL DE CREATIVE SYSTEMS INCORPORATED ocupaba seis pisos en un rascacielos de aluminio y vidrio en Park Avenue. En tres de ellos resplandecían las computadoras, patrulladas por guardias armados, y dos estaban ocupados por oficinas asépticas donde jóvenes de aire reservado circulaban entre tribus y subtribus de secretarias. El sexto piso era el dominio particular de Basil Yanko, un lugar sagrado revestido de maderas exóticas, silenciado por espesas alfombras, reluciente de cuadros y artefactos carísimos. La antesala estaba dominada por una mujer imponente de mediana edad y por dos guardias, uno de los cuales llevaba a los visitantes a lo largo de los silenciosos corredores, en tanto que el otro vigilaba que no se colara algún intruso.

Cuando llegué, faltaban dos minutos para las once. El guardia verificó mi nombre en una lista mecanografiada; la duquesa me anunció por el intercomunicador y me invitó a tomar asiento. Exactamente a las once, una luz roja destelló sobre el panel; la duquesa hizo una señal al guardia, quien me condujo hacia el *sancta sanctorum,* una cámara alargada donde Basil Yanko estaba sentado tras un vasto escritorio taraceado, desnudo de papeles. El guardia se retiró; la puerta se cerró y yo recorrí media hectárea de alfombra para estrechar la fría mano del señor.

Yanko se mostró brusco como de costumbre, pero me

favoreció con una sonrisa y un leve interés por mi bienestar.

—Confío en que haya descansado, señor Desmond.

—Así es, gracias.

—¿Y George Arlequin?

—Le han dado de alta en el hospital. Espero que hoy llegue a Nueva York. Es algo que no me satisface, pero él insistió. Durante un tiempo seguirá aún bajo supervisión médica.

—Lo siento. ¿Tomó alguna decisión respecto de mi oferta?

—Sí. Me pidió que le dijera que está dispuesto a negociar, tan pronto como esté en condiciones de participar en conversaciones comerciales.

—¿Y eso cuándo podrá ser?

—Pronto, espero. Es cosa que tiene que decidir su médico en Nueva York.

—Naturalmente. Entretanto, supongo que usted y yo podemos establecer las bases para las conversaciones.

—Respecto de eso, Arlequin me dio una directiva.

—¿Qué es?

—Que no está dispuesto a emprender negociación alguna mientras él, personalmente, esté bajo sospecha. Me ha ordenado que inicie una investigación completa del fraude de las computadoras, contratando un equipo independiente.

—¿Lo eligió usted ya?

—Lichtman Wells. Esta tarde tengo mi primera reunión con ellos.

—Son buena gente. Cuentan con personal bien adiestrado.

—Eso me han dicho.

—Naturalmente, estamos dispuestos a cooperar con ellos en todo sentido.

—Gracias.

—El elemento tiempo es importante para ustedes y para nosotros.

—Eso lo comprendemos.

—Creo que tenemos que ser precisos al respecto, señor Desmond.

—¿En qué sentido?

—Nuestra oferta de cien dólares por acción es firme al día de la fecha. Sin embargo, tenemos que ponerle un límite de tiempo. Como ustedes bien saben, el mercado monetario es voluble. No podemos mantener indefinidamente una oferta así.

—¿Qué plazo sugiere usted?

—Treinta días a partir de hoy.

—Es demasiado poco, señor Yanko. No representa más que veintidós días laborables. Es imposible que completemos una investigación internacional en ese tiempo. Necesitamos por lo menos noventa días.

—¿Tal como está hoy el mercado? Imposible.

—El télex de ustedes expresaba que la oferta se hacía, y cito textualmente, basándose "en tres años de estimación prospectiva".

—La evaluación, no la oferta.

—Así y todo, no discutamos por tres meses.

—Sesenta días. No más.

—Esto excede mis instrucciones. Tendré que consultar con Arlequin.

—Por favor. ¿Cúando podré tener su respuesta?

—Eso depende de él. Pero no es hombre ajeno a la cortesía.

—Que a mí a veces me falta. Ya lo sé, señor Desmond. Vamos a plantearlo así. Si Arlequin decide demorar su respuesta, yo me sentiré en libertad de reducir en un período equivalente mi límite de tiempo. ¿Convenido?

—Presionado. Le daré el mensaje.

—También usted ejerce presión, señor Desmond. Sin embargo, respeto su actitud. Y si alguna vez desean cambiar el paso o las condiciones, encantado de ver en qué términos... generosos, por cierto.

Así, en el idioma sobrio y legal del comercio, quedó expresada la amenaza. Si no nos podían comprar ni acobardar, nos exprimirían entre piedras de molino. La sardónica habilidad del predator era ultrajante y me daban muchos deseos de escupirle en la cara. En cambio, le agradecí su cortesía y me perdí en una locura más humana, la de Park Avenue.

A las tres de la tarde estaba en Lichtman Wells. La experiencia no era muy alentadora, ya que la gente que se especializa en verificaciones, como los vendedores de seguros, se ganan la vida a partir de posibles desastres. El socio principal, un canoso ex coronel de la policía militar, me leyó una horripilante lista de casos tomados de sus archivos; ninguno de ellos se habría producido si las víctimas se hubieran valido de los servicios de Lichtman Wells. Saul Wells, el socio más joven, se aguantó pacientemente la actuación y, una vez firmado el contrato, me revivió ofreciéndome café en su propio despacho. Era un hombrecillo bermejo como un hurón, que chupaba incesantemente un cigarro sin encender y puntuaba su conversación con gestos y guiños.

—No se deje impresionar por el viejo, señor Desmond. Como él es el vendedor del equipo, tiene que hacer un poco de teatro. Conmigo va a conseguir acción, sin palabrería... ¿Cómo trabajamos? Bueno, el trabajo de adentro es directamente detectivesco. Nuestros hombres entran por la puerta grande, sin secretos ni disfraces, a investigar los procedimientos, tomar declaraciones, buscar huecos y contradicciones. ¿Y el de afuera? Bueno... Eso es diferente. Metemos las narices, averiguamos quién duerme dónde, quién gasta más de lo que gana, qué vida sexual llevan y si se hacen los figurones... ese tipo de cosas. Es como un rompecabezas, ¿se da cuenta? Finalmente, todas las piezas tienen que encajar. Y si alguna falta, o está en el bolsillo de alguien o fue lanzada a una alcantarilla. Recuerdo que una vez...

Y recordó y recordó, representando cada episodio como un payaso de circo. Pero de alguna manera me levantó el ánimo y me di cuenta de que una vez pasado un par de horas, con su método desaliñado e informal había conseguido arrancarme una cantidad increíble de detalles que de otra manera jamás se me habría ocurrido darle. Por último aplastó su cigarro y anunció jubiloso:

—¡Bueno...! Ahora usted me conoce y yo le conozco. Creo que nos vamos a entender bien. Ahora dejemos la comedia. Advierta a sus ejecutivos que nos pondremos inmediatamente en movimiento. Los idiomas no son problema. Tengo incluso una muchacha que habla esquimal. Pero hay una cosa, señor Desmond. En lo sucesivo, el juego va a ser duro; si alguien se pone pesado con ustedes, llamen a nuestro común amigo.

HASTA AHORA, PERFECTO. Por un lado teníamos a Yanko, que sabía exactamente lo que quería y cómo lo iba a conseguir. Por el otro teníamos promesas y más promesas, unos honorarios altísimos y una serie de jeremíadas sobre lo peligroso que era todo y lo mucho que necesitábamos protección.

Atravesé la ciudad dirigiéndome a la Primera Avenida donde mi amigo Gully Gordon tiene un recoleto bar para solteros y, a la hora del cóctel, toca el piano para sus clientes. Gully es jamaicano, y el único hombre de color que conozco que pronuncia la erre como los escoceses. También puede hablar como irlandés, criollo e italiano, ya que solía ser actor hasta que, como él mismo dice: "Me avivé, muchacho, y me busqué un público cautivado".

Mientras caminaba presurosamente por el lado izquierdo de la calle, recibí un violento empujón que me envió, tambaleando, contra un hombre apostado en un umbral. Caí apoyado en una rodilla y, mientras procuraba levantarme, recibí un buen golpe en el cuello. Debo de haber perdido el conocimiento, porque la próxima cosa que recuerdo es hallarme parado contra la pared mientras un tipo de aspecto andrajoso, vestido con *blue jeans* y un suéter gastado me sacudía el polvo de encima. Instintivamente me llevé la mano al bolsillo de la billetera. Con una sonrisa, el sujeto sacudió la cabeza.

—No, no se la sacaron.

Tembloroso, le pregunté a quiénes se refería.

—¡Carteristas! Uno le da el empujón, otro le afana la billetera. Suerte que yo le venía pisando los talones. ¿Se siente bien?

—Creo que sí. ¡Gracias! ¿No quiere tomar algo conmigo?

—Alguna otra vez. Ande con cuidado, señor Desmond.

Se alejó, perdiéndose entre la multitud, sin que a mí, todavía aturdido y desconcertado, se me ocurriera preguntarle cómo sabía mi nombre. Una sola idea se había adueñado de mí, y me daba náuseas: qué simple era la violencia, qué súbita y rápida, y qué poca conmoción provocaba en los transeúntes.

Una segunda idea fue tomando forma lentamente mientras, apoyándome sobre el piano, sorbía mi bebida y escuchaba la música onírica de Gully: yo pertenecía a esa mitad del mundo, la de los viajeros solitarios y los aventureros brutales. No importaba que hiciera muchos años que había salido trabajosamente de él ni que hubiera buscado para aislarme de él la protección del dinero y de la comodidad. Era algo que conocía desde abajo: el ritmo intranquilo, el perfume de las putas, el sabor de sangre rancia, los contactos furtivos, el bastardo dialecto del mercado. A veces, desesperado y solitario, volvía a él, me ponía el pasado como si fuera una chaqueta vieja, mohosa pero cómoda.

Mi amigo, Arlequin, pertenecía a otro mundo. Era un erudito y un caballero, educado en todos los viejos decoros de Europa. Claro que podía representar mi papel, y veinte más; pero así y todo era el *schauspieler,* el actor que desempeñaba su pantomima sin más compromiso que divertirse y divertir a su público. Y yo me preguntaba cómo iba a actuar sin guión, sin apuntador, cuando los floretes ya no tuvieran botones y sólo el triunfador volviera a casa después de la escena del duelo.

Gully Gordon levantó la vista del teclado y habló en voz baja:

–Esta noche estás triste, muchacho. Los hijos de puta te están alcanzando.

–Sí que me están alcanzando, Gully.

–Necesitas una mujer como la gente.

–También eso es cierto.

–Pues hay una en el bar.

Cuando miré, ahí estaba Valerie Hallstrom, sola, con un vaso en la mano y conversando con el barman. Me di vuelta antes de que me viera.

–La conozco, Gully. Dime algo más.

–Solitaria, por lo que sé. Con dos cócteles se pasa una hora, así que borracha no es. Después se va a su casa... creo.

–¿Sola?

–Tú sabes cómo son las cosas, muchacho. Este es un bar para gente sola. Uno viene aquí a buscar. Cuando encontró lo que quería, se queda en casa.

–¿Hace mucho que ella busca?

–Unos seis meses más o menos. Pero tú dijiste que la conocías.

–Tengo negocios con su jefe. Pensé si lo de esta noche era arreglado.

—De ningún modo. Viene siempre.

Sus dedos modularon suavemente una cadencia y después empezó a improvisar, canturreando la melodía mientras me hacía señales al ritmo de las frases.

—Esto le gusta, muchacho. Suave, suave, carita de ave. Vamos, niña. Vamos... Si te pierdes esto, Paul, no te lo perdonaré jamás... ¡Y buenas noches, señorita Hallstrom! ¿No quiere pedir algo?

Estábamos uno junto a otro y nuestros vasos se tocaban, antes de que Valerie me reconociera. Se mostró sorprendida, pero no disgustada.

—¡Vaya, señor Desmond! Qué pequeño es el mundo.

Gracias a Dios por Gully Gordon; era tan capaz de pescar una situación como el que más.

—Es un viejo amigo, señorita Hallstrom, aunque no se lo ve demasiado... siempre ocupado atesorando dinero.

—Cada vez es más difícil, Gully; me estoy haciendo viejo. ¿Viene aquí a menudo, señorita Hallstrom?

—Ella también es amiga mía —declaró Gully—. ¿Quiere que toque algo en especial, muchacha?

—Así está muy bien, Gully. Sigue tocando. ¿Qué tal día tuvo, señor Desmond?

—Paul... Y tuve un día largo y maldito.

—Entonces somos dos.

—Pero yo todavía no terminé. Si no, la invitaría a cenar.

—No hay contrato.

—¿Y si lo firmamos para mañana?

—Si usted quiere.

—¿Por dónde la paso a buscar?

—Por mi casa a las siete y media.

—Firmado y sellado.

—¿Sabe que es bastante simpático?

—Claro. El hijo de puta es mi hermano mellizo, pero esta noche tiene asueto.

El chiste era viejo, pero provocó una sonrisa en Valerie y un guiño en Gully, y sirvió para llevarnos a un reservado donde nos quedamos acariciando nuestras copas mientras la música nos inundaba.

—El bar de Gully es un sitio muy especial para mí —dijo Valerie después de un rato.

—Para mí también. Estuve aquí la noche que lo inauguraron. Lo único que tenía era un montón de deudas y el efectivo que llevaba encima.

—¿Y?

—Debe de haberme traído suerte. Al día siguiente subió el mercado y tuve un pequeño éxito financiero.

—Tal vez tenga otra vez suerte.

—La tengo. Mire lo que encontré.

—Y ahora usted me dirá qué es lo que hace una chica como yo en un bar para gente sola.

—No, ni pienso. Le diré que es una ciudad muy solitaria y es grato tener un lugar donde a uno lo reciben bien sin que nadie le pregunte quién es ni qué es lo que hace. Es mejor que ser una cifra en un banco de computación.

—¡Es filósofo también!

—No. Soy un hombre maduro que ya ha dejado atrás buena parte de la vida.

—Pues no se le ve muy gastado.

—Y a usted, jovencita, no se la ve nada gastada.

—No es lo mismo que pensaba ayer.

—Es que hoy soy más viejo.

—Lamento haber tenido que hacerle pasar un mal rato.

—¿Es la práctica habitual?

—No, son órdenes. Y me pagan 750 por semana y bonificaciones por hacer lo que me dicen.

Si era un cebo, no pensaba picar. Y si era una indiscreción, ya le seguirían otras. Decidí que era hora de irme.

—Valerie, lamento tener que irme, pero tengo que

hacerlo. Nuestro presidente llegó hoy y tengo que vestirme para cenar con él a las ocho. Pero si quiere, todavía tengo tiempo de acompañarla a su casa.

—Gracias, pero me voy a quedar un rato.

—Hasta mañana entonces.

—Con mucho gusto. Buenas noches, Paul.

La cosa terminó con una sonrisa y un roce de manos. Pagué la cuenta y llevé una bebida a Gully, sentado ante su piano. Mientras levantaba el vaso para brindar, siguió modulando acordes con la mano izquierda.

—¡Chin-chin, muchacho! Te veremos por aquí, ¿eh?

—Me verás, Gully. Y no me dejes soplar la dama.

—¡Pierda cuidado, señor! Y que lo pase bien.

CUANDO LLEGUÉ A CENAR AL SALVADOR, encontré a Arlequin y a Julie tranquilos y alegres. Arlequin había dormido durante la mayor parte del viaje. Tenía las mejillas coloreadas y estaba inquieto y ansioso por conocer mi informe. Pero Julie declaró enérgicamente que no admitía conversaciones de negocios mientras cenábamos, y que después nos dejaría solos, siempre y cuando yo enviara a George a la cama antes de medianoche. Me pareció un arreglo espléndido. No tenía ningún deseo de hablar de Aaron Bogdanovich sobre las chuletas, y había asuntos espinosos para arreglar con el propio Arlequin, de modo que le di mi informe al llegar al café. Me escuchó en silencio y después comenzó a interrogarme prolijamente.

—Así que tenemos dos investigaciones paralelas; una es la de Lichtman Wells, que se ajusta a líneas convencionales, y la otra la de Aaron Bogdanovich, que puede significar ilegalidad y violencia, ¿no es así?

—Sí.

—Entretanto, tenemos un personal disconforme, a quien debemos mantener contento y leal.

—Eso te corresponde a ti, George. No se puede hacer por mediación de terceros.

—¿Y fuera tenemos a Yanko, que nos presiona para que tomemos una decisión en sesenta días?

—En menos tal vez. Está esperando para hablar contigo tan pronto como estés en condiciones.

—Ya estoy en condiciones. Dentro de uno o dos días lo llamaré.

—¿Por qué no lo dejas que sude un poco?

—Porque él no suda, Paul. Sudamos nosotros, y eso no me gusta. Bueno ¿en qué consiste el resto de la estrategia?

—Primero pongamos en claro lo que tenemos. Lichtman Wells está investigando el fraude con las computadoras. Es una medida defensiva, para justificar la situación bancaria, y la tuya propia. Aaron Bogdanovich está investigando a Yanko. Eso es un ataque, para vincularlo con los fraudes y desacreditarlo, a él y a su compañía.

—Pero eso aún no es bastante, ¿verdad?

—No. Representa, de mi parte, cuarenta y ocho horas de trabajo; pero yo no soy más que un delegado, no un jefe.

—Otra pregunta, entonces. Yanko quiere comprar un banco. ¿Por qué eligió el nuestro? ¿Por qué no el de Herman Wolff o el de Laszlo Horvath, que están dispuestos a vender?

—Bueno, Arlequin et Cie es una institución más antigua y más conservadora. Tenemos más sucursales... en Londres, París y Hamburgo, Nueva York, Buenos Aires, Río, Lisboa, México.

—Son buenas razones, pero todavía insuficientes.

—Como usamos sus sistemas, somos más vulnerables.

—Sigue.

—Por el momento no puedo darte más, George.

—Entonces yo te daré dos más. Como suscriptores, adquirimos y tenemos todavía importantes bloques de acciones en Creative Systems y sus afiliados internacionales. Por ende, representamos una voz disidente en los asuntos de la compañía.

—No me había dado cuenta de que hubiera tal disensión.

—Pues créeme que la hay. Aunque todavía no sea formal, es profunda y personal. Los proyectos más importantes de Creative Systems, los que más le interesan personalmente a Yanko, se refieren a dos campos relacionados: la documentación policial y lo que cortésmente se llama control urbano. De lo que efectivamente se habla es de la supervisión, documentación, control estratégico y manipulación de enormes masas de personas en todos los continentes del globo. La instrumentación ya existe, el personal ya se está entrenando, los sistemas existentes se están ampliando y mejorando. No se utilizan simplemente contra los criminales, sino contra disidentes políticos y, más aún, para decidir diariamente el destino de la gente común. Conducen inevitablemente al terror, a la represión, al contra-terror y a las cámaras de tortura. La compañía que proyecta tales sistemas está en una situación de inmenso poder y privilegio en todas las jurisdicciones, incluso bajo regímenes y sistemas opuestos. Ahora bien, si una compañía así puede ingresar en el mercado internacional del dinero, si puede manipular divisas y créditos, entonces tenemos un imperio que cabalga sobre todas las fronteras geográficas... Hace mucho tiempo que veo evolucionar esta situación. El año pasado hablé sobre esto en una reunión de banqueros, en Londres. Procuré establecer la distinción entre el uso legítimo de la computación y aquellos otros que constituyen una amenaza a la libertad personal. Creo que el discurso se comentó mucho. Yo lo hice imprimir para que circulara entre los amigos, pero no todos lo acogieron bien. Un ejemplar le fue enviado a Yanko, quien jamás acusó el recibo.

Ahora pienso que eso determinó su actual estrategia contra la Compañía y contra mí.

—Admito que es muy posible, George. Yanko es un hijo de puta a quien le encantaría ese tipo de broma. Pero no veo de qué manera modifica eso la situación actual.

—No es que la modifique; simplemente, me dice qué es lo que debo hacer.

—Permíteme que te recuerde, George, que no podemos hacer nada sin pruebas... pruebas que te descarguen a ti e inculpen a Yanko.

—No estoy de acuerdo, Paul. Tengo que llevar adelante un negocio, y tengo que tratar abiertamente una situación que es del dominio público. No puedo consentir que Yanko, ni tú ni nadie más me impongan un papel que desempeñar.

—Pero hemos contratado a Bogdanovich, y tú estás de acuerdo en que lo necesitamos. Creo que deberías tener una reunión con él para coordinar jugadas, por lo menos.

Durante un momento rumió mis palabras y después sonrió con su sonrisa entre pícara e ingenua.

—Así que los topos socavan las murallas, en tanto que Arlequin hace su pantomima en la plaza pública para distraer al populacho. Eso es coherente. Concierta la entrevista lo más pronto posible.

Al salir me detuve en la cabina telefónica del vestíbulo para llamar a Bogdanovich. No sé por qué, tal vez porque estaba cansado y con ganas de charlar, pero le cité la frase sobre los topos y los cómicos. A Bogdanovich le pareció divertida, y la coronó con otra.

—¡Más cómicos aún! ¡Así que todos moriremos riendo! Nos encontraremos a las diez, junto a la jaula de los monos en Central Park.

POR RARO QUE PAREZCA, EL ENCUENTRO de dos personajes tan dispares fue un éxito. Durante largos minutos ambos se estudiaron, en presencia de los bulliciosos animales; después se sonrieron, se estrecharon la mano y echaron a andar bajo el sol primaveral; yo les pisaba los talones y los guardaespaldas, dos jóvenes sin afeitar, nos seguían diez pasos más atrás. Arlequin y Bogdanovich caminaban con lentitud, como si el tiempo no tuviera importancia para ellos. Vacilante al principio, la conversación pronto se hizo fluida, pero siempre respetuosa, como si cada uno necesitara de la comprensión del otro. Arlequin, el elocuente, se mostró callado y desaprobador; Bogdanovich, el hombre de la violencia, tenía necesidad de justificarse y justificar su actividad.

—...Como ve usted, señor Arlequin, la violencia se inicia cuando la discusión racional se hace imposible.

—Eso lo sé. Pero hay otro aspecto. Yo puedo platicar ante un coñac hasta quedarme ronco, mientras usted se muere ante mi puerta por falta de un vaso de agua. Y entre nosotros se interpone el mayordomo traidor que me sirve y lo deja morir a usted para enriquecerse. ¿Cómo resolvemos eso?

—Yo lo he resuelto mediante la vieja fórmula. Ojo por ojo. Vida por vida. Sin preguntas, sin compasión, sin culpa.

—En cambio yo pido absolución por todo lo que hago. Le diré un secreto. Mi refugio es mi apellido: Arlequin, el bufón. Al bufón se le perdona siempre, porque incluso su maldad provoca risa.

—En tanto que el ejecutor público es un hombre anónimo, que vive tras una máscara. ¿Podría matar a un hombre, Arlequin, qué piensa usted?

—Podría tentarme, sí.

—Pero el acto... el acto decisivo e irrevocable... el dedo que oprime el gatillo, el pulgar que sostiene la hoja y la mano que da el golpe... ¿sí o no?

—¿Cómo puedo saberlo antes del momento?

—No puede. Después, sí. Entonces es simple: estímulo, respuesta, racionalización, sueño. Los asesinos, como los adúlteros, siempre duermen bien, pero una corteza de pan en la cama los vuelve locos.

—Señor Bogdanovich, ¿qué piensa usted que debo hacer?

—Su amigo aquí presente, el señor Desmond, me dice que usted se ve a sí mismo como un cómico, que entretiene al pueblo mientras nosotros minamos los baluartes.

—Eso fue fatuidad. Pero sí, su parte de verdad tiene. Tengo gastos, créditos, un papel que desempeñar. El papel atrae el crédito. El crédito lo crea. Basil Yanko está en lo mismo. Y es un genio. Una vez reconocido, debe autojustificarse hora a hora, día a día.

—¿Cómo se propone entonces tratar con él, señor Arlequin?

—Negociando, si puedo, para ganar tiempo para su investigación. Si no puedo, lo desafiaré y me endeudaré hasta el cuello para superar su oferta.

—Señor Arlequin, usted sabe que lo que hacemos tiene sus peligros.

—Paul me los ha explicado.

—Usted tiene mujer y un hijo. ¿Comprende que puede ponerlos a ambos en peligro?

—Mi mujer lo acepta... hasta lo quiere.

—¿Por qué?

—Porque es una cosa que puede compartir totalmente conmigo.

—¿Le fue difícil admitir eso?

—Usted sabe que sí. ¿Hay algo difícil para usted, señor Bogdanovich?

—Oh, sí.

—¿Qué?

—Esto: caminar al sol, mirando las muchachas; desearlas; saber que cuando me acueste con ellas me despertaré gritando porque habré dormido con los muertos; ver los niños y desear que fueran míos y saber que no me atrevo a tener hijos porque los monstruos terminarán por devorárselos. No debemos vernos con demasiada frecuencia, señor Arlequin.

—No. Lo comprendo.

—El señor Desmond nos mantendrá en contacto.

—Sí.

—Cuando trate usted con Basil Yanko, recuerde una cosa. El no entiende a los payasos; les tiene miedo.

—¿Por qué?

—Porque jamás aprendió a reírse de sí mismo. Y matará a cualquiera que se ría de él.

—Eso me hace sentir pena por él.

—Por eso también lo matará a usted. Me alegro de haberlo conocido, señor Arlequin. Lamento que el precio sea tan alto.

—Es dinero, nada más.

—Esa es la lástima, señor Arlequin. En nuestro mundo el dinero es la medida de un hombre. ¡Buena suerte!

—Gracias, amigo.

—Gracias. Mantenga el contacto, señor Desmond.

Y se fue, una figura magra y oscura, trotando sobre el pasto seguido de sus esbirros.

George Arlequin se quedó observándolo en silencio hasta que desapareció tras la loma; después se volvió hacia mí.

—Paul, ¿cómo se lo decimos a Julie? —me preguntó, simplemente.

—¿Debemos decírselo?

—Sí. Creo que sí.

Yo estuve presente cuando se lo dijo. No quería estar, pero ambos insistieron, como si yo fuera una glosa, un diccionario al que los dos podían recurrir para interpretarse recíprocamente. Juliette hizo pocas preguntas, no planteó protestas. Era como si entendiera, por primera vez, la cabal importancia de sus propias actitudes agresivas. Arlequin, por otra parte, se mostró vehemente y exaltado, como si hubiera experimentado una revelación.

—...Julie, era como hablar con un hombre que hubiera vuelto del otro lado, alguien que entendía la continuidad de las cosas... la terrible repetición de la maldad humana y de la tragedia. Hasta ahora, tú y yo jamás hemos tenido que enfrentarla. Ahora es necesario. Y es por algo útil... un banco, un depósito de papel: florines, francos, dólares. Era lo que yo despreciaba, lo perecedero. Sin eso llegamos, sin eso nos vamos. Pero me he dado cuenta de que es también algo mágico. Lo tienes en la mano, y tienes un genio a tu disposición. Es lo que quieren los hombres como Yanko: el genio capaz de convertir en ejércitos los dientes del dragón. Y nosotros decimos que no. Nosotros somos los brujos buenos, los que te daremos espigas de trigo en vez de espadas. ¿Sí? ¿Te las daremos? No puedo jurarlo. Y, sin embargo, no puedo vender la lámpara y quedarme mirando cómo los jenízaros se levantan del polvo. ¿Por qué no, Julie? Los jenízaros cuidarán de ti, y de mí y del bebé. ¿Por qué debemos preocuparnos por los otros por quienes jamás nos hemos preocupado antes? ¿Por qué, Paul?

Para entonces, yo estaba cansado. Quería terminar la discusión e irme.

—Por qué debemos, no sé. Por qué lo hacemos... ¡Sí, por Dios! ¡Eso lo sé! Porque un día, antes de que salga el sol, el timbre suena y los malditos están a la puerta y vienen a buscarme, porque mi nariz no les gusta o mi piel no les gusta o estoy en la lista de los que no les gustan, sin que nadie diga quién me incluyó en ella. Entonces quiero tener amigos. Quiero hermanos y hermanas. ¡Que me pongan en el infierno, y los quiero! Es cosa de ustedes, chicos. Yo tengo que trabajar. Te veo en el banco después de almorzar, George. El muchachito de Boston quiere que tú lo tengas de la mano.

Al atravesar el vestíbulo del Salvador me detuve junto al télex para verificar las cifras del mercado. Entre los guarismos había una noticia:

> Oferta de Yanko por banco europeo. El señor Basil Yanko, presidente de Creative Systems Incorporated, anunció esta mañana que había hecho una oferta en efectivo de cien dólares por acción por la totalidad de las acciones de Arlequin et Cie, establecimiento bancario con base en Suiza. La oferta, que incluye una prima sustancial, es válida por sesenta días. El señor Yanko señaló que la estructura de su corporación le permitía ajustarse a las estipulaciones de la ley suiza respecto de las compañías locales. El señor George Arlequin, presidente de Arlequin et Cie, que acaba de ser dado de alta después de una grave enfermedad, no se prestó a hacer comentarios. Otros accionistas dicen que han recibido la oferta pero declinaron expresar su respuesta en este momento.

Arranqué la hoja, la doblé y se la entregué a un botones para que se la llevara a George Arlequin. El servicio me costó un dólar, pero ¡demonios! ¿Qué era un dólar comparado con todos los jenízaros que empezaban a brotar en todos los rumbos de la rosa de los vientos? Eran las doce y media de un hermoso día de primavera. Me rehíce y, con el mentón alto y los hombros hacia atrás, fui al encuentro de nuestros colegas en el club.

No habían pasado diez minutos de mi llegada cuando ya me habían ofrecido alcohol suficiente para embalsamar a un faraón. Durante los veinte que siguieron me vi asediado por amigos, conocidos y bichos anónimos que salían de las paredes, haciendo todos las mismas preguntas:

—¿Van a vender? Entonces, ¿la prima es auténtica?... ¿A Yanko, no?... Por Dios, Paul, antes de decidir nada, ¿por qué no vienen a vernos?... ¿Arlequin está levantado?... ¿No era cáncer, entonces?... Habíamos oído que...

Habían oído, adivinado y soñado, y seguirían haciéndolo con cada chisme nuevo que apareciera. De modo que, a sabiendas de que no la creerían, les dije la verdad pura y simple:

—Sí, la oferta es auténtica. Sí, hay una prima. No, no la vamos a aceptar y nos parece que es una jugada muy sucia hacer pública la oferta antes de haberla discutido siquiera entre las partes. No, no era cáncer. Arlequin está levantado y en la brecha. Y si no me creen, invítenlo a hablar en la próxima comida de socios.

No sé qué fue lo que me impulsó a agregar ese último comentario, pero Herbert Bachmann lo oyó, me rescató de entre la multitud y me llevó a almorzar a su mesa. Herbert es un viejo formidable, cuyos antepasados andaban por las calles con las notas de cambio ocultas en el sombrero de copa. En su época fue muy regateador, pero jamás supe que hiciera alguna treta sucia, y me merece más confianza un apretón de manos de él que una docena de contratos firmados ante el notario por algunos de sus colegas más jóvenes. Sus preguntas fueron espinosas, pero su preocupación era auténtica, y yo estaba dispuesto a ser con él tan sincero como fuera posible.

—Ese tipo, Basil Yanko, ¿qué piensas de él, Paul?

—Es un genio, pero es peligroso, y sus modales son aptos para la pocilga.

—Pero tal vez su madre le encuentre algo de bueno, ¿no? Conque es un cerdo; pero Arlequin lo asegura y se vale de sus sistemas. ¿Por qué?

—Porque si no lo hiciera, tú y los demás muchachos se robarían la cuenta.

—Con lo que Arlequin se prostituye igual que todos los demás.

—Pero con más clase, Herbert.

—¡*Ach!* ¡El lustre impecable de los suizos, su pasión por la exactitud, como el tictac de esos estúpidos relojes de cucú! ¿Y qué es eso que dicen de un déficit?

—No sé. ¿Qué oíste decir tú, Herbert?

—¿Habéis contratado investigadores, no?

—¿Dónde oíste eso?

—Por ahí... No te enojes, Paul. Tú sabes cómo son las cosas en esta ciudad. Le tocas el trasero a tu secretaria y a la noche sale en el noticiero. ¿Cuál es la situación, entonces?

—Herbert, el almuerzo ¿es de placer o de negocios?

—Para ti de placer, Paul. Para mí, de negocios. Yo vivo aquí. Integro comisiones que procuran mantener un comercio limpio. En las mejores condiciones ya es bastante difícil, pero después de lo de Vesco y lo de Cornfeld, Basil Yanko nos hace tanta falta como el cólera. Sé franco conmigo, Paul. Si Arlequin necesita ayuda, procuraré que la consiga.

—Necesitamos secreto y discreción, Herbert.

—Por mi parte, cuenta con ello. A estas alturas, ya deberías saberlo.

—¡Espléndido! El déficit es de quince millones.

—¡No es poco, por Dios!

—Eso podemos resolverlo; no es problema. El problema está en que creemos que las computadoras fueron manipuladas.

—Evidente... ¿pero quién?

—El informe dice que el propio Arlequin. Nosotros creemos que fue Yanko.

—Mientras no lo prueben, eso es calumnia, Paul.

—Ya lo sé. Pero el día que Yanko me entregó el informe, me anunció también que quería comprar Arlequin et Cie. Ahora la oferta es en firme... a cien dólares la acción.

—¿Qué es lo que valen realmente?

—Ochenta y cinco... si eres optimista, noventa.

—No está mal. Nuestros actuarios calculaban de ochenta y tres a ochenta y siete. ¿Arlequin va a aceptar?

—No.

—¿Y los accionistas minoritarios?

—Algunos venderán por la prima. Otros, porque oyeron el rumor de que alguien metió mano en la caja.

—Entonces ¿por qué Arlequin no compra las minoritarias?

—Para eso tendría que empeñarse. No puede pagar cien dólares la acción y al mismo tiempo cubrir un déficit de quince millones.

—Así que tendréis a Yanko en la dirección.

—Pasando sobre nuestros cadáveres.

—Aun así... ¿Qué va a hacer Arlequin?

—Disculpa, Herbert, pero eso tendrás que preguntárselo a él.

—De acuerdo. Dile que me llame esta noche a casa. Aquí tienes mi número.

—Gracias, Herbert.

—No me des las gracias, que yo soy parte interesada. Cuando veo todo ese poder, todo ese conocimiento encerrados en una máquina, me pongo a temblar. No se puede organizar una huelga contra una computadora, ni se la puede echar. Pero un hombre que no has visto en tu vida puede enterarse de lo que vas a cenar y de cómo le haces el amor a tu mujer. A veces, me alegro de ser viejo y poder esquivar la mayor parte de las consecuencias. Voy a pedir un coñac, que me estoy poniendo morboso.

CUANDO LLEGUÉ AL BANCO eran apenas pasadas las tres. Arlequin ya estaba allí, derramando encanto y ungüento sobre el lacerado espíritu de Larry Oliver. Era la actuación de un virtuoso, llena de sutiles halagos y llamados a la tradición y al código de la caballerosidad, y a la necesidad de mantenerse firmes contra las acechanzas de lo vulgar. Al final, Larry ronroneaba como un gatito con los bigotes untados de crema.

Fuera, en el salón del directorio, Saul Wells dirigía los esfuerzos de dos jóvenes genios que estaban comparando los resultados de las computadoras con el informe de verificación. Me llevó a la ventana y me dijo con luctuosa admiración:

—Es tan fácil, un juego de niños sacar el dinero. Tres instrucciones codificadas: primera, para hacer los descuentos; segunda, para pagar los réditos en una cuenta intervenida; tercera, remitirlos todos los lunes por télex a Zurich. Las instrucciones originarias le fueron dadas a la computadora el primero de noviembre del año pasado. Verificamos los asientos diarios de administración. El señor Oliver estaba de vacaciones y lo reemplazaba el señor Standish, que no hace mención de las instrucciones. Sin embargo, para esa fecha y alrededor de ella el señor Arlequin se encontraba en Nueva York. Ese es el primer punto. El segundo es que la operadora de la máquina renunció en enero por razones de salud. Sabemos su nombre, Ella Deane, su número de Seguridad Social y su última dirección conocida, en Queens. La investigaremos inmediatamente. Ahora, si pudiéramos conversar con el señor Arlequin...

La conversación se convirtió rápidamente en una metralla interrogativa que a mí mismo me desconcertó. Arlequin, sin embargo, la aceptó con sonriente ecuanimidad. Efectivamente, había estado en Nueva York en la época en cuestión. Sí, claro que había escrito informes y dictado cartas sobre temas diversos. Todo eso estaba archivado en un armario cerrado con llave, en el cuarto de seguridad. ¿No querría enseñárselo? Encantado. Se trajo el archivo y juntos repasaron los documentos; Arlequin iba verificándolos y pasándoselos a Wells, que los marcaba con su propia clave. Todo se relacionaba con asuntos de política comercial. No se encontró nada que pudiera ser identificado, ni siquiera interpretado, como una instrucción para ser impartida en forma permanente a la computadora.

Después, Saul Wells pidió a Arlequin que estampara su firma y sus iniciales una media docena de veces en rápida sucesión. Aun hecha con apresuramiento, la letra era franca y abierta, con una pequeña rúbrica desafiante en la cola de la última letra.

Wells gruñó tristemente.

—Es tan fácil como acertarle al costado de un elefante. Con cinco minutos de práctica, yo mismo la podría falsificar. ¡Fíjese!

Durante cinco minutos de reloj estuvo garrapateando hasta que obtuvo una imitación muy respetable. Pero no se quedó conforme. Pidió la chequera a Arlequin y firmó un cheque por mil dólares. Se lo llevé a Larry Oliver y le pedí que lo autorizara para cobrarlo. Puntilloso como siempre, cotejó la fecha, la cifra, la cantidad escrita en palabras, la firma. Después firmó el cheque y apretó el zumbador para llamar al cajero.

—Lo siento, Larry, era una prueba. El cheque es falsificado —le dije, sacándoselo de la mano.

Hicimos lo mismo con el cajero, con el mismo resultado. No pude resistir la tentación de señalar que la mejor de las reputaciones se ensuciaba sin que su dueño se diera cuenta. Por lo menos Oliver tuvo la delicadeza de mostrarse humilde. Saul Wells se divertía. Arlequin parecía muy desdichado.

—Pero cosas como ésta pueden pasar en cualquier momento. ¿Cuántos miles de firmas mías andan por ahí en cartas, cheques o tarjetas de crédito? ¡Es una pesadilla!

—Instructiva, sin embargo —de pronto, Saul Wells se había puesto caviloso—. Si la firma es tan fácil de imitar, ¿por qué no archivaron también un informe, para completar el cuadro?

—Para eso sí tengo respuesta —Arlequin habló con seguro énfasis—. No iría con mi carácter firmar un informe así. Sería pasar por encima del gerente y eso es cosa que nunca hago. El fraude se repitió en otras sucursales, también. No podían tener garantía de mi presencia en Buenos Aires, digamos. Mejor tener confusión en la fuente y total certidumbre donde había que recibir el dinero: en el Banco Unión de Zurich.

Saul Wells se metió otro cigarro en el ángulo de la boca y se envolvió en una nube de humo.

—¡Ajá! Me parece buena la explicación. Y mejora el caso para la acusación, también, cosa que debemos tener en cuenta, señor Arlequin. Hasta el momento tenemos la pista de unos seis millones que salieron sólo de Nueva York. A todos sus clientes se les han ofrecido comisiones ilegales. Cualquiera de ellos podría presentar cargos aquí en Nueva York. Es posible que los cargos no prosperaran, pero es segurísimo que serían molestos.

TRES

CUANDO LLEGUÉ A MI APARTAMENTO eran las cinco y media. Había varios mensajes sobre mi escritorio: a la señorita Hallstrom le gustaría que nos encontráramos a las ocho y no a las siete y media; el señor Francis Xavier Mendoza había telefoneado desde la costa; y al señor Basil Yanko le gustaría que lo llamara a su oficina antes de las siete. Decidí empezar por las buenas noticias, si es que de eso se trataba, y llamé a Mendoza. Se mostró enigmático pero alentador.

—Respecto de nuestro conocido... Te dije que a tres amigos los estafó. Uno de ellos es un hombre muy obstinado, y se pasó dos años preparando un expediente. Yo lo vi: el material es fascinante, aunque no todo sea admisible como prueba. Lo convencí de que hiciera dos fotocopias, que guardara una en la caja de seguridad y me diera la otra. Te la mandaré con alguien de confianza. Otra cosa: hay gente que está en política y en el Pentágono a quien le encanta Yanko; otros lo odian como si fuera veneno. Hice una lista, que irá en el paquete. Recuerda que te hice una advertencia. Cuando hayas leído eso, entenderás por qué. ¿Cómo están las cosas en Nueva York?

—Nos están presionando mucho.

—Me lo imaginaba. Acabo de leer las noticias. Si necesitas ayuda en la Costa, estoy a tu disposición. ¡Ve con Dios!

Colgué, bendiciéndolo por la decencia que reafirmaba en este mundo perro. Después llamé a Basil Yanko. Durante unos momentos, por lo menos, se mostró casi humano.

—Gracias por llamar, señor Desmond. Estaba ansioso por tener noticias del señor Arlequin.

—Hoy estuvo trabajando un poco, pero ahora a la noche está muy cansado.

—Eso es natural. Había pensado llamarlo para saludarlo.

—Me permito sugerirle que no lo haga hasta mañana por la mañana.

—Por supuesto. ¿La señora Arlequin se encuentra bien?

—Sí, gracias.

—¿Leyeron ustedes nuestro anuncio en la prensa?

—Sí.

—¿Algún comentario?

—Ninguno. Mi jefe se ha hecho cargo personalmente de la situación.

—Muy correcto; pero de hecho, usted hizo algunos comentarios bastante incorrectos hoy en su club.

—Lo que yo diga en mi club, señor Yanko, no le importa a usted un cuerno.

—Textual, señor Desmond: "No vamos a aceptar y nos parece que es una jugada muy sucia hacer pública la oferta antes de haberla discutido siquiera entre las partes". En realidad, la oferta se discutió con usted, como director de Arlequin et Cie. Su afirmación podría ser considerada procesable.

—¿Por la versión de un informante? Lo dudo. Pero si quiere darme su nombre, estaré encantado de llevarlo ante la

Comisión del club. ¿Algo más, señor Yanko? Tengo un compromiso para la cena.

—Una pequeñez, señor Desmond. Arlequin et Cie manejan parte de nuestros fondos de inversión.

—Con grandes beneficios, entiendo.

—Sí, indudablemente. Pero las transacciones con esos fondos han sido cargadas con una comisión fraudulenta. Nuestros letrados nos señalan que hay causas para acción civil y criminal.

—En ese caso, no dudo de que mañana discutirá usted el asunto con el señor Arlequin. Buenas noches, señor Yanko.

Colgué furiosamente el receptor, colmándolo de maldiciones. Después me indigné conmigo mismo. Véanme a mí, veterano de cien corridas en el mercado, con cicatrices en la espalda y ganancias en el banco, temblando como los perros de Pavlov cuando Yanko apretaba el botón de choque. Era la más sencilla de todas las técnicas de terror: el informante omnipresente, la pronta admonición del amo y señor, la amenaza del desastre al doblar la esquina. De pronto me deshice en carcajadas y empecé a correr por el apartamento como un colegial, arrojando los almohadones, llamando a gritos a Takeshi para que me preparara un trago, me tuviera listo el baño, sacara mi mejor traje, llamara al Côte Basque para reservar mesa, pidiera un automóvil a Colby Cadillac, hiciera enviar rosas antes de las ocho a la señorita Valerie Hallstrom. Estaba todo mal, mal, mal en un mundo de hambre; pero si me ahorraba el dinero y se lo confiaba a las computadoras creativas de Yanko, ¿habría un grano más de arroz en el tazón de algún hindú? Yo sabía que no. Y me dije que no me importaba. Pero muy en el fondo, en el fondo de todo, estaba la convicción de que si alguien, por teléfono, podía conseguir que fuera a esconderme bajo la cama, era hora de decir gracias, no juego más y volarme la tapa de los sesos en el primer callejón apartado.

Estaba afeitándome cuando recordé que tenía que llamar a Bogdanovich. Por un momento tuve la tentación de dejarlo pasar; después lo pensé mejor. Marqué el número, me anuncié como Weizman y, un momento más tarde, Bogdanovich estaba al habla.

—¿Desde dónde me llama?

—Desde mi apartamento.

—Se le dijo que usara un teléfono público.

—Ya lo sé. Es tarde. Casi me olvido de llamar.

—Esta vez tuvo suerte. Estaba por establecer contacto con usted. Hay un hombre vigilando la puerta del frente de su casa.

—¿Suyo?

—Uno es mío. Hay otro. Aparcado al lado izquierdo, en un Corvette verde.

—Qué complicación. Voy a salir a cenar con la dama de quien hablamos.

—¿Cuál es su programa?

—Pedí un automóvil aquí para las siete y cuarenta y cinco. Pasaré a buscarla a las ocho, y vamos al Côte Basque.

—Invierta el orden. Llámela por teléfono y dígale que se retrasó. Envíe el automóvil a buscarla para que la lleven al Côte Basque. Usted, vaya a pie hasta el St. Regis y entre en el Bar King Cole. Allí tendrá un mensaje. Después ya puede ir al Côte Basque. ¿Entendido?

—Ajá. ¿Y qué hay de ir a casa?

—¿A casa de quién se refiere?

—A la de ella, espero.

—Si hay algún problema, se lo haré saber. Si no, actúe normalmente.

—Linda carta blanca.

—Nada de carta blanca. Mientras no lo hayamos revisado hasta el último centímetro, ese apartamento es territorio enemigo.

—¿Con espejos bidireccionales y micrófonos en las aceitunas del copetín, no?

—Me alegro de que lo tome a risa. Ahora oiga este chiste. El hombre que está en el Corvette verde es Bernie Koonig. Ya mató a dos hombres y a una mujer. Que se divierta, señor Desmond.

Da la medida de la locura de Norteamérica que la noticia me haya asustado considerablemente, pero sin sorprenderme en realidad. Cuando un sociólogo respetado puede escribir muy suelto de cuerpo sobre los "niveles aceptables de violencia", cuando una personalidad de la televisión puede entrevistar a un enmascarado que pretende haber matado por encargo a treinta y ocho personas, impunemente, ya no hay de qué sorprenderse; sólo una invasión del terror, como si se hubieran roto las empalizadas y las bestias de la jungla anduvieran rugiendo en territorio humano. De manera que hice lo que me decían.

Cuando salí de mi apartamento vi que el Corvette verde estaba bloqueado contra la acera por un coche policial y que dos patrulleros tenían al conductor cercado contra la cubierta del motor. Yo, como los monos sabios, no vi nada ni oí nada. Me fui caminando al St. Regis, me senté en el Bar King Cole y esperé hasta que un recién llegado me metió bajo las narices un bol de cacahuetes, al mismo tiempo que murmuraba que podía salir.

Cuando llegué al restaurante, Valerie Hallstrom ya estaba sentada, charlando con el maître; ante ella había un cóctel. Me recibió con una cálida sonrisa, tocándome la mano en señal de bienvenida. Me agradeció las flores y restó amablemente importancia a mi demora. Mientras bebíamos los cócteles y estudiábamos la carta hablamos de trivialidades. Para cuando nos sirvieron la comida, ya nos sentíamos cómodos; yo, repasando mi repertorio de historias de viajes; ella, entretenida e interesada; agradecida, dijo, por ese descanso respecto a las invasiones convencionales de la vida comercial.

—...Después de un tiempo, Paul, esta ciudad se le viene a uno encima. Es todo tan urgente, tan impersonal... y además, tan sin sentido. Yo fui una chica campesina. Mi padre todavía cría caballos de montar en Virginia. Yo estaba impaciente por irme y venir a triunfar a la gran ciudad. Bueno, ahora lo conseguí, pero me gustaría volver a casa. Pero no se puede, ¿verdad? Allá en casa no han cambiado, pero una sí cambió. ¿Y tú, Paul?

—Para mí, estar en casa es estar donde cuelgo mi rollo Kanji.

—Eso no me lo has contado.

Se lo conté. Le conté la vieja leyenda de las mujeres que se convertían en zorros y dejaban a sus amantes tullidos y desolados. Le hablé de los estamperos y los ceramistas y los dedicados artesanos del Japón, y del pueblo ribereño de Tailandia, y del hombre que en Rangún me enseñó a distinguir los rubíes buenos de los malos, y de la obsesionante belleza de los matorrales de Arnhem, con sus oscuras gentes que cantan en torno de las hogueras.

—Y tú, ¿qué eres ahora? —me preguntó después.

—Un comerciante, un capitalista.

—No solamente eso.

—No. Pero si no hubiera traficado, no habría viajado. Si no hubiera viajado, no habría tenido todo lo demás.

—Y tu amigo George Arlequin, ¿cómo es?

—¿George? Oh, George es muy diferente. El sabe. Tiene un tipo de formación por el que yo daría cualquier cosa... idiomas, historia, pintura... Cuando viajamos juntos, él inmediatamente entra en la situación. Yo tengo que esforzarme para entrar, o dejar que él me guíe. El año pasado navegamos a vela por el archipiélago griego. Yo era el piloto; pero desde el momento en que tocábamos tierra, George estaba charlando con los pescadores y el sacerdote y el anticuario local. Eso es lo que le envidio.

—¿Pero le amas?

—Como a un hermano.

—Y sin embargo, estás sentado aquí conmigo.

—¿Y...?

—Yo soy el enemigo. Trabajo para Basil Yanko.

—¿Todo el tiempo?

—Casi todo.

—¿Incluso cuando vas al bar de Gully Gordon?

—No... allí no.

—¿Y ahora?

—Ahora no. Mañana, tal vez. No lo sé.

—¿Yanko sabe que estás cenando conmigo?

—No. Si lo descubriera, me quedaría sin trabajo.

—Estás bromeando.

—Es verdad, y además, nunca volvería a conseguir nada en esta industria. Donde fuere, seguiría bajo la influencia de él.

—¿Estás fichada en el sistema?

—Todos lo estamos. Así es como trabaja Yanko. Y es la forma en que trabaja toda la gran industria. La ficha te sigue por todas partes, aunque jamás la veas. Y mientras exista, nunca serás libre.

—Eso es chantaje, tiranía y esclavitud.

—Pues yo prefiero someterme.

—¿Para qué? ¿Por 750 por semana y bonificaciones?

—Donde estoy, estoy segura.

—¿Cierto? Esta noche había un hombre vigilando mi apartamento. Tengo razones para creer que era un empleado de Basil Yanko.

El color desapareció de su cara, y Valerie dejó caer con estrépito el tenedor. Durante un momento pensé que iba a desmayarse. Después, con gran esfuerzo, se recuperó.

—¿Es verdad eso?

—Sí.

—¡Ay, Dios!

—¡Tranquilízate, mujer! Aquí no me siguieron, ni a ti tampoco. Por eso cambié el arreglo que habíamos hecho. Mira, también nosotros tenemos nuestra propia protección, día y noche. ¡Bébete el vino! ¡Así me gusta! Ninguna influencia que pueda tener Yanko sobre ti puede ser peor que este terror constante.

—Por favor, no quiero hablar de eso.

—Está bien. Ahora vamos a hacer un pequeño juego. Yo te digo: "Valerie Hallstrom, cuéntame tu oscuro secreto y yo te liberaré y te protegeré". Entonces tú te dices: "Ves, lo único que quiere es usarte. Estás más segura con el diablo que ya conoces." Después yo trato de persuadirte, y tú te niegas. Y a la mañana vuelves a la oficina y le cuentas todo a tío Basil, y él te castiga un poquito y después te consuela y te manda de vuelta, arrepentida pero feliz, a escribirlo todo en un informe confidencial para el cerebro... Así que no juguemos el juego, ¿eh? Vamos a tomar café y Calvados y después te llevaré a casa en mi brillante automóvil y te dejaré, a salvo e inocente, en el umbral de tu puerta.

—Eres un hijo de puta, Paul Desmond.

—No, todavía no lo has entendido. Ese es mi hermano gemelo.

Otra vez, conseguí una sonrisita insegura, y durante un rato seguimos sentados, tomados de la mano y mirando el remolino de los camareros en torno de las mesas, procurando leer los rostros de los demás comensales, antes de volver a atrevernos a leer nuestros propios rostros. Nos trajeron el café y el Calvados, y mientras sorbíamos el licor, áspero y fuerte, Valerie Hallstrom dijo:

—Paul, tengo que advertírtelo. Basil Yanko es un hombre muy peligroso.

—Eso ya lo sé.

—Y para él, George Arlequin es una obsesión.

—¿Por qué?

—Por las mismas razones que tú lo admiras, me imagino. George nació con suerte; es un exponente de civilización; ejerce atracción sobre la gente. Yanko fue trepando desde un suburbio de Chicago. Es un genio, realmente un genio... pero es feo y grosero. Es como un sapo que tuviera en la cabeza una corona de oro, y él lo sabe. Es eso lo que le hace ser cruel y perverso. Yo solía sentir pena por él. Durante un tiempo hasta pensé que estaba enamorada de él. ¿Romántico, no?... Y la hermosa princesa besó al sapo feo y ¡oh! él se convirtió en un apuesto joven.

—¿Pero no fue así?

—No.

—¿Así que por eso te pasas las noches en el bar de Gully Gordon? Y no puedes enamorarte, porque el rey-sapo está por siempre ahí, riéndose, porque tu vida está encerrada en su cerebro mecánico.

—No es chiste, Paul.

—¿Acaso me oíste reír?

—Creo que tendríamos que irnos.

Si ésta fuera una historia de enamorados, y por Dios que no lo es, ahora contaría cómo fuimos al apartamento de Valerie y ella me invitó a pasar, y bailamos al compás de una música suave, y después nos hicimos el amor hasta que los gorriones empezaron a anunciar la mañana, y cómo cuando me fui tenía en mis manos todos los secretos de Basil Yanko. En realidad, nada sucedió así. A una manzana de su apartamento, Valerie pidió al chófer que detuviera el coche. Quería hacer el resto del camino andando. Me ofrecí a caminar con ella, pero se negó con una sonrisa y un comentario enigmático:

—A veces, a Dios le gusta saber cómo pasan sus hijos las veladas. Gracias por la cena. Buenas noches, Paul.

Me besó levemente en la mejilla y se bajó. Hice que el chófer la siguiera lentamente hasta su casa, para que estuviera a salvo de asaltantes y drogadictos. Cuando la puerta se cerró tras ella, volvimos a atravesar la ciudad rumbo al bar de Gully Gordon, donde me senté tranquilamente entre mis pares y me quedé hasta la una de la mañana escuchando la música, triste y dulce.

En algún momento, en las primeras y frías horas de la madrugada, tuve un sueño. Veía una vasta llanura circular, desnuda bajo la luna helada. En el centro de la llanura, pequeña y solitaria, había una figura acurrucada, sin que yo pudiera decir si era humana o animal. Lo único que sabía era que me sentía atraído hacia ella por un profundo anhelo, e impedido de acercarme por una amenaza visible. Alrededor del borde exterior del círculo había una multitud de jinetes; algunos se recortaban negros contra la luna, otros eran blancos fantasmas bajo su resplandor. Estaban a una distancia inconmensurable y sin embargo yo podía verlos con claridad, como si los tuviera al alcance de la mano. Los jinetes no tenían rostro; sólo máscaras, blancas como cáscaras de huevos. Procuré distinguir los rasgos de la figura acurrucada, pero era como si me oprimieran los globos oculares y no pudiera enfocar la vista.

Después los jinetes y los sabuesos empezaron a moverse, lentamente, con un ritmo funerario, convergiendo inexorablemente sobre la figura solitaria. Los jinetes avanzaban en silencio. Los sabuesos no ladraban. No se oía ruido de arreos ni de cascos de caballos. La figura se movió, se estiró, se levantó y resultó ser una mujer desnuda que se dio vuelta lentamente, girando como un maniquí sobre su pedestal hasta que su rostro se me hizo visible. Era Valerie Hallstrom, sonriente, seductora, indiferente al peligro.

Sentí una enorme oleada de deseo sexual. La llamé, pero no podía articular ni un grito. Quise ir hacia ella, pero manos gigantescas me retenían. Entonces la cabalgata empezó a galopar y los sabuesos a saltar junto a ellos, mientras yo sentía, más que oía, el vocerío salvaje y los ladridos y el suelo que se estremecía bajo los cascos mientras cargaban sobre ella para aplastarla...

Mientras cumplía a ciegas con los primeros rituales de la vigilia, me llamó Saul Wells. Estaba excitado y parlanchín; casi podía verle el cigarro aferrado entre los dientes. Podía oír cómo lo mascaba. Su olor era como un rastro de moho en mi habitación.

—¿Qué pasa, Saul?

—Ella Deane.

—¿Quién?

—La damisela de la computadora, ¿recuerda? La que se fue en enero, por razones de salud.

—Ah, sí, Saul. ¿Y?

—Muy triste. Y para nosotros, muy malo. Murió.

—¿Cuándo?

—Hace dos semanas. Accidente de automóvil. Arrollada por alguien que huyó.

—¿Qué dice la policía?

—Lo de siempre. Que siguen las investigaciones. ¿Conveniente, no?

—Como siempre. ¿Algo más?

—Confirmación de los cables. Mañana, nuestros operadores van a las otras sucursales de ustedes.

—Trabajaron rápido, Saul. Gracias.

—Una cosa más. Ella Deane murió rica.

—¿Qué quiere decir rica?

—Treinta mil, poco más o menos.

—¿Dónde lo consiguió... y cuándo?

—De eso me estoy ocupando. Para lo imposible necesito un día más. Yo lo llamaré. *Ciao,* ¡por ahora!

Poco más tarde, mientras me limpiaba del mentón el

huevo del desayuno, llegó Aaron Bogdanovich, vestido como un recadero, con una cesta de flores frescas y una divisa de vendedor de tienda:

—Las flores agregan fragancia a la vida, señor Desmond.

—No creí que a usted le importara, señor Bogdanovich.

—Cuénteme lo que sucedió anoche —el requerimiento era áspero, como si viniera con la esperanza de arrancarme una confesión comprometedora.

—No sucedió nada. Cenamos. Charlamos. Ella me contó que se quedaría sin trabajo si Yanko sabía que nos habíamos encontrado en privado. Me dijo que una vez estuvo enamorada de él, pero que la cosa terminó mal. Me advirtió que era peligroso y que George Arlequin lo tiene obsesionado. Entonces me pidió que la llevara a su casa, e insistió en caminar sola la última manzana. Nosotros la seguimos en el automóvil. Después me fui al bar de Gully Gordon a tomar un último trago.

—¿Y cómo llegó a su casa?

—En el automóvil.

—¿A qué hora?

—Una y cuarto.

—¿Puede probarlo?

—Seguro. Firmé el registro del conductor. Takeshi estaba levantado cuando llegué a casa. Me di una ducha, me puse el pijama y él me sirvió una taza de té antes de acostarme. ¿Por qué tantas preguntas?

—Valerie Hallstrom murió. La mataron inmediatamente después de llegar a su casa.

—¡Dios bendito!

—¡Espero que pueda parecer igualmente sorprendido cuando la policía le dé la noticia!

—¿La policía...? No entiendo.

—Usted y yo, señor Desmond, fuimos las últimas personas que la vimos viva... ¿Le queda un poco de café?

—Sírvase... Vea, va a tener que empezar desde el principio. No entiendo nada.

Me miró con su fría sonrisa de cementerio, se sirvió el café, con crema y azúcar, y empezó:

—Mientras ustedes dos cenaban, yo estuve en la vivienda de Valerie Hallstrom. Usted la ha visto desde afuera. Un edificio viejo, de piedra rojiza, con sótano y tres plantas. Todo propiedad de ella, y todo lo que hay dentro es muy caro. Hay un Matisse en el dormitorio y un Armodio en el salón. Hay porcelana de Dresde y montones de lo que llaman, según creo, *bijouterie*. Hay un guardarropas lleno de pieles y ropa de última moda. Tiene dos teléfonos, uno de los cuales no figura en la guía. El que está en el listín está intervenido. El otro está oculto detrás de la ropa, en el guardarropas, donde también hay empotrada una caja fuerte, que conseguí abrir. En seguida le digo lo que encontré. Bueno, pues esa pequeña inspección me llevó desde las ocho y media a las nueve y media, más o menos. A las nueve y media, sonó el teléfono que figura en la guía. Esperé a que parara y me fui, saliendo por el sótano. Me senté a esperar en mi automóvil, del otro lado de la calle. A eso de las diez y media entró en la casa un hombre que llevaba un pequeño portadocumentos. Abrió con una llave y no volvió a salir. Tampoco encendió luces. Yo esperé hasta que vi regresar a Valerie Hallstrom. Lo vi pasar a usted en el automóvil. Vi que se encendían las luces en el *living room* y en el dormitorio, pero no podía ver adentro porque las cortinas estaban corridas. Unos diez minutos después salió el hombre, siempre con su portadocumentos, y empezó a andar hacia el oeste. Yo lo seguí. Tomó un taxi y en el cruce siguiente no respetó las luces, así que lo perdí de vista, aunque noté el número del taxi. Entonces, desde un teléfono público, llamé al número de Valerie Hallstrom. Nadie contestaba. Volví a la casa. Las luces seguían encendidas. Entré y la encontré sobre el piso del *living room*. Tenía un balazo en la cabeza... El epílogo es muy simple. Volví al teléfono público y le pasé el dato a la policía. Esta mañana cuando anduve por ahí seguían trabajando, y todavía me pregunto qué habría sucedido si usted hubiera ido con ella a su casa.

—¿Quién era el hombre? ¿Lo reconoció usted?

—No, pero si volviera a verlo lo reconocería.

—¿Qué encontró en la caja fuerte?

—Dinero... unos 25.000 dólares. Un archivo de datos salidos de computadoras. Una libreta con una lista de compañías y sus códigos de computación. Figuran todas las sucursales de Arlequin et Cie, cada una con su código. Creo que todas las otras compañías son clientes de Creative Systems. Me llevé la libreta y dejé todo lo demás.

—¿Se... qué?

—Poder de negociación, señor Desmond, es algo que nunca tuvimos. Ahora lo tenemos... en lugar muy, muy seguro.

—Pero nada de esto tiene sentido.

—Creo que vamos a descubrir que tiene mucho sentido, señor Desmond. Supongamos que la señorita Hallstrom estuviera haciendo su propio juego: robar datos de las computadoras y venderlos fuera. Supongamos que Yanko la descubriera. ¿Qué es lo que haría?

—Hacerla arrestar.

—¿Y procesar, con todos los trapos sucios sacados a relucir en el tribunal? Sería un golpe muy grave para Creative Systems y para el propio Yanko. Tardaría años en recuperarse. No, señor Desmond, hay precedentes... demasiados precedentes. Algunas compañías han llegado incluso a comprar a los empleados delincuentes, y a darles las mejores referencias con tal de no enjuiciarlos y sufrir perjuicios por valor de millones de dólares. Pero yo no creo que Yanko hiciera eso, ¿y usted?

—Tampoco.

—Así que se libra de ella en la forma más barata. La caja

aparece vacía. La policía supone que la señorita Hallstrom sorprendió a un intruso en su domicilio, y que éste le disparó. Pasa todos los días con las señoras adineradas que viven solas. Y el estilo de vida de la señorita Hallstrom da visos de verdad a la historia.

—Pero si sabemos...

—Ya lo sé, señor Desmond —lo dijo casi con ternura—. Todo lo que usted ha oído es un puro cuento de hadas, que usted se olvidará tan pronto como yo me vaya. ¿Ese fue el trato, recuerda? Después, cuando haya encontrado al hombre que mató a la señorita Hallstrom, ya veremos.

—¿Piensa usted que lo encontrará?

—De eso estoy seguro, señor Desmond. Es una profesión muy cerrada, pero los buenos profesionales son todos conocidos. Lo encontraré.

Se fue sonriendo; pero a sus espaldas quedó un vaho sulfuroso y una atmósfera un tanto infernal. Lentamente, yo me veía empujado al mismo dilema que George Arlequin. Eramos banqueros; purificábamos el dinero hasta dejarlo como una gasa esterilizada; pero en cuanto a nosotros mismos, jamás podíamos escapar de la corrupción que lo acompañaba. Después me llamó George Arlequin, vivaz, práctico, tan distinto del personaje que ni siquiera yo podía conjeturar qué papel había elegido para ese día.

—¿Paul? Quería saber si podrías venirte al Salvador, en unos veinte minutos digamos. Tengo que almorzar con Herbert Bachmann, y necesito conferenciar contigo. Después, a las tres, va a venir aquí Basil Yanko. Me gustaría que tú estés presente. Entretanto, hay algunas otras personas ansiosas de hablar contigo... ¿Media hora? Bueno, si puedes procura que sea antes. Ah, otra cosa. ¿Tendrías inconveniente en llevar a almorzar a Juliette? Está muy aburrida de mi compañía, y no la culpo. Gracias, Paul. *À bientôt.*

Las personas que deseaban hablar conmigo eran dos jóvenes detectives, muy corteses, del Departamento de Policía de Nueva York. En versículos alternados, me explicaron que habían llamado al banco, que el banco los había derivado al señor Arlequin, quien a su vez había accedido gentilmente a llamarme y que esperaban muy sinceramente no haberme causado demasiados inconvenientes. Les aseguré que no. Quisieron saber si el señor Arlequin querría dejarnos solos un momento.

Arlequin no quería. De ninguna manera. Lo expresó con la fraseología de la alta diplomacia. Yo era su amigo de muchos años, un director de su confianza, funcionario de un banco internacional. A ambos nos concernía la propiedad de ese banco. A ambos concernía, también, su dignidad. A menos que yo deseara específicamente que no estuviera presente, se quedaría. El discurso no fue largo, pero me dio tiempo a ordenar la confusión de mi mente y pergeñar un relato sencillo y directo.

–A las ocho menos cuarto salí de mi apartamento y fui a pie hasta el St. Regis. Bebí algo en el Bar King Cole y a eso de las ocho y cuarto me dirigí al Côte Basque, donde cené con una señorita. Aproximadamente a las once y treinta salimos del restaurante en un automóvil de Colby, dejé a la dama en su casa y el chófer me llevó al bar de Gully Gordon, en la Primera Avenida. Me quedé hasta la una, y el chófer me llevó a mi apartamento. Mi criado puede confirmar que llegué más o menos a la una y cuarto; él estaba preparándose algo para la cena, que yo compartí... Ahora, ¿puedo saber a qué obedecen estas preguntas?

–Tenga un poco de paciencia, señor Desmond, por favor. Cenó usted con una dama. ¿El nombre de ella, por favor?

–La señorita Valerie Hallstrom.

–¿Hace mucho que la conoce?

–Tres días. La señorita Hallstrom trabaja para Creative

Systems Incorporated, una empresa de cuyos sistemas nos valemos y de quienes somos aseguradores y banqueros inversionistas. Ella había preparado un informe sobre nuestras operaciones con computadoras, y nos conocimos para hablar de él. Fue muy servicial y me aclaró muchas cosas, de modo que la invité a cenar.

—¿Pero no pasó a buscarla por su casa?

—No. Envié el automóvil de Colby.

—¿Por alguna razón en especial?

—Era más sencillo, y yo quería estirar las piernas. Me había pasado todo el día adentro.

—Dice usted que la llevó en coche a su casa. ¿Ella lo invitó a entrar?

—Al contrario. Me pidió que la dejara a una manzana de su casa.

—¿Eso no le pareció raro?

—Muy raro. Pero, por otra parte...

—¿Sí, señor Desmond?

—La señorita Hallstrom es una relación comercial. Yo no sé cuál es su... este... situación doméstica. Nueva York es una ciudad caprichosa. Me resulta más fácil aceptar sus caprichos al pie de la letra, sin hacer preguntas. Le indiqué al chófer que acompañáramos a la señorita Hallstrom hasta su casa y una vez que la vimos entrar sin inconvenientes, nos fuimos. Estoy seguro de que todo esto podrá usted confirmarlo con Autos Colby y con el chófer del automóvil.

—¿Cuáles van a ser sus movimientos en los próximos días, señor Desmond?

—Eso depende del señor Arlequin, aquí presente.

—¿Señor Arlequin?

—Imposible decirlo con seguridad en este momento, caballeros. Estamos llevando a cabo algunas negociaciones internacionales muy delicadas. Es posible que estemos aquí una semana. Es posible que tenga que enviar al señor Desmond a Europa o a Sudamérica de un momento a otro. ¿Por qué lo preguntan?

Uno de los detectives extrajo un sobre de papel grueso, sacó un puñado de fotografías y nos entregó una a cada uno.

Por más preparado que yo estuviera, sentí el impacto del espanto y el horror. Valerie Hallstrom yacía como una muñeca de trapo sobre el piso de su *living room*, el rostro una máscara sangrienta. El detective volvió a sacarme la fotografía de la mano.

—Le dispararon, señor Desmond. De muy cerca, con una pistola común calibre 38.

—No... no entiendo... ¿Cuándo? ¿Cómo?

—Es lo que estamos averiguando. ¿Tendría inconveniente, señor Desmond, en que fuéramos a su apartamento para hablar con su criado y hacer un registro de sus cosas?

—Lo que ustedes quieran. Pero, ¿me imagino que no piensan...?

—Es rutina, señor Desmond. Y le sirve a usted también.

—Claro.

—Antes de que se vayan, caballeros —George Arlequin se levantó, férreo, dominándonos a todos—, yo soy testigo de esta entrevista. El señor Desmond ha respondido libremente a todas las preguntas que se le formularon. Les ha ofrecido, caballeros, libre acceso a su domicilio sin orden de registro. Les ha proporcionado hechos y la forma de comprobarlos. Entretanto, yo necesito de los servicios del señor Desmond. Deseo que esté aquí para participar en tratos comerciales en los que están en juego los intereses urgentes de clientes internacionales. De modo que, con la debida deferencia a la autoridad policial, sugiero lo siguiente: que el señor Desmond telefonee a su criado y le dé instrucciones para que les permita entrar en su apartamento. Si ustedes desean volver a interrogarlo, él estará aquí a su disposición... ¿Qué me contestan, caballeros?

Eran policías de la nueva raza: cautelosos, educados y racionales. Tras una breve consulta, accedieron. Llamé a Takeshi, les entregué mis llaves y prometí esperar en el Salvador a que regresaran. Cuando nos quedamos solos, Arlequin me hizo, bruscamente, una sola pregunta.

—Dejaste algo sin decir, Paul. ¿Qué era?

—No hay nada, George.

Se sintió herido, pero se esforzó por no demostrarlo.

—Recuerda, simplemente, que no se te pide que te comprometas por mí —dijo con calma.

—No estoy comprometido, George. Dejemos el tema, ¿eh? Esta tarde tienes una reunión con Yanko. ¿Qué le vas a decir?

—Voy a rechazar la oferta.

—¿Y entonces?

—Haré uso de mis opciones para comprar las acciones minoritarias.

—No estás en condiciones de hacerlo.

—Herbert Bachmann piensa que puede conseguirme los fondos. De eso vamos a hablar durante el almuerzo.

—Aunque pueda, te vas a endeudar durante diez años, que pueden ser más, con lo que cuesta hoy el dinero. Además, ¿qué pasa si Yanko eleva la oferta? Tú sabes que, si recurre a acciones de Creative Systems en vez de efectivo, puede hacerlo. Incluso para lo que Bachmann puede hacer en Wall Street sin provocar una espantada, hay un límite.

—Pues entonces veamos cuál es ese límite. Paul. Y cuánto tiempo podemos ganar para nuestras restantes operaciones. Pienso que Bogdanovich puede sorprendernos.

—Lo dijo bien claro, George. No quiere que plantees un enfrentamiento todavía.

Arlequin se mostró picado. Su respuesta fue brusca y tajante:

—Pagamos por tener información, consejo y ayuda.

Quien decide cómo usarlos soy yo. Me niego a dejarme manejar.

—Sin discusión, George; el dinero es tuyo. Pero esto no es Europa, y el escenario norteamericano está bastante turbio en este momento.

—Pues entonces nosotros debemos estar en claro, Paul. El riesgo es mío, la decisión es mía.

—¿Me necesitas en esa reunión con Yanko?

—Sí. Le dije que tú estarías. Lo invité a que, si quería, trajera a alguien de su gente. Dijo que no necesitaba ayuda; pero claro, entendía que yo estaba todavía bajo atención médica.

—¡Qué arrogante, el hijo de puta!

—Eso nos sirve, Paul. No puedo doblegarme ante él ahora. Estoy comprometido; con todo lo que soy, con todo lo que tengo. Si hombres como Yanko controlan el mecanismo, no hay esperanza para ninguno de nosotros.

—¿Cómo se siente Julie?

—Estamos más próximos. Aunque a veces me pregunto si no habría sido más feliz casada con un hombre más simple...

Era terreno peligroso, sobre el cual yo no quería andar. Antes de que hubiera tenido tiempo de dar forma a un comentario, sonó el teléfono. George Arlequin me hizo señas de que lo atendiera.

—¿El señor Arlequin? —Basil Yanko estaba en la línea.

—No, habla Paul Desmond.

—Ah, señor Desmond, como usted sabrá, teníamos una reunión concertada para esta tarde. Lamentablemente, me encuentro en una situación bastante trágica, que afecta a alguien de mi personal. Quisiera saber si podríamos postergarla hasta mañana.

—Naturalmente. Lo hablaré con el señor Arlequin. ¿A la misma hora en el Salvador, le parece?

—Sí, por favor... Tal vez, dadas las circunstancias —continuó después de un momento de vacilación–, deba decirle que la empleada de quien se trata es la señorita Valerie Hallstrom. La mataron anoche.

–Lo sabía. Hablé con la policía, y he visto las fotografías.

–¿Usted, señor Desmond? –o era un actor soberbio, o estaba sorprendido hasta los tuétanos–. No lo entiendo.

–Anoche yo cené con la señorita Hallstrom. Aparentemente, fui la última persona que la vio con vida.

–¿No dijo nada? ¿No vio usted...?

–Nada, señor Yanko. La policía ya está al tanto de la poca información que pude darles. Lo siento profundamente. Ojalá hubiera algo que yo pudiera decir o hacer... Hasta mañana, pues.

–Hasta mañana... –su voz se extinguió en un murmullo incierto–. Adiós, señor Desmond.

–¿Crees que eso fue prudente? –me preguntó suavemente Arlequin, mientras yo colgaba el receptor.

–Fue inevitable.

–¿Estaba alterado?

–Creo que sí. Espero que sí.

–Pienso que deberías llamar a nuestro amigo Bogdanovich.

–Preferiría esperar a que la policía haya terminado con mi apartamento.

Cincuenta minutos más tarde regresaban. Habían registrado el apartamento; habían hablado con el chófer del automóvil; habían conversado con Gully Gordon. Me agradecieron mi cooperación. Lo único que necesitaban ahora era una breve declaración firmada. La escribí al correr de la pluma en papel del Salvador, la firmé y George Arlequin dio fe de ella. También por eso me agradecieron, y expresaron la esperanza de no tener que volver a molestarme.

No quedaba más que un pequeño detalle. No entendían por qué yo no había mencionado mi encuentro con Valerie

Hallstrom en el bar de Gully Gordon. Les dije a medias verdad y mentira. El encuentro había sido accidental y no había tenido importancia. En eso coincidieron, claro. Lo que yo no había llegado a entender era que las chicas que frecuentaban bares para solteros solían encontrar extraños compañeros de cama. Concedí que era posible, pero esperaba que no se refirieran a mí. Seguro que no; pero incluso al más respetable de los solteros se le hace difícil demostrar que durmió toda la noche en su propia cama.

George Arlequin se burló de mi desconcierto. Hasta llegó a persuadir a ambos oficiales de que no estaban de servicio y podían aceptar un cóctel antes del almuerzo. Aunque la cosa no me divertía conseguí mostrar una sonrisa de soltero feliz y conté una pequeña anécdota escabrosa de mis mocedades en Tokio. A quien nos hubiera oído reír, jamás se le habría ocurrido que el motivo que nos había reunido a todos era un asesinato.

A LA UNA REGRESÓ JULIETTE, arrebatada y alegre después de una mañana típicamente femenina en Nueva York. Había estado en la peluquería, tomado un café con una amiga, vaciado las tiendas, y estaba encantada de que un caballero la llevara a almorzar al Fleur de Lys. Cuando estaba de ánimo festivo, Julie podía seguir trastornando sesos, y los míos con más facilidad que los de la mayoría. Recorrimos a pie la Quinta Avenida, tomados del brazo. Miramos los escaparates de Bergdorf, de Van Cleef y de Harry Winston. Jugamos a "¿Te acuerdas...?", "¿No sería estupendo que...?" Bebimos martinis y estudiamos la lista de platos como si fuera la última vez que comíamos. Mientras almorzábamos, hicimos planes para una velada de teatro y un paseo dominical por el campo en automóvil. Hablamos de un *cocktail-party* para agasajar a mis amigos y colegas, y de cuál de las mujeres podía ser buena pareja para mí. Fue un juego placentero, y yo lo jugué encantado, en tanto que ella estuviera feliz.

Julie no sabía nada del drama de esa mañana, y no me tocaba a mí ponerla al tanto. George Arlequin quería tomar sus propias decisiones; una de ellas era cuánto deseaba que supiera su mujer. Además, ya me estaba cansando del papel de padrino, amigo de la familia y criado para todo servicio. Mi dinero estaba hipotecado; la policía andaba husmeando en mi vida privada; recibía llamadas sospechosas por teléfono, y lo único que quería era andar bien con todo el mundo y tomarme las de Villadiego si las chicas eran demasiado feas o la bebida se acababa demasiado pronto. No parecía mucho pedir, pero claro que yo nunca entendí muy bien a las mujeres. Para cuando llegamos a los *crêpes Suzette,* Juliette se había cansado de las trivialidades y tenía necesidad de una confesión.

—... Soy feliz, Paul... más de lo que lo he sido en mucho tiempo. George se fortalece con cada día que pasa; disfruta de esta batalla. Somos más francos el uno con el otro. Ahora, cuando está inquieto y preocupado, rezonga. Hubo una época en que era tan pulido y terso que a mí me parecía que ni un huracán podía alterarlo. Me gusta más así. Y es más fácil convivir, también...

Ahora, ¿qué diría cualquiera que estuviera en mi lugar? Que está encantado, que siempre supo que las cosas terminarían por andar bien. El matrimonio no siempre es un edén... Todo eso, y más también. Pero no es suficiente, claro. La confesión apenas si ha empezado.

—Paul, quiero ser sincera contigo...

Cuando una mujer dice que va a ser sincera, más vale que uno mire a su alrededor y corra a esconderse, pero no lo hace. Se queda, se muestra paciente y sonríe. Le da palmadas en la mano, emitiendo murmullos de comprensión, y escucha por centésima vez el canto de la sirena.

—...Tengo celos de George. Me siento insegura. Lo amo desesperadamente; pero el solo hecho de estar casada con un hombre como él es una amenaza constante. Sabe demasiado. Ve con demasiada claridad. Tengo la sensación de que a cada momento me está midiendo; y de que todo el tiempo soy menos de lo que él necesita. Esta crisis nos ha aproximado, pero también podría apartarlo, llevarlo donde yo no pueda seguirlo. Si lo derrotan, sí, yo estaré con él para levantarlo y sacudirle el polvo y amarlo. Pero si triunfa, estará una vez más a un millón de kilómetros de distancia. ¿Puedes comprenderlo?

Tonta pregunta. Para qué otra cosa está uno ahí, si no es para comprender, y no decir jamás lo indecible: que Julie Gerard se casó con un hombre agraciado por el cielo; que eso no le bastó, sino que tuvo que seguir rascando y escarbando para ver cómo se conduciría él en el infierno, con el resto de nosotros. Pero eso no se puede decir en el Fleur de Lys. No se le puede decir a Julie que si se hubiera casado con uno, estaría domesticada y feliz con un rebaño de chiquillos colgados de las faldas, y que no echaría de menos el Cézanne en el salón ni el Jerónimo Bosch a la entrada de la sala de banquetes. Entonces, uno sonríe y hace gestos afirmativos con la cabeza, mientras se pregunta qué va a suceder cuando George Arlequin vuelva a casa con sangre en las manos y polvo en sus labios de poeta.

Afuera el aire estaba pesado y tormentoso. Los neoyorquinos seguían cumpliendo con su ruidosa y resentida peregrinación a Ninguna Parte. El resentimiento se leía en sus rostros cerrados y cautelosos. Su convicción era tan obvia como si la llevaran escrita en pancartas: Manhattan era un desastre. Mejorar no podía. Unicamente podía empeorar. Era una ciudad enloquecida: hambrienta de dinero, hambrienta de hombres, de mujeres. Le refunfuñaba a uno minuto a minuto, hora tras hora, y si uno le gruñía a su vez terminaba engulléndoselo, en cuerpo y alma, hasta los calzoncillos. Así y todo, planteaba un desafío. Quien pudiera vencer a esa ciudad, podía andar con paso de rey por cualquier otra parte. Pero para eso había que vencerla todo el día, y todos los días. Si uno no podía, si se sentía desfallecer o esperaba una sonrisa, lo mejor era colgar los guantes, meter la cabeza en el horno de la cocina y quedarse allí.

No hacía falta un ejercicio lógico muy exhaustivo para llegar a la conclusión de que finalmente había que perder. La edad se adueñaba insidiosamente de uno, lo rodeaban jóvenes valientes ávidos de triunfo. El dinero se convertía en un monstruo enloquecido que se mordía la cola, que se autodevoraba hasta extinguirse. La propiedad era algo que se hipotecaba para conseguir crédito para comprar más propiedades para hipotecarlas y hacer más compras, para capitalizarse finalmente por si la tortuosa ruta llegaba a un callejón sin salida. Estábamos todos condenados a la eterna noria: un poco de vigilia, un poco de sueño, una catarsis por el terror y la piedad, un poco de amor, mucha soledad, y dos abluciones por día para poder sentirnos limpios aunque no lo estuviéramos. Después, se llegaba a la etapa en que nos preguntábamos si no estaríamos, simplemente, matando el tiempo hasta que el tiempo nos matara.

EL ALMUERZO DE ARLEQUIN con Herbert Bachmann había arrojado muy modestas esperanzas. Se podía conseguir el dinero que le permitiera cubrir el déficit y comprar las acciones minoritarias; pero los intereses serían enormes y durante un largo período los beneficios del banco se verían sustancialmente reducidos. Más penosa sería la probable pérdida de una considerable tajada del negocio de suscripción de acciones, que se basa siempre en la promesa de que si la emisión no se puede vender en el mercado, el asegurador se hará cargo personalmente del resto. Habría también otro perjuicio. Los inversores tienden a rehuir a un banquero que se ve en la necesidad de pedir dinero prestado en la calle para mantenerse a flote.

Basil Yanko lo había calculado con toda precisión. La prima era suficientemente alta para atraer a los vendedores voraces y asustar a los compradores prudentes. El olor no era bastante para provocar un escándalo; apenas si alcanzaba para mandar a los clientes nuevos a la tienda a la vuelta de la esquina. George Arlequin podía enriquecerse vendiendo, o empobrecerse luchando por una victoria estéril. Arlequin lo veía con tanta claridad como yo, y lo definía con mayor precisión; pero también, por tenue que fuera, veía una esperanza de mejorar su situación.

—Hasta el momento, Paul, hemos supuesto lo peor; que todos los accionistas minoritarios van a querer vender. Sobre ese supuesto basamos todos nuestros cálculos. Ahora bien, yo tengo primera opción para la compra; de modo que propongo que nos pongamos en contacto con cada uno de los accionistas para plantearles mi oferta y recomendarles que no vendan nada, a nadie. Siempre que sea posible, quiero reunirme personalmente con ellos, de manera de no tener que poner demasiado por escrito. Es eso lo que estoy preparando ahora. Claro que voy a necesitar tu ayuda. Llamé a Suzanne para que venga desde Ginebra. Entre los tres, tendríamos que poder cubrir el territorio en el tiempo que disponemos. Tan pronto como haya preparado las listas y las tenga clasificadas, estableceremos el plan de operaciones.

—Pero, ¿todavía estás decidido a rechazar directamente la oferta de Yanko?

—Seguro. Me siento agraviado por ese hombre, y por todas sus tácticas. ¿Por qué estás tan dudoso, Paul?

—Porque hasta que se complete la investigación y Bogdanovich nos dé alguna información firme, no tenemos cartas para jugar. Yanko repite su oferta. Tú dices "no, no, no", y ahí se acaba la discusión. Nos deja peor de lo que estamos ahora. Yanko es malicioso. Si lo pones de espaldas contra la pared, te saltará encima como una rata acorralada.

—Paul, tienes que confiar en mí.

—De acuerdo, George. Te dije lo que pensaba. Te llamaré por la mañana y te veré aquí a las tres de la tarde.

—¿Qué programa tienes ahora?

—Me voy al club a darme un baño turco. Después telefonearé a Mandy Ducaine para saber dónde es el acto esta noche, y tal vez vaya. Me está estallando la cabeza, George. Necesito una pausa.

—Hasta mañana, entonces. Mis recuerdos a Mandy.

Cuando nos separamos, estaba enojado con George. Sentía que me había excluido; que mis consejos ya no tenían ninguna importancia para él. Echaba de menos la vieja cortesía, la antigua sutileza, el cómico sentido de la proporción. Ahora era seco e inflexible, otro tipo ruin en una ciudad llena de tipos ruines. Deseaba fervorosamente verme eximido de los cuidados y aflicciones de la amistad para volver a la agradable, aunque inútil rutina de la vida de soltero.

Después de una hora de ejercicios, me sentí menos dispéptico y mejor dispuesto hacia la Humanidad. Llamé a Mandy, una alegre viuda con un corazón tan grande como su buena suerte, y cuyo único temor es tener una fecha vacía en su calendario social. Mandy iba a la Opera, pero si yo quería darme una vuelta a la hora de la cena, estarían Harold y Louise y Monty, y esa nueva soprano brasileña... y bueno, una docena de personas más. Le dije que intentaría llegar, pero que si no podía, cariños y besos hasta la próxima vez.

Así me quedaba con carta abierta para la cena, sin que me abandonara la convicción de que ya me estaba poniendo demasiado viejo para la danza de apareamiento de las mariposas; de manera que me fui al salón de billar y le gané diez dólares a Jack Winters, quien jamás en su vida hizo nada más difícil que podar rosales y escapar del matrimonio. Me asustó. Me asustaba siempre. Me veía a mí mismo, dentro de diez o quince años, el primero en llegar, el último en irme, patéticamente ansioso de una mano de bridge o un rato de charla en el bar.

Mientras volvía a pie a casa en el primer crepúsculo de neón, atravesando los últimos hormigueros de la ciudad, me oprimía una terrible sensación de soledad, un tremendo pánico de la violencia y del desastre. El terreno legal que con tanta seguridad había hollado a lo largo de los años crujía bajo mis pies, como la capa de hielo que cubre un río ante un súbito deshielo. Me veía complicado en robo, conspiración y asesinato. Había hecho pacto con el terror, precisamente porque me encontraba atrapado en un mecanismo fuera del alcance de la ley, un mecanismo que corrompía la ley hasta convertirla en impotencia y servilismo.

"Alerta amarilla", anunciaba la máquina; las grandes potencias empezaban a movilizarse para la guerra. La máquina vomitaba un cálculo astronómico; una moneda se devaluaba. Incluso Dios le perdonaba a uno sus pecados; pero la máquina seguiría enrostrándoselos hasta el juicio final... y también eso produciría, en su momento... Se alentaba así la gran ilusión: que el hombre no puede asumir responsabilidad alguna, puesto que no puede ejercitarla; que ha de someterse, ya que su destino está ya decidido y determinado, y únicamente la máquina puede controlar las corrientes cósmicas. Lo que nadie decía, y todos ponían diligencia en ocultar, era que a las máquinas las alimentaban mecánicos humanos, tan perversos, tan buenos, tan prudentes, tan estúpidos como cualquiera de nosotros... y que la máquina se limitaba a multiplicar sus errores según una matemática demente, más allá de la cual no había apelación... a menos, claro, que uno atacara a la máquina con hachas y bombas y cohetes y un desprecio mortal; lo que constituía la naturaleza misma del terror moderno, la esencia de la desesperación pública que generaba.

Al pasar junto a un escaparate me vi reflejado en el cristal. Vi un hombre de edad mediana, sombrío y hostil, cerrado a todo contacto humano. Me di vuelta, apresurándome a perderme entre la multitud en un vano esfuerzo de sacudirme de encima a mi doble.

CUANDO LLEGUÉ A CASA, TODAS las desgracias del día se vieron coronadas por la tribulación doméstica. Takeshi tenía uno de sus días malos. Ahora bien, tengo que explicar que cuando está de buen humor, Takeshi es un dechado merecedor de más elogios que el vino, las mujeres y las esmeraldas. Es capaz de planchar una camisa de tal modo que uno la siente como una segunda piel. Sacude el polvo, encera, lustra como si fuera el custodio del tesoro imperial. Por otra parte, si está de mal genio Takeshi es intolerable. Anda arrastrando los pies como un caso geriátrico. Gruñe como los demonios del templo. Suspira, gime y lloriquea en una sinfonía de dolores. Cuando se digna abrir la boca, es para mostrarse estúpido o contumaz. El único remedio que he descubierto hasta hoy es hacerlo volar de casa y dejarlo que vaya a purgarse con sake, póquer y una visita a la *mama-san* que dirige una posada para caballeros japoneses en la calle 58 Este.

En el momento de transponer el umbral, reconocí los signos. En menos de cinco minutos ya me había librado de él. Media hora más tarde, bañado, afeitado y por lo menos parcialmente humanizado, me enroscaba en el diván, con una bebida a mano, a escuchar la *Patética* dirigida por Von Karajan. Había llegado el paquete de Francis Xavier Mendoza, pero lo dejé sin abrir. Ya había trotado bastante junto al carro de los triunfadores de este mundo. Me sentía con derecho a disfrutar un poco de mi propia tranquilidad.

Me puse a hojear una revista deportiva y a regodearme con fantasías de un largo crucero en yate, por Europa y el Caribe, atravesando el canal de Panamá para seguir a las Galápagos, cruzar a Papeete y llegar a Tonga y las islas Fiji. Era algo que podría hacer. Era algo que debía hacer, en vez de escarbar en el estiércol del mercado. Podía tomarme un año de vacaciones, dos si quería. La tripulación no era problema. Podía elegir entre muy agradables compañeras. Jenny Latham era libre y ávida... Paulette, tal vez. Pero, ¿por qué atarme? ¿Por qué no llegar fresco a cada recalada, saliendo del largo balanceo del mar a la calma de tierra firme...? Me despertó el zumbido insistente de la campanilla de la puerta y, fastidiado, me dirigí tambaleante a abrirla.

Ahí estaba George Arlequin, sonriendo con aire de disculpa.

—Anduve caminando durante una hora. Vine a ver si te encontraba en casa. Si no hubieras estado, te habría dejado una nota.

—¡Pero entra, por Dios! ¡En esta ciudad no se anda caminando de noche!

—Ya lo sé, pero tenía que pensar. Hoy discutimos, Paul. No tendría que haber sucedido. Lo lamento.

—Olvídalo, George. Los dos tuvimos un mal momento. ¿Café?

—Sí, por favor. ¿No saliste?

—Mandy está en la Opera. Me dijo que fuera a cenar, pero no me sentí con ánimo. Takeshi anda con su melancolía. ¿Dónde está Julie?

—Esperando a Suzanne, que llega en uno de los últimos vuelos.

—¿Le contaste lo que sucedió?

—Sí —me sonrió con su sonrisa juvenil y traviesa—. No entendía por qué no le dijiste nada cuando almorzaste con ella. Creo que ya te debe de haber perdonado.

—Así lo espero... Oye, tengo un paquete en el salón de fumar. Es información sobre Basil Yanko, que me envió Mendoza desde California. ¿Por qué no lo abres y le echas un vistazo mientras yo preparo el café?

Durante diez minutos me demoré en la cocina, contento de que hubiera venido, preocupado por no haberle hablado de mi conversación con Bogdanovich. No era el miedo lo que me retuvo. Eran el resentimiento y los celos, la mezquina victoria de contar con una información que a él, por el momento, le estaba vedada. No era fácil de explicar, pero, avergonzado por la gentileza de sus disculpas, tenía que hacerlo. Lo conmovieron los detalles de la muerte de Valerie Hallstrom, pero no quiso aceptar mis explicaciones.

—¡No, Paul! Te he dejado asumir demasiado y durante demasiado tiempo. Tú has corrido con los riesgos, mientras yo hacía de crítico y de juez. En lo sucesivo trabajaremos juntos, sin secretos ni discusiones. ¿De acuerdo?

—Sí.

—Esta tarde tuve malas noticias. Larry Oliver vino a verme. Le ofrecieron otro trabajo y me presentó su renuncia.

—¿Cuándo quiere irse?

—A fin de mes. Tiene tres meses de vacaciones, que cubren el preaviso.

—¡Oh, demonios! Eso nos perjudica, George.

—Propuse el cargo a Standish. Está encantado, por cierto.

—No es muy despierto, pero tendrá que arreglarse.

—Hay algo que me preocupa, Paul. Legalmente, nuestra posición es débil. Primero, hay contra mí, como presidente, un caso *prima facie*. Al contratar a Lichtman Wells, estamos ganando tiempo para que yo lo enfrente; pero cualquier cliente que se considere perjudicado puede presentar una demanda en cualquier momento, en cualquiera de las jurisdicciones donde operamos. Oliver lo sabe y no quiere ensuciar sus manos de azucena. En realidad, no puedo culparlo. Además, estamos empleando a Bogdanovich, que opera fuera del marco legal y, de hecho, es un agente ilegal de una potencia extranjera. Tú, Paul, estás en este momento en situación de ocultar pruebas en una investigación criminal. Como si eso no fuera suficiente, me telefoneó Basil Yanko. Tenía un problema, me dijo, un problema de ética profesional...

—¡Dios me libre! ¡Etica profesional!

—Fue lo que dijo. Me explicó que la señorita Valerie Hallstrom tenía acceso a información muy reservada referente a la seguridad nacional. Por ende, se había visto obligado a llamar al F.B.I. Inevitablemente, ellos van a pedir acceso a todos los archivos, incluso los de Arlequin et Cie, y pueden exigirlo. Tenía la esperanza de que yo no lo interpretara como una jugada hostil de su parte, ni como un intento de ejercer presión sobre nuestras negociaciones. El asunto no dependía de él... Ahora podrás ver por qué necesitaba caminar un poco.

Vi también algo más que eso: vi titulares desaforados y la conmoción en el mercado, y ejércitos de clientes que se iban como si fuera la retirada de Mons. Y ahí, en primer plano, estaba George Arlequin con su taza de café firme en la mano, con la placidez de un maestro Zen que acaba de plantear un enigma insoluble.

Con vacilación, intenté dar forma a una respuesta.

—Hablemos primero de los aspectos legales. Tú y yo somos extranjeros. No hay pruebas de que tú hayas cometido delito alguno en Nueva York. Hay pruebas de que se usó tu firma para retirar los beneficios de la maniobra delictuosa en

Suiza... Las únicas pruebas de asesinato que yo tengo son de oídas. Nadie sabe que las tengo, a no ser tú y Bogdanovich. Nadie sabe que hemos contratado a Bogdanovich, salvo Saul Wells, que coopera con él. Aunque lo supieran, sería difícil que pudieran acusarnos de ningún intento criminal. Somos dueños de contratar a un recolector de basura si se nos ocurre, siempre que no nos asociemos con él para cometer una felonía. El F.B.I. es harina de otro costal. Si piensan que está en juego la seguridad nacional, tienen acceso a nuestras transacciones en esta jurisdicción, legales o no. Va a ser inevitable que nos visiten. ¿Qué les decimos?

—La verdad, Paul. Que estamos investigando un fraude internacional. Que yo estoy comprometido, aunque soy inocente. Que una ex empleada nuestra, Ella Deane, murió en un accidente y dejó una sospechosa cantidad de dinero. Creo que podemos agregar que nos resistimos a aceptar el informe que absuelve a Creative Systems mediante la simple enunciación de que sus empleados han sido reiteradamente investigados.

—¿Será prudente plantear esa cuestión?

—Pienso que sí. No hacemos una acusación. Expresamos una duda razonable. Hasta podemos ir más lejos. Podemos señalar la coincidencia con la oferta de compra de Basil Yanko.

—Eso es descubrir nuestro juego, George.

—Inocente o culpable, Yanko se preocupará. El F.B.I. también se preocupará, porque Valerie Hallstrom tenía acceso a información secreta y murió violentamente.

—Una vez que se destape esa olla, nuestras actividades podrían verse restringidas.

—¿Por qué, Paul? Si somos gente muy legal.

—Bogdanovich tiene que saberlo, antes de que digamos nada.

—De acuerdo. ¿Por qué no lo llamas ahora?

—Tengo que hacerlo desde un teléfono público.

—Todavía es temprano. ¿Por qué no te vistes y me llevas hasta el bar de Gully Gordon? Puedes telefonear por el camino, y si Bogdanovich está libre podríamos verlo esta noche.

—¿Y qué hay del informe de Mendoza?

—Me lo llevaré para estudiarlo. Cuando no lo esté usando, lo guardaré en la caja fuerte. No es cosa para dejarla por ahí rodando, y menos ahora...

No pude menos que sonreír burlonamente y pincharlo con una ironía:

—¡Estás aprendiendo rápido, George!

Para mi sorpresa, me tomó con toda seriedad.

—No... siempre lo supe, Paul. Me acorazaba en mi vanidad de que podía esquivar a pícaros y embusteros, aislarme de la malignidad con buenos modales, excluir la violencia tras un muro de dinero y privilegios. Al salir esta noche, al andar por las calles, vi que era todo una ilusión. El mal es real. Te acecha. Se embosca. Invade tu propia casa. Tarde o temprano tienes que enfrentarlo y luchar con él, mano a mano. Para mí, ese momento ha llegado. Me alegro de que volvamos a ser amigos...

Tomamos un par de tragos y escuchamos media hora de música en el bar de Gully Gordon. Al salir, nos esperaba afuera un automóvil con chófer. Aaron Bogdanovich ocupaba el asiento de atrás. Recorrimos la ciudad hasta la plaza Washington y después volvimos lentamente al centro, mientras Bogdanovich recibía nuestra información y nos daba sus instrucciones.

—Estoy de acuerdo con usted, señor Arlequin. No se juega con el F.B.I. Denle toda la información que ellos podrían deducir de sus archivos. No creo que haga daño expresar cierta inquietud respecto de las operaciones de Creative Systems. Puedo asegurarles que al F.B.I. también le inquietan. Pero recuerden que ustedes son extranjeros; no entienden las actitudes y la manera de proceder de los norteamericanos. Eso es útil cuando se trata con organismos gubernamentales... Lo único que no tienen que mencionar es la relación de ustedes conmigo. Claro que ellos saben que existo. La política de la Administración favorece a Israel. Mientras lo que yo hago no les huela mal y suelte de vez en cuando una buena propina, me dejan en paz. Pero la práctica privada no la admitirían. Todavía no tengo muchas noticias para ustedes. Localizamos el taxi. El chófer admite que transportó a nuestro hombre. Lo llevó hasta el terminal de la T.W.A. en el aeropuerto Kennedy. Después de eso, claro, se nos pierde. Puede que haya tomado un vuelo de esa compañía. También podría haber vuelto a la ciudad, o haberse cruzado a otro terminal. No hay forma de saberlo. Sin embargo, seguimos investigando... También estamos estudiando al personal particular de Yanko, su chófer, el ama de llaves, la criada y la secretaria privada. La policía está indagando la vida privada de la señorita Hallstrom. Cuando el momento sea propicio, un amigo mío me conseguirá el informe. Para hacer las cosas bien se necesita tiempo. Ah, una cosa, señor Desmond. El tipo del Corvette verde, el que estaba vigilando su apartamento...

—Bernie Koonig. ¿Qué hay de él?

—Mis muchachos lo pararon para charlar un rato. Dijo que lo había contratado un amigo para que lo siguiera a usted y pasara un informe sobre sus movimientos.

—¿Quién era el amigo?

—Alguien que se llama Frank Lemmitz. Es el chófer de Yanko.

—Eso por lo menos es un dato. ¿Podemos usarlo?

—Ya lo pensé. Es un riesgo, pero tal vez valga la pena correrlo. ¿Por qué no pronuncia como al descuido el nombre cuando se encuentre con Yanko?

—Encantado.

—Déjeme que lo haga yo —terció ansiosamente George Arlequin—. Puede que la sorpresa sea mayor. ¿No dicen que en el teatro debe haber dos risas en cada chiste?

—Tres —respondió Aaron Bogdanovich—. Pero tiene que asegurarse de que la última no sea cuando se ríen de usted.

LLEGAMOS TARDE, AUNQUE NO DEMASIADO, para cenar en el Salvador. Suzanne ya estaba y yo la levanté en brazos y la mantuve abrazada un momento más que de costumbre, porque Arlequin no lo hacía y ella, como yo, necesitaba más amor de lo que tenía. El informe que nos traía de Ginebra no era alentador.

El Banco Unión se mostraba cuidadoso de sus derechos y preciso en cuanto a su posición legal. La cuenta de Arlequin había sido abierta como era debido; todas las operaciones realizadas eran formalmente correctas; el dinero se había pagado en efectivo una vez verificada la firma. La responsabilidad del Banco terminaba ahí. En tanto se reconociera debidamente su posición, estarían encantados de ayudar a su honorable colega de cualquier manera permisible.

La policía suiza se había mostrado un poco más accesible. Habían comparado la supuesta falsificación con una firma auténtica, admirándose de la habilidad del falsificador. Señalaron que tratándose de efectivo era difícil seguirle la pista, y que se lo podía exportar legalmente de Suiza. La situación de Arlequin era clara, por más que fuera incómoda: las pérdidas se habían cubierto; a menos que un tercero presentara una demanda formal, y hasta que eso sucediera, no se podían formular cargos contra él.

Las noticias del campo comercial eran ominosas. En la

ciudad del buen Juan Calvino, el trabajo era sagrado y el dinero su fruto santísimo; todo lo que empañara la santidad del dinero era objeto de anatema. George Arlequin todavía no estaba excomulgado; no se lo censuraba todavía formalmente. Pero en la Asociación de Banqueros Suizos había ya cabezas que se meneaban y murmuradores en actividad. Todavía no se habían perdido clientes, pero la afluencia de inversiones en dinero había disminuido considerablemente.

Suzanne lo contó todo con su estilo austero y prosaico, como si en vez de enumerar calamidades estuviera haciendo una lista de comestibles. Juliette, furiosa, tachaba un nombre tras otro en su lista social. Arlequin resumió todo en un breve discurso:

—Una cosa está clara. No podemos limitarnos a vencer y regresar a casa cojeando. Necesitamos estandartes y trompetas y hacer que nuestros enemigos muerdan el polvo. Es demasiado tarde para hacer buena retórica. A las diez de la mañana, consejo de guerra... Que durmáis bien, chicos. ¡A soñar con los angelitos!

El deseo era auspicioso; pero para mí no representó bendición alguna. Un momento después de haber despedido el taxi a la puerta de mi apartamento, convergieron sobre mí tres hombres que salían de la sombra.

—Tenemos para ti un mensaje de Bernie —anunció uno de ellos. Otro me asestó un cachiporrazo. Procuré defenderme, pero eran expertos en el juego. Me desperté en mi cama con las costillas vendadas, dolor en los riñones, y atendido por un médico mientras dos policías esperaban para tomarme declaración.

[illegible] del tiempo [illegible] y [illegible] sin que [illegible] todo lo que [illegible] el [illegible] objeto de [illegible]. Como [illegible] todas [illegible] con [illegible] cuando [illegible] en la [illegible] veces [illegible] [illegible] de [illegible] había [illegible].

Sozanet le contó todo con su [illegible] y [illegible] como si en vez de [illegible] manera [illegible] [illegible].

—[illegible] esa [illegible]. No podemos [illegible] y [illegible] esa esperanza. Necesitamos [illegible] que nuestros [illegible] el [illegible] de [illegible] para hacer buena [illegible]. A [illegible] de la [illegible] de [illegible]. Quedamos [illegible] con [illegible].

Y [illegible] para [illegible]. Un momento después de haber [illegible] de mi [illegible], con [illegible] sobre mi [illegible] de la [illegible].

—[illegible] pero [illegible] en el [illegible] las [illegible] y [illegible] para [illegible] [illegible].

CUATRO

El médico se mostró alentador. Tenía una costilla rota, extensas magulladuras y un gran chichón en la cabeza. En su opinión, el resto de mi persona estaba intacto; pero si sentía náuseas, dolor al respirar o encontraba sangre en la orina, debía llamarlo inmediatamente. Me dejó unas cápsulas, su tarjeta y la cuenta por atención de emergencia a domicilio, que naturalmente era bastante más elevada que los honorarios correspondientes en el consultorio. Me recomendó un par de días de reposo absoluto y después partió a continuar el suyo.

Los policías me hicieron un breve resumen de las horas perdidas. Al volver de la noche pasada en la ciudad, Takeshi me había encontrado inconsciente, acurrucado sobre el umbral. Llamó a la policía y al médico y entre todos me habían limpiado un poco antes de meterme en la cama. Ahora, si no me sentía muy mal, ¿podría por favor darles algunos detalles? Me sentía como si acabara de pasarme un tanque por encima, pero traté de satisfacerlos.

Inmediatamente se abalanzaron sobre el nombre Bernie. ¿Conocía yo alguien de ese nombre? No. Entonces, ¿Bernie Koonig no tenía ningún sentido para mí? No. ¿Tendría que tenerlo? Bueno, la noche anterior habían cacheado a un hombre de esas señas, justo frente al apartamento. ¿Alguna relación? Ninguna. ¿Tal vez me habrían confundido con alguien? Probablemente. Aunque yo visitaba continuamente Nueva York, no me movía en círculos criminales, de lo cual podían dar testimonio docenas de amigos respetables. ¿Podría reconocer a mis atacantes? Lo dudaba. Todo había sucedido tan rápido. Sí, generalmente era así. ¿Podría revisar mi billetera? La revisé. No faltaba nada. Bueno, ellos archivarían el informe. Si recordaba algo más, debía telefonear al sargento de guardia del distrito. Bueno, señor Desmond, duerma un poco; ya tuvo bastante jaleo.

Takeshi los acompañó a la puerta, me trajo whisky para ayudar a los analgésicos, me puso el teléfono junto a la cama mientras emitía ruidos solícitos y me dejó, como a Job sobre su montón de estiércol, a solas con mis miserias. Dormité irregularmente hasta las siete de la mañana y después me levanté con dificultad de la cama para estimar los daños. No era un lindo espectáculo. Tenía la cara hinchada y magullada. El chichón era del tamaño de un huevo. Tenía los nudillos despellejados y el vendaje que me rodeaba el torso me daba el aspecto de un rosbif. Me dolían todos los músculos, pero por lo menos podía respirar y no sentía náuseas ni encontré sangre. Para cuando me hube dado un baño y afeitado, estaba convencido de que viviría, pero dudaba de que valiera la pena molestarme. Sin embargo, tras una taza de café y una tostada me decidí a hacer el esfuerzo. Llamé a Aaron Bogdanovich y le conté la triste saga de un *schmuck* llamado Paul Desmond. Dijo que en veinte minutos estaría conmigo y colgó.

Llegó sin flores y sin demostrar compasión alguna.

—¡Asunto de rufianes! Mis muchachos indagaron a Bernie Koonig. El lo culpó a usted y le devolvió el cumplido.

—¿Por qué culparme a mí?

—¿Quién más hay? Nosotros no nos hacemos publicidad entre los gángsters, señor Desmond.

—Yo pensé que pagábamos para tener protección durante veinticuatro horas diarias.

—Así es. Mi empleado iba detrás de su taxi. Cuando vio que usted se bajaba en su casa, siguió de largo. Fue un grave error y se le castigará por eso. Lo lamento.

—Pagamos medio millón de honorarios, a mí me rompen la cabeza y usted lo lamenta. ¡Estupendo!

—Le sugiero que saque partido de la situación, señor Desmond.

—¿Cómo?

—Ayer decidimos decir a Yanko que conocíamos a Koonig y al hombre que lo contrató. Ahora se lo demostramos. Usted es la víctima de un ataque criminal, cuya pista se puede remontar a Yanko.

—Pero yo dije a la policía que no conozco a Bernie Koonig.

—Eso Yanko no lo sabe. Lo único que sabe es que usted ha retenido la información y que está dispuesto a usarla como recurso de negociación.

—Con lo cual puede estárseme preparando algo peor.

—Es posible. Pero déle a entender que hay una declaración ante notario, lista para ser enviada a la policía. Me gustaría estar presente cuando usted se lo diga.

—Me parece que usted debe de orinar agua helada, señor Bogdanovich.

—Tiempos hubo en que era sangre, señor Desmond. Entonces es cuando uno empieza realmente a preocuparse. Me gustaría saber cómo se desarrolla la reunión. Llámeme esta noche, tarde. Tengo un día muy ocupado.

—Con la floristería, claro.

—No, señor Desmond. Esta vez son misiles SAM. Hay tres dando vueltas por ahí en manos de los terroristas de Setiembre Negro. Sabemos que dos están en Europa. Pensamos que es posible que el otro esté aquí en Nueva York. Si no los encontramos, es posible que un montón de gente vuele por los aires.

Claro que después de eso no quedaba nada por decir. Me vestí penosamente, leí los periódicos de la mañana y a las diez aparecí por el Salvador, con la sensación de ser un payaso que había perdido el tren del circo. Juliette ya había salido a pasar el día con amigos, de modo que me ahorré la incomodidad de explicarle mi estado. A Arlequin y a Suzanne les conté toda la historia y les dije la forma en que Bogdanovich me había sugerido que la usáramos.

Arlequin lo pensó un momento, con el ceño fruncido, y después se manifestó bruscamente de acuerdo.

—¡Pues que sea así, entonces! Veamos cuánto resisten los nervios de Yanko. Ahora, el programa de la mañana. Suzy, en Europa son las tres. Vamos a llamar a toda la gente de tu lista. Yo hablaré personalmente con cada uno. Paul, tú y yo prepararemos el borrador de un cable para todos los accionistas, y de la carta que lo confirmará. Después tenemos que redactar dos declaraciones, una para Yanko y otra para la prensa financiera. El meollo de ambos es que rechazamos la oferta, recomendamos a los otros accionistas que no la acepten y enunciamos las razones. Nuestros abogados estarán aquí a la una y media para ver los borradores.

Fue un trabajo lento y frustrante. Las líneas telefónicas a Europa estaban recargadas. De las quince personas que figuraban en la lista de Suzanne, sólo pudimos hablar con cinco; y de éstas, tres se inclinaban a vender y dos se mostraron dispuestas a esperar si Arlequin podía darles buenas razones. Ahí estaba lo esencial del problema; teníamos multitud de razones, pero no podíamos darlas a conocer sin infringir las leyes contra la difamación. Podíamos objetar que una empresa tradicional europea quedara sometida al control norteamericano. Podíamos discutir la prudencia de poner un Banco en manos de una compañía que diseñaba sistemas policiales y de vigilancia. Podíamos demostrar las técnicas de pulpo que usaba Yanko. Pero, sin el más enérgico pretexto de verdad y bien público, y sin tener todo un ejército de pruebas que nos apoyaran, no nos atrevíamos a poner en evidencia a él personalmente. Era el antiguo proverbio: el dinero hace al hombre; lo hace más puro que los ángeles, y para demostrar lo contrario, hay que tener al menos tanto dinero como él.

Llenamos un cesto de papeles con intentos fallidos, pero para cuando llegaron los abogados, estábamos seguros de haber logrado una pequeña obra maestra de insinuación y sobreentendidos. Los abogados se horrorizaron. Lo que en Ginebra era razón pura, constituía una difamación horrenda en Nueva York. De ninguna manera podían permitirnos que publicáramos eso, ni siquiera que lo enviáramos por correspondencia. ¡No, caballeros, no faltaba más! Ellos se llevarían los borradores a su oficina para reconstruirlos.

Arlequin accedió, de mala gana, y después les pidió que esperaran un momento.

—Caballeros, ¿quieren ustedes mirar al señor Desmond?

Miraron. Entonaron un breve coro de conmiseración. Me abrí la camisa, y el coro se extinguió en el silencio.

—Anoche atacaron al señor Desmond —continuó Arlequin—. Y ese ataque se puede remontar al señor Yanko.

—¿Cómo, señor Arlequin?

—Su chófer contrató al hombre que mandó hacer esto.

—¿Pueden ustedes demostrarlo?

—Sí.

—¿Pueden demostrar que el chófer actuaba por orden de Yanko?

—Sabemos que es así. Legalmente no podemos demostrarlo.

—Entonces no pueden acusar, señor Arlequin.

—Exactamente. La ley es impotente. El señor Desmond no puede esperar reparación, a no ser que él también busque un matón a sueldo. A ver qué aconsejan ustedes, caballeros. ¿Cómo obtenemos reparación y nos protegemos, el señor Desmond o yo, contra nuevos ataques? Ya sé cuál es la respuesta. Ustedes no pueden comprometerse recomendándonos un recurso ilegal. Más aún. Ustedes me instan a no lesionar la reputación de Yanko porque él podría procesarme por difamación. Así lo hago, y él sigue invadiéndonos, cada vez más. Cuando la ley es impotente, caballeros, ¿cómo se ha de hacer justicia? Piénsenlo, por favor. Y procuren que tenga esos documentos antes de las seis de la tarde.

Se fueron, inseguros y desdichados, escandalizados ante lo que parecía un pequeño discurso sin sentido.

Suzanne no ocultó su disgusto.

—George, ¿qué demonios esperabas que te dijeran? Ellos no pueden desafiar a la ley, si son sus sirvientes. Y tú lo sabes. Siempre lo supiste.

La respuesta fue enérgica y urgente.

—¡No! Ese no es el problema, Suzy. La cuestión debe ser resuelta, porque el dilema es universal. El palestino no puede volver a su tierra porque donde él tenía su casa hay un *kibbutz*. El judío no puede capitular, porque lo matarán en un sótano sirio. El vietnamita no puede hablar tras sus barrotes porque le dan orina para beber y cal viva para comer. Los hambrientos del suburbio se convierten en rebeldes porque no pueden encontrar trabajo ni dar de comer a sus hijos; y sus abogados se estremecen en los aparatos de la cámara de torturas. ¡Mi causa no es nada! No importa lo que suceda, yo viviré y me moriré rico, y sin haber merecido un franco de lo que tengo. Aun así, la ley es impotente cuando se trata de defender el más simple de mis derechos, el de mantener mi buen nombre. Ahí está el meollo del argumento. Ahí es donde yo me convierto en hermano del rebelde... en rebelde yo mismo, tal vez...

Yo jamás lo había visto apasionarse de esa manera ni expresarse con tanta libertad. Era como si en él se hubiera soltado un resorte que no pudiera recuperar. El desafío no se dirigía solamente a nosotros, sus cohortes; se lo dirigía también a sí mismo. Después dijo una cosa extraña y perturbadora:

–En este momento estoy mirando por el cañón, y veo la bala en la recámara. Me pregunto cómo me sentiré cuando sea yo quien tenga el dedo en el gatillo.

BASIL YANKO LLEGÓ A LAS TRES Y VEINTICINCO, demasiado tarde para disculparlo, apenas lo suficiente para hacer pensar en un desaire deliberado. Se disculpó, claro, pero de manera tan displicente que subrayaba el insulto. Esperaba que pudiéramos terminar con razonable prontitud, porque a las seis tenía una cita en Pleasantville y quería eludir el tráfico de la ciudad. Tenía el coche en el aparcamiento subterráneo y le gustaría hacer llamar a su chófer cuando la reunión estuviera a punto de terminar. Estaba todo calculado para darnos dentera y hacer que la conferencia se iniciara mal. Yo echaba chispas, pero Arlequin no se alteró.

Yanko no hizo ninguna referencia a mi aspecto mientras no nos hubimos instalado en torno de la mesa.

–¿Qué le pasó en la cara, señor Desmond?

–Un accidente. Me rompí una costilla también. El médico dice que viviré.

–Está asegurado, me imagino.

—Sí, lo estoy.

—Bueno, pues hablemos de negocios. Entiendo que ha considerado usted mi oferta, señor Arlequin.

—Sí, señor Yanko, así es.

—Estará de acuerdo en que es generosa.

—Sí.

—¿Supongo entonces que la acepta?

—No, señor Yanko, la rechazo.

—¿Espera que eleve la oferta?

—Al contrario. Espero que la retire.

Por un momento se advirtió en su rostro una sombra de sorpresa; después los delgados labios se torcieron en una sonrisa.

—Caramba, ¿por qué habría de hacer eso, señor Arlequin?

—Pienso que tal vez le parezca prudente hacerlo.

—¿Eso no será una amenaza, verdad, señor Arlequin?

—Un consejo, señor Yanko. Por el momento, amistoso.

Basil Yanko se reclinó en su silla, unió las manos por las puntas de los dedos y se las llevó a los labios descoloridos. Sus ojos se nublaron y pareció sumirse en la meditación. Después volvió a sonreír.

—Señor Arlequin —dijo suavemente— ya sé lo que está pensando. Soy un tipo grosero, tortuoso y voraz, impropio colega para un caballero europeo como usted. Usted no quiere venderme sus valores. Piensa que va a reunir el dinero suficiente para aprovechar sus opciones y comprar la parte minoritaria... aunque ese arreglo lo deje tullido. Si procede usted así, yo tengo dos alternativas. Elevo la oferta hasta el punto en que a usted se le haga imposible contrapesarla. O lo abofeteo con procesos criminales y civiles en todas las jurisdicciones en que usted opera: causas por daños y perjuicios, cargos de fraude, malversación, todo lo que hay previsto en el código. Ni siquiera tengo que ganar los juicios, señor Arlequin.

En el momento en que las demandas estén en el orden del día, usted está arruinado. El Banco enfrenta una crisis de confianza. Finalmente, yo lo consigo de todos modos... Entonces, pongámonos sensatos, ¿no le parece?

Era la exhibición de mero poderío más arrogante que yo hubiera presenciado jamás. Me sentía avergonzado, humillado y furioso al punto del asesinato.

George Arlequin se mostró totalmente impasible. No le tembló la mano ni la voz, ni hubo sombra de apasionamiento en su respuesta.

—Me sorprende, señor Yanko. Parece que yo tengo por usted más respeto que el que usted tiene por sí mismo. Es un hombre de inteligencia excepcional. No puedo entender cómo pudo usted elegir una táctica tan burda... salvo, claro, que sea una táctica de desesperación.

Basil Yanko se rió. No era una risa grata de oír, sino una burla áspera y brutal.

—¡Desesperación, vamos! ¡Arlequin, usted está atrasado en medio siglo! ¡Esto son negocios! ¡A mediados del setenta, en estilo norteamericano! No soy un pequeño gnomo suizo que juega con fruslerías en el Club de los Banqueros. Le estoy haciendo una oferta mejor que cualquiera que pueda conseguir en cualquier mercado del mundo. Si quiere discutirla, espléndido. Lo escucharé. Si la rechaza, echaré mano del látigo.

—Discúlpeme un momento —Arlequin se levantó y se dirigió hacia la puerta—. Necesito un vaso de agua.

Yanko se volvió hacia mí.

—¡Por el amor de Dios, señor Desmond! Usted es su amigo. Usted sabe cómo es el juego. Hágalo entrar en razón.

—¿Con qué, señor Yanko? Soy dueño de una acción nominal que, cuando me jubile como director, entregaré al propietario. Es asunto suyo; arrégleselas usted.

Un momento después volvía Arlequin, secándose los

labios con un pañuelo. Se sentó, estiró las piernas por debajo de la mesa y continuó el hilo de la discusión.

—...¡Ah, sí! Estábamos en el punto en que yo me niego y usted, según lo expresó, echa mano del látigo. Antes de echar mano, señor Yanko, antes de emprender ninguna acción precipitada, permítame que le enumere algunos hechos. Uno: estoy en posesión de un informe sobre su vida y sus actividades comerciales, cuya preparación ha requerido dos años. No todo lo que dice habla en favor de usted. Hay cosas que lo presentan como un colega altamente indeseable. Segundo: como usted sabe, soy un importante accionista en Creative Systems Incorporated y sus empresas afiliadas. Tengo derecho a voto y ciertos derechos de investigación legal en los asuntos de sus compañías. Tercero: Creative Systems depende de la confianza pública en la misma medida que Arlequin et Cie. Y depende mucho más de la confianza política, para la celebración y ejecución de grandes contratos gubernamentales. Cuarto: la confianza política sufriría un grave quebranto si se pudiera demostrar que el personal ejecutivo de Creative Systems e incluso usted mismo, señor Yanko, están vinculados o comprometidos con actividades delictivas. Quinto: si yo creyera que tales pruebas existen, sería mi deber como accionista y como hombre de negocios intachable, pedir una investigación a los organismos gubernamentales. Sexto: esas pruebas existen, señor Yanko, y están a mi disposición.

Basil Yanko se encogió de hombros y agitó las manos en un gesto de desprecio.

—Pues cumpla con su deber, señor Arlequin. ¡Uselas!

—Temo que usted no me cree, señor Yanko.

—Francamente, no.

—Entonces permítame que le demuestre un pequeño punto. Su chófer está esperando abajo. Mi secretaria acaba de llamarlo, como usted pidió. Su nombre es Frank Lemmitz.

Siguiendo sus instrucciones, contrató a un conocido delincuente llamado Bernie Koonig para vigilar el apartamento del señor Desmond. Así lo admitió ante investigadores contratados por mí. Ese mismo Bernie Koonig fue quien anoche hizo atacar al señor Desmond. Al efecto, hemos formalizado ante notario una declaración que estamos dispuestos a presentar a la policía... Esto no es más que la parte visible del iceberg. Bajo el agua hay mucho más. ¿Ve usted por qué le aconsejé prudencia, señor Yanko?

Hay que reconocer que se lo tomó mucho mejor de lo que yo esperaba. Hasta consiguió forzar una débil y gélida mueca de aprobación. Sus primeras palabras se dirigieron a mí.

—Lamento que resultase herido, señor Desmond. Eso no fue cosa mía. También a usted debo pedirle disculpas, señor Arlequin. Parece que lo coticé demasiado bajo.

—Eso es siempre peligroso en una plaza incierta.

—Prometo que no volverá a suceder. Usted me aconsejaba que retirara la oferta, ¿verdad? ¿Supongamos que retiro la amenaza y dejo en pie la oferta?

—Entonces se trata de una relación comercial normal, inobjetable desde el punto de vista del Derecho o de la práctica consuetudinaria.

—¿Y en cuanto a usted, señor Arlequin?

—Yo estipularía que como de hecho Creative Systems está bajo investigación del F.B.I., y en tanto que nuestra relación comercial siga siendo normal, no es necesario que yo emprenda ninguna acción oficial. La información de que dispongo es, digamos, una póliza de seguro.

—¿No quisiera convertirla en efectivo al precio de una rendición?

—No.

—No esperaba que aceptara. Bueno, resumamos la situación. Yo hice una oferta, usted la rechazó. Aconseja a sus accionistas que hagan lo mismo. Es una pena que hayamos llegado a un punto muerto, pero en sesenta días pueden pasar muchas cosas... Buenas tardes, caballeros.

No había tiempo para autopsias. Había que enviar los cables a los accionistas. Había que mecanografiar y echar al correo las cartas de confirmación. Los abogados llegaron, con una declaración tan débil y llorosa que Arlequin la desechó con desprecio, y nos dirigimos a los diarios con el texto de nuestro segundo borrador. Julie volvió a casa en medio del frenesí y exigió que la informaran de los sucesos del día. También quiso saber por qué yo parecía un herido de guerra; todo eso planteó, en forma final y definitiva, la cuestión de cuánto había que decirle.

Arlequin era de opinión de que debía estar al tanto de todo. Yo me opuse, porque era quien había puesto la cabeza sobre el tajo y Aaron Bogdanovich me la cortaría al caer de una pluma. Julie alegó, cosa bastante razonable, que es difícil acostarse con un hombre si no se puede hablar con él; que si había que compartir riesgos, ella tenía que entenderlos; que si se podía confiar en una secretaria, ¿por qué no en una esposa? Traje a colación el argumento que me daba escalofríos: cuanto más sabe uno, tanto más vulnerable es; y ahí estaban mis cicatrices para demostrar que no se trataba de un juego. A ello respondió Julie, con extraña mesura, que éramos un pequeño grupo de amigos enfrentados con un mundo hostil. Si la confianza no era compartida, el grupo no podría mantenerse unido. Entonces capitulé y Arlequin le contó la historia completa. Julie se quedó espantada al ver hasta qué punto estábamos comprometidos, qué cerca nos hallábamos del borde de la selva. Se avergonzó de su propio atolondramiento, se enojó porque la hubiéramos dejado tanto tiempo en la ignorancia, negándose a seguir siendo protegida y mimada.

Arlequin se sintió entonces más feliz. Podía razonar abiertamente en el cónclave familiar. Podía admitir sus necesidades, en vez de ocultarlas tras una máscara de sonrisas y cortesía. Hasta su aspecto era diferente, su conversación más vivaz, sus gestos menos tensos. En cierto modo, era más simple, aunque se hubiera singularizado más, como un monje que hubiera encontrado de pronto la llave de su propio corazón.

Cenamos en Bertolo, tallarines y vino. Los tallarines fueron idea de Juliette, que pensó —¡vaya idea!— que para mí serían más fáciles de masticar que un bistec. Pedimos al acordeonista que tocara viejas canciones sentimentales y cantamos tomados de la mano. Brindamos por la muerte y la condenación de los malvados, mientras Arlequin salmodiaba maldiciones en todas las lenguas que podía recordar, no fuera que Basil Yanko escapara incólume. Parecíamos gentes acosadas por la peste, acurrucadas en torno al fuego y la bebida, cantando para ahuyentar el mal de nuestra puerta. Pero el mal estaba ahí y todos lo sabíamos: la infección de la violencia y el terror. En el momento en que saliéramos del círculo encantado, volveríamos a ser presas de él.

Mientras volvíamos al Salvador, tomados del brazo, las tensiones del día se hicieron demasiado para mí y de pronto me sentí débil y mareado. Descansé un rato en el apartamento de Arlequin, pero sin mejorarme. Suzanne anunció que ella me llevaría a casa en un taxi y se quedaría a pasar la noche en mi apartamento. Protesté, pero me ganaron. Media hora más tarde me habían metido en cama con una dosis de sedantes, mientras Suzanne y Takeshi preparaban té en la cocina. No podía ser; yo sabía que era imposible; pero mientras me adormecía, pensé cómo sería tener todos los días una mujer en casa.

A LA MAÑANA, MUY TEMPRANO, tuve una visita sorpresiva de Aaron Bogdanovich. Takeshi lo hizo pasar a mi habitación, donde se sentó encaramado en el borde de la cama, con una taza de café en la mano, y empezó a interrogarme:

—Anoche no me llamó. ¿Por qué?

—Me sentía mal. La secretaria de Arlequin me trajo a casa. Está durmiendo en el cuarto de huéspedes.

—Si yo le digo que me llame, llámeme. Mi sistema depende del orden en los informes. ¿Qué pasó ayer?

Se lo conté, palabra por palabra. Me escuchó atentamente y aprobó.

—¡Bien! No sabía cómo se desenvolvería Arlequin. ¿Qué sucede ahora?

—Esperamos respuesta de los accionistas. Reunimos fondos en Nueva York para comprar las de los indecisos. ¿Qué noticias tiene usted?

—Sabemos quién mató a Valerie Hallstrom. Se llama Tony Tesoriero y está ahora en Miami. Pronto hablaremos con él.

—¿Cómo lo encontraron?

—Esa pregunta no procede, señor Desmond.

—Disculpe. A esta hora no estoy muy despierto.

—Saul Wells me pasó la información sobre Ella Deane. Hizo tres grandes depósitos en efectivo en noviembre, diciembre y enero. Durante ese período anduvo en buenas relaciones con Frank Lemmitz.

—Es hora de hablar con ese caballero, diría yo.

—Anoche lo intentamos, pero no fue a su casa. Esta mañana no apareció a trabajar.

—Es probable que lo hayan despedido después de la reunión que tuvimos con Yanko.

—En realidad, se fue a Londres en el vuelo especial de medianoche. Unos amigos míos lo verán allí.

—Salvo que se dedique a recorrer Europa.

—Salió con billete económico de ida a Londres. Bueno, señor Desmond, ¿qué tal andan sus nervios?

—Gastados. ¿Por qué?

—Esta mañana, en su buzón encontrará un sobre grande dirigido a usted. Dentro encontrará la libreta de Valerie Hallstrom y un texto impreso que dice: "Con saludos de Valerie Hallstrom". Llamará usted inmediatamente al señor Arlequin y a su investigador, Saul Wells. El señor Wells llamará en nombre de usted a la policía. Usted les entregará la libreta. El señor Arlequin llamará por teléfono al señor Yanko para darle la noticia.

—Y entonces se arma la de mil demonios. La policía y el F.B.I. se me vienen encima.

—Exacto. Y usted les dice la verdad: encontró la libreta en el buzón. Los dos organismos van a revisar, inevitablemente, su breve vinculación con Valerie Hallstrom. Durante ese repaso, pero no demasiado pronto, usted recordará lo único que se olvidó de decir a la policía... que la señorita Hallstrom tenía miedo a Basil Yanko.

—¿Y cómo explico mi mala memoria?

—Muy sencillo... una observación así podía arrojar sospechas sobre un inocente. Entretanto, nosotros estaremos charlando con nuestro amigo Tony Tesoriero, en Miami. Cualquier información que obtengamos se filtrará hacia el F.B.I. Con eso todo el mundo estará ocupado por un rato.

—Ojalá nunca llegue a reñir con usted, señor Bogdanovich.

—Estoy seguro de que no sucederá, señor Desmond. De paso, esa secretaria...

—Es una vieja y querida amiga.

—¡Bueno! No podría hacer ningún mal que ella lo viera abrir la correspondencia. Hasta es posible que pueda alcanzársela.

—Eso lo hace Takeshi.

—Mejor todavía. Bueno, buena suerte, señor Desmond... Ah, hay otra cosa. Para nuestra próxima reunión me gustaría contar con cien mil.

—Los tendré. ¿Cuándo lo llamo?

—Esta vez lo llamaré yo. Es posible que por un par de días no esté en la ciudad... ¡Buena suerte!

Era consentir con la locura, y yo lo sabía; pero en un mundo de lunáticos, los locos estaban más seguros que los cuerdos. Estaban acostumbrados al caos, esperaban lo monstruoso: bombas en la correspondencia, veneno en el agua, niños decapitados en la calle, asesinatos en masa a manos de generales. Sabían que a la gente le disparan en los aeropuertos, la violan en los ascensores, la torturan profesionales pagados con dineros públicos. Era tan normal que los presidentes mintieran como que los policías fueran perjuros y las compañías telefónicas patrocinaran revoluciones.

En el contexto de la insania colectiva, Aaron Bogdanovich era el más razonable de los hombres. La fría matemática por la cual se regía era el único sistema viable en un mundo de conflicto ético y donde la ley era imposible de respetar. Si Dios no existía, o se iba de viaje por demasiado tiempo, sus reemplazantes lógicos eran Aaron Bogdanovich y los de su especie. Hasta en el infierno había que mantener el orden, y el terror era el más refinado de los instrumentos. No era necesario usarlo con demasiada frecuencia; bastaba con exhibirlo mediante constantes amenazas y algún ocasional ejemplo sangriento. El único recurso contra él era un terror más intenso. Finalmente la Humanidad tenía que someterse, aunque no fuera más que para vivir en paz bajo la clara luz de un gélido desierto. Era una lógica de pesadilla, pero una vez aceptadas las premisas, era imposible eludir la conclusión.

Después Suzanne entró a verme y la pesadilla se disipó, al menos por un rato. Se mostró tranquila y afectuosa. Nos besamos y, tomados de las manos, recordamos sin lamentarlo el ayer apasionado. Cuando le pregunté con tono leve si le gustaría volver a vivirlo, sonrió y sacudió la cabeza.

—No, *chéri*. Lo haríamos sin poner el corazón, y ya no somos tan jóvenes como para mentirnos. Los dos perdimos el tren, y estamos parados en la estación, tomados de la mano. Es lo que soñé de nosotros anoche.

—Me alegré de que estuvieras aquí. Gracias, Suzy.

—No hay de qué. A mí me fue grato salir del hotel. Me hacen sonreír las peleas de enamorados entre Juliette y tú. Me olvido de la forma en que debo de traicionarme cada vez que George entra en la habitación. Bajo el mismo techo, es intolerable...

—Puedes mudarte aquí, si quieres.

—Gracias, Paul, pero no. Si necesitas compañía, vendré en cualquier momento.

—¡Bendita seas, mujer! Ahora vete un momento y déjame vestir. Nos espera un día duro. Ya te contaré mientras desayunamos.

Afortunadamente para nuestros propósitos, Takeshi es un esclavo del ritual. Cuando puso la mesa para el desayuno, las tostadas estaban envueltas como un regalo de bodas, la mantequilla rizada, el jugo de frutas en un recipiente con hielo picado. El correo y el periódico de la mañana hicieron su aparición después de los huevos con jamón y la segunda taza de café. Takeshi abrió los sobres y guardó los sellos extranjeros para su sobrino, en San Francisco. Reunió las cuentas de gastos domésticos para pagarlas con la suma que tenía asignada para eso. Yo me llevé el diario y la correspondencia particular al salón de fumar, donde Takeshi nos sirvió el tercer café en una taza limpia. Después se fue a ocuparse de sus tareas domésticas.

El sobre grande era el último en la pila de cartas. Takeshi observó sin pérdida de tiempo que no tenía sello ni estaba sellado por el correo. Yo me hice el sorprendido. Le tomé el peso, me fijé en que no había dirección del remitente y después se lo volví a entregar para que lo abriera. Me aseguré de que leyera el texto incluido y de que participara de mi asombro al recibir una misiva de una muerta. Después le pedí que llamara por teléfono a George Arlequin y esperara.

—George —le dije—, ha sucedido algo muy extraño y que exige acción urgente. Suzy y yo estaremos allí en unos treinta minutos. No, mejor es no hablarlo por teléfono. Creo que es asunto para la policía. Vamos a necesitar también a Saul Wells...

SAUL WELLS HABLABA A UNA VELOCIDAD de cien palabras por minuto, mientras recorría de un lado a otro el piso, echaba bocanadas de humo, desparramaba ceniza y, como si fueran papel picado, palabras de consejo.

—Ustedes dos, caballeros, son extranjeros. Me pagan para saber, de modo que cuando se arma el lío, déjenme hablar... Lo único que pueden decir es que la libreta apareció en el buzón como llovida del cielo. Claro que ustedes saben lo que hay en ella. Y yo también. Hice fotocopiar las páginas, como es normal. Soy un investigador regular y con licencia. Y también un hombre de negocios en busca de cuentas nuevas. De modo que me pongo en contacto con las otras compañías que figuran en esa libreta... en el más alto nivel, de manera estrictamente confidencial, y con autorización de usted, señor Arlequin. A usted lo han sorprendido en su buena fe; a ellos podrían hacerles lo mismo. Están agradecidos, y asustados también. Tan pronto como yo me voy telefonean a Basil Yanko. Yanko se preocupa, y eso es lo que nosotros queremos... Entre tanto, la poli tiene la libreta y el F.B.I. la consigue también. Al F.B.I. le preocupan la seguridad nacional, el fraude internacional y un montón de grandes compañías que están continuamente acosándoles. A usted, señor Desmond, le hacen dos preguntas embarazosas. ¿Quién pudo haberle enviado la libreta? ¿Y por qué? Se las plantean de veinte maneras diferentes y siguen volviendo sobre ellas. La respuesta sigue siendo la misma: usted no sabe.

—Entonces estoy mintiendo.

—¿Usted vio quién entregaba la libreta?

—No.

—¿Puede leer el pensamiento?

—No.

—Entonces, ¿cómo va a estar mintiendo? No empiece a sentirse culpable, amigo. Eso es fatal. Usted no mató a nadie, ni robó nada. Usted es un banquero extranjero que ha contratado servicios locales y quiere atenerse estrictamente a la ley... Ahora usted, señor Arlequin. Usted dijo a Yanko que tenía un expediente sobre él. Pues hágalo copiar. Si los federales le piden el original, va a tener que entregarlo... suponiendo que Yanko les haya hablado de su existencia.

—¿Sería tan estúpido como para hacer eso?

—Estúpido no, señor Arlequin. Astuto, tal vez. Juega con contratos importantes. Le han investigado cien veces. Cuando se trabaja para el Gobierno, no hace falta ser decente; con hacer confesiones honestas cuando a uno se las piden, es bastante. ¿Lo escandaliza eso? Estimado señor, si uno contrata a un hombre para diseñar un sistema de misiles, contrata su capacidad y entierra sus pecados. En tanto que tenga usted ambas cosas en su legajo, los dos estarán a salvo. Pues bien, le van a hacer también algunas preguntas espinosas. Por ejemplo, si sospecha que Yanko está comprometido en los fraudes. O si ve alguna relación entre los fraudes y la muerte de la señorita Hallstrom.

—Lo que me preocupa es la coincidencia de su oferta de compra.

—Exacto. Esa es la línea. El hecho de que haya recurrido usted a la policía suiza también va a ser útil.

—Hay una cosa más, señor Wells. Le dije a Yanko que mi investigación había establecido una relación entre Bernie Koonig y Frank Lemmitz. Las lesiones del señor Desmond todavía son bastante visibles. La cuestión no va a dejar de plantearse.

—Está resuelta, señor Arlequin. Usted tiene contrato por escrito con Lichtman Wells. ¿Puede exhibir algún contrato con otro investigador?

—No.

—Pues quédese tranquilo.

—Señor Wells, tengo la sensación de estar viviendo en otro planeta.

—No, señor Arlequin —corrigió alegremente Saul Wells—. Es nuestra misma vieja tierra. Lo que pasa es que usted no la ha recorrido bastante. Ahora respire hondo, que voy a llamar a la policía. Y en diez minutos más, usted llamará al señor Yanko. Me muero por ver la cara que va a poner cuando llegue.

Para el caso, no pudo darse el gusto. El señor Basil Yanko no estaba. Se había ido a Europa la noche anterior y su secretaria no podía decirnos cuándo regresaría. En cuanto a la policía, se mostró agradecida pero imprecisa. Escucharon en silencio las verborreicas explicaciones de Saul Wells. Me pidieron que las confirmara. Tomaron notas. Examinaron el sobre, tomaron posesión de la libreta, firmaron un recibo por ella, nos agradecieron nuestra ayuda y se fueron. Saul Wells se quedó intrigado e inquieto.

—... Les entregamos dinamita y la manejan como si fuera una lata de guisantes. Yanko está metido en el lío hasta el pescuezo y se marcha a Europa. Algo huele mal. Esto no me gusta nada.

Arlequin no se dejó inquietar.

—Puro teatro, señor Wells. El silencio es más sobrecogedor que el discurso. Si lo que quieren es tenernos asustados y en la duda, no debemos entrar en el juego. El testimonio que hemos ofrecido hasta el momento se demuestra por sí solo en todos los puntos. Tomémonos las cosas con calma, por favor.

En ese momento sonó el teléfono. Atendí, y era Karl Kruger que llamaba desde Hamburgo.

—¡Hola joven Paul! ¿Qué tal va la cosa?

—Estamos peleando, Karl. Y nos mantenemos firmes.

—Ahí, tal vez. Aquí se van resbalando muy rápidamente. Por eso los llamé. Me pidieron que reuniera un grupo de suscriptores para una emisión de bonos municipales en la Bundesrepublik. No es grande, pero sí importante, ¿comprendes? Puse en la lista el nombre de Arlequin y lo tacharon.

—¿Por qué razones?

—¿Quién da razones? Ya conoces el ramo, Paul. ¿Qué tal se porta el muchacho?

—Perfectamente.

—Oí decir que está aceptando opciones a cien dólares la acción. Es una idiotez. ¿Dónde está?

—Aquí está. ¿Quieres hablar con él?

—En seguida. Mañana hay una reunión en Francfort. La convocó Basil Yanko y estarán algunos de tus accionistas.

—Son votos minoritarios, y Arlequin tiene la primera opción de compra. La segunda es tuya. ¿Qué pueden hacer?

—Pueden gritar que el pescado está podrido y contaminar el mercado; eso pueden. Arlequin debería saberlo. El tendría que estar aquí. Díselo.

—Mejor se lo dices tú. Te pongo con él... George, es Karl Kruger.

Arlequin tomó el receptor y se lanzó en una larga y animada discusión en alemán, mientras Saul Wells me llevaba a la antesala para endilgarme un quejumbroso discurso.

—...¡Escúcheme, señor Desmond! Conozco esta ciudad.

Conozco a la policía y al F.B.I. y sé cómo trabajan. En la prensa nos sacaron media columna y después nada. ¿Y de la policía qué conseguimos? ¡Gracias por la información, preguntas de rutina, un cuerno! En lo sucesivo tengan cuidado con los teléfonos y no hablen en presencia de los sirvientes. Yo mandaré todos los días un hombre a verificar si no hay micrófonos en este apartamento y en el de usted. Si quieren hablar en privado, háganlo en el parque o váyanse a una librería.

—Muy bien, Saul, seguiremos el consejo. ¡Pero no somos criminales, qué diablos!

—No. Pero ahora están en posesión de información que es dinamita. Ustedes no conocen a todas las compañías que figuran en esa libreta. Yo sí; es mi oficio. Por lo menos cinco de ellas son compañías vinculadas con cuestiones de seguridad, que trabajan en proyectos de defensa. Así que ustedes podrían ser hermanos del Presidente, pero así y todo les intervendrían el teléfono. Los dos son extranjeros, y nosotros les tenemos miedo a los extranjeros, señor Desmond. Preferimos amparar a una puta nativa como Yanko, y no a un par de vírgenes extranjeras... Usted no sabe lo fácil que es ensuciar a alguien. ¿Comercian ustedes con países detrás del Telón de Acero? ¿Estuvieron alguna vez en China? ¿Han tenido alguna vinculación con agentes de una potencia extranjera? Y ¿qué información hay sobre ustedes en el banco de datos de Yanko? Y sepa que no es necesario que sean hechos; puede ser opinión, también. Pero una vez que está en la ficha, es indiscutible. Discúlpeme, pero la diferencia entre la Virgen María y María Magdalena no es más que una palabra. Es posible que el señor Arlequin no lo entienda, y...

—Lo entiendo, señor Wells —George Arlequin estaba en el umbral, indignado y con el rostro arrebatado—. Quieren acobardarnos para que capitulemos.

—No quise molestarlo, señor Arlequin. Usted me paga

para tener un informe fidedigno, y es lo que estoy tratando de darle.

—Ya lo sé, señor Wells. Se lo agradezco. No estoy enojado con usted; me indigna la sordidez de todo este asunto... esa reunión en Francfort, para sobornar colegas. Me quemaré en el infierno antes de entrar en el juego de Basil Yanko. ¿Cuántas fotocopias de la libreta de Valerie Hallstrom tenemos?

—Una tiene usted. Yo tengo tres.

—Déme una más.

—¿Qué va a hacer?

—Señor Wells, soy un suizo muy respetable. Voy a hacer una visita a nuestro embajador en Washington. Creo que iremos todos, Paul. El cambio nos hará bien. Tengo su número, señor Wells. Le haré saber cuándo ponerse en contacto conmigo.

—Una palabrita, señor Arlequin. Basil Yanko tiene muchos amigos en Washington.

—Ya lo sé. Pero nosotros tenemos una lista de sus enemigos.

—Póngalos a prueba antes de decirles siquiera la hora. El clima de Washington es muy raro. Hay quien no lo soporta muy bien. ¡Que tengan suerte!

No hacía diez minutos que se había ido cuando hubo una llamada de la portería: un caballero deseaba hablar con el señor Arlequin. Suzanne bajó a hablar con él y preguntarle qué deseaba. Minutos después regresó con él en persona: el señor Philip Lyndon, de la Oficina Federal de Investigación. El F.B.I. no perdía el tiempo. Su enviado era un hombre joven, bronceado, de buena figura y, al comienzo, de modales impecables. Se mostró encantado de encontrarme a mí junto con Arlequin. Eso nos ahorraría tiempo y repeticiones. Primero le gustaría aclarar que se trataba de una conversación confidencial, por ambas partes. Tenía que ver con Creative Systems Incorporated, con quienes la empresa Arlequin et Cie estaba vinculada en su condición de asegurador, accionista, banquero y cliente. Tenían entendido que Creative Systems había hecho una oferta por el control de Arlequin et Cie. ¿El señor Arlequin era el presidente y principal accionista, verdad? Y el señor Desmond, aquí presente...

—Usted no es suizo, ¿verdad, señor Desmond?

—No. Soy australiano. Como tengo visado comercial, ustedes tienen en su archivo mis datos personales.

—Sí, así es. ¿Qué cargo desempeña en Arlequin et Cie?

—Soy director en actividad.

—Y es también el colega que más aprecio y un amigo de muchos años.

—Gracias, señor Arlequin. Ahora, para ahorrar tiempo: estamos al tanto de su problema, señor Arlequin; es decir, que hemos visto el informe sobre sus operaciones de computación. Sabemos que contrató a Lichtman Wells para investigarlas. Puede que nosotros debamos estudiarlas por otros motivos, y puede que no.

—Lo que es posible que usted no sepa, señor Lyndon, es que la policía suiza cuenta con toda la información y está trabajando en el caso. La operadora que intervino en Nueva York, la señorita Ella Deane, ha muerto. Nuestros asesores legales nos dicen que en esta jurisdicción no tenemos otro recurso, a menos que obtengamos nueva información de nuestros investigadores y hasta ese momento.

—Así es. Desde el momento que los contrataron, supongo que no estaban ustedes satisfechos con el informe de Creative Systems.

—No dije eso, señor Lyndon. El informe se atenía al contrato, que era para verificar el sistema de seguridad y señalar cualquier anomalía en el funcionamiento del programa.

—Eso es. Pero en todas las sucursales de ustedes se cometió fraude, y hasta ahora no han identificado más que a una operadora.

—Los investigadores siguen trabajando en las otras sucursales.

—¿Están ustedes satisfechos con la conclusión de que Creative Systems no intervino en el fraude?

—Es una pregunta difícil de contestar sin crear una falsa impresión. Hay dos puntos que señalar. Primero, el informe exculpa a todos los empleados de Creative Systems, pero sin ofrecer prueba alguna que lo fundamente. Segundo, está la curiosa coincidencia de que tan pronto como fue presentado el informe se hizo una oferta de compra.

—Claro que eso podría ser un caso de oportunismo comercial; sin ser demasiado ético, al mismo tiempo tampoco es criminal.

—Podría ser.

—Entiendo que usted, señor Desmond, ha actuado en este asunto como delegado del señor Arlequin.

—En la medida en que he actuado, sí.

—¿Por ejemplo, cuando usted discutió el informe con la señorita Valerie Hallstrom?

—Sí.

—¿Y cuando se encontró usted con ella en otras dos ocasiones?

—No. Un encuentro fue accidental. El otro fue de índole social.

—Tras lo cual, a ella la asesinaron. Claro que sobre eso tenemos el informe de la policía. Señor Desmond, ¿usted pidió a la señorita Hallstrom que ampliara o comentara el informe de seguridad?

—Sí.

—¿Accedió ella?

—Explicó su significado. Yo la invité a extraer conclusiones, pero se negó, fundándose en que no le correspondía hacerlo.

—¿La presionó usted?

—No.

—¿Le pidió o la indujo a que le ofreciera alguna información referente a Creative Systems?

—No.

—¿Insinuó ella que estuviera dispuesta a ofrecerla bajo determinadas condiciones?

—No.

—¿Por qué procuró usted un encuentro social con ella?

—Yo soy soltero y ella es... era, una mujer atractiva.

—Me parece —intervino calmosamente Arlequin— que el señor Lyndon podría ganar tiempo si lo informáramos de lo que sucedió esta mañana.

—Por favor, señor Arlequin.

—Pues bien, esta mañana el señor Desmond encontró en su buzón un sobre grande, sin sellos ni dirección del remitente. El sobre contenía una libreta negra y una pequeña hoja impresa con las palabras: "Con saludos de Valerie Hallstrom." La libreta contiene los nombres de varias compañías, entre éllas la nuestra, y una lista de sus códigos de computación. El señor Desmond me llamó. Nos reunimos aquí con el señor Wells y todos juntos entregamos la libreta a la policía. Nos imaginamos que se la entregarían al F.B.I. Las preguntas que le hizo usted al señor Desmond indican que hasta el momento no lo han hecho.

—Claro que no, señor Arlequin —el señor Philip Lyndon estaba visiblemente impresionado—. Esto... esto es una completa novedad para mí. ¿Está usted seguro del contenido de la libreta?

—Sí, señor. Si me lo permite, le buscaré el recibo que nos entregó la policía y una fotocopia del contenido. Sugerí al señor Wells que tal vez debiera comunicarse con las compañías nombradas, en caso de que la seguridad de ellas también se hubiera visto quebrantada...

—Me temo que eso es algo muy irregular.

—¡Irregular! —Arlequin se detuvo bruscamente—. ¿Qué quiere decir irregular, señor Lyndon?

—Los códigos de computación son información confidencial.

—Eso creía yo también, señor Lyndon. Un error que costó a mi banco quince millones de dólares... Ahí tiene el recibo. Esta es la fotocopia.

—Tendré que quedarme con esto.

—No, señor Lyndon. Legalmente, es mi propiedad. Tendrá que preguntarme, con toda cortesía, si le permito quedarse con eso.

—Disculpe. ¿Puedo conservarlo?

—Sí puede, señor Lyndon. Pero naturalmente, me dará un recibo.

El hombre recorrió las páginas, frunciendo el ceño y emitiendo pequeños cloqueos de fastidio; después se volvió hacia mí.

—Señor Desmond, ¿puede decirme en detalle cómo llegó a su poder la libreta?

Ya que quería detalles, se los di: mi rutina mañanera, los rituales de Takeshi, la colección de sellos de su sobrino y, para completarlo, la misma versión repetida por Suzanne. Después vino la gran pregunta:

—Señor Desmond, ¿quién le envió la libreta?

—No sé.

—¿Por qué se la enviaron a usted?

—No sé.

—Pero algo debe de haber pensado.

—¿Qué hora es, señor Lyndon?

—Estamos sobre mediodía, ¿por qué?

—Hace cuatro horas que me llegó la libreta, mientras desayunaba. Desde entonces ando dando vueltas al asunto con el señor Arlequin, con Saul Wells, con la policía y ahora con usted. Mucho tiempo para pensar no tuve. Por favor, fijese en los hechos. ¿Qué podría hacer yo con la libreta? ¿Venderla? ¿Comérmela? Es prueba material en un caso de asesinato. No veía el momento de sacármela de encima.

—¿No la habrá comprado, por casualidad?

—¿A quién, señor Lyndon?

—A la señorita Hallstrom, tal vez.

—¿Ella vendía secretos?

—Es muy posible.

—¿Y por qué iba yo a comprárselos?

—Tal vez para desacreditar a Creative Systems. Esta mañana leí en la prensa el comunicado de ustedes, caballeros. Creo que no están ustedes dispuestos a vender; pero es obvio que para algunos accionistas el precio es muy atractivo.

—Eso, ¿es una pregunta o una afirmación?

—Nada más que una hipótesis, señor Desmond... para estimular la discusión.

—No habrá más discusión —las palabras de George Arlequin fueron tajantes y decisivas. Se levantó, fue al teléfono, llamó a la operadora del hotel y pidió una conferencia personal con el embajador de Suiza en Washington.

El señor Philip Lyndon era muy buen interrogador, pero en el último momento le faltó valor.

—Por favor, señor Arlequin. Reconozco que estuve mal. Le pido disculpas.

—Lo lamento mucho, señor Lyndon —Arlequin se mostró inflexible—. Se acabó la reunión. Lo que ha oído es la verdad. Si no es capaz de reconocerla, no podemos ayudarlo más. Su insinuación me parece extremadamente ofensiva, y tengo mis razones para creer que puede ser inspirada. En ese caso, lo desacredita a usted como funcionario del Gobierno... ¡Hola! ¡Ah, Erich! George Arlequin, desde Nueva York. Un asunto diplomático de cierta importancia. Mejor hablemos nuestra lengua —durante cinco minutos parloteó en alto alemán y después colgó el receptor—. Paul, nos vamos a Washington.

Te sugiero que cuando estemos allí llames a tu embajada. Ahora, señor Lyndon, pongamos las cosas en claro. Estamos, y seguiremos estando, encantados de darle cualquier información de que dispongamos en asuntos referentes a su investigación que, según me informó el señor Yanko, se refiere a asuntos de seguridad en muy alto nivel. Por otra parte, no nos vamos a someter a ningún intento de intimidación en los interrogatorios, y contra ello nos protegeremos, si es necesario, pidiendo intervención diplomática.

—Está en su derecho, señor Arlequin —el señor Lyndon había recuperado sus modales, y en parte su coraje—. Extraoficialmente, no lo culpo. Usted usó la frase "insinuación inspirada". ¿Quisiera explicármela, por favor?

—Se la definiré, señor Lyndon. Es una forma de asesinato. Se ahoga a un hombre con telas de araña. Buenos días, señor.

Jamás había visto a Arlequin tan enojado. Estaba pálido hasta los labios, sus ojos duros como guijarros. Recorría furiosamente la habitación, golpeándose una mano con el puño de la otra, dejando escapar un torrente de palabras coléricas, mientras Julie y Suzanne, escandalizadas y silenciosas, esperaban en la puerta.

—Estoy asqueado. Karl Kruger me dice que tendría que volar a Francfort... ¿Para qué? Para suplicar a los hombres que he enriquecido... ¡para demostrarles que no soy un sinvergüenza ni un idiota! Y ahora nos vienen a intimidar los burócratas y los agentes, como si fuéramos niños que se asustan de la oscuridad... ¡No! ¡No! ¡No! Antes me moriré en una zanja... Julie, prepara el equipaje. Nos vamos a Washington. Suzanne, reserva pasajes para todos. Vamos a ir en tren. Busca alojamiento en el...

—¡Un momento, George! Las reservas las hago yo. Es lo combinado con Bogdanovich.

—Hazlo entonces, Paul. ¡Ahora mismo! Suzy, consígueme comunicación telefónica con Herbert Bachmann y después...

—¡George, por favor! —Julie se le plantó delante, apoyándole ambas manos en los hombros para refrenarlo—. En este momento, el matón eres tú. Y no te queda bien, querido. ¡Termina con eso!

George necesitó largo rato para dominarse; el esfuerzo se hacía penoso de ver. Cuando por fin habló, lo hizo con voz contenida y áspera.

—Si los ofendí, disculpen. Ustedes querían que yo luchara. Les advertí que podía no gustarles el hombre que tengo bajo la piel. Ahora, yo tengo que convivir con él. Ustedes pueden elegir lo que quieran.

Juliette lo miró, pálida y dolida; después estalló en lágrimas y salió corriendo de la habitación. Suzanne dirigió a Arlequin una rápida mirada de reproche y se fue tras ella.

—¡Por el amor de Dios, George! Decir eso fue una brutalidad —le reproché.

—¿Te parece? Llegará el momento en que lo vea como una bondad. Y tal vez tú también, Paul.

—¡Oh, vete al infierno!

LA AGENCIA DE VIAJES APEX no era de ningún modo el lugar donde uno esperaría reservar pasajes de primera para ninguna parte, y menos para los departamentos de lujo del Embassy Row. Era una tienducha mohosa en la zona irredenta de Greenwich Village, con carteles sucios y folletos arrugados, y una recepcionista con cara de gitana, vestida de arpillera y adornada con cuentas de colores. Sin embargo, cuando di mi nombre y dije que estaba en el negocio de floristería, todo el lugar se animó de pronto. Parecía que la gitana tuviera diez años menos. Su sonrisa era una promesa de buena ventura. Washington era el caos, pero seguramente podría conseguirnos algo; en una hora tendríamos en el hotel los pasajes de ferrocarril; cuando llegáramos, un automóvil nos estaría esperando.

Los otros arreglos fueron un poco más largos para combinar. Nuestro contacto en Washington sería un tal Kurt Saperstein, también en el negocio de flores, bajo el nombre de Bernard's Blooms. Realizaba, al parecer, gran movimiento por cables, de modo que las comunicaciones no eran problema. Tan pronto como nos instaláramos, yo debía hacerle saber los números de nuestras habitaciones. También era posible que hubiera un contacto en el propio Embassy Row; pero eso me lo diría Kurt en el momento debido. El sería el responsable de que la información llegara a Aaron Bogdanovich. Había que ser cuidadoso: Washington era una ciudad sensible; los agentes eran tan abundantes como el diente de león en el césped; la organización de seguridad muy cerrada; convenía ser especialmente cuidadoso. Con tarjetas de crédito, hice una cruz en la palma de la gitana y volví a mi apartamento.

Takeshi se alegró de verme. A él también lo había visitado el señor Philip Lyndon, para hacerle preguntas sobre el correo. Había oído hablar del ataque y quería saber más sobre eso también, pero lo que más parecía interesarle eran los nombres y la descripción de mis recientes visitantes. Se enojó porque Takeshi lo había tenido de pie sobre el felpudo en vez de invitarlo a entrar para que hablaran cómodos.

Claro que ese fue su gran error. Takeshi está orgullosísimo de su condición de ciudadano norteamericano, pero su sensibilidad respecto de la dignidad y la "cara" sigue siendo muy japonesa. Cuando su sensibilidad está herida, se le hace difícil entender el inglés más elemental, y más difícil todavía hablarlo de manera inteligible. Recordar nombres y caras le resulta totalmente imposible, de modo que Lyndon se había retirado menos contento que al llegar, y no mucho más informado. Como yo me iba, me pareció prudente conceder a Takeshi unas breves vacaciones a expensas de la compañía. Su sobrino debía estar muriéndose por verlo. Takeshi estuvo de acuerdo en que así debía de ser. Hizo mi maleta, después la suya, y juntos salimos del apartamento.

El viaje a Washington fue una peregrinación sombría. George se sentó en un extremo del vagón a dictarle cartas a Suzanne. Yo me fui al otro, a tomar whisky y jugar al *rummy* con Juliette, quien se mantenía en calma, pero estaba pálida y lejana como una selenita. Jugaba con una concentración profesional que eludía toda conversación, a no ser la más trivial. Yo, encantado de que me ahorraran toda participación en lo que a esa altura era evidentemente una crisis familiar. Seguía enojado con Arlequin. Me dolía la presunción que lo llevaba a tratarme como si yo fuera una especie de dependiente en su empresa, un galán sustituto para su mujer. Yo había hipotecado una fortuna para ayudarlo; había corrido riesgos personales. No era parte del trato que hiciera también de cabeza de turco.

Además, me preocupaba esa súbita falta de autodominio. Estábamos enzarzados en una estrategia complicada y peligrosa. Nos hallábamos aún en las primeras escaramuzas, y si los nervios le fallaban tan pronto, corríamos un grave peligro. Hasta Suzanne, la tolerante, la juiciosa, se mostró inquieta. El galán sonriente y aplomado que ella había amado durante tanto tiempo se manifestaba ahora tenso y arrogante, sin tener ya conciencia del afecto que se prodigaba sobre él.

—Juegas tú, Paul —Juliette se estiró sobre la mesa para apoyar una mano sobre la mía.

—Disculpa. Estaba a kilómetros de aquí.

—¿Estás cansado?

—Si no te molesta, sí.

—Se te ve muy hosco.

—Querida, no estamos en un picnic exactamente.

—Paul, por favor, no culpes a George.

Me quedé mirándola, pasmado. Era otra Julie, seria como una monja, desapasionada y extraña.

—Esto es difícil de entender —siguió hablando en voz baja—, pero quiero que lo intentes. Para mí también es difícil. Pero hoy he tenido que aceptarlo. Todos, siempre, hemos tomado a George al pie de la letra. Es tan bueno para todo, que jamás nos hemos preguntado por qué es bueno; y yo menos que nadie. Tú oíste lo que le dije en el hospital: que todo eran dones, que nada se lo había ganado. Bueno, pues no es verdad... Cuando George hace algo, tiene que ser perfecto; tan perfecto que parece que lo lograra sin esfuerzo y nos olvidamos de que hizo el esfuerzo. Lo mismo sucedió con todo: con la equitación, con los idiomas, con la navegación a vela. Acabo de empezar a recordar cosas. Mucho antes de que se fuera a China, se pasaba noche tras noche practicando los ideogramas, entonando el sonsonete, como un cantante de ópera que hace sus escalas. Y lo he visto en el lago, solo, en el viento, amarrado a un trapecio, dando vueltas tras vuelta en un viejo casco. Cuando uno lo ve galopar, se olvida de que se sabe de memoria el registro genealógico de los caballos. Ya hace mucho tiempo que vengo tomando todo eso como lo más natural; y cada vez que lo atacaba, no me daba cuenta de lo profunda que era la herida... Lo mismo está haciendo él ahora, y es terrible de ver. Pero él nos advirtió. "Podría ser más pirata que todos ellos y sonreír mientras enjugara la sangre del alfanje", nos dijo. Y para eso también está practicando. Está apartándonos a empujones, porque el amor que sentimos por él lo pone en desventaja. Se está endureciendo para ser eso mismo que tanto miedo tenía de ser. Nos dijo la verdad, pero fuimos demasiado ciegos para verla...

Fue el discurso más largo que jamás le oí pronunciar, y el más triste. Era una confesión de fracaso personal y una premonición de un desastre más terrible, con mucho, que la pérdida del imperio monetario de un hombre. Expresaba una soledad que trascendía nuestra experiencia: la soledad del exorcista que, al expulsar los demonios, sabe que él mismo puede terminar poseído.

—...Así que ya ves, Paul, no debes dejarlo ir. No importa lo que diga ni lo que haga; debes tenerlo pegado a ti. Tú lo amas; pero no lo has perdido aún. Yo también lo amo; pero ahora está muy lejos de mí y no sé si alguna vez volverá a acercarse. Tal vez, finalmente, el niño sea una ayuda. No lo sé. Quizás incluso Suzanne... No, no sacudas la cabeza. Siempre supe que ella estaba enamorada de él. Jamás entendí por qué él no lo veía.

—Estaba enamorado de ti, Julie. Y lo sigue estando.

—¡Paul, tú no entiendes! —ahora estaba desesperada. Su mano me oprimió con fuerza la muñeca—. Está rechazando el amor. Está intentando arrancárselo de dentro, porque se ha aventurado en ese mundo nuevo donde el amor no existe en absoluto, donde no hay más que avidez y celos y terror. Tú eres otra clase de hombre, Paul querido. Usas la vida como si fuera un traje viejo... con manchas y todo. George no puede hacer eso. Jamás lo hizo. Para él es el infierno o el cielo, no hay nada intermedio... Yo sé que tú me amas, Paul. Te lo ruego. ¡Quédate con él!

Yo seguía buscando qué decirle cuando el revisor pasó junto a nosotros, anunciando la inminente llegada a Union Station.

CINCO

En Washington descubrí que la gitana había sido gentil conmigo. Arlequin y Juliette estaban alojados en un gran apartamento del quinto piso, donde podían agasajar a un regimiento si querían. Para Suzanne y para mí había dos dormitorios con una salita compartida en el piso de abajo. La geografía era importante. Estábamos aislados de las fricciones domésticas. Suzanne tenía un lugar para trabajar. Podíamos mantener nuestra independencia o estar juntos, según deseáramos. Había bombones y fruta, atención de la gerencia, y para mí un exótico arreglo floral de Bernard's Blooms. "Bienvenido a Washington. Saludos de Aaron", decía la tarjeta. En el momento en que acababa de deshacer el equipaje, sonó el teléfono: otro saludo.

—¿Señor Desmond? Habla Arnold, de portería. Lo llamaba para saber si tenía las flores y el mensaje.

—Sí, muchas gracias.

—Nada más señor. Trabajamos mucho con Bernard y nos

gusta que sus clientes estén satisfechos. Si necesitan ustedes cualquier cosa, no duden en llamarme personalmente. Feliz estancia.

Ojalá la tuviera; pero me parecía dudoso. Un momento después entró Suzanne, sonrojada e irritable. Estaba cansada del viaje y Arlequin quería que le pasara a máquina toda la correspondencia y se la tuviera lista para firmar antes de que él saliera para la embajada, a las diez de la mañana. No era por el trabajo, pero por qué tenía que decírselo de esa manera, tan distante. Nunca había estado así antes, y Suzanne no veía qué necesidad había de estarlo ahora. La hice sentar y la consolé con whisky y comprensión. Después, como quien no quiere la cosa, me contó que Arlequin se preparaba para inundar el mercado con todas las acciones que tenía el banco en Creative Systems y sus empresas afiliadas. Las únicas consideraciones que lo detenían eran los intereses de sus clientes y el hecho de que yo también tuviera un respetable paquete de acciones.

Me puso furioso, porque no lo había hablado conmigo, y porque inundar el mercado vendiendo acciones por debajo de su cotización es algo más o menos tan moral como un asesinato, y muchas veces más brutal. El principio es el mismo, aunque para efectuar la matanza se necesita muchísimo dinero y nervios muy firmes. Si se vende gran cantidad de acciones de una empresa determinada, se provoca el pánico entre los otros accionistas, que se apresuran a vender. El precio baja al nivel de una bicoca. Uno vuelve a comprar y, si calculó bien el momento y cuenta con el efectivo suficiente, puede terminar, si no controlando el mercado, por lo menos con apreciables beneficios y probablemente con los votos suficientes para conseguirse un asiento en el directorio. Todo está muy bien para el que lo hace, pero puede ser ruinoso para gentes menos afortunadas, que ven cómo los ahorros de toda una vida se evaporan de la mañana a la noche, o cómo el plumazo de un banquero reduce drásticamente sus márgenes de crédito.

Era comprensible el razonamiento de Arlequin. El banco tenía gran cantidad de acciones en Creative Systems, lo mismo que muchos de sus clientes. Algunos clientes habían confiado al banco el cuidado discrecional de sus inversiones, de modo que Arlequin podía vender sin consultarlos. Si todas esas acciones se volcaban sobre el mercado, se produciría una desbandada de los mil demonios. El propio Basil Yanko perdería millones y, para detener el desastre, tendría que comprar y seguir comprando hasta que el mercado volviera a estabilizarse. Sumado al resto de sus dolores de cabeza —una investigación federal, una lista de clientes sospechosos, y sus problemas políticos en Washington—, el resultado era una neta inversión de la amenaza que había planteado a Arlequin: una crisis de confianza a escala global.

Era algo que yo ya había visto hacer. También lo había oído justificar, con un cinismo digno de tratantes de blancas, como una operación normal de mercado. Había visto algunas de sus consecuencias: un amigo que saltó desde un décimo piso, otro que se hundió silenciosamente en el delirio, y varios distinguidos hijos de puta que se hicieron tan ricos como Midas. El hecho de que Arlequin pensara simplemente en semejante táctica me llenó de disgusto y desilusión. Estaba por entrar echando chispas en su apartamento para increparlo, pero Suzy me detuvo.

—¡Por favor, Paul! Si sabe que te lo he dicho, jamás volverá a confiar en mí. Además, estoy segura de que no lo haría sin consultarte. Sé que habló con Herbert Bachmann y le pidió que le hiciera algunos cálculos sobre el efecto en el mercado. Aún no los tiene, ni ha enviado instrucciones a los gerentes. Es una operación grande, y tendría que prepararla.

—Si lo hace, Suzy, se acabó la amistad, para siempre. Lo digo en serio. No sé qué es lo que le ha dado.

Suzanne me clavó una larga mirada indagadora.

—¿Acaso es distinto de lo que haces tú, Paul —me preguntó con indiferencia—... salvo que tú lo haces por mediación de Aaron Bogdanovich? ¿Es diferente de lo que hace Basil Yanko, a no ser que él quiere levantar el mercado en vez de deprimirlo?

—No, Suzy, es diferente. La nuestra es una lucha privada. Yanko nos atacó y le estamos respondiendo con sus propias armas. Pero si George hace eso, son muchos los circunstantes inocentes que caerán como consecuencia.

—Si juegan a la Bolsa, que corran el riesgo.

—Es una piratería, y George lo sabe.

Instantáneamente, Suzanne se encendió en justa cólera.

—¿Por qué eres tú el puro y el noble, y de pronto George se convierte en un monstruo? ¡Yo te lo diré! ¡Porque lo necesitas ahí arriba, plantado en un pedestal, como el protector de los fieles! Hace que te sientas bueno, aunque no lo seas. Es alguien de quien enorgullecerse y de quien estar celoso, al mismo tiempo. Tú eres como Julie: ninguno quiere creer que él es un hombre. Queréis mirar por la ventana y verlo siempre ahí, todos los días igual, con sol o con nieve, parado con las palomas posadas en la cabeza. Es como el jinete de bronce del Capitolio: mientras esté ahí, Roma está a salvo. Pero George no es de bronce ni de mármol, es de carne y hueso, y tiene la sangre más caliente de lo que tú te crees. Si quiere pelear, ¡déjalo que pelee! No le ates las manos. ¡No quiero verlo convertido en objeto de escarnio de esa guarida de ladrones que tú llamas mercado! No me importa si lo que hace está bien o mal. Lo amo, ¿es que no lo entiendes? Lo amo...

¡Ay, ay ay! De todos los idiotas del mundo, el más idiota era yo. De todos los amantes del mundo, yo era seguramente el más ciego. Noche tras noche, mes tras mes, había tenido a esa mujer en mis brazos sin encontrar nunca el talismán que me abriera la caverna de los tesoros de su amor. Bueno, pues ahora lo tenía; pero para lo que podía servirme, lo mismo daba que lo arrojara en el Potomac. Serví otra vuelta de bebidas para ambos y reiteré el viejo brindis:

—¡Bueno, por el crimen...! Me pregunto hasta dónde irá a llegar.

—¿Hasta dónde llegarías tú, Paul?

—Hasta donde me lo permitieran los nervios, supongo.

—O la conciencia.

—¿Tú crees que la tengo?

—Confundida, pero la tienes.

—¿Y eso qué significa?

—Que se interpone en el camino... entre George y tú, entre Julie y tú... ¡Vamos, no te enojes, *chéri!* Tú y yo hemos estado mucho tiempo juntos. Estuvo bien; pero no fue bueno del todo y los dos sabemos por qué. Ambos vemos qué es lo que falla en ese matrimonio. Si se acabara, probablemente tú te quedarías con Julie. Yo no me quedaría con George. No soy más que un mueble de la oficina, que él apenas si sigue viendo, y de todos modos estoy vieja para el juego de buscar pareja. Así que prefiero verlo feliz antes que desdichado.

—Yo preferiría verlos felices a los dos. En el tren, Julie estuvo hablando conmigo. Sabe que ha hecho muchas tonterías, y no sabe cómo repararlas. Pienso que tú podrías ayudarla.

Me ensartó con esa antigua mirada implacable que la más dulce de las mujeres puede exhibir como expresión de su desagrado.

—No, Paul —negó fríamente, sacudiendo la cabeza—. Soy ese tesoro de Suzy; pero tan tesoro no soy. Si tú quieres ser el caballero blanco de Julie, yo aplaudiré y gritaré los hurras y te ayudaré a ensillar el corcel. En cuanto a lo demás... ¡No, no, no...! Por lo menos, soy una puta honesta, *chéri*. ¿Tendrías paciencia para llevarme a cenar?

A LAS OCHO DE LA MAÑANA me telefoneó George Arlequin. A las diez menos cuarto saldría a hacer su primera visita al embajador suizo. Le gustaría encontrarse conmigo para almorzar. Esperaba que hubiera descansado bien. Sí, gracias. ¿Qué noticias tenía de Nueva York? Ninguna; tenía que salir y estaría fuera durante la mañana; a las doce y media le daría mi informe. ¿No era una mañana hermosa? Todavía no la había visto, pero me alegraba saber que pudiera haber sol en nuestras vidas. Hasta luego, entonces... ¡Y si eso era todo lo que quería decirme, al infierno con él!

En la puerta de al lado, Suzanne escribía cartas a máquina con el ritmo implacable de una buena máquina suiza. Asomé la cabeza por la puerta para darle los buenos días, pero ella me dedicó un incierto saludo y siguió escribiendo. Me sentí como el último portaestandarte del desfile, desaliñado y a quien nadie quiere, de manera que me fui al vestíbulo de entrada con la esperanza de hacerme amigo de Arnold en portería. Me encontré en medio de una confusión de huéspedes que se iban y reclamaban la cuenta y que les cargaran las maletas y les llamaran un taxi. Salí fuera a la luz del sol y tomé un taxi para ir hasta la dársena, con tanta calma como un turista provinciano, a saludar al viejo Thomas Jefferson en su santuario entre los cerezos.

Lo que voy a confiar es un secreto sentimental. Este es un lugar en Norteamérica que amo de verdad. Este es, en toda su turbulenta historia, un hombre que me mueve a la admiración y, aunque muy raras veces, a la meditación. Hay fragmentos y pasajes de su código de prudencia y tolerancia que despiertan en mi memoria ecos más prolongados que las voces estridentes de mi propia época. Era hombre que odiaba "la morbosa cólera de la discusión". "Si no pudiera llegar al cielo más que en grupo, no iría allí en modo alguno... Hay hombres que miran las constituciones con sacrosanta reverencia y las consideran, como el arca de la alianza, demasiado sagradas para tocarlas..." Me imagino que, cuando era más joven y más abierto, había yo visto en él lo que había encontrado –y perdido– en George Arlequin: una amplitud mental, ingenio y humor, un alma abierta a la experiencia total de la Humanidad.

Desde hora tan temprana, había ya sobre el césped enamorados y familias que miré con envidia. Me alegró que el santuario estuviera vacío, para poder meditar en la soledad del pasado, que es como la soledad del mar, curativa y purificadora. La pena era que el pasado pertenecía solamente a quienes lo vivieron... y eso también lo sabía Jefferson: "...Conocí bien esa época; a ella pertenecí y trabajé con ella. Mereció bien de su país..." Yo, Paul Desmond, pertenecía a mi época y me beneficiaba de ella, y no merecía bien de nadie. De este lugar iría a otro donde vendían flores y mandaban saludos por telegrama, disponiendo las cosas para que a un hombre lo mataran cuando abría la puerta para recibir el mensaje. ¡Otras épocas, otras usanzas! Tom Jefferson tuvo suerte de no haber vivido para verlas; de otro modo habría perdido muchísimas nobles ilusiones.

El señor Kurt Saperstein, de Bernard's Blooms, no se parecía para nada al Thomas Jefferson de Albemarle County. Era bajo, redondo y untuoso. Tenía la coronilla calva rodeada por una mata de pelo negro. Usaba un traje de color azul noche con corbata de moño y gruesas gafas de miope. La mano regordeta que me tendió estaba húmeda, su sonrisa parecía una tajada de sandía. Hablaba con un ritmo pesadamente acentuado, como si salmodiara versos.

–¡Estimado señor...! ¡Bienvenido! Espero sinceramente que le hayan gustado las flores. Uno de nuestros mejores esfuerzos, séame permitido decirlo. De los mejores. ¿Recibió la llamada de Arnold? Encantado. Buen colaborador... muy bueno. Ahora, querido señor, le sugeriría que camináramos. Es un día divino...

En el momento en que puso los pies en la calle cambió por completo. Caminaba con rapidez, hablaba en voz baja y, pese a lo extraño de su apariencia, pasaba tan inadvertido como una lagartija sobre una roca. Juro que habría pasado junto a él sin volverme a mirarlo. Su discurso fue vivaz y lacónico.

—Las instrucciones primero, señor Desmond. No habrá más contactos entre usted y yo. Ya lo he visto y lo conozco. Arnold me trae sus mensajes. Los míos, los digo con flores. Podemos ocuparnos de la mayoría de las cosas que usted quiera: alquiler de automóviles, acompañantes de confianza, un guardaespaldas si lo necesita. Tenemos amigos casi en todas partes: en el Pentágono, en Seguridad Nacional, en las embajadas. También nos desenvolvemos bien con documentos, pero recuerde que eso lleva tiempo... Tengo algunas noticias para usted. Aaron está de viaje, pero a Tony Tesoriero lo tienen inmovilizado en Miami. No puede escupir sin acertarle a uno de nuestros hombres. Los del F.B.I. estuvieron hablando con Saul Wells, y él está seguro de que lo van a visitar a usted aquí. Hizo también las llamadas que prometió, y el gato se está divirtiendo mucho entre los pajaritos. Pensó que el presidente de ustedes podría tener algunas llamadas de otros presidentes preocupados... Por el momento, es todo lo que tengo. ¿Necesita usted algo en forma inmediata...?

—¿Conocen ustedes un buen periodista que pueda dejar filtrar una historia y olvidarse de dónde la sacó?

—Seguro. Esta ciudad está atestada de periodistas, buenos y malos. Déjeme que lo piense. ¿Cuándo quiere verlo?

—Esta noche, si es posible; pero particularmente, fuera del hotel.

—Yo me ocuparé. Arnold le dará el mensaje.

—Lo que necesito es un hombre que no ande hablando después.

Mi observación le ofendió. Necesitó diez zancadas para recuperarse. Después me preguntó secamente, reprobatorio:

—¿Estuvo alguna vez en Yad Vashem, señor Desmond?

—Ni siquiera sé lo que es.

—Está en Israel. Un monumento a seis millones de muertos. No queremos levantar otro, jamás.

—Lo lamento.

—¿Cómo podía usted saberlo? ¿Cómo puede saberlo nadie que no haya respirado el humo de los holocaustos? Ahora debo volver a mis hermosas flores y a mis queridos, queridísimos clientes... ¡Qué extraña es la gente, señor Desmond! ¡Las cumbreras del mundo se resquebrajan sobre sus cabezas sin que ellos oigan un solo ruido...! *Shalom!*

Como todavía tenía tiempo que matar, volví a unirme a los vagabundeos de la pequeña multitud de ociosos y de turistas que rondaban la Casa Blanca, donde el Presidente, sitiado, vivía entre las ruinas de su propia reputación y las esperanzas de un gran pueblo. Yo no tenía derecho a erigirme en juez de él; era un extranjero, un filibustero venido desde muy lejos; pero no podía evitar que me acosara la idea de que también ese hombre había intentado construir un aparato de terror. Había reunido un vil ejército de informantes, espías, chantajistas, ladrones y perjuros, a quienes ponía bajo el amparo del poder, con que sus propios ciudadanos lo habían ungido reverentemente cuando asumiera el cargo.

Finalmente, el aparato se había descompuesto; sus esbirros lo habían abandonado, pero el terror seguía vigente. Si el Presidente hacía escarnio de la ley, ¿qué escrito podía valer y qué contrato seguía manteniéndose? Si la autoridad había caído en el descrédito, los centuriones eran dueños del fuerte y los anarquistas tenían el mando en la calle. Si un hombre no podía tener vida privada ni andar tranquilo por el mundo ni morir en paz cuando Dios quisiera, entonces el crimen era rey y sus buitres asolarían impunemente el país... Era casi mediodía. En la boca sentía, rancio, el sabor de la infamia. Di media vuelta y me volví, andando rápidamente, al hotel.

Era necesario que conociera a Arnold; pero cuando me detuve a pedir la llave, me encontré con el señor Philip Lyndon, recién llegado de Nueva York. Al parecer, lo habían puesto al cuidado de una nodriza, el señor Milo Frohm, que tenía más aire de banquero que la mayoría de nuestros colegas y hablaba como el viejo médico de la familia cuando hace una visita a domicilio. El señor Frohm tenía la esperanza de que pudiera dedicarles un poco de tiempo. Le dije que estaba libre hasta las doce y media ya que a esa hora tenía que almorzar con el señor Arlequin. ¿Dónde me gustaría que conversáramos? ¿En el bar? Ellos preferirían algo más privado. ¿Mi apartamento, entonces? Sí, eso sería muy amable de mi parte. Mientras subíamos en el ascensor les conté mi visita mañanera a Thomas Jefferson y descubrí que el señor Frohm le profesaba tanta admiración como yo. Me quedé encantado de encontrar un alma hermana, que lo sabía todo de la vida, la libertad y la búsqueda de la felicidad y los fundamentos morales de la nación.

Suzy todavía estaba trabajando en el apartamento, pero accedió a desocuparlo en homenaje a la ley. Intencionadamente, le pregunté si Arlequin había vuelto de su reunión con el embajador. Lo pescó al vuelo y me contestó que no, que ya había esperado que la conferencia fuera larga. Y, de paso, había un mensaje para que yo llamara a la embajada australiana. Nos preguntó si preferiríamos café o un cóctel antes del almuerzo. El señor Frohm y el señor Lyndon optaron por un zumo de tomate. Yo me decidí por un whisky con agua. El señor Frohm elogió mi gusto por las buenas bebidas sureñas. El señor Lyndon sonrió sin decir nada. Después de los brindis, el señor Frohm empezó.

—Primero, señor Desmond, quisiera decirle que le agradecemos su franqueza en una entrevista anterior que tuvo con el señor Lyndon. Lamentamos que la forma en que fueron formuladas algunas preguntas haya sido causa involuntaria de agravio para usted y para su jefe. En nuestro trabajo nos vemos en la necesidad de tratar con gente tan diferente que ciertas faltas de tacto son inevitables. Espero que usted me comprenda.

—Sí, señor Frohm. Ni el señor Arlequin ni yo estamos de ningún modo resentidos con el señor Lyndon; pero como extranjeros, a veces nos desconciertan los métodos norteamericanos. En fin... ¿en qué puedo serle útil ahora?

—Respondiendo más preguntas, me temo, señor Desmond.

—¿Puedo hacer yo una antes?

—Naturalmente.

—¿Comprobó usted, señor Lyndon, las respuestas que le di en nuestra primera entrevista?

—Sí, señor Desmond.

—¿Y resultaron exactas?

Esta vez, quien respondió fue el señor Frohm.

—En todos los detalles, señor Desmond. Sin embargo, en el relato hay ciertas lagunas que, si es posible, nos gustaría llenar. Volvamos a la cena de usted con Valerie Hallstrom. ¿Fue una ocasión de índole puramente social?

—Sí.

—¿Podría decirnos de qué hablaron ustedes?

—De las trivialidades habituales. Yo le conté mi vida. Ella no, salvo cuando me dijo que su padre criaba caballos en Virginia y que ella se preguntaba si 750 por semana eran realmente pago para el ajetreo y el desgaste de Nueva York.

—Entonces, ¿ella habló de dinero?

—Dijo siete cincuenta semanales... ¡ah! y bonificaciones. Fueron las palabras que usó.

—¿Especificó a qué se refería al hablar de ajetreo y desgaste?

—En cierto modo, supongo que sí.

—¿De qué modo, señor Desmond?

—Bueno... Primero dijo que si su empleador supiera que estaba cenando conmigo, se quedaría sin trabajo y jamás conseguiría otro.

—¿Y eso no le pareció raro?

—Muy raro. Le dije que eso era chantaje, tiranía y esclavitud.

—¿Por qué chantaje, señor Desmond?

—Ella me explicó que en una época había estado enamorada de su patrón y las cosas no habían ido bien. Lo llamó... déjeme que piense... un sapo con una corona de oro en la cabeza. Y me advirtió que podía ser hombre peligroso.

—¿Algo más?

—Una sola cosa. Cuando se bajó del automóvil para caminar hasta su casa, me dijo: "A veces, a Dios le gusta saber cómo pasan sus hijos las veladas".

—Son palabras bastantes sorprendentes.

—Sí, ¿no le parece?

—¿Por qué, entonces, no las mencionó usted en su primer declaración a la policía ni en la segunda, ante el señor Lyndon, aquí presente?

—Le diré por qué, señor Frohm. La policía estaba investigando un asesinato. Esas frases eran comentarios que, por más que fueran inadmisibles como prueba, podrían haber arrojado sospechas sobre un inocente. La observación sobre Dios hacía pensar que quien la esperaba en su casa era Basil Yanko. No me gusta lo que él hace comercialmente, pero no tengo derecho a insinuar que pueda ser un asesino. En cuanto a lo que me pregunta usted, por qué no se lo mencioné al señor Lyndon, es fácil de contestar. Su última pregunta, la que puso término a la reunión, daba a entender que nosotros podríamos haber comprado la libreta de Valerie Hallstrom para desacreditar a un rival comercial...

Era un bocado duro de tragar y se vio que al señor Frohm le costaba, pero al parecer, finalmente lo aceptó.

—Es usted muy claro, señor Desmond. Hablemos ahora de la libreta. Aceptamos su relato de la forma en que llegó a poder de usted; a falta de pruebas en contrario, tenemos que admitir que usted no sabe quién la envió ni por qué. Sin embargo... —hizo una pausa para que la premonición me alcanzara—. Sin embargo es un hecho que ustedes, o los investigadores que actúan por cuenta de ustedes, están capitalizándola en este momento.

—¿Capitalizar, en qué sentido, señor Frohm?

—El señor Saul Wells está diseminando su contenido entre las partes interesadas. Esta mañana ya nos han llamado cinco compañías importantes para informar de una violación de su seguridad. Estoy seguro de que va a haber más. En el contexto de sus relaciones con Creative Systems y con Basil Yanko, ¿eso no hace pensar en un esfuerzo por obtener ventajas tácticas?

—Representa un intento, gratuito y no solicitado, de salvar a otras firmas respetables del destino que se ha abatido sobre nosotros.

—¿No habría sido más correcto dejar que eso lo hiciera personalmente el señor Basil Yanko, o incluso habernos pedido que lo hiciéramos nosotros?

—Tenemos reservas respecto de la ética comercial de Basil Yanko.

—¿No quisiera especificarlas?

—En este momento, no.

—La segunda pregunta, entonces, señor Desmond. ¿Por qué no nosotros?

—Yo estoy de visita en su país, señor Frohm. No quisiera molestarlo.

—Imposible, señor Desmond. Le ruego que sea tan franco como quiera.

—Pues se lo diré lo más cortésmente que pueda: ustedes son un organismo interno norteamericano, que se ocupa de muchos problemas, políticos y criminales. Nosotros somos una organización europea cuyos intereses, en ciertos aspectos, pueden estar en conflicto con los de ustedes. Antes que invocar la ayuda de ustedes, nos pareció mejor apoyarnos en nuestro derecho legal a la libre comunicación. Es la opinión de mi jefe, y la mía también.

—En otras palabras, que no confían en nosotros, señor Desmond.

—Según las pruebas aducidas ante sus propios tribunales, señor Frohm, entre ustedes no hay confianza recíproca.

Para mi sorpresa, sonrió e hizo un reticente gesto de asentimiento.

—Yo me lo busqué, ¿no es cierto? Es usted buen testigo, señor Desmond.

—He tenido mucha práctica. Los Kempetai me prepararon durante un mes en Singapur.

—Espero que nos encuentre más civilizados a nosotros.

—Eso sí.

—Gracias. Veamos ahora otro hueco en la declaración: a usted lo atacaron a la entrada de su apartamento. A la policía le dijo que no podía identificar a los asaltantes. ¿Es verdad eso?

—En ese momento era verdad. Desde entonces me han informado que fueron contratados por un hombre llamado Bernie Koonig, quien a su vez era pagado por un tal Frank Lemmitz.

—¿Quién se lo informó, señor Desmond?

—Nuestros investigadores. Supongo que ya han hablado de este asunto con el señor Saul Wells.

—Así es, sí.

—Entonces ya saben tanto como yo, y posiblemente más.

—¿Qué es lo que usted sabe, señor Desmond?

—De oídas únicamente, que Frank Lemmitz, que es el chófer del señor Yanko, contrató a Bernie Koonig para que me vigilara; que nuestros investigadores amonestaron a Koonig y éste, en venganza, me hizo atacar.

—¿Se lo mencionó usted al señor Yanko?

—Salió a relucir en nuestra conferencia con él en el Salvador.

—¿Y qué dijo?

—Que lamentaba que me hubieran lastimado y que él no había tenido nada que ver con ese ataque.

—¿Pero admitió haberlo hecho vigilar?

—Digamos que soslayó la cuestión.

—¿Por qué no lo presionó usted?

—No era necesario. El estaba informado de que me reservaba el derecho de demandar a las personas comprometidas.

—Pero no lo ha hecho. ¿Por qué?

—Prefiero reservarme también mis razones.

—Señor Desmond, ¿por qué lo hacía vigilar Basil Yanko?

—No lo sé. Retrospectivamente, parecería que sospechó una posible vinculación con Valerie Hallstrom.

—¿Y por qué habría de sospechar eso?

—El señor Lyndon me dio la idea. El admitió que Valerie Hallstrom podría haber andado traficando materiales del banco de datos. ¿No es así, señor Lyndon?

El señor Lyndon estaba incómodo, pero sacó la cara como un buen alumno.

—Es posible que usted haya interpretado mi observación en ese sentido.

El señor Frohm sonrió débilmente y se volvió hacia mí.

—De manera que, por extensión, Basil Yanko pensó que usted era un posible comprador.

—Puede ser.

—¿Pero no había tal cosa?

—Yo figuro en la lista, señor Frohm. No se hizo ninguna oferta, ni se la pidió tampoco.

—Lo que nos trae al gran agujero en la pared, señor Desmond. ¿Quién le mandó a usted la libreta y por qué? Claro que usted está en la lista, pero a ver qué le parece esto. Valerie Hallstrom le dice que tiene miedo de Basil Yanko. Actúa como si supiera que alguien está esperándola en su apartamento. Le da la libreta para que usted se la guarde. Usted sabe que esa patata quema y monta la pequeña comedia de mandarse la libreta a sí mismo para poder usar legalmente la información... ¿Qué me dice, señor Desmond?

—No tengo más que una respuesta, señor Frohm. ¡Que todo eso son tonterías! Y ya que hablamos de agujeros en la pared, se olvidó usted de mencionar el más grande. ¿Quién mató a Valerie Hallstrom y por qué?

—En eso estamos. El agujero se está achicando. Sabemos que esa noche dos hombres entraron en el apartamento de ella. Evidentemente, uno era el asesino. El otro fue el hombre que telefoneó a la policía. Tal vez haya sido él quien le mandó la libreta... Si se le ocurre alguna idea, avísenos por favor.

—Así lo haré, señor Frohm. ¿Otro zumo de tomate?

—No, gracias. Tenemos que irnos. Le estamos muy agradecidos, señor Desmond... De paso, qué hermosas flores. ¿De dónde son?

—Eso, señor Frohm, es algo que ni siquiera usted debería preguntar.

—¡Ah, caramba! Por lo general es el hombre quien tiene que comprarlas. Puede que, después de todo, el movimiento de liberación femenina sirva para algo. Vamos, joven Lyndon, ahora estamos libres. Lo invitaré a un trago y una hamburguesa.

Si era una insinuación, no la recogí. Cerré la puerta tras ellos y me recosté contra el marco, sudando por todos los poros. Milo Frohm no era ningún novato; tenía larga práctica en interrogatorios; astuto y brillante, no se desconcertaba jamás. No hacía falta que ningún adivino me dijera que iba a volver a tener noticias de él, cosa que tampoco me preocupaba demasiado. Me parecía un personaje atrayente. Utilizábamos el mismo diccionario y el mismo texto de lógica elemental. El problema era que la lógica ya no funcionaba. Yo no podía decir cómo ni por qué; pero sentía en los huesos que nuestra premisa mayor estaba llena de agujeros y la menor se hundía sin dejar rastros. Claro que eso no era lógica, de ningún modo, sino puro instinto animal.

ARLEQUIN TARDABA PARA EL ALMUERZO. A la una menos cuarto invité a las muchachas a una copa y las envié al *grill-room*. A la una y cuarto, Arlequin llamó para ordenarme que tomara un taxi para encontrarme con él en una *trattoria* en Foggy Botton. Cuando le pregunté por qué, me contestó que tenía antojo de *spaghetti alla carbonara* y *cervelli al burro*, lo que me llevó a pensar que él debía de tener mantequilla en los sesos. A las dos menos veinte, nos sentamos en un rincón reservado de lo que debe de haber sido el antro más penumbroso y menos popular del distrito de Columbia. Los fideos estaban recocidos y el vino era puro vinagre, pero no importaba. Desde el momento en que Arlequin empezó a hablar, lo único que yo pude saborear fueron polvo y cenizas.

—...Antes de que saliéramos de Nueva York llamé a Herbert Bachmann y le pedí que me asesorara sobre lo que sucedería si empezábamos a vender a baja cotización nuestras acciones en Creative Systems. Me llamó esta mañana a las siete. Todos los corredores de Bolsa de la ciudad tienen una lista de órdenes de compra del largo de tu brazo... y órdenes grandes, Paul... de más de diez millones según la cuenta de Herbert.

Yo no pude resistirlo. Le dije, sin ambages, lo que pensaba de esa forma de venta de acciones y de él por haberlo pensado siquiera. Me escuchó en silencio y después prosiguió, sin alterarse:

—...Ese cúmulo de órdenes es significativo. En un momento te mostraré por qué. Esta mañana me pasé tres horas en la embajada. Erich Reiman es un viejo amigo mío. Se mostró comprensivo pero, al principio, no muy servicial. Solamente cuando le mostré las fotocopias de la libreta cambió de actitud... ¡completamente, Paul, ciento ochenta grados! Quiso que le contara todo...

—Por Dios, espero que no le hayas contado.

—No, todo no; pero más de lo que tú aprobarías.

—¡Santo cielo!

—Lo negocié con él, Paul... no podía evitarlo... punto por punto.

—Estabas negociando con mi vida, George.

—Lo sabía. Ahora lo sabe Erich.

—Y como buen diplomático, se le olvidará en el momento en que le venga bien. Yo ni siquiera soy suizo. Soy un don Nadie prescindible, de allá abajo... de Australia. Bueno, cuéntame lo de los treinta dineros.

Esa estocada, por lo menos, dio en el blanco. El pie de la copa de vino chasqueó y se quebró entre sus dedos; el líquido se derramó, como sangre, por el mantel blanco. Un momento después me azotaba con palabras ásperas y restallantes:

—...¡Primero me vas a oír, Paul, y después a juzgarme! Entonces, si quieres ir, vas. Lo que supe esta mañana reduce todo nuestro razonamiento al sinsentido. Somos peones en un juego total que yo, por lo menos, no sospechaba siquiera. Esta mañana me lo explicó un amigo... no tan íntimo como tú, pero un amigo de todos modos... y le creo; porque es alguien a quien le pagan por saber y que está situado precisamente ahí, en el lugar del mundo donde saber es posible... ¡Camarero! –hizo chasquear imperiosamente los dedos y el aludido acudió presuroso–. Limpie esto, por favor, y tráigame otra copa.

Yo esperaba que el camarero le escupiera un ojo, cosa que me habría alegrado ver. En cambio, corrió a buscar servilletas limpias y fue poniéndolas una encima de otra hasta que la mancha quedó oculta. Trajo una copa nueva y otra garrafa de vino y lo sirvió con más reverencia de la que merecía. Debe de haber sido recién llegado del campo, porque hizo una reverencia y se disculpó antes de retirarse. Arlequin se bebió el vino de un trago y se secó los labios. Habló con más calma, pero no con menos urgencia:

–Este año hemos asistido, aunque la mayoría de nosotros no lo creamos, al fin de una era de próspera felicidad. Concluye donde se inició, en la cuenca mediterránea... ¡Oh, no! No te estoy dando una conferencia política; estos son hechos. Los príncipes del desierto descubrieron que podían detener el mundo cerrando las llaves de paso del petróleo. Los parias de la Fértil Media Luna se encontraron con que podían aterrorizar al mundo con pistolas, granadas y bombas de plástico. ¡Es verdad! ¡Tú lo sabes! Todos los aeropuertos del mundo se han convertido en campamentos armados. ¡Es necesario que te cacheen antes de que puedas visitar a tu madre moribunda!... Y otra cosa... esa bestia fabulosa que llaman "la crisis energética". ¿Qué quiere decir eso? Quiere decir que si los mineros ingleses dejan de trabajar, la nación se muere congelada. Significa que a menos que Japón rinda pleitesía a los jeques, su industria se paraliza y el horror reina en las calles de cien ciudades. En Africa y en Sudamérica el progreso, por lento y penoso que haya sido, se interrumpe durante un decenio o más. ¿Entonces, qué? Los que han aprendido las lecciones del terror están listos para sembrar la confusión y el pánico. Los que tienen poder intentarán poner el torbellino de vuelta en la botella, y eso será otra especie de terror. Los ejércitos de investigadores privados se convertirán en los líderes de distrito y en las *forces de frappe* de mañana... ¿Sabes cómo han llamado al año que viene en el calendario de inteligencia? ¡El año de los asesinos! Pues bien, Paul, amigo mío, ¿dónde estamos ahora, tú y yo y Arlequin et Cie, banqueros mercantiles?

Como yo no lo sabía, no pude decírselo. Su elocuencia había silenciado mi lengua vulgar. Había arrasado mis defensas a fuerza de pasión y de convicción. No pude hacer otra cosa que encogerme de hombros y decirle:

—Dímelo. Te escucho.

—El precio del petróleo se ha duplicado y triplicado. ¿Qué pasa con el dinero? Los príncipes del desierto no son tontos. Han visto que el dinero es el sueño de un demente... una pesadilla de papel. ¿Qué van a querer cuando tengan los arsenales llenos y construidas las carreteras militares, y los aeropuertos atestados de aviones de combate? ¿Una industria propia? ¿Una tecnología propia? En parte, sí. Pero la industria engendra un proletariado y hace proliferar un ejército de obreros migratorios, que aprenderán rápidamente las técnicas del terror. De modo que los príncipes quieren asegurarse... tener intereses en Europa, intereses en América. ¡Y no simplemente acciones y bonos, que no son más que papeles, sino control! ¿Quieres pruebas? Los saudíes dejan sin petróleo a los holandeses. Ahora están negociando para construir una refinería saudí en suelo holandés. Lo que se discute en secreto tiene implicaciones aún más vastas. Los italianos ofrecen una cuarta parte de su compañía petrolera nacional a cambio de que les garanticen la provisión de petróleo crudo. Puedes hacer todas las leyes que quieras para excluir el control extranjero de las empresas nacionales, pero las leyes son dragones de papel que hombres venales e invisibles hacen danzar por las calles. Y esto nos pone a un paso de Basil Yanko... ¡El sabe, Paul! ¡El ve! Tiene el mundo aprisionado en sus bancos de datos. Puede comprarme con una prima y venderme a doble precio a los árabes, usando el dinero de ellos. También venderá parte de lo suyo. Herbert Bachmann identificó algunas de esas órdenes de compra, que vienen por tortuosos caminos desde Medio Oriente. Y Yanko va más lejos. El puede mantenerse en equilibrio entre los asesinos y los príncipes, porque hay también pedidos de Libia en todos los mercados... Mi amigo, Erich, me hizo ver el diseño; los detalles se muestran solos. Karl Kruger, por ejemplo. ¿Cómo está en tal intimidad con los israelíes? Las razones bancarias no explican ni la mitad; el sentimiento es una parte minúscula. Hamburgo vive de los barcos. Los barcos viven del cargamento. La depresión en Europa significa la muerte de Hamburgo. Los israelíes son la última avanzada de Europa en el Levante. Y no es un secreto su decisión de hacer frente al terror con el terror. ¿Por qué se mostró Aaron Bogdanovich tan dispuesto a ayudarnos? ¿Por amistad? ¡No! Nuestro dinero lo solventa. Pretende que trabaja para nosotros, pero también nosotros estamos trabajando para él —la sombra de una sonrisa le hizo temblar los ángulos de la boca—. Es un mundo sórdido, Paul; la única moneda estable es la mentira política. Si eso te hace sentir estúpido, recuerda que no eres el único. Yo también me sentí un tonto, porque el F.B.I. había establecido contacto con Erich Reiman mucho antes que yo. Se preguntaban cuánto era lo que yo sabía. Erich los convenció de que era muy poco; pero hasta él se quedó sorprendido de lo poco que era. ¿Sabes lo que me dijo? "George, te equivocaste de teatro. Esta no es la comedia del arte. Es el gran drama. Y no tienes mucho tiempo para aprender el guión".

—¿Por qué seguir leyendo lo que escriben otros? Escribamos un libreto nuevo para nosotros.

—¿Y cómo dirías tú que lo hiciéramos, Paul?

—Haciendo que la prensa lo escriba por nosotros.

Fue necesaria media hora de discusión para convencerlo, pero finalmente consintió. Quizá estuviéramos cavándonos la fosa; pero por lo menos tendríamos un funeral muy vistoso.

De vuelta en el hotel tuve mi primer encuentro con Arnold, el encargado de la portería. Era alto, melancólico y con cara de caballo, como los cómicos impasibles de las películas mudas. Tenía dos mensajes para mí. El primero era una invitación para un cóctel a las siete, en una dirección de Arlington. La firmaba L. Klein. Yo no conocía a ningún Klein, ni Arnold tampoco; pero como la invitación había llegado por intermedio de Bernard's Blooms, parecía atinado aceptarla. El segundo mensaje era una hoja arrancada de una máquina télex. Estaba fechada U.P.I., Londres, jueves. El texto era breve, pero informativo:

Un turista norteamericano, identificado como Frank Lemmitz, de la ciudad de Nueva York, fue encontrado esta mañana muerto de un balazo en su apartamento de un elegante hotel del West End. La policía londinense procura entrevistar a una mujer joven que acompañó a Lemmitz a dos conocidos salones de juego y probablemente regresó con él al hotel. Sigue más...

Esta vez, por lo menos, Aaron Bogdanovich había dicho la verdad. Hice pedazos el mensaje y lo arrojé en el inodoro. Me sentía como un escolar solitario que inventa juegos de espionaje en la enfermería. Después entró Juliette. Arlequin estaba dictando correspondencia y ella necesitaba compañía. ¿Por qué no? Yo también la necesitaba. De un puntapié se quitó los zapatos y se enroscó sobre el sofá. Puse la radio en un programa de doradas antiguallas y me instalé en un sillón, con los pies en alto, dispuesto a relajarme. La música era fácil: sin lágrimas, sin pasión, sin profundidades: un paseo por la senda de la memoria, con apenas un tañido ocasional de las cuerdas sentimentales. A Juliette se la veía mejor, un poco más plácida y menos perpleja. Yo me sentía más viejo y se me debe de haber notado, porque hubo un momento en que Julie frunció el ceño y me preguntó.

—¿Hay algo que ande mal, Paul? Pareces cansado.

No, nada andaba mal. A veces me dolían las costillas. Todavía no podía masticar la carne. Pero con todo, como solía decir mi abuelo, aún servía para casarme con una viuda. Me parecía que George también tenía buen aspecto. Se hacía difícil creer que sólo hacía un par de semanas...

—¡Paul!

—¿Qué, encanto?

—Pienso que debería volver a casa.

—¿Qué dice George?

—Me dejó que yo lo decidiera. Ojalá no lo hubiera hecho.

—Consejo del tío Paul: quédate por aquí un tiempo.

—¿Por razones especiales?

—Más o menos. El pronóstico de hoy es de un tiempo infame.

—No sabía. Tan pronto como llegó, George llamó a Suzanne y empezó a dictarle cartas. Cuando le pregunté qué había pasado en la embajada, me dijo que después me lo explicaría. Me dolió, pero no quise demostrárselo. Por eso bajé.

—Estás aprendiendo, ¿no es cierto, querida?

—No te escurras, Paul, por favor.

—No es eso, te aseguro. George te contará las novedades; pero la historia es larga y lleva tiempo.

—Pero a ti te la contó.

—Sí... Y yo le dije que me había vendido por treinta dineros.

—¡Oh, Paul, no!

—No era verdad, pero se lo dije. De modo que no lo culpes si está de mal humor... y no te apresures a volver a casa.

—Paul, hay que pensar en el bebé y...

—El bebé todavía tiene mucho por vivir, y un padrino de mucho mundo para ayudarlo. ¡Escucha, querida! Si estás a la intemperie y no hay quien te lleve a casa, cuenta conmigo. Pero si Colombina ama a su Arlequín, es mejor que esté vestida y maquillada para cuando se levante el telón. Si no...

—Se hace cargo la suplente, ¿no es eso?

—Eso es, Julie; y hay muchísimas chicas encantadoras que se mueren por tener una oportunidad en el espectáculo. Ahora, ¿por qué no te vas arriba y pides café para dos y le dices a George que yo necesito a Suzanne durante media hora? No es cuestión de que monopolice a la secretaria, por más que el presidente sea él.

No se fue inmediatamente. Se me acercó y se sentó en el brazo del sillón y me tomó la cara entre las manos y me besó en la frente; y me dijo lo dulce y cordial y bondadoso que era, el mejor amigo posible. Tres palabras más y habríamos estado jugando juegos prohibidos sobre la alfombra. No soy ningún santo, líbreme Dios. Pero eso... ¡no, gracias, tesoro! Le agradecı el beso; le agradecí el cumplido; la acompañé calmosamente hasta la puerta y la mandé arriba. Traté de sentirme virtuoso, pero fue inútil. Me sentía como un sacerdote perjuro, rondando y mascullando en las inmediaciones de la puerta del convento, a medianoche.

Debo de haberlo tenido escrito en la cara, porque cuando bajó, Suzanne se quedó parada con las manos en las caderas, estudiándome como si fuera alguna forma de vida muy rara y muy elemental. Después sonrió con esa sonrisa suya, suave, lenta y de conocedora.

—¿Es difícil, verdad, *chéri?* —preguntó dulcemente.

—Si lo sabes, no preguntes.

—Si lo sé, querido. Vaya. Cuanto antes nos volvamos todos a casa, mejor será.

—Puede llevarnos los sesenta días.

—¿Vas a poder aguantar tanto?

—Lo dudo. ¿Y tú?

—No... Dime algo tierno, Paul.

—Suzy, querida, ¿por qué no nos enamoramos?

—Si tú lo intentas, yo también haré la prueba.

—¿Cómo empezamos?

—Con que tú me besas.

Después de eso, las reglas eran flexibles; y por más que los dos estuviéramos faltos de práctica, era un juego agradable para una tarde calurosa en Washington, D.C. Y quien quiera reírse de dos personas, que ya han dejado tras de sí la juventud y que se demoran en juegos amatorios, pues que disfrute del espectáculo... y que vea si puede hacerlo mejor, cuando la soledad se apodere de él.

EXACTAMENTE A LAS SIETE, estaba yo tocando el timbre en la puerta de una vieja casa de Arlington, modesta pero bastante hermosa. Abrió la puerta una mujerona pálida, cuyas gafas con montura de asta le daban la apariencia de una lechuza hostil. Le dije quién era y que tenía una cita con el señor Klein. Me dijo que con quien estaba citado era con la señora Leah Klein y que la dama en cuestión era ella. Me hizo pasar a un saloncito atestado de libros, revistas y desordenadas pilas de recortes. En un rincón había un escritorio cubierto de papeles, en otro un mueble destinado a bar. Había dos sillones, uno de los cuales estaba ocupado por un enorme gato barcino. No se veía ninguna escoba, pero la señora Leah Klein era una especie de bruja, ancha y ondulante, con los gruesos dedos manchados de alquitrán y una voz grave y áspera. Sus cócteles resultaron ser medio vaso de whisky para mí, y para ella ron con coca. Después de un primer y largo trago, se zambulló directamente en los negocios:

—Kurt Saperstein me dice que quiere usted contar una historia. ¿Es así?

—Así es.

—¿Hecho o rumor?

—En parte hecho, en parte inferencia. Si es posible, quiero que se origine en Londres.

—¿Por qué?

—Por la situación política.

—¿Puede dictármela?

—Un boceto, sí.

—Es lo único que necesito.

Se sentó a la máquina de escribir, puso el papel, encendió un cigarrillo, se lo acomodó en un ángulo de la boca y dijo:

—Sin comentarios, sólo los hechos. ¿De acuerdo?

—De acuerdo... U.P.I. Londres telegrafió hoy una noticia sobre un tal Frank Lemmitz, turista norteamericano a quien se encontró muerto de un balazo en un hotel del West End. La policía busca a una muchacha que fue vista con él en dos casas de juego. Ahí termina la historia de ellos; ahora viene la mía. Frank Lemmitz era el chófer de Basil Yanko, presidente de Creative Systems Incorporated. De él se sabe que tiene conexiones con el hampa, especialmente con un gángster llamado Bernie Koonig. Basil Yanko se halla en Francfort, en una conferencia de banqueros internacionales. ¿Me sigue usted?

—Le voy ganando. Siga.

—Una empleada de Creative Systems, la señorita Valerie Hallstrom, fue asesinada en su apartamento hace tres días. El hecho consta en los archivos de noticias. No sucede lo mismo con los hechos siguientes: el F.B.I. está investigando filtraciones de los bancos de datos de Creative Systems, que afectan a varias importantes compañías estadounidenses. Los nombres de esas compañías son los siguientes...

—Deletréelos, por favor.

Fui deletreándoselos uno por uno, incluso el de nuestra empresa, mientras ella aporreaba la máquina de escribir como si fuera su mortal enemiga.

—...Arlequin et Cie ha sido defraudada en una gran suma de dinero mediante el abuso de sus servicios de computación, todos los cuales se hallan controlados por Creative Systems y sus filiales en otros países. Se conoce al autor del fraude en la sede de Nueva York. Es una mujer, Ella Deane, que murió hace dos semanas en un accidente, atropellada por un conductor que escapó. Dejó al morir una gran suma de dinero, que fue depositada en el banco en el curso de los tres últimos meses que estuvo empleada. Uno de sus amigos era Frank Lemmitz. Coincidentemente, Basil Yanko presenta una oferta para comprar Arlequin et Cie. La oferta es pública. El accionista principal se niega a vender. Los menores están todavía indecisos. Hasta aquí, hay constancia de todo y usted puede verificarlo. Lo que sigue en parte son hechos, en parte inferencias.

—A ver los hechos.

—Todos los corredores de bolsa importantes de Nueva York están cargados de órdenes de compra de acciones en Creative Systems. Algunas de las órdenes mayores provienen de clientes de Medio Oriente...

—¡Dinero del petróleo!

—¡Exacto! Y parte de él es libio.

—Ahora, la inferencia.

—Los árabes quieren tener intereses en la banca y en la industria de Estados Unidos y de Europa. Eso es del dominio público. Tienen el dinero y la fuerza necesarios para conseguirlo. Lo que nosotros creemos es que Basil Yanko los está ayudando. El proyecto es legal; los medios, dudosos y, en nuestro caso, criminales. Le traje un ejemplar de un expediente que tenemos sobre su pasado. Usted también debe tenerlo en sus archivos... Fin de la historia.

—Ahora, dígame por qué quieren ustedes contarla.

—Queremos atenuar la presión que se ejerce sobre nosotros y conseguir que aumente sobre Yanko. Queremos desacreditarlo totalmente.

—Hay mucha gente que quiere hacer lo mismo.

—¿Con esto basta para conseguirlo?

—No, pero seguramente va a remover bastante el avispero. ¿Puede decirme algo más sobre Valerie Hallstrom?

—Puedo, pero no lo haré. Si quiere saber por qué, pregúnteselo a Kurt Saperstein.

Hizo girar la silla para enfrentarme, mientras aspiraba largamente su cigarrillo. La ceniza le cayó sobre la falda y se la sacudió con aire ausente.

—¿Es usted judío? —me preguntó.

—No. Soy *goy* entre los *goyim*.

—Señor Desmond, esta es una historia muy peligrosa. Y podría ponerse más peligrosa aún... para usted.

—Ya lo sé. ¿Cuándo estará impresa?

—Hoy es viernes. Con suerte, la tendré lista para los periódicos del domingo en Inglaterra. Ellos la difundirán. Los cables la traerán de vuelta a tiempo para las ediciones del lunes aquí, y lo mismo en Europa. Entonces, cuando la mierda dé contra el ventilador, sería conveniente que usted se tomara un prolongado fin de semana.

—Gracias por el consejo. Lo pensaré.

—¿Otra copa?

—No, gracias. Terminaré ésta antes de irme. ¿Tiene inconveniente en decirme una cosa?

—¿Qué cosa?

—Parece que usted acepta mucho al fiado.

Leah echó la cabeza hacia atrás para reírse con una risa áspera y masculina, burlona pero sin humor.

—¡Al fiado! No le daría la hora al fiado ni a mi propia hermana... ¡Si no lo hubieran controlado, usted no habría llegado a diez manzanas de este lugar! Antes de darle forma, la historia será leída por expertos. Si no concuerda con los hechos, usted está acabado. Si no concuerda con la política, no se publica.

—Entonces la llevaré a alguna otra parte.

—La lleve donde la lleve, necesita alguien que se la escriba bien y que la quiera publicar. Conmigo tiene ambas cosas. No fuerce la situación.

—Tampoco a mí me gusta que me fuercen.

—Si no quiere las espinas, no busque rosas... *Lacheim!*

EN MI CASILLERO DEL HOTEL había un mensaje: Saul Wells acababa de llegar y estaba esperándome en el bar. Trepado en el taburete, encorvado sobre su vaso, parecía más que nunca un hurón arisco, inquieto y combativo. Se iluminó al verme y nos sentamos juntos en un rincón discreto, donde no alcanzaban a oírnos los últimos clientes. Quitó la envoltura de celofán de un nuevo cigarro, se lo encajó en el ángulo de la boca, lo encendió y fue echando las noticias en bocanadas entre las nubes de humo.

—...Primeros informes de las sucursales de ustedes. La misma operación con variaciones locales, sólo resultaron afectadas las cuentas extranjeras. En tres casos, en Ciudad de México por ejemplo, los perforistas renunciaron en el momento oportuno, pero todavía no hemos podido seguirles la pista. En otros dos casos, todavía podría significar que el fraude fue incorporado a los sistemas. En Inglaterra tuvimos suerte. Allí la operadora era una mujer llamada Beverley Manners, que renunció para casarse... con una gran fiesta en la oficina y bonificación de la gerencia. Vive, y muy bien, en una finca de Surrey. De acuerdo con el informe, está embarazada de cinco meses.

—¿Y eso qué tiene que ver, Saul?

—Imagínese. No podemos molestar a una señora en ese estado. Y lo que tiene más que ver es que su marido trabaja para la rama de Creative Systems en el Reino Unido.

—Eso es muy cómodo.

—Pues se pone más cómodo. La dama y su marido son vecinos del gerente de ustedes en Londres y juegan al golf con él...y las transacciones fraudulentas están justificadas por instrucciones enviadas por télex desde Ginebra y firmadas por George Arlequin.

—¿Verificaron ustedes nuestros archivos de télex en Ginebra?

—Claro. Ni rastros. El télex se envió desde otra terminal.

—Toda una conspiración.

—Si quiere desbaratarla, es posible que tengan que recurrir a la policía británica.

—Todavía no. Vayamos lo más lejos posible sin llamarlos. No podemos permitirnos perder más personal ni dar más publicidad a este asunto. ¿Qué tal le fue con el F.B.I.?

—Me hicieron dar bastantes vueltas. ¿Y a usted?

—Lo mismo.

—¿Alguna novedad?

Le conté mi conversación con la señorita Leah Klein. Mientras mordía su cigarro, me miró con no disimulado asombro.

—¡Hermano! Se consiguió un buen aliado. En Washington la llaman la sepulturera, porque ha enterrado algunos nombres muy importantes y ha escrito notas necrológicas muy elegantes. Si ella está de su parte, tiene suerte. Si no, es hora de que se vaya de la ciudad.

—Ella quiere que nos vayamos de todos modos, Saul.
Se puso de pronto alerta y mortalmente serio.

—Si ella le dijo eso, señor Desmond, vaya sacando los billetes. Cuando Leah empieza a disparar desde la cadera, hasta el personal de la Casa Blanca se pone a cubierto. No hace más que una advertencia... y es la última.

—Se lo diré al señor Arlequin.

—Le sugiero, señor Desmond: hay buenos servicios aéreos a Ciudad de México. Ahí tenemos el archivo de su filial. Es una excusa, si necesita una.

—Si la necesito la usaré. Si no hay nada más, encontrémonos a desayunar en mi apartamento. Podemos revisar juntos los informes.

—Mejor en el salón para desayunar.

—¿Por alguna razón?

—La mejor. La señorita Suzanne me permitió echar un vistazo en las habitaciones de ustedes. Están tan calientes como el interior de un reactor. El apartamento de Arlequin está limpio, por raro que sea.

—No tan raro. Está ocupado durante la mayor parte del día.

Saul sonrió mientras hacía cómicos movimientos con su cigarro.

—Y si anduvieron ustedes entreteniéndose con juegos propios de la edad, están todos grabados y los monitores se deben de haber divertido como locos.

—¿Los monitores de quién, Saul?

—Tiene dos opciones, señor Desmond... el F.B.I. o la gente de Basil Yanko.

—Elija un nombre, Saul.

—Yo apuesto por Yanko. Razón: el F.B.I. sabía que Arlequin estaba con su embajador y que usted iba a ver al suyo. Así que supongo que van a jugar legalmente.

—El F.B.I. me entrevistó esta mañana en mi habitación.

—Si vuelven, como es probable, hábleles de los aparatitos. Hay uno dentro del teléfono y otro está debajo de la mesa, junto al sofá.

—¿Y por qué no los sacamos?

—Porque esto hace que usted parezca inocente, señor Desmond... aunque no lo sea. Entre Aaron Bogdanovich y Leah Klein, están ustedes jugando un juego muy peligroso. He ahí otra razón por la que me gustaría que hicieran ese viajecito a México.

Con tan consoladora observación nos separamos, Saul a pasar la noche del sábado con amigos, yo a dar cuenta de mi misión a George Arlequin y persuadirlo de que en Ciudad de México el clima era más saludable que en Washington, D.C. No fue fácil. Una vez que había aceptado mi plan, se resistía a dejarlo alterar por Leah Klein o por quien fuese. Además, necesitaba mantenerse en contacto con el mercado en Nueva York. Era posible que necesitara volver a hablar con Herbert Bachmann. Le enfermaba darle a Yanko la impresión de que estábamos huyendo. Yo argumenté que de todas maneras teníamos que ir a México; entonces, ¿por qué no hacerlo durante el fin de semana, cuando la pausa comercial era de dos días? Si pagábamos por tener consejo especializado, ¿por qué no seguirlo? A ello agregó Julie la tímida sugerencia de que podría volar hasta Acapulco para visitar a Lola Frank. Así, si nosotros teníamos que volver con urgencia a Nueva York, no necesitaríamos preocuparnos por ella. Finalmente, Arlequin se mostró de acuerdo y yo volví a bajar para encargar a Arnold que hiciera las reservas. Cuando se lo dije, en su rostro largo y hosco asomó un débil rubor de vida.

—¿Cómo se enteró, señor Desmond? —me preguntó.

—¿Enterarme de qué? Es un viaje de negocios. Tenemos una oficina en Ciudad de México.

—¡Ah!

—¿Problemas, Arnold?

—Problemas, no. Coincidencia, me imagino. Acabo de oír que un amigo de ustedes venía y quería que se pusieran en contacto con él. Aquí tengo el número —me dio la tarjeta y empezó a hojear los horarios de vuelo, mientras seguía hablando con voz monótona—. Supongo que les gustará el Camino Real. El mismo arreglo que aquí, ¿está bien? Los llamaré tan pronto como confirme el vuelo. ¡Ah, aquí está! Braniff sale a las 15,15, hace escala en Dallas y San Antonio, llega a las 21,30. ¿Primera clase y automóvil en el aeropuerto? No, claro, los van a ir a esperar. ¿Cuánto se quedarán? ¿Cuatro o cinco días? Una semana, digamos. Siempre pueden cancelar. ¿Dirección postal? ¿Su Banco, verdad? Le comunicaré todo esto a su amigo. Qué gracioso que suceda así, ¿no?

Cuanto más lo pensaba, más gracioso era... con un humor macabro capaz de crispar los nervios y ponerle a uno los pelos de punta en la nuca. Estábamos otra vez en lo que George Arlequin llamaba juegos con fantasmas: susurros en la oscuridad, crujidos en el enmaderado, toda una cábala de signos y símbolos para confundir al jugador novato. Mientras volvía hacia el ascensor, me llamó una voz conocida. Al darme vuelta vi al señor Milo Frohm, dos pasos detrás de mí. Tendió la mano para saludarme y yo se la estreché distraídamente.

—Subía para ver al señor Arlequin —explicó.

—Yo también.

—Espero que no sea demasido tarde.

—Es bastante tarde, y mañana nos vamos a Ciudad de México.

—Más bien repentino, ¿no?

—No tanto.

Llegó el ascensor y nos demoramos con unas breves reverencias, como entre mandarines, para ver quién entraba primero. El señor Frohm era un hombre muy atento; reservó el resto de sus preguntas para George Arlequin, quien lo agasajó con café y coñac, contestándole con su inocente franqueza de siempre.

—...No hay ningún misterio en esto, señor Frohm. El señor Wells acaba de entregar su informe sobre nuestra sucursal en Ciudad de México. Necesitamos hablar con el gerente y con los accionistas de allí. Mientras nosotros trabajamos, mi mujer visitará a unos amigos en Acapulco. ¿Tienen algún problema tocante a mí?

—Problemas no, señor Arlequin; preocupación, tal vez.

—Me alegro de oírselo. Después de mi conversación de esta mañana con el embajador tenía la sensación de que estábamos, por así decirlo, en territorio enemigo. En este preciso momento, al Departamento de Estado de ustedes no lo hacen muy feliz los europeos... ¡Ah, Julie! Este es el señor Frohm, de la Oficina Federal de Investigaciones. Señor Frohm, mi mujer.

—Encantado de conocerla, señora. Discúlpeme por molestarlos a esta hora.

—¿Algo anda mal, George? —sus ojos muy abiertos eran la inocencia misma.

—De ningún modo, querida. Quédate con nosotros. Continúe, por favor, señor Frohm.

—Bueno, señor Arlequin, supongo que su embajador le explicó en alguna medida la situación política.

—Exactamente.

—Y se refirió sin duda a ciertos elementos de violencia en el cuadro.

—Sí.

—Señor Arlequin... —tosió con discreción, demorándose en el juego de buscar las palabras exactas—. Yo... es decir, nosotros... tenemos ciertas opiniones... hasta se las podría llamar posiciones, que no estoy en libertad de divulgar. Sin embargo, usted no se encuentra, tal como lo expresó, en territorio enemigo. Puede experimentar, con cierta justicia, la sensación de tener un enemigo personal en Basil Yanko. En cuanto a nosotros, podemos tener la sensación (no puedo decir que la tengamos) de que las tácticas comerciales del señor Yanko son duras e incluso reprobables; pero mientras no se demuestre que son ilegales, no podemos intervenir. Tenemos dos asesinatos, y una situación política muy cargada en el interior y en el extranjero. En nuestra sociedad la violencia es endémica y puede volverse epidémica. Usted, personalmente, puede verse amenazado por ella. Tenemos que advertirle que no siempre podemos protegerlo. Sería deseable que la señora Arlequin lo entendiera así, también.

Durante un momento Arlequin permaneció en silencio, mirándose el dorso de las manos, largas y delicadas. Después habló con voz grave:

—¿Eso no es bastante general, señor Frohm? ¿Quién es el que nos amenaza?

—Pregúntese usted mismo, señor Arlequin, a quién puede serle más beneficiosa su muerte. Después, piense en esto: si usted o alguien de su personal se identifican con un grupo guerrillero, su riesgo personal se duplica. ¿Saben ustedes que Frank Lemmitz fue asesinado en Londres?

—Eso oímos. ¿Quién lo mató?

—Usted, señor Arlequin. Lo mató usted con una palabra a destiempo —frunció el ceño y abrió las manos con desaprobación—. Es lo que estoy tratando de decirle. Usted es extranjero en la ciudad. No comprende el idioma. Es suizo; viene de un país pequeño y ordenado, donde se necesita licencia para toser... aunque la buena educación de ustedes es tal que jamás la usan... ¿Me permite que le pregunte si ha buscado protección para su hijo?

—He pedido vigilancia policial. Me aseguraron que es adecuada.

—Eso espero. Perdóneme, señor Arlequin, pero estamos en Norteamérica, y en el último rollo del Sueño Norteamericano, que resulta ser una pesadilla en tecnicolor. No me produce ningún placer estar aquí disculpándome por mi país... ¡y hasta por mí mismo! pero estoy dispuesto a hacerlo con tal de que usted vea la verdad.

—¿Y cuál es la verdad, señor Frohm?

—Las leyes son inadecuadas. Las fuerzas de la ley son más inadecuadas aún. Algunas de ellas están corrompidas, pero no todas. La corrupción se difunde a medida que la confianza declina. Le ruego que confíe en mí, señor Arlequin. Y usted también, señor Desmond.

Ahora me tocaba a mí y no lo iba a dejar pasar; imposible.

—¿Señor Frohm?

—¿Sí, señor Desmond?

—Creo, porque quiero creerlo, que usted es un hombre honesto. ¿Quiere responderme a dos preguntas?

—Si puedo, sí.

—¿Tiene usted orden de intervenir mi teléfono y poner micrófonos en mi habitación?

—De ningún modo.

—¿Ni usted ni ninguno de sus agentes han hecho semejante cosa?

—Según mi leal saber, no.

—Pues alguien lo hizo, señor Frohm. Saul Wells lo comprobó esta misma noche.

—¿Revisó también esta habitación?

—Sí, pero está limpia.

Lentamente, sacudió la cabeza. Me miró, miró a George Arlequin, a Julie. Se levantó, fue hacia el teléfono y marcó, lenta y furiosamente.

—¿Cal?... Milo Frohm. Ya sabes dónde estoy. Mándame aquí a Pete con todos sus aparatitos... ¡Volando!

Se sentó. George Arlequin sirvió whisky en un vaso chato y se lo alcanzó. Frohm lo sorbió lentamente y volvió a dejar el vaso con especial cuidado.

—¿Ve usted el problema, señor Frohm? —preguntó suavemente Arlequin—. Ahora tiene que verlo.

Milo Frohm asintió y volvió a asentir con la cabeza, subiéndola y bajándola como uno de esos viejos budas de porcelana que los marineros traían de Shanghai.

—Sí... sí... sí. Lo veo, señor Arlequin. En este momento no estoy muy seguro de lo que debemos hacer. Sin embargo, una cosa es indudable: cuando lleguen a Ciudad de México, todos ustedes deben andar con mucho, mucho cuidado.

NUESTRA PARTIDA DE WASHINGTON no fue gloriosa, ni mucho menos. La lluvia caía de un cielo bajo y plomizo. Se había iniciado el éxodo de fin de semana y apenas si éramos cuatro ovejas más a las que había que hacer pasar el baño desinfectante para despacharlas lo más pronto posible. Revisaron nuestro equipaje de mano; nos hicieron pasar por una puerta provista de mecanismos detectores; nos cachearon, nos revisaron y nos tuvieron detenidos en un recinto mientras el personal de seguridad verificaba si no había artefactos letales en el avión. Como buenas ovejas que éramos, nos dijimos que era muy loable el cuidado que se ponía en proteger nuestras vidas. Deplorábamos la violencia que hacía necesarias tales precauciones, entregándonos con absoluta fe al cuidado de nuestros anónimos mentores y de nuestros pastores armados. Mi fe había ido haciéndose más frágil con los años, así que tan pronto como estuvimos en el aire, reclamé mi ración de cócteles y me sumergí en el informe de Mendoza sobre la fabulosa carrera de Basil Yanko.

La primera parte era el folklore habitual: hijo de pobres inmigrantes bohemios, había vendido periódicos y repartido comestibles para pagarse los estudios, y a fuerza de agallas y sesos se había hecho un lugar en la nueva ciencia de la tecnología de computadoras. Su carrera en las compañías gigantes fue rápida e impecable. Estaba bien pagado. Ahorraba dinero. Su parsimonia era el único rasgo notable de su vida privada. No tenía afiliaciones políticas y aparentemente su necesidad de amistades era magra. Se sometió sin quejarse a la disciplina de la sociedad corporativa, sin pedir favores para sí ni dar cuartel a los subordinados. Se negó a todas las solicitaciones de intrigas de las compañías. La única declaración de él que constaba era una sucinta exhortación en una discusión entre ejecutivos: "Hacemos cerebros y enseñamos a la gente cómo usarlo. ¡Por una vez, usemos el nuestro!"

A los 32 años dejó de estar al servicio de los gigantes para empezar él también en serio a serlo. En ese momento, su valor neto era de un cuarto de millón de dólares, con los que compró un tercio de las acciones en un pequeño equipo de procesamiento de datos en Nueva York. Ese mismo año se casó con la hija de uno de sus socios. Al año siguiente su mujer se fue a Nevada y se divorció de él. Ella también figuraba en el expediente ofreciendo un cuadro levemente histérico de su carácter: "No era cruel. No era bondadoso. Estaba ausente, simplemente. Me casé con él con los ojos llenos de estrellas; lo que veía en realidad eran luces que destellaban y cintas que giraban... Cuando trataba de acercármele, lo único que llegaba a tocar era un exterior esmaltado. No era un hombre, era un monstruo mecánico".

Seis meses antes del divorcio, Basil Yanko había fundado una pequeña compañía llamada Creative Systems Incorporated, que no hacía otra cosa que existir. Seis meses después del divorcio, su ex suegro murió a consecuencia de una dosis excesiva de barbitúricos. Corrían rumores de escándalo: fraude en las cuentas; espionaje industrial; venta de datos a los competidores de sus clientes. El muerto había abdicado su defensa. Basil Yanko lo defendió con la resolución suficiente para dar la imagen de un amigo honesto y leal, y quedarse con sus mejores clientes. Después Creative Systems Incorporated compró la compañía a un precio irrisorio. Basil Yanko era el dueño de todo. Ahora podía ofrecer el servicio exclusivo de un genio, libre de sujeción a espíritus inferiores. Los gigantes empezaron a mandarle negocios. Se expandió lentamente, pero con una especie de fría certidumbre, comprando talento, vendiendo ideas, dando siempre más de lo que le imponía el contrato.

Su modo de vida también cambió. Vivía con más riqueza, agasajaba con más prodigalidad, pero rodeándose al mismo tiempo de una atmósfera de misterio fáustico. Era una actitud que movía a la crítica, porque hacía pensar en el saltimbanqui, pero que resultó provechosa cuando el saltimbanqui demostró más allá de cualquier duda que era un auténtico hechicero. Poderosas compañías financiaron sus investigaciones. Figuras encumbradas buscaron su consejo y él, a su vez, las invistió con los instrumentos del poder.

Se casó con la hija de uno de esos hombres, una vulgar muchacha de treinta años de quien se decía que le gustaban las jovencitas, pero que tenía el dinero suficiente para permitirse esa excentricidad. Ella se mató al apretar el arranque de su lancha motora en el lago Tahoe, provocando la explosión de la gasolina en los depósitos. Basil Yanko estaba en Nueva York cuando sucedió. Volvió en avión para llorar junto a la tumba, cobrar el seguro y legalizar un testamento redactado tres meses atrás, que aumentaba su riqueza en ocho millones de dólares.

Después empezó a expandirse, devorando las pequeñas

compañías, adueñándose de sus haberes, quedándose con los mejores empleados y dejando el resto a sus rivales. En los días triunfales de mediados de los sesenta, cuando todos los reyezuelos pagaban una fortuna por hacerse invisibles, Basil Yanko salió a la luz e hizo otra fortuna. Compró computadoras. Invadió Europa, comprando acciones y bienes raíces, haciendo aliados y estableciendo sucursales. Se corrieron maliciosos rumores de que vendía también información a cambio de acciones de capital en empresas europeas. El informe de Mendoza citaba varios casos, pero todos tenían como base pruebas insuficientes. En un ejemplo siniestro, se acusó a una empresa europea de robar secretos; tres días después de la noticia, un analista de Creative Systems se mató en un choque de automóviles en las Dolomitas.

En cierto sentido, todo era ya viejo y *déjà vu:* un refrito de las historias de los barones del tabaco y los emperadores del petróleo y los traficantes de armas. Ya se sabía que eso pasaba; demostrarlo costaría una fortuna y llevaría tres vidas enteras. Y si uno lo demostraba, nadie le daría una medalla, suponiendo que estuviera vivo para aceptarla... Y todo estaba muy bien, en tanto que le hubiera sucedido a alguien, ayer. En realidad, nos estaba pasando hoy, a nosotros. En el mercado, todos lo sabían; pero mientras no se resintiera su propio bolsillo, difícilmente podría importarles menos. Si ganábamos, hasta era posible que se sintieran incómodos. Si perdíamos, seguirían cenando con Basil Yanko en el Club de los Banqueros, dejándonos de lado bajo el universal epitafio: los negocios son los negocios.

Destelló la luz, indicando ajustarse los cinturones. La azafata nos dijo que íbamos a descender en Dallas, donde mataron a John Kennedy y enterraron a la verdad junto con el asesino y después todos vivieron felices y comieron perdices.

SEIS

CUANDO ATRAVESAMOS EL RÍO GRANDE yo estaba dormido y soñando. Me desperté a tiempo para ver el pico del Popocatepetl, sereno y cubierto de nieve, contra un cielo lleno de estrellas. Abajo había asperezas menores y lagos de oscuridad, punteados por las luces minúsculas de las aldeas. Hacia adelante, muy a lo lejos, se divisaba Ciudad de México, un resplandor dorado que se difundía a través del *smog,* elevándose bien hacia el cielo estrellado. Sentí una extraña sensación de liberación y alivio, como si hubiera salido de un largo túnel a un desierto, vasto pero amistoso. A mi lado, Suzanne resplandecía con el mismo súbito asombro, con la misma excitación. Me tomó de la mano, charlando como un niño, llena de fantasías y de historias recordadas a medias: la serpiente emplumada, la ciudad de oro en el lago, el pueblo para quien el tiempo era un misterio sagrado, Cortés, que fue bienvenido como un dios pero era demasiado humano para saberlo.

George Arlequin se acercó a compartir con nosotros el momento. Estaba obsesionado por las lucecitas en los amplios valles: diminutos tesoros de la memoria de la raza que jamás serían registrados, porque sus poseedores no sabían leer ni escribir y su lengua moriría con ellos. Habló de la extraña amnesia que aqueja a la raza humana: de cómo arrojaban a los vientos en una sola generación lo que habían adquirido de sabiduría en toda una edad. Suspendidos entre el cielo y la tierra, veíamos fragmentos de visiones, teníamos por un momento polvo de estrellas en las manos.

Cuando tocamos tierra, las visiones se disolvieron en la acritud del *smog;* el polvo de estrellas se convirtió en polvo de tierra, arenoso en los dedos, seco en la boca. Como una hilera de presos, pasamos lentamente por el control de pasaportes. Esperamos, como criados pacientes, el equipaje y el trámite aduanero. Estábamos atrapados en un mar bullente de hombres, mujeres, niños y animales semejantes. En el preciso instante en que estábamos a punto de entregarnos a una vociferante desesperación, las aguas se abrieron y José Luis Miramón de Velasco nos dio la bienvenida a la tierra de los aztecas.

En nuestros ficheros constaba como un hombre de treinta y cinco años, soltero, que había cursado estudios en la Universidad Nacional Autónoma y en la Escuela de Administración Comercial de Harvard, miembro de una antigua familia cachupina: lo que significaba que sus antepasados usaban zapatos y hablaban castellano, en tanto que el resto del país andaba descalzo y hablaba náhuatl y español adulterado. Significaba también que era rico por derecho propio, apuesto y orgulloso como Lucifer, y que podía atravesar a ciegas el laberinto de la administración mexicana.

Su recibimiento fue cortesano. Nos presentó en el hotel con regia pompa y puso a nuestra disposición su persona, sus servicios y su casa. Advertí que las mujeres se ponían pálidas de asombro al ver que tanta y tan bella virilidad hubiera podido resistir tanto tiempo sin casarse. Me abstuve de comentar que un cachupín rico que estaba a cargo de un Banco en Ciudad de México tenía tan poca necesidad de casarse como de que le sirvieran pulque y tamales en la cena.

Antes de dejarnos, quiso tener el privilegio de hablar en privado con Arlequin y conmigo. Estaba indignado por lo que había sucedido en el banco; no podría dormir tranquilo mientras no hubiera desaparecido la sombra echada sobre su reputación. Como conocía la enormidad de su orgullo, temí que estuviéramos condenados a una reedición de Larry Oliver en castellano. Por el contrario, su preocupación inmediata era George Arlequin.

—... Ha estado usted enfermo, amigo mío. Es monstruoso que haya de verse envuelto tan pronto en este... ¡esta sofistería! Pero así son los negocios con los yanquis. Si no quiere usted vender al precio de ellos, le ponen sitio, acosándolo con procesos y espías que se entrometen en su vida privada. Bueno, aquí por lo menos conseguimos mantenerlos a raya. Hemos sido perjudicados, es lo primero que debe usted saber. Se afirma que un buen banquero olfatea un fraude antes de que se produzca. Se afirma también que vendimos acciones en Creative Systems; que restringimos sus servicios; que si ahora caemos con ellos, la culpa es nuestra, no de ellos... Mañana, ustedes y la señora Arlequin están invitados a almorzar con Aurelio Gálvez y otros dos de sus accionistas mexicanos. El hombre fuerte es Gálvez. Si lo convencen a él, están fuera del cono de sombra y otra vez en los negocios. Necesita fondos de inversión para nuevas minas, para caminos nuevos, y preferiría conseguirlos en Europa o en Japón más bien que al norte de la frontera. En todo esto hay matices difíciles de captar, difíciles de interpretar. Nuestras raíces se hallan en Europa y en la antigua vida indígena de nuestro país. Nuestra lealtad es para nosotros mismos. Nuestras enemistades se remontan a El Alamo. El propio Hernán Cortés no está absuelto todavía... Perdóneme si no me explico muy bien. Hay también otra cosa... embarazosa de decir, pero necesaria... –se interrumpió, rogándonos que lo disculpáramos un momento mientras hilvanaba un discurso que se le hacía difícil–. ¡George, amigo mío, he sido un tonto! –prorrumpió finalmente.

–Es una dolencia común, José –reconoció Arlequin con una sonrisa–. La padecemos todos.

–Esta vez, George, es usted quien padece. Durante los dos últimos días estuve trabajando en el Banco con los investigadores de ustedes. Está claro que la operadora que codificó las instrucciones falsas fue una muchacha, María Guzmán, que dejó de trabajar con nosotros en enero. Dije a los investigadores que había desaparecido de la circulación y que sería muy difícil localizarla... pero era mentira.

–Estoy seguro de que tenía usted buenas razones para decirla, José.

–Eso lo dejo librado a su juicio. Esta María era... es una mujer muy atractiva. Durante un tiempo la... la mantuve. Después, cuando empezó a ponerse seria, la dejé. Todo eso fue por septiembre u octubre del año pasado. Claro que siguió con nosotros. En su trabajo era buena, y estaba bien pagada. Después, en enero, me dijo que quería irse. Le ofrecían un puesto mejor en Petróleos Mexicanos. Le di las mejores recomendaciones y dejé que se fuera. Para mí, era la mejor solución del asunto. Cuando ha habido fuego, no es la situación más cómoda volver a verse todas las mañanas... ¡y María no hacía nada por aliviarla!

–Es una idiotez –observó con calma Arlequin.

–Ya lo sé. Si quiere, le ofrezco mi cabeza.

–Prefiero saber los hechos, José.

–Se los daré, George. Pero antes quisiera un favor; no tengo derecho a pedírselo, pero se lo pido. La muchacha es culpable, de eso no cabe duda. Le ruego que no presente una demanda contra ella. Si hubiera visto alguna vez el interior de una cárcel mexicana, entendería por qué. Le doy lo que poseo como garantía de sus pérdidas, pero le ruego...

—¿Sigue todavía enamorado de ella, José?

—¡En el nombre de Dios, no! Creo que es una perra estúpida; pero yo fui más estúpido que ella.

—¡Muy bien! No habrá proceso. Y lo último que quiero es su dinero, José. Ahora, ¿qué es lo que usted tiene?

—Una confesión en español, una traducción inglesa, dos fotocopias, todo legalizado ante notario.

—¿Cómo las consiguió?

—Preferiría que no me lo preguntara, George. Tampoco eso es cosa que me enorgullezca. Lea el documento y nada más.

George Arlequin lo leyó lentamente y después me lo entregó. La declaración tenía la limpidez de una lágrima:

> ... Me enamoré de un hombre que no estaba enamorado de mí. Cuando me dijo que lo nuestro había terminado, me sentí tonta, dolida y enojada; pero me quedé en mi trabajo porque sabía que eso lo avergonzaba, aunque tampoco yo me sentía bien haciéndolo. Un día vino al Banco un joven, a verificar el funcionamiento de nuestro sistema de computadoras. Su nombre era Peter Firmin. Dijo que había venido a México por un mes, a visitar clientes. Me invitó a cenar y después seguimos viéndonos constantemente. Le abrí mi corazón y terminamos siendo amantes. El decía que quería casarse conmigo, pero primero debía divorciarse de su mujer, lo que le costaría muchísimo dinero. Yo no tenía nada y no podía ayudarlo. Entonces él me dijo que si yo daba ciertas instrucciones a nuestra computadora, obtendríamos dinero: diez mil dólares. Dijo que no sería delito; yo no estaba robando nada. Cuando se descubriera, sería una linda broma contra José Luis, porque el responsable sería él. Yo accedí, pero no quise aceptar el dinero. Se lo di a

Peter para que lo usara para su divorcio. El se fue y jamás volví a verlo. Le escribí muchas veces, a su compañía y a la dirección que él me había dado, en California. Todas las cartas volvieron con la indicación "destinatario desconocido". Nadie investigó las instrucciones de la computadora, pero en enero decidí que debía irme del Banco. Lo único que me queda de Peter Firmin son unas fotografías que le saqué un domingo en el Parque de Chapultepec. Afirmo y declaro que estas afirmaciones son ciertas y que las hago por mi propia y libre voluntad en presencia de...

Una fotografía mostraba a un joven vestido con ropa de verano, posando junto a un vendedor de globos. En la otra estaba en cuclillas, mientras una indiecita le ofrecía una flor. Parecía alegre y sin complicaciones, como cualquier ejecutivo joven y próspero que sale a pasear con su chica en una tarde de verano. Yo había visto docenas como él en una docena de ciudades, y sin embargo... sin embargo...

—¿Lo reconoces, Paul?

—Creo que no. Pero algo de familiar tiene.

—Yo lo conozco —dijo José Luis Miramón de Velasco, mirándonos con una sonrisa incómoda y haciendo un gesto de disculpa—. Hice un poco de detective por mi cuenta. Firmó un contrato de alquiler por un mes, por un apartamento, uno de esos que se alquilan amueblados a los turistas y los hombres de negocios. Para eso tuvo que mostrar un pasaporte y dar una referencia comercial. Su verdadero nombre es Alexander Duggan y trabaja para Creative Systems en Los Angeles, California... Ya les dije que la chica era estúpida. Ella misma podría haberlo descubierto.

Entonces lo recordé: el muchacho ingenuo en el bar del hotel Bel Air, el inocente que pensaba que el sol formaba una aureola en torno de Basil Yanko, y que del cielo llovían acciones y opciones de compra. Empecé a balbucear, excitado, pero George Arlequin me interrumpió en mitad de una frase.

—Es útil, Paul, es muy útil, pero está lejos de ser concluyente. Dejémoslo dormir por ahora... José, se lo agradezco. Julie y yo almorzaremos mañana con Gálvez, y el lunes por la mañana nos encontraremos en el Banco. Ni una palabra de eso a nadie, ¿entendido?

José Luis lo entendía. Castigado y todo, no olvidó su dignidad. Pronunció un breve y sobrio discurso de agradecimiento y después se despidió con la reverencia de un cortesano a quien acaban de conmutar la sentencia de muerte.

George Arlequin se recostó en su asiento y suspiró con aire de cansancio.

—Vaya, si no es por la gracia de Dios... ¿eh, Paul? Nuestro amigo va a usar esa locura como si fuera un cilicio durante mucho tiempo.

—No importa un cuerno cómo la use, George. Nos ha dado la primera prueba firme contra Basil Yanko.

—Un momento. Lo que tenemos es una declaración sin fundamento de una mujer agraviada.

—¡Vamos, George! Si pones a Duggan en el banquillo y lo enfrentas con ese documento, causarás sensación.

—¿Y cómo lo llevamos al banquillo, Paul?

—Arrestándolo bajo acusación de conspiración para defraudar.

—La conspiración fue cometida en Ciudad de México. No podemos conseguir la extradición sin pruebas del delito. No podemos conseguir las pruebas sin acusar a María Guzmán, y prometimos no hacerlo. No, Paul. Nuestro amigo José Luis es un tipo muy elegante: él queda limpio; incrimina a una muchacha pero se asegura de que no la llamarán a declarar; nos da el nombre de un hombre a quien no podemos acusar. ¿Qué te dice todo eso?

—Me dice que llame a Saul Wells y le mande una copia del documento y de las fotografías para que se ponga a trabajar sobre Alexander Duggan.

—¿Eso es todo?

—Es lo más que puedo pensar a medianoche, después de un día agitado.

—Entonces te daré algo para consultar con la almohada, Paul. Un hombre no entra en un Banco como si fuera a arreglar el teléfono, diciendo que viene a verificar el sistema de computación. Llama para pedir una cita. Se presenta al gerente. Se verifican sus credenciales en la compañía y se las coteja con sus documentos personales...

—Entonces, María Guzmán mintió.

—No. Tal como yo lo interpreto, José Luis se descuidó. Recibió la llamada telefónica de un tal Peter Firmin de Creative Systems, concertó una cita y, en el mejor estilo latino, no hizo las comprobaciones necesarias y aceptó a su visitante sin comprobar su identidad.

—También podría haber participado él en la conspiración.

—No, Paul, es demasiado rico para necesitarlo.

—En ese caso, es demasiado rico para nosotros, George. Líbrate de él.

—Todavía no, Paul. Dejémosle su prestigio. Lo necesitamos tanto como él en este momento. Estamos en otro país, y la vida no es solamente negocios. ¡La elegancia también es importante!

Quizá tuviera razón. Yo estaba demasiado cansado para discutir. Lo único que pude decirle fue que ya se podía comprar bastante elegancia con quince millones de dólares, y que un gerente incapaz de mantener la distancia con sus empleadas no era de ningún modo lo que yo llamaría elegante. Lo cual, naturalmente, era una perfecta hipocresía, porque cuando volví a mi apartamento, ahí estaba Suzanne vestida para matar, achispada y esperando que la llevara a conocer Ciudad de México un sábado por la noche.

Me despertÉ muerto y condenado, con la boca llena de carbones ardiendo. También estaba ciego, lo que probablemente fuera misericordioso. Sin duda, sordo no estaba, a juzgar por la forma en que el teléfono me atormentaba los oídos. Finalmente lo encontré y conseguí emitir un graznido infrahumano. El que llamaba era un veterano morador del otro mundo.

—¡Buenos días, señor Desmond! Soy Aaron.

—Oh...

—Esperaba que me llamara usted anoche.

—Regresamos tarde.

—Y siguieron jugando hasta más tarde. Es una mujer atractiva.

—Se lo diré.

—Quiero verlo hoy.

—¿Dónde y cuándo?

—¿Conoce la Plaza de las Tres Culturas?

—La encontraré.

—A las tres junto a la puerta de la iglesia.

—Allí estaré.

—Solo, señor Desmond.

—Como usted diga. ¿Conoce un buen remedio para después de una borrachera?

—Lo mejor es no beber. Y mucho menos tequila. Hasta luego, amigo.

Para la vida no había remedio, a no ser morirse, así que tuve que aguantármela. Me afeité tembloroso, me bañé lentamente y me vestí con esfuerzo, procurando ignorar los diablillos que me parloteaban dentro del cráneo. Cuando finalmente hice el largo viaje hasta el vestíbulo me encontré con Suzanne, milagrosamente fresca, vestida para salir, que acababa de retirar las tapas de los platos del desayuno. Hizo unos ruiditos de compasión, se disculpó por haberme hecho acostar tarde y se quedó ante mí como una gorgona, mirándome comer lo que ella llamaba un desayuno civilizado. Después, en el momento mismo en que yo empezaba a sentir que volvía a la vida, anunció que lo que necesitaba era ejercicio y aire fresco. En vano protesté diciendo que el único aire fresco estaba en el hotel, y que incluso ése, a más de dos mil metros sobre el nivel del mar, no alcanzaba para sentirse cómodo. Conseguí diferir la ordalía durante media hora mientras llamaba a Saul Wells y le daba el informe sobre Alexander Duggan. Gané diez minutos más con una breve visita a Arlequin y a Julie y después, todavía protestando, me vi arrastrado al esplendor del domingo.

Los mexicanos le dirán a uno que su capital es una ciudad infestada. Infestada de ricos, de pobres, de monumentos, de iglesias, historia, enfermedades, animales, niños, colores, ruido, leyenda, policías, fantasmas, turistas y de un centenar de lenguas diferentes. Si uno intenta absorberlo todo de un golpe lo deja mareado y sin aliento. Si lo va tomando lentamente, paso a paso, en un domingo y con una mujer colgada del brazo, el mosaico empieza a adquirir sentido. Los aztecas siguen ahí, caminando sobre el asfalto que sepulta la antigua capital de Tenochtitlán. Los conquistadores siguen ahí, al volante de Mercedes y Fiats y viviendo como los dueños de la creación, a tiro de piedra de los desgarrantes suburbios. La Virgen de Guadalupe vela todavía sobre la más católica de las ciudades y el dios-serpiente alienta todavía en lo hondo de la memoria popular. Si uno entra en un patio sombreado, si se sienta en un banco de piedra, creerá que está de vuelta en la vieja Sevilla. Si asoma la cabeza por la puerta de una bodega verá un amontonamiento de víctimas, más condenadas que cualquiera de las que hayan esperado que le arrancaran el corazón sobre la pirámide sagrada. Si se presta oído a las conversaciones de los estudiantes se oirá gritar una revolución más desaforada que la que proclamó en la campaña el párroco de Dolores. A quien participe en las reuniones de los industriales, éstos le dirán que bajo el suelo hay más riquezas de las que jamás soñara Moctezuma. Cómprate un globo, échales una moneda a los mariachis y con su magia lo disiparán todo, haciéndote creer que jamás hubo ni habrá lugar más alegre para pasar un domingo.

Llegó el momento en que Suzanne se dio por vencida y nos sentamos a beber cerveza helada en un café de la acera, mirando pasar la procesión mientras nos sentíamos agradablemente lejanos de todo eso.

—Paul, tengo la sensación de que nos están mirando —dijo de pronto Suzanne, a propósito de nada en especial.

—Claro que sí. Somos extranjeros, caras pálidas...

—Lo digo en serio, Paul. No mires ahora, pero hay un hombre parado junto a un coche rojo del otro lado de la calle. Esta mañana lo he visto por lo menos cuatro veces en lugares diferentes.

—¿Qué aspecto tiene?

—Más bien joven, con pantalones azules y una camisa blanca con el cuello abierto... Ahí viene un camión. Cuando pase junto a él te avisaré para que te des vuelta... ¡ahora!

Me di vuelta en la silla de modo de quedar mirando directamente al otro lado de la calle. Cuando el camión pasó, lo vi recostado contra un poste, fumando un cigarrillo. Podría haber sido cualquier paseante dominical, entretenido mirando las muchachas, a no ser porque las muchachas pasaban a espaldas de él por la acera. Llamé al camarero, pagué la cuenta y ambos recorrimos rápidamente la calle en dirección al Paseo de la Reforma. El tipo tiró el cigarrillo y atravesó presuroso la calle, hacia el café. Después de haber andado unos cincuenta metros, nos detuvimos para tomar un taxi. Mientras éste arrancaba, alcancé a ver que nuestro seguidor buscaba frenéticamente otro. Suzanne estaba alterada. Yo procuré restarle importancia al asunto con conjeturas.

—Aaron Bogdanovich está en la ciudad. Hoy tengo que verlo. Es probable que sea uno de sus hombres.

—¿Y si no fuera?

—Entonces alguien está pagando a un espía muy torpe.

—Paul, ¿qué es lo que nos pasa? Yo ya no reconozco a nadie... ni a mí misma siquiera. Parecemos personajes de Kafka, sumergidos en un mundo de insinuaciones y alusiones y terrores sin nombre. No tenemos que someternos a eso, ninguno de nosotros... especialmente George. ¿Por qué, Paul... por qué?

No era pregunta fácil de contestar en un taxi que se sacudía, corriendo a una velocidad como para desnucarnos a lo largo del Paseo. Esperé a que estuviéramos de vuelta en el hotel, tranquilos y con los pies en alto en nuestro pequeño refugio transitorio.

—... Suzy, no puedo decirte que tenga la respuesta adecuada... ni que tenga respuesta, para el caso. Lo mejor que puedo hacer es razonarlo contigo, como estoy tratando de razonarlo conmigo mismo, como también intenta hacerlo George. Pregúntame si Arlequin et Cie, o si media hectárea plantada de coles, valen la vida de un hombre, y te diré que no. Pregúntame si tenemos derecho de estar aquí sentados en el Camino Real, mientras que ahí afuera se amontonan doce chiquillos en un sótano y su padre no puede conseguir trabajo para alimentarlos: claro que no. Está mal. El sistema está mal y está desmoronándose bajo nuestros pies. Es como esta ciudad, que flota sobre un lago de aguas cloacales. Si se estropearan las bombas, las calles se llenarían de inmundicia hasta la altura de la rodilla... Entonces, procuramos hacer que funcione lo que no puede funcionar. Intentamos mantener a raya el terror mientras conseguimos una forma de vida mejor para todos. Hay quienes dicen que no se puede hacer; que es mejor volar hasta el cielo toda esta mierda y empezar de cero. Es una ilusión más grande que Utopía, porque después del estallido vuelven los saqueadores, y los explotadores y los negreros. Esa es la terrible paradoja: los mansos tendrán la tierra por heredad; pero los tiranos y los asesinos la gobiernan. En cierto sentido, se necesitan unos a otros. La acción provoca la reacción. Si empiezas la lucha, alguien o algo muere. Una muerte provoca venganza. Y la mayor parte de la gente está demasiado confundida para ver lo que está pasando bajo sus propias narices. Voy a contarte algo que jamás conté a nadie, de cuando estaba en la guerra, en el Pacífico. Defendíamos una posición en la parte baja de una colina, en Nueva Guinea. Hacía tres días que nos bombardeaban los japoneses. Al día siguiente nos aplastarían. Nos ordenaron que nos retiráramos con los heridos. A la mayoría de ellos los sacamos. Dos estaban tan malheridos que era imposible moverlos. Su muerte era cuestión de horas. Si los llevábamos, sufrirían una agonía insoportable, para nada. Si los dejábamos, en el primer ataque los matarían cruelmente. Ellos rogaban que los mataran, y yo los maté... ¡a dos amigos! ¿Hice bien o hice mal, Suzy? En realidad jamás lo supe. No hubo nadie que me lo dijera, ni entonces ni después. Llega un momento en que la razón fracasa y la única guía es el corazón... Lo siento, muchacha, no puedo decirte más.

Suzanne no dijo nada. Se me acercó, se inclinó a besarme en los labios y salió de la habitación. Miré mi reloj. Eran las dos y media: hora de refrescarme para salir al encuentro de un hombre que tenía todas las respuestas, porque dormía en una tumba.

La Plaza de las Tres Culturas es digna de su nombre. Se halla dentro de los confines de la antigua Tlatlelolco, donde tuvo lugar la última y cruenta matanza de los aztecas. Una lápida de mármol conmemora el acontecimiento, y la ironía de sus consecuencias:

> El 13 de agosto de 1521, Tlatlelolco... cayó ante el poder de Hernán Cortés. No fue ni un triunfo ni una derrota, sino el doloroso nacimiento de una raza mezclada que es el México de hoy.

Al México de hoy se le rinde el homenaje de bloques y más bloques de acero, cemento y vidrio; cuadrados, anónimos e impersonales. La memoria de los aztecas se conserva en el santuario de una gran pirámide truncada en piedra tallada. Entre ambos, más alta que la pirámide, más baja que los bloques de cemento, se yergue la iglesia de Santiago, con sus torres desparejas y sus muros almenados que le dan el hosco aspecto de una fortaleza.

Cuando llegué, la plaza estaba tranquila. Los que podían darse el lujo de comer estaban todavía en la mesa. Los que no, dormitaban su siesta o flirteaban, soñolientos, sobre el césped del Parque de Chapultepec, mientras esperaban que se hiciera la hora de la corrida de toros. Aaron Bogdanovich, calmo y saturnino, estaba sentado en los escalones de la iglesia masticando un trozo de caña de azúcar. Sacudí el polvo en un escalón y me senté junto a él. Me saludó sin formalidad alguna y pasó directamente a los negocios.

—Entiendo que anduvieron ocupados. Cuénteme.

Fui contándoselo, día a día y hora a hora. En ocasiones me interrumpía para pedirme que repitiera una frase o interpretara un ambiente. Durante casi todo el tiempo seguía masticando el tallo dulce y fibroso, y mirando, sin verla, la pirámide a nuestros pies. Cuando hube terminado, arrojó la caña, escupió la pulpa en el polvo y habló con tono neutro.

—Vi la historia de Leah Klein. Ocupó media página en la prensa londinense esta mañana. Las reacciones fueron rápidas. En Nueva York se publicará mañana.

—¿Le alegra a usted eso?

—Les ayuda a ustedes, que es lo que me pagan por hacer.

—¿Cómo reaccionará Yanko?

—Ya reaccionó. Está en viaje de vuelta a Nueva York.

—El F.B.I. nos advirtió que esperáramos dificultades en Ciudad de México.

—Tenían razón.

—¿Cuánto saben?

—¿Sobre qué, señor Desmond?

—Sobre Frank Lemmitz, por ejemplo, y Valerie Hallstrom.

—Menos que yo; más que usted.

—Eso es como mandarme al carajo.

—No se enoje, señor Desmond, que eso nubla el juicio. Dice que a usted y a su amiga los siguieron esta mañana. Vuelva a describirme al hombre.

Se lo describí. Bogdanovich frunció el ceño y sacudió la cabeza.

—Nuevo para mí. Mi empleado no lo reconoció tampoco.

—Yo no vi a su empleado.

—Si lo hubiera visto, no estaría trabajando para mí. Sin embargo, es mejor que se lo diga ahora: sus problemas van a empezar en el momento en que Yanko vuelva a Nueva York. Desde mañana, usted y Arlequin tendrán guardaespaldas, día y noche. Y no quiero que ninguno de los dos lo discuta. Si las mujeres salen, juntas o por separado, también irán acompañadas.

—Si usted lo dice... ¿Qué noticias hay de Tony Tesoriero?

—Lo tenemos, aquí en México. Quiero que usted y Arlequin lo visiten mañana. Para entonces va a estar listo.

Para lo que yo entendía, podría haber sido todo charla de monos. Lo miré estúpidamente y, por primera vez, me obsequió con su fría sonrisa otoñal:

—El contrato para matar a Valerie Hallstrom se hizo en Ciudad de México. Muchos negocios se hacen aquí. De modo que por intermedio de amigos le hicimos llegar a Tony Tesoriero la noticia de que había otro contrato para discutir. Le pagamos el pasaje, le adelantamos dinero para gastos, y lo recogimos en el aeropuerto. Desde entonces, lo tenemos descansando en una hacienda en el campo.

—¿Por qué nos necesita a nosotros?

—Es parte de la estrategia. Además, ustedes me deben dinero. Mañana quisiera reunir un cuarto de millón, en dólares.

—Usted habló de cien mil.

—Los gastos han sido altos.

—Vamos a necesitar veinticuatro horas para conseguir los dólares.

—Perfecto. Pasado mañana, entonces. A las nueve de la mañana les enviaré un automóvil al hotel. Es un paseo de ochenta kilómetros. Recibirán instrucciones cuando lleguen allí.

—Me gustaría hablarle de Alex Duggan. Encargué a Saul Wells que se ocupara de él, pero no sé si es suficiente.

—¿Por qué no habría de serlo?

—Digamos que Saul es un investigador convencional.

—¿Y nosotros tenemos métodos diferentes?

—Algo así.

—¿Podría usted describir alguno que en su opinión pudiera ser útil?

—Bueno... no.

—¡Ajá! Sabe, señor Desmond, lleva mucho tiempo adiestrar a la gente para nuestra forma de trabajar. Son muy pocos los sujetos adecuados. ¿Usted estaba pensando en Frank

Lemmitz, verdad? Le dije que mi gente se iba a encontrar con él en Londres. Pues lo encontraron. La muchacha que está buscando la policía era una muchacha nuestra. Nosotros también la estamos buscando; pensamos que ha muerto. Cuando volvieron al hotel después de haber andado recorriendo salas de juego, alguien los esperaba en el dormitorio. Ese alguien mató a Lemmitz y sacó del hotel a la muchacha, amenazándola con un arma.

—¿Por qué no matarla a ella también?

—Tal como lo hicieron, parecía mejor. Y es posible que hayan hecho hablar a nuestra chica. Nada es tan simple como parece. Ustedes le compran petróleo a Libia para sus aviones. Los libios les dan pasaporte y asilo a quienes los hacen pedazos. Nosotros adiestramos soldados para el sha de Persia y los japoneses fanáticos atacan el aeropuerto de Lod... En Israel teníamos judíos como espías de los sirios. Los ingleses no quieren mandarnos repuestos para nuestros tanques, y en el Ulster sus propios soldados mueren a manos de guerrilleros entrenados por los árabes. Basil Yanko se conduce como un jefe de la mafia y el Tío Sam lo enriquece confiándole contratos de defensa. No me enseñe mi oficio, señor Desmond. ¡Yo estoy todavía aprendiéndolo! En cuanto a Saul Wells, déjelo hacer las cosas a su manera. Yo lo llamaré para decirle qué hacer respecto de Alex Duggan... ¡nada más que para asegurarme de que sigue vivo! —durante un brevísimo instante se dulcificó y vi, o creí ver, un relámpago de humanidad en sus ojos, mientras agregaba un comentario sardónico—: ¡Acéptelo, señor Desmond! La guerra sigue aun cuando los cañones se hayan callado. Usted quiere el veinte por ciento sobre su dinero, y no se lo da a un orfanato; lo invierte con los hombres que hacen los cañones para mantener llenos los orfanatos. El martes por la mañana, a las nueve. ¡Y tráiganme efectivo!

Se fue y yo me quedé mirándolo mientras descendía a

grandes pasos la rampa de cemento y pasaba junto a la pirámide azteca para ir hacia el otro lado de la plaza. Movido por un impulso súbito, entré en la iglesia. Dentro estaba fresco, turbulento de imágenes y ornamentos barrocos, pero calmo con todo, como si la pasión que había creado todo eso se hubiera consumido y sólo quedara el misterio, aún no resuelto, por siempre insoluble. No pude rezar. Nada había que ensalzar en el mundo... y yo menos que nada. Nada había que pedir. Tenía yo todo lo que se puede comprar con dinero... y no era suficiente. Si Aaron Bogdanovich tenía razón, no había esperanzas... apenas una postergación del desastre final. La fe existía: había hombres que morían por ella, y otros mataban por ella, también. ¿El amor?... Bueno, sí, existía el amor: extraño, enmarañado, altruista, noble o perverso; pero ahí estaba, el último apoyo antes del salto en el caos. Me arrodillé con la cara hundida entre las manos y me encerré en un lugar de sueño con el poco amor que me quedaba.

AL CAER LA TARDE NOS REUNIMOS TODOS a beber algo en el apartamento de Arlequin. Durante veinte minutos Juliette se convirtió en protagonista contándonos su almuerzo con los hidalgos de Nueva España:

—¡Por Dios, Suzy! ¡Ojalá caigas en manos de Dios y no en las de las matronas mexicanas! Qué cuántos hijos tenía, y si no esperaba tener más... Y mi marido, ¿era fiel? ¿Y cómo arreglábamos en Ginebra el asunto de la amante? ¡Y las hijas! Todos los días debería dar las gracias a Dios por no haber tenido una hija. Los hijos son diferentes, sabe. Con un buen padre como Aurelio, que entiende esas cosas, todo se arregla por sí solo sin riesgo... y así es mejor para el muchacho. Y para empezar, no hay nada como una mujer mayor. Y yo ¿no tenía todavía un amante? Con un marido que viaja tanto, por lo menos hay que pensar en un amante. ¡Ay de mí! ¡Estas norteamericanas con su liberación de las mujeres! Si lo que hacen no es más que esclavizarse con el trabajo. ¡Y ahora mi Aurelio...! ¡Sigue tú, George! ¡Háblales de nuestro Aurelio!

George Arlequin tenía que representar su propia comedia: los sirvientes revoloteantes, las órdenes imperiosas, la etiqueta de cumplidos y disculpas, el lento y tortuoso aproximarse al tema en cuestión.

—... Lo que es más complejo de lo que parece, Paul. Nuestro amigo, José Luis, no goza del favor de las antiguas familias, que durante diez años estuvieron tratando de casarlo con sus hijas. Dicen que juega, también; cosa que para mí es nueva y, si es cierta, una mala noticia. Aurelio Gálvez es un personaje tomado directamente de Calderón. Capaz de maldecir al Papa y arrodillarse en su lecho de muerte para pedir la extremaunción. Desprecia a Yanko por advenedizo y *trampista.* Pero me despreciará más a mí si no soy capaz de trampear mejor. Odia a las computadoras y de buena gana prescindiría de ellas, si pudiera encontrar gente capaz de llevar las cuentas con honestidad. Cuando le dije que estaba jugándome el todo por el todo para comprar mis opciones, me dijo que era un romántico del siglo XIX, pero de todas maneras brindó porque tuviera éxito. Cuando le hablé de la violencia se encogió de hombros y dijo que sin matar a la bestia no se puede tener carne para la cena. Lo que promete es bueno. Retendrá sus acciones hasta último momento y procurará que sus colegas hagan lo mismo. Si ganamos, pondrá el negocio en nuestras manos. Si no, hará cantar una misa por nuestras almas desdichadas. Esas son mis novedades, Paul. ¿Y las tuyas?

—La historia se lanzó en Londres. Mañana llega a Norteamérica. Basil Yanko viaja de vuelta a Nueva York. Desde mañana, todos tendremos guardaespaldas. Y el martes tenemos que entregar un cuarto de millón de dólares en dinero efectivo.

—¡Nada de guardaespaldas! —Arlequin se mostró enfático—. Soy un hombre civilizado. ¡No voy a viajar con un séquito de matones!

—Bogdanovich insiste, y yo estoy de acuerdo con él. A Suzanne y a mí nos siguieron durante nuestro paseo de esta mañana. Durante ese tiempo pudieron habernos disparado. Es lo menos que puedes hacer por todos nosotros... y por tu propio hijo.

—La policía vigila al bebé... ¡Bueno, si tenemos guardaespaldas, amén! ¿Qué más?

—No te ocupes para el martes. Tú y yo tenemos una entrevista en el campo.

—¿Para qué?

—Para ver al hombre que mató a Valerie Hallstrom.

—¿Y eso qué significa, Paul?

—No lo sé. Bogdanovich no quiso decírmelo.

—Pero, ¿qué somos, por el amor de Dios? ¿Marionetas?

—Somos extranjeros, George —le regañó con firmeza Juliette—. Extranjeros en una ciudad exótica. Tú mismo lo dijiste, mientras veníamos hacia casa. Y quisiera recordarte, maridito querido, que hasta el momento lo que he visto de ella es muy poco.

—Pues entonces esta noche, mi amor, saldremos a bailar. ¿Y vosotros, Paul... Suzanne? De acuerdo entonces. Paul, podrías llamar a José Luis e invitarlo a salir con nosotros y con la belleza que lo tenga ocupado en este momento.

José Luis lo lamentaba muchísimo, pero esta noche precisamente no era posible. Era algo con la familia y amigos de familia, una reunión largamente postergada. Tal vez más tarde... aunque no fuera más que durante una hora. Le dije que estaríamos en la posada de San Angel. Le pareció una elección espléndida: excelente música, comida exquisita. Volvió a disculparse y expresó su deseo de que nos divirtiéramos. Silenciosamente, yo rogaba poder estar todavía de pie para divertirme.

Después las mujeres nos dejaron solos y Arlequin me retuvo para hablar más en privado. Gálvez le había dado una copia de la carta de Yanko a los accionistas minoritarios, un documento que implicaba mucho más de lo que decía:

> ... El crecimiento de Arlequin et Cie se ha visto limitado por y a las aspiraciones de la familia fundadora; y la sucesión corresponde a un niño pequeño. El propio señor Arlequin ha demostrado ser un presidente capaz y hasta intrépido, pero no se ha ocupado de formar un vice-regente que en caso de muerte o incapacidad suya pudiera asumir el control. Su asociado más cercano es el señor Paul Desmond, que ha amasado una gran fortuna personal con la especulación, pero no tiene condiciones que lo recomienden como pieza central estable en un directorio...
>
> Arlequin et Cie constituye una base segura para el crecimiento. En su estado actual, carece del ímpetu para lograrlo o para tener acceso a las nuevas fuentes de inversiones que podría aportar Creative Systems Incorporated...
>
> Sus sistemas de información y cobro son anticuados y, como lo han demostrado sucesos recientes, no ofrecen seguridad contra maniobras fraudulentas. En la estructura de la nueva compañía actualizaríamos inmediatamente dichos sistemas y los haríamos operar de manera más segura y más lucrativa...
>
> La reputación de Arlequin et Cie se ha visto dañada por recientes maniobras fraudulentas del personal de la compañía, que aún siguen siendo investigadas. El precio de compra incluye una prima con el fin de reparar dicho daño, restaurar la confianza del mercado y permitir que una nueva gerencia opere en una atmósfera de confianza, armonía y desarrollo agresivo...

Había más, todo en el mismo tono; y el verdugo no podría haber hecho un trabajo más limpio: ni sangre, ni inquina, nada más que una pulcra matanza profesional, incluso con un toque de misericordia. Doblé la carta y volví a entregársela a Arlequin.

–Eso lo explica todo, ¿no?... los rumores, las dudas, la baja en los negocios. Lo único que nos hace falta es un cencerro colgado del cuello.

–¿Te parece que el trabajito de Leah Klein servirá de respuesta?

–Mañana lo sabremos, George... ¡No, espera! Dame la guía telefónica.

–¿Qué hay, Paul?

–Vamos a ver qué oficinas de noticias trabajan en la ciudad... Es muy posible que hayan recibido la historia por teletipo...

–¿Pero querrán dártela?

–Con probar no se pierde nada. En el peor de los casos, les echamos un pequeño cebo: amenazas contra la vida de George Arlequin y de quienes lo rodean. Eso lo sabemos por el F.B.I....

Echamos el cebo y conseguimos la historia, de manos de un ansioso oficinista que tomó nota, para hacérselo saber al mundo, de que el señor George Arlequin, actualmente en Ciudad de México, había sido advertido por el F.B.I., antes de su salida de Washington, de que podía estar en peligro físico. En efecto, había contratado guardaespaldas profesionales, pero declinó hacer ningún comentario ya fuera sobre la fuente de las amenazas o sobre la relación que éstas tuvieran con la noticia actual. El oficinista nos dejó y nos dedicamos a estudiar los procedimientos quirúrgicos de Leah Klein. Para ser una mujer tan burda y ronca, utilizaba con gran precisión el escalpelo:

... En Londres la policía está investigando el asesinato de un tal Frank Lemmitz, a quien se encontró muerto a tiros en su apartamento del hotel la semana pasada... Frank Lemmitz era un delincuente y estaba asociado con delincuentes. Fue convicto de ataque armado en Chicago en 1960 y cumplió una sentencia de dos años de prisión. Declarado culpable de ataque con arma letal en Miami en 1965, la sentencia fue suspendida tras una apelación por razones de procedimiento. En el momento de su muerte, Frank Lemmitz trabajaba como chófer y guardaespaldas del señor Basil Yanko, presidente de Creative Systems Incorporated, una organización internacional de computadoras con contratos de alta seguridad para los gobiernos de los Estados Unidos y de otros países, y para compañías internacionales.

Dos días antes de la muerte de Frank Lemmitz fue asesinada en Nueva York otra empleada del señor Basil Yanko. Se trata de Valerie Hallstrom, de treinta años, muy bien remunerada analista de sistemas, que en su momento fue amiga del señor Yanko y a quien mataron en su propio apartamento. Las circunstancias de su muerte son en este momento investigadas por la policía de Nueva York y por el F.B.I.

Una libreta perteneciente a la señorita Hallstrom y que contenía los números de código secretos de los clientes fue entregada después de su muerte a uno de dichos clientes, quien inmediatamente la puso en manos de la policía. Las compañías que figuran en la libreta se hallan profundamente preocupadas por tal violación de su seguridad. El Gobierno de los Estados Unidos está incluso más preocupado, dada la delicada naturaleza de los contratos que maneja Creative Systems.

Es inevitable preguntarse si los muy lucrativos negocios de Basil Yanko con gobiernos extranjeros y su vinculación con la política petrolera en Medio Oriente son los más apropiados dado su papel como custodio de secretos y diseñador de sistemas que son esenciales para la defensa de los Estados Unidos...

El señor Yanko hizo recientemente una oferta espectacular para la compra de la antigua institución bancaria europea Arlequin et Cie. La oferta fue enérgicamente rechazada por el presidente, el señor George Arlequin; pero con dos asesinatos no resueltos entre su personal, el señor Yanko todavía encuentra tiempo para pasarlo en Francfort, cortejando a los accionistas minoritarios...

La oferta de compra tiene varias características que dan qué pensar. Creative Systems presta servicios de computación a Arlequin et Cie. Un informe de seguridad firmado por la señorita Valerie Hallstrom reveló que el sistema había sido corrompido fraudulentamente, dando por resultado la pérdida de quince millones de dólares para Arlequin et Cie. El día que se dio a conocer dicho informe, el señor Basil Yanko hizo su primera oferta para la compra del Banco. La táctica resulta interesante para los que han estudiado la carrera de este hombre brillante y original. Aparentemente, interesa también al F.B.I. Preguntado por la periodista sobre lo que pensaban respecto de todas estas coincidencias, el portavoz del F.B.I. respondió: "Bueno, si las cosas coinciden, pueden estar conectadas; estamos estudiando todas las posibilidades." La carrera de Basil Yanko, a quien se reconoce como...

Lo que seguía era una combinación de una biografía estándar y de los pasajes más jugosos del informe de Mendoza. Arlequin emitió una risita sin alegría.

—Si no fuera por todas esas órdenes de compra, empezaría a vender tan pronto como abrieran a la mañana.

En el primer impulso de euforia, yo tendí a estar de acuerdo con él, pero al volver a pensarlo ya no me sentí tan seguro.

—Esperemos a ver la realidad, George. Este informe nos ayuda con nuestros accionistas, pero falta ver lo que hará por nosotros en el mercado. Recuerda que todavía no hay un escándalo, apenas si huele como si lo fuera. Después de dos años de Watergate, la gente se ha vuelto muy cínica. Los políticos y los hombres de negocios son como los actores; lo que se espera es que sean competentes, no continentes. El único pecado de veras es la estupidez, y Basil Yanko no es estúpido.

—Estúpido, de ninguna manera —concedió pensativamente George—. Pero no entiende a los payasos...

SE LLEGA A LA POSADA DE SAN ANGEL como si uno fuera un peregrino que arriba al cielo, a pie, por estrechas calles empedradas con guijarros y plazas antiguas y llenas de sombras. Al llegar lo reciben a uno en un jardín lleno de música acuática. A través de una serie de patios embaldosados, ornados de viñas y enredaderas en flor, lo conducen ceremoniosamente al corazón del pasado imperial. Allí nada es nuevo, a no ser la comida, la gente y la música de los mariachis. Lo demás es venerable de vejez: las vigas talladas, el hierro forjado, la platería, los cuadros, las pesadas mesas y los grandes sillones de cuero hechos para los traseros de los nobles.

Las luces se ven amortiguadas, las habitaciones cavernosas se tragan los ruidos, de manera que se puede comer en el silencio, hablando con toda la intimidad que uno quiera. Si uno quiere música, los mariachis se la ofrecerán. Si quiere bailar, tendrá que seguirlos al patio, donde la más vigilante de las dueñas se sentiría incapaz de reñir al más impulsivo de los amantes. Después de las fatigosas idas y venidas de la ciudad, es un celestial oasis de cortesía y reposo.

Aquí, por primera vez en varios meses, vi completamente cómodo a George Arlequin. Conocía por su nombre a todo el mundo, desde el ayudante del bar al director de los músicos. Mantuvo un largo coloquio con el chef y le hizo bromas personales al barman. A medianoche, cuando los músicos hicieron una pausa, pidió prestada una guitarra, tocó diez minutos de aceptables sevillanas y se ganó un hurra de la multitud y una vuelta de bebidas de la casa. Juliette estaba encantada con todo eso.

—... Me había olvidado —me confesó mientras bailábamos— de lo que era reírnos así y hacer tonterías juntos. Es casi como si nos hubiéramos separado en partes diferentes y no pudiéramos volver a juntarnos. Casi me da pena irme a Acapulco...

Suzanne lo veía con más escepticismo.

—Está actuando, Paul. Todo esto es calculado. Julie se va, y él quiere verla feliz y satisfecha. Es el mismo error que cometió siempre. El asumirá los riesgos; ella saboreará los primeros frutos. Y no se lo agradecerá, porque él la ha privado de la posibilidad de ser su mujer. ¡Dios mío! ¿Cómo puede ser tan ciega la gente inteligente?

A la una, José Luis no había aparecido todavía, de modo que nos fuimos en medio de un coro de agradecimientos y bendiciones y volvimos andando lentamente hacia la calle principal donde nos esperaba el automóvil. Fue un paseo agradable, soñoliento. Ahora las pequeñas plazas estaban desiertas: los postigos cerrados, las luces pocas y pálidas a través de las persianas. Las calles estaban silenciosas. Nuestros pasos resonaban sobre los guijarros; las paredes blancas devolvían el eco de nuestras voces. Suzanne y yo caminábamos adelante, tomados del brazo, mientras Arlequin y Juliette nos seguían unos pasos más atrás.

A la entrada de la última calleja nos detuvimos bajo una lámpara colgante a admirar la perspectiva antigua y extraña: los balcones de hierro con su intrincado adorno de volutas y sus plantas trepadoras, las lámparas que se mecían en los soportes enmohecidos, los charcos de luz dorada entre los guijarros, las tallas en piedra sobre las arcadas, todo convergía hacia el fondo en el pilar de luz de neón que marcaba la entrada a la calle principal.

En un momento la calle estaba vacía; al minuto siguiente

apareció un hombre, negro en el contraluz, con una pistola a la cadera. Con un alarido, me arrojé contra las mujeres, procurando arrastrarlas conmigo al suelo, oí el tableteo de un arma automática, el choque y el silbido de las balas, la maldición de un hombre y el grito de dolor de una mujer, pasos que corrían, silencio. Cuando Arlequin y yo conseguimos ponernos de pie, la calle estaba vacía; pero Suzanne estaba de rodillas junto a Julie, que yacía gimiendo sobre los guijarros con todo el vestido manchado de sangre.

A LAS SEIS DE LA MAÑANA en el Hospital de Jesús Nazareno, el cirujano dio su veredicto:

—Recibió dos balazos, señor Arlequin: uno en el muslo, el otro en el bajo vientre. Afortunadamente no hay lesión vertebral, pero dentro es un desastre... el útero, el intestino, el tejido peritoneal. Hemos hecho todo lo que se puede hacer por el momento. Si no hay complicaciones, intentaremos arreglar lo demás después. Pero me temo que no va a poder tener más hijos... ¿Peligro? Sí, señor Arlequin, peligro hay. El *shock* es grave, hay un trauma importante y ha habido hemorragia. Durante los próximos días tendremos que vigilarla mucho. Ahora puede verla un momento, si quiere, pero ella no le reconocerá...

George entró solo, mientras Suzanne y yo esperábamos en el corredor con un policía, un detective y un par de reporteros. Cuando salió, parecía un hombre de piedra, gris, hosco y despiadado. Cuando los periodistas le pidieron una declaración, recitó con voz monótona:

—Ustedes saben que se ha hecho una oferta para comprar mi compañía. Saben que un hombre ha sido asesinado en Londres y una mujer en Nueva York, y que ambos estaban vinculados con Creative Systems Incorporated. Lo que digo ahora es que este atentado contra nuestra vida se relaciona con todos esos sucesos... Pueden repetir que he dicho que no descansaré hasta que el hombre que lo ordenó, y les ruego que destaquen la frase, el hombre que lo ordenó, sea llevado ante la justicia. Por el momento, no más comentarios.

El detective oyó las palabras y las pescó al vuelo como un *terrier*. Arlequin lo interrumpió con helada ferocidad.

—¡Oigame! Hemos hablado tres horas con ustedes. Los hemos derivado a la policía suiza y a la Oficina Federal de Investigación. Aquí, lo que tienen que buscar es un asesino a sueldo. El verdadero culpable está fuera del alcance de ustedes. No voy a nombrarlo porque no puedo probar nada. Llévennos las declaraciones al hotel y las firmaremos. Les agradezco su ayuda... ¡pero ahora, en nombre de Dios, déjennos en paz!

De vuelta en el hotel, nos ordenó que tomáramos el desayuno y volviéramos a reunirnos con él en una hora. Yo discutí, Suzanne insistió en que él debía descansar un poco. Se negó, y no quiso tampoco que nosotros descansáramos mientras no estuvieran hechas algunas cosas esenciales. Si para mantenernos en pie necesitábamos estimulantes, él buscaría el médico que los administrara. Era como un hombre poseído por un demonio invernal, frío y obstinado, más allá de cualquier asomo de compasión. Cuando volvimos a su habitación, estaba ya trabajando. Lo que exigió de nosotros, lo que él ya había empezado a ejecutar, me horrorizó.

—... Suzanne, el siguiente cable, urgente, en mi código personal a todas las sucursales. Comillas. Mi mujer gravemente enferma tras intento asesinato Ciudad México stop. Intento relacionado recientes actividades Creative Systems Incorporated stop. Se ordena vender todas repito todas nuestras acciones y todas las acciones de nuestras cuentas discrecionales en Creative Systems y filiales stop. Se continuará vendiendo cualesquiera sean las pérdidas consecutivas stop. Se avisará a los clientes no discrecionales cuáles son nuestras intenciones stop. Desobediencia por cualquier razón o debida a cualquier consejo será causa de despido instantáneo. Firmado George Arlequin, Presidente.

No pude contenerme y estallé en protestas.

—¡George, es una locura! ¡No puedes hacer eso!

—Ya lo hice, Paul. Transmití órdenes verbales a Londres, Ginebra, París y Nueva York. Se lo dije también a Herbert Bachmann y a Karl Kruger, para que pudieran cubrirse. En cuanto a tus propias acciones, ordené a Ginebra que las vendieran. Yo, personalmente, te garantizaré contra la pérdida.

—¡Pero te arruinarás, santo cielo!

—Tal vez... En este momento, Paul, no me importa. ¡Entiéndelo, no me importa! Suzanne, otro cable para todos los accionistas minoritarios: las dos primeras oraciones idénticas: "Mi mujer, etc., etc..." Después continúa. Comillas. Le insto enérgicamente a rechazar oferta Yanko o al menos a diferir aceptación hasta resultado investigaciones policiales stop. No posible este momento excluir actividad criminal de parte comprador. Firmado George Arlequin.

—George, si ese cable se difunde, y se va a difundir, Yanko puede procesarte por difamación.

—¡Lo que quiero es que me procese, Paul! Así que llamarás a Leah Klein y le dirás exactamente lo que sucedió y lo que estamos haciendo. Una vez hecho esto, llama a José Luis. No ha sabido la noticia, si no, habría llamado. Dile que consiga los dólares que necesitamos y que me vea aquí a mediodía. ¡Después concierta una reunión con Aaron Bogdanovich lo más pronto que puedas!

Era como ver a un hombre que se prepara para el *seppuku,* extendiendo la alfombra roja, poniendo sobre la mesa la espada corta, preparándose con ritual deliberación para hundírsela en el vientre. Yo tenía que ser el *Kaishaku,* el amigo que le cortaba la cabeza en el momento en que el acero alcanzaba su meta. Pero no quería hacerlo. Hice un último y desesperado intento de razonar con él:

—George, ¡te ruego que me escuches! Es mucho lo que te debo, pero tú me debes algo también, y reclamo que me pagues. Quiero que me escuches...

—Suzanne, por favor pasa a máquina esos cables. Ah, tú podrías ahorrarnos tiempo y hacer esa llamada a José Luis y otra a Aurelio Gálvez. Dile lo que sucedió y pregúntale si tendría la bondad de venir ahora —cuando Suzanne salió de la habitación, se lanzó en un monólogo rápido y turbulento—: ¡Paul, no me digas nada! Todo lo sé ya y podríamos discutir hasta el día del Juicio. No voy a cambiar una palabra ni un acto de los que me propongo. Tú piensas que estoy frenético, enloquecido de dolor. No es así. Si Julie muere, soy hombre muerto. La he amado de una manera que ni siquiera ella ha entendido del todo. Si vive, soy como Lázaro que vuelve de entre los muertos para descubrir que su mundo ha cambiado para siempre, aunque ni una rama ni una piedra de él sean diferentes. En este momento no puedo hacer nada por Julie. ¡Nada! Ella ni siquiera sabe que la amo. Los cirujanos la explorarán, las enfermeras se ocuparán de ella. Después, si tenemos suerte, podremos tenerla de la mano y llevarle flores... ¡Y todo el tiempo, Basil Yanko sigue en Nueva York haciendo de todo esto una ecuación comercial! Yo no se lo permitiré. No lo dejaré creer ni un momento más que puede hacerlo. Su mejor arma es el secreto y el miedo que el secreto engendra. ¡Pues basta! Voy a llevarlo a la lucha abierta. Eso reduce mi ventaja, sí. Pero me da también una ventaja. Yo puedo resistir la luz y él no puede. ¡En el mercado dirán que soy un estúpido, un payaso! ¡Pues que lo digan! Más estúpido sería si no pudiera arrancarme las cadenas con que quieren atarme: propiedad, prestigio, todo lo demás. Una cosa más, Paul, una sola: una advertencia para ti. Si Julie muere, yo mataré a Basil Yanko. Y en ese momento no quiero que estés cerca de mí...

Después de eso no tenía yo dónde afirmarme ni dónde caerme, ni había palabra que valiera la pena decir. Suzanne volvió con los telegramas y yo volví a mi habitación a telefonear a Leah Klein y a Aaron Bogdanovich.

Para Leah Klein el desastre era el pan de cada día. Lamentaba, aunque tuvo la delicadeza de no decirlo, que no tuviéramos un cadáver. Sin embargo, los detalles quirúrgicos podían servir también. La venta de acciones, igualmente, favorecería el tiraje. Un amigo de Leah tenía unas pocas acciones y estaría agradecido por la oportunidad de deshacerse de ellas antes de que se iniciara el pánico. Y ella haría todo lo posible por disuadir a los compradores e infundir el temor de Dios entre los corredores de bolsa. Cuando cité la frase de Arlequin sobre "actividad criminal", soltó su áspera risa gutural.

—¿Así que tan furioso está? —dijo—. Dígale que hay quien siente lo mismo en Washington. También recibí la visita de un amigo de ustedes, Milo Frohm. Quería saber de dónde conseguí la información, cosa que naturalmente, no le dije. Téngame al tanto, señor Desmond. Así va muy bien. Y recuerde que una nota exclusiva mía ocupa más espacio de lo que podrían darle los otros muchachos, de modo que si la señora muere, hágamelo saber primero, eh...

Aaron Bogdanovich ya sabía la noticia. Se mostró apenado, pero sin expresar emoción alguna.

—... Anoche hice que un hombre los siguiera hasta el restaurante. Mientras ustedes comían, recorrió dos veces la calle. Dice que en ambas ocasiones estaba despejada. Cuando ustedes salieron, volvió a seguirlos. Estaba muy próximo a ustedes cuando sucedió, pero no se hizo ver después porque lo habrían detenido para interrogarlo. Francamente, no esperaba algo así tan pronto.

Cuando le dije lo que estaba haciendo Arlequin, apenas si se mostró interesado. Su principal preocupación era la seguridad de su propia operación. Se negó a cambiar la cita; el horario era demasiado importante. Como no oculté mi enojo, él me recordó, fríamente, que yo había fijado las prioridades del contrato y que Arlequin les había dado el visto bueno. El automóvil pasaría a buscarnos a las nueve de la mañana, a menos que para ese momento hubiera muerto la señora Arlequin. Para consolarme, no me ofreció más que un sucinto aforismo:

—Yo puedo abrir puertas, señor Desmond. No puedo garantizar qué es lo que van a encontrar al otro lado. Estoy seguro de que el señor Arlequin lo entiende.

Ni en ese momento, ni más tarde, dijo nada que se aproximara más a una disculpa.

Cuando volví a la habitación de Arlequin, lo encontré encerrado con un hombre a quien yo no había visto nunca. Más alto que yo, grueso como un árbol, con una melena de pelo blanco, cejas tupidas y un rostro del color de la madera vieja, marcado y curtido por el tiempo. Vestía un traje pasado de moda pero de corte perfecto. En su corbata brillaba un alfiler de esmeralda, y lucía un gran anillo de sello de jade azteca. Con casco y armadura, podría haber pasado por uno de los lugartenientes del propio Cortés. Arlequin me lo presentó como Aurelio Gálvez. Nos sentamos y Gálvez siguió con su discurso interrumpido:

—... Como le decía: olvídese de la policía; olvídese del asesino a sueldo. Lo encontrarán, o no... muy probablemente, no. En una ciudad tan grande, con tantos inmigrantes y tanta gente sin trabajo, la mitad de la población masculina vive fuera de la ley. Le confieso que ayer, cuando hablamos durante el almuerzo, no tuve confianza en usted. ¡Me ha parecido siempre demasiado blando, demasiado civilizado! No digo que esté mal, sino que aquí, en el Nuevo Mundo, no es suficiente. No se convierte a un forajido en un hombre honesto con sólo ponerle cuello y corbata. ¡Así que cuando usted me dice que va a luchar, y cómo luchará, yo lo apruebo! Cuente con mi apoyo, por lo menos aquí, donde el nombre de Gálvez significa algo. Ahora dígame lo que necesita. Yo le diré lo que creo que usted necesita.

—Quiero hacer traer a un hombre desde Los Angeles a Ciudad de México.

—¿Quiere hacerlo secuestrar?

—Quiero que lo induzcan a pasar la frontera por Tijuana y lo traigan a Ciudad de México. Si es necesario, estoy preparado para hacerlo arrestar tan pronto como pise suelo mexicano y acusarlo de conspiración para defraudar. Sin embargo, preferiría hablar con él antes de que lo detenga la policía.

—Déjeme que lo piense. Todo es posible. ¿Qué otra cosa hay?

—Nuestro amigo, José Luis. Me dijo usted que es jugador.

—Bueno... probablemente eso sea una exageración. Juega, sí. A los caballos y a las cartas, y a veces las apuestas son altas, pero no se ha visto en dificultades. Heredó una fortuna de su padre, y sigue teniéndola. Pero la forma en que vive no es apropiada para un hombre a quien se le confía el dinero de otros. Anda con gente rara. Usted conoce los tipos que tenemos por aquí... promotores, especuladores, gente que negocia con dinero fácil. José Luis los trata como a príncipes. Los presenta donde no debería, y a veces para hacerlo se vale del nombre del banco. Usted no es esa clase de hombre, ni yo tampoco. No lo apruebo. Puedo recomendarle por lo menos tres hombres que serían mucho mejores que él.

—Pero lo necesito —objetó firmemente Arlequin—. Necesito que se mantenga leal y confiado hasta que pueda enfrentarlo con Alex Duggan y obtener, sin coacción, una declaración ante notario.

—¿Por qué no llevarlo a California y hacer allí el careo?

—Porque ahí no tenemos recurso contra Duggan, ni manera de obligarlo a decir lo que sabe.

—Me parece, amigo mío —observó astutamente Aurelio Gálvez— que usted tiene tantas dudas como yo sobre José Luis.

—Dudas, pero no certidumbres.

—Pues déjeme ver si yo puedo encontrárselas. Entretanto, estoy de acuerdo: que siga satisfecho y confiado. En cuanto a ese Alex Duggan... —su viejo rostro se arrugó en una sonrisa maliciosamente divertida— ...hubo una vez un *yanqui* que me estafó veinte mil dólares y se volvió a Florida a disfrutar de ellos. Entonces le mandamos por correo cien gramos de heroína. Cuando abrió el envío para que lo inspeccionaran en la aduana... ¡ya comprenderá! ¡La única forma de cocinar un conejo no es hacerlo relleno! —se volvió hacia mí, afable y con cierto aire de superioridad—. No habla usted mucho, señor Desmond. ¿Tal vez todo esto le molesta?

—Sí, me preocupa, señor Gálvez.

—¿Por qué?

—Ayer, José Luis era un jugador. Hoy, tiene amigos vulgares. Es un cambio, si no una contradicción.

—Es un modismo —dijo George Arlequin, tajante—. Yo lo entiendo.

—Entonces esa es la respuesta. Discúlpeme, señor Gálvez.

—No faltaba más, señor Desmond. Cada uno es víctima de su propia historia —se levantó, alisándose las arrugas de la americana y el chaleco, y se dirigió a George Arlequin—: Bueno, entonces pondré manos a la obra. Le ruego, querido amigo, que descanse un poco. Ya he telefoneado al Cardenal para que se rece una novena de misas por la recuperación de su mujer. Sabe usted lo que dicen: "Dios cura y el médico cobra los honorarios." Pronto tendrá noticias mías...

Apenas si Gálvez había salido del cuarto cuando José Luis telefoneó desde el vestíbulo. Arlequin se retorcía de impaciencia, y por ende, yo también. Entró Suzy, pálida pero compuesta. Había telefoneado al hospital: Julie seguía en la sala de recuperación; dada la naturaleza del caso, su estado era bastante satisfactorio. Todos coincidimos en que, una vez que hubiéramos terminado con José Luis, debíamos dormir un poco.

Entró como un penitente, gimiendo y azotándose. Si por lo menos él hubiera estado con nosotros anoche; si hubiera advertido la maldad que había en este asunto; si...

Arlequin no estaba de humor para lamentaciones.

—¿Tiene el dinero, José?

—Lo entregarán esta tarde, del Banco Central.

—Lo pasaremos a buscar a las nueve y media de la mañana. Mantuve mi promesa: la policía no sabe nada de María Guzmán. Sin embargo, yo tengo que saber todo lo demás. Ese hombre que se hizo llamar Peter Firmin, el que vino a verificar las computadoras... ¿lo atendió usted mismo?

—No. Esa semana yo estaba enfermo, con gripe. Cristóbal Enríquez se hizo cargo.

—¿Y cómo es que admitió a un hombre con nombre falso y documentos falsos?

—Los documentos estaban en orden. Eso consta en el diario. Cristóbal volvió a llamar a la oficina de Creative Systems, y ellos confirmaron el nombre y el número del documento. Las fotografías coincidían. En el archivo tenemos copia de la carta de presentación.

—¿Cristóbal no le pidió el pasaporte?

—Las instrucciones de seguridad no especifican pasaporte; únicamente tarjeta de la compañía con fotografía y número, y una carta de presentación.

—Gracias, José. Ahora, por favor, consígame dos declaraciones autenticadas ante notario, una de usted y la otra de Cristóbal Enríquez, en la que consten esos hechos. Y pregunte también a Creative Systems cómo es que un hombre a quien ellos identificaron como Peter Firmin se convirtió en Alex Duggan al volver a California.

En ese punto yo lo interrumpí.

—George, te sugiero que no nos metamos con Creative Systems.

Vaciló un momento, y luego se mostró de acuerdo.

—Paul tiene razón, José. Consígame las dos declaraciones, nada más.

—Encantado. Para mañana estarán listas. Por favor, ¿qué puedo hacer por usted, por su pobre esposa...?

—Rezar, tal vez.

—¡Ay! ¡Si uno pudiera creer en la plegaria!

—José, dígamelo honestamente, ¿quién pudo haber hecho una cosa como ésta?

—No lo sé, George. Por dinero, por alhajas... ¡sí! Cuando un hombre tiene hambre suficiente o codicia suficiente, el asesinato es fácil. Por venganza, por su honor o el de su mujer, ¡sí, también! Pero esto... ¡No, no, no! Esto es asunto de gángsters. Pienso que tiene usted que buscar fuera de México. ¿La policía qué dice?

—Buscan un hombre con un arma de fuego.

—¡Una judía en un guisado! No hay forma de encontrarlo.

—¿Tiene usted amigos que pudieran ayudar?

Durante un momento pareció desconcertado; después, al darse cuenta, sonrió pesaroso.

—¡Ah! ¡Mis malas compañías! Me gusta esa clase de gente. Si usted hubiera vivido en mi familia, tal vez le pasaría lo mismo. Me divierto con ellos, y con ellos escandalizo a mis amigos. A veces, como son despiertos y audaces, hago dinero con ellos, también. Pero no son gángsters, George, amigo mío... ¡Oh, no! Ahora le ruego que sea honesto conmigo. ¿Quiere que renuncie? Puedo hacerlo ahora o más tarde, cuando a usted le convenga.

—Es una generosidad de su parte, José, pero le necesito; ahora más que nunca.

—Es usted muy amable. Algún día se lo retribuiré. ¿Cómo le fue con Aurelio Gálvez?

—Mejor de lo que esperaba. Tenemos tiempo para respirar.

—Es un hombre extraño: buen amigo, mal enemigo. Si me necesita, estoy en el Banco, y por la noche en casa —su sonrisa fue una mueca—. Esta vez, solo. Empiezo a creer que me he curado de la juventud. Ahora deben descansar, por favor.

En el momento en que José Luis salía de la habitación, Suzanne asumió el mando. Nada de conversaciones ni de visitas hasta las seis. Si había llamadas del hospital, ella las recibiría. Habia traído sedantes de la farmacia; Arlequin debía tomar uno y dormir hasta que lo despertaran. Accedió con aire fatigado y se fue a la cama. Miré mi reloj: las doce y media. Todos llevábamos treinta horas despiertos. Mientras bajábamos a nuestro piso, Suzanne empezó a temblar violentamente. Me apresuré a hacerla entrar en el apartamento, la senté y le serví un trago bien fuerte. Lo rechazó con una arcada, corrió a su habitación y cerró la puerta de un golpe. Yo me fui a mi cuarto, me puse el pijama y la bata, me serví a mi vez un trago y fui a ver a Suzanne. La encontré tendida sobre la cama, con el peinado deshecho y la cara tensa y surcada de lágrimas. Comprendí cómo se sentía. Toda la situación era una infamia, una mezcla cruel y sangrienta de mentiras, brutalidad y esperanzas perdidas. Julie estaba fuera de nuestra posibilidad de ayuda; Arlequin se había negado a aceptarla, encerrándose en la soledad del fanático. Con todo el amor del mundo, nadie podía alcanzarlo. No había nada que pudiera decir a Suzy, a no ser las palabras simples, canturreadas, con que se conforma un niño. No podía hacer otra cosa que calmarla hasta que el dolor y el pánico cedieran.

Después me volví a mi cuarto y dormí, intranquilo, hasta que se puso el sol.

A la noche Arlequin fue solo a visitar a Julie. Telefoneó para decir que había recuperado el conocimiento, aunque estaba muy débil y se sentía muy dolorida a pesar de los sedantes. En la clínica le habían ofrecido una cama para pasar la noche, de manera que se quedaría con Julie. Me pidió que le enviara un pijama, artículos de tocador y una muda de ropa. A la mañana, yo debía retirar el dinero del banco y pasar a buscarlo por el hospital para acudir a la cita con Bogdanovich. Suzanne la acompañaría hasta que regresáramos, y si el estado de Julie empeoraba, yo iría solo a la entrevista.

Un poco más tarde llamó Saul Wells desde Los Angeles. Había localizado a nuestro amigo Alex Duggan, quien vivía con cierta elegancia en un bloque de apartamentos en Olympic, con su bonita esposa y un único hijo. En el edificio había un apartamento desocupado, y Saul lo alquilaría para tenerlo como base. Se dedicaría a cuidar de que Alex Duggan siguiera gozando de buena salud. Tenía otra noticia también. Los periódicos de la tarde y los servicios de televisión recogían la historia de Ciudad de México. Los matutinos iban a dedicarle mucho espacio. La nota de Leah Klein llevaba por título "Fusión y asesinatos". En Washington se hablaba de una investigación del Congreso sobre la seguridad de los bancos de datos. Hasta el momento, Basil Yanko había declinado hacer comentarios. En Wall Street, el mercado estaba bajo y los corredores de Bolsa a la espera de ver lo que sucedía el martes... Hasta el momento, espléndido. Ya se oía el trueno, pero todavía no había empezado a llover.

Después de eso teníamos la noche para nosotros... y un profundo deseo de pasarla a salvo. Nos quedamos en el bar bebiendo cócteles y escuchando la conversación de los turistas. Cenamos en un rincón apartado y tranquilo y hablamos seriamente de George y Juliette y del incierto futuro que a todos esperaba.

Suzanne lo resumió sombríamente:

—Todo ha cambiado, Paul. Ninguno de nosotros será jamás el mismo.

—Si Julie se cura, todos mejoraremos muy pronto.

—¿Y si muere?

—Que me cuelguen si sé cómo manejar a George. ¿Y tú?

—Hubo una vez en que soñé que podría —las palabras salieron lentamente, arrancadas a un pozo de tristeza—. Ahora sé que no es posible. Jamás había visto este aspecto oscuro de él. Julie lo conocía. Tal vez eso fuera lo que amaba en él, lo que necesitaba más que cualquier otra cosa... Qué gracioso, que yo haya estado siempre tan segura de que ella no era mujer para George. Ahora, sé que yo no lo soy; y sin embargo, lo sigo amando. ¡Qué infierno! ¿no? Cuando esto termine, creo que voy a buscar un cambio antes de que sea demasiado tarde. ¿Me darás una buena referencia, Paul?

—Si quieres venir conmigo, te daré trabajo. Mejor que el que tienes ahora.

—¿Tú también estás pensando en abandonar?

—No hay nada que abandonar, tesoro: no necesito una participación y un empleador buen mozo. Estoy cansado del negocio y de los miserables que lo infestan... yo entre ellos; pero no puedo irme mientras George no haya pasado el torniquete y esté otra vez en el campo de pastoreo...

—Si es que consigues llevarlo allí.

—¿Tú confías en mí, Suzy?

—Tú sabes que sí. Jamás me hiciste daño, Paul. Podrías haberlo hecho, sin embargo. ¿Por qué me lo preguntas?

—Un día, y si llega va a ser pronto, es posible que te pida que te unas a mí en contra de George: no por causa mía, sino de él. ¿Lo harás?

—Primero tendría que saber por qué.

—Es posible que trate de matar a Basil Yanko.

No mostró signos de espanto ni sorpresa. Durante un momento se mantuvo silenciosa; después dijo, en voz baja:

—A eso me refería. Ninguno de nosotros será jamás el mismo... Sí, Paul, haré lo que me pidas. Ahora, por favor, pídeme un coñac y cambiemos el tema.

Lo demás fue charla sin sentido: generalidades y lugares comunes. Nos quedamos hasta tarde bebiendo y bebiendo, y al terminar estábamos totalmente sobrios. Cuando subimos y la abracé para despedirme, Suzanne me pidió, simplemente:

—Quédate conmigo, por favor, Paul. Esta noche no me siento capaz de estar sola.

Lo triste era que yo quería estar solo; y que estaba demasiado avergonzado para decírselo. Nos hicimos el amor cálidamente, sin que ella viera los fantasmas que se agazapaban en los rincones oscuros de la habitación. Después se me quedó dormida en el hombro; la abrigué bien y nos quedamos así toda la noche: dos solitarios, acurrucados como criaturas en el bosque en tinieblas.

SIETE

A LAS NUEVE DE LA MAÑANA, puntual como la muerte, el automóvil llegó al hotel. Suzanne y yo fuimos hasta el banco a recoger un saco de lona que contenía un cuarto de millón de dólares. A las nueve y media llegábamos al hospital. George Arlequin estaba esperándonos en la puerta. Las noticias no eran buenas ni malas. Julie se defendía. Había infección postoperatoria, pero los médicos esperaban mantenerla bajo control. El cirujano no estaba descontento. Había una habitación donde Suzanne podía descansar y leer y, si Juliette estaba despierta, podía visitarla un momento. Salimos de los terrenos del hospital, nos abrimos paso entre la maraña del tráfico y tomamos hacia el norte, por la Avenida de los Insurgentes.

El conductor era un hombre mayor y taciturno, con un impenetrable rostro indígena. Sin embargo, accedió a decirnos que nuestro destino estaba dieciséis kilómetros más allá de Tula y que por el camino tendríamos ocasión de ver interesantes antigüedades: las serpientes emplumadas de Tenayuca, la pirámide de Santa Cecilia y la Procesión de los Jaguares. Tiempo hubo en que Arlequin habría insistido en visitarlas centímetro a centímetro. Ahora se quedó, mudo y ciego, en el rincón del asiento, sin pedir otra cosa que un viaje rápido y despachar el asunto con toda la presteza posible. Procuré que se interesara en el viaje, pero no quiso saber nada. Cuando le conté mi conversación con Saul Wells, emitió un gruñido de aprobación y siguió en silencio. Sólo cuando le pregunté por Juliette demostró cierta animación.

—... Parecía tan pálida y pequeñita como una muñeca de cera. Apenas si me animé a tocarla. La están alimentando con suero, pero se queja de que siempre tiene la boca seca... Preguntó por ti, Paul. Le dije que irías a verla cuando estuviera más fuerte. Está preocupada por el niño también. Yo pensé si hacerlo venir aquí con la niñera, pero el médico se mostró contrario... El personal es muy bondadoso, vienen cada media hora. Yo la velé casi toda la noche. Me sentía muy impotente; pero cuando ella se despertó quería tenerme de la mano... Vino un sacerdote, muy joven. Quería darle la bendición. Le dije que éramos calvinistas. Me contestó que son solamente los hombres quienes hacen listas y establecen distinciones... Le dejé hacer la imposición de manos... Algo muy primitivo, pero después parecía que Julie estuviera menos dolorida... ¡Oh, Dios! ¡Por qué es la vida una blasfemia tal!

Ojalá yo hubiera podido decírselo; pero me faltaban el ingenio y las palabras. Su rostro volvió a endurecerse y Arlequin se sumió en su silencio meditabundo.

Después de Tula el camino empezó a ascender hacia el noroeste por el flanco de una sierra, atravesando un abrupto desfiladero que se abría sobre una gran llanura circular, el cráter de un volcán extinguido. En el centro de la llanura había un lago, bordeado por una pantanosa franja de juncos a partir de la cual el suelo iba ascendiendo y convirtiéndose en pastizales verdes y terrazas sembradas de maíz y verduras. Contra el borde más remoto del lago estaba la hacienda, un edificio largo y bajo de piedra tallada, a cuyo frente se veían canteros de césped y flores y, en los dos extremos, las dependencias y viviendas de los campesinos, junto a los establos y corrales para las ovejas y los demás animales. Daba una impresión de riqueza y aislamiento feudal, como un antiguo ducado que, habiendo sobrevivido a las revoluciones, continuara ignorando a los demócratas.

A la entrada de la casa nos esperaba Aaron Bogdanovich. Después de unas breves palabras de salutación para ambos, preguntó solícitamente por Julie. Entonces nos introdujo en una amplia sala de piso embaldosado, con una estufa de piedra y coloridas alfombras, amueblada en estilo colonial español. Nos hizo notar algunas piezas elegidas de arte tolteca y ordenó a un sirviente que nos trajera café. Nos explicó vagamente que el lugar pertenecía a amigos de amigos diplomáticos. Observé que, como en Nueva York, se dirigía a Arlequin con deferencia y respeto. Cuando nos trajeron el café, se situó junto a la chimenea de piedra y nos explicó la misión del día...

—... Van ustedes a conocer a un hombre que es en muchos aspectos similar a mí. Es decir, que hace del asesinato su profesión. La diferencia entre ambos no es grande. Mi educación es mejor; él es un pícaro inteligente. Yo me considero un patriota; él no pretende ser otra cosa que un mercenario. Ahora bien, al verlo tendrán ustedes la sensación de que se encuentra perfectamente lúcido, pero no es así. Está gravemente perturbado por los sedantes, la privación sensorial y procedimientos de sugestión. No puede distinguir entre la realidad y la ilusión. Usted, señor Arlequin, confirmará la ilusión. Vino aquí para contratar sus servicios para matar a un hombre en Nueva York. Está dispuesto a doblar el precio que le pida, pero primero tiene que conocer bien sus credenciales. Yo coordinaré la discusión. Cuando yo se lo indique, usted hará preguntas. Usted, señor Desmond, permanecerá en silencio a menos que yo le invite a intervenir. ¿Alguna pregunta, señor Arlequin?

—¿Vamos a encontrarnos frente a frente?

—Sí.

—¿No es peligroso?

—Les doy mi palabra de que no.

—Usted habló de privación sensorial. ¿Sabe él lo que le ha sucedido?

—Sólo fragmentariamente... Se lo explicaré. Lo recibimos en el aeropuerto, como amigos, y lo trajimos aquí en espera de esta reunión. Lo aceptó. Durante la cena, lo drogamos. Cuando se despertó estaba suspendido en el aire en un sótano, aislado y con una caperuza negra sobre la cabeza. No había ningún ruido ni cambios de temperatura. Cada vez que se movía, giraba en el vacío. Resultado, rápida desorientación. Se le volvieron a dar sedantes y alimentación por suero. Al despertar estaba otra vez suspendido en la oscuridad, pero esta vez sometido a ruidos cacofónicos y notas de alta frecuencia, entremezclados con fragmentos de palabras y frases. Resultado, alucinación profunda. Esta mañana se despertó en su dormitorio, atendido por una bonita enfermera que le explicó que había sufrido un ataque de una virulenta fiebre local. Por el momento, cree que estuvo delirando, pero que con ayuda de estimulantes, está en condiciones de tratar con sus clientes... Brevemente, aunque no en profundidad, estos son los modernos refinamientos de la tortura. Es posible entrenarse para resistirlo durante un período muy limitado. Tony Tesoriero jamás recibió dicho entrenamiento. Creemos que está suficientemente preparado para esta reunión. De lo contrario, puede que tengamos que recurrir a otras medidas. Si sienten escrúpulos, recuerden cómo se gana la vida... y muy bien, como lo verán. Esperen aquí un momento.

Estuvo ausente durante unos diez minutos. George Arlequin, plácido y con expresión impasible, se quedó mirando los leños amontonados en la chimenea. Yo fui hasta la puerta y me puse a mirar cómo la pradera verde descendía hacia el otro borde de la cuenca, oscura contra el pálido cielo de mediodía.

—No hay necesidad de que te quedes, Paul —dijo Arlequin a mis espaldas—. Todo esto no me impresiona en absoluto.

A mí me impresionaba, pero tuve la cobardía necesaria para no decirlo. Yo lo había metido en este paseo por los infiernos; lo menos que podía hacer era acompañarlo y procurar que, al volver a salir, siguiera siendo humano. El verdadero terror del momento era que estuviéramos, por consentimiento mutuo y después de una deliberación inteligente, empeñados en la destrucción y fragmentación de otro ser humano. Por más degradado que estuviera, por más brutal que fuera, seguía siendo un hombre, a quien una mujer había parido y amamantado, y que un día había sido presentado ante la tribu como promesa de continuidad.

Cuando entró apoyado en el brazo de la enfermera y acompañado por Aaron Bogdanovich, su huésped y señor, Tony Tesoriero no me impresionó en absoluto como un tipo brutal. Andaría por la mitad de la treintena, era delgado y de huesos menudos, con esa especie de oscura gracia aquilina que se suele ver entre los albaneses de Puglia y de Sicilia. Tenía los ojos hinchados y abotargados; se movía con torpeza y su voz sonaba imprecisa, como si tuviera la lengua demasiado grande para la boca. Hablaba con acento de Brooklyn y de la Pequeña Italia. Se sentó pesadamente y la enfermera se quedó tras él. Aaron Bogdanovich volvió a reclinarse contra la repisa de piedra de la chimenea, jugueteando con una figurilla tolteca que representaba un jaguar. Podría haber sido el presidente de una institución de caridad, hablando de las disposiciones para la feria del domingo:

—... Tony, estos son los caballeros que desean contratarlo. Señores, este es Tony Tesoriero. Estos últimos días ha estado enfermo... alguna picadura, como se ve por las marcas que le hemos encontrado en los brazos. Pero en dos o tres días se habrá recuperado totalmente. Para empezar, Tony, el dinero está aquí...

—¿Cuánto?

—Muéstreselo, por favor.

Arlequin abrió el saco de lona y desparramó los fajos de billetes sobre el piso embaldosado.

—Ahora, señor Tesoriero, algunas preguntas.

—Llámeme Tony, como todo el mundo. ¿Qué preguntas?

—Quiero que muera un hombre en Nueva York. ¿Puede usted hacerlo?

Tony hizo un torpe gesto de tolerancia divertida.

—Usted paga. Yo cumplo. Ese es el contrato.

—¿Garantiza los resultados?

—Es mi trabajo. Hasta ahora llevo dados veintitrés golpes, todos perfectos.

—¿Cuál es el precio?

—Entre veinte y cincuenta billetes grandes, más gastos. También se paga seguro.

—¿Y eso qué significa?

—Si me pescan, ustedes pagan los abogados, y trescientos por semana a mi chica, mientras esté adentro.

—¿Cómo sé que usted no hablará?

—Yo hablo; usted me manda matar; mejor no hablo. Si usted no lo supiera no me habría buscado, ¿no? —se le trabaron las últimas palabras y en sus ojos inciertos apareció una mirada de perplejidad—. Eso es... Eso es lo que quiero saber. ¿Quién los mandó a verme?

Aaron Bogdanovich sonrió pacientemente.

—Ya se lo dije, Tony... El asunto de la Hallstrom. La mujer en Nueva York.

—Ah, sí... sí. Linda rubia. Lo organizaron en Ciudad de México... ¿Cómo se llamaba el tipo?

—Basil Yanko.

—No... ¡No! Otra cosa... Mexicano... Dígame, ¿cómo es que usted lo conoce y no sabe su nombre?

—Lo sabemos, Tony —Bogdanovich era la suavidad en persona—. Acabamos de decírselo. Estamos tratando de comprobar si usted es tan despierto como dice.

Tony parecía confundido y hostil, como un boxeador aturdido.

—¿Qué quiere decir con despierto? Acepté el contrato. Cobré treinta billetes de los grandes. Di el golpe. ¿Acaso eso me idiotiza, o qué?

—Usted acaba de demostrarlo, Tony. El precio por ese contrato era de cincuenta. Lo sé porque Basil Yanko me lo dijo. Me parece que a usted le robaron veinte... A Yanko tampoco le va a hacer gracia.

—*Porca madonna!* ¡Después de tantos años, venir a estafar a Tony Tesoriero! Bueno, en cuanto salga de aquí tengo que arreglar una cuenta particular.

—Si quiere este trabajo, nada de eso, Tony —Bogdanovich parecía un maestro con un alumno sobreexcitado—. Mis amigos necesitan un trabajo limpio, sin riesgos, y usted cobra sesenta mil.

—¡Pero que me estafen en veinte! No hay derecho.

—Por eso le preguntamos qué fue lo que falló, Tony —le explicó pacientemente Aaron Bogdanovich—. De Nueva York le mandaron cincuenta billetes grandes a un tipo en Ciudad de México. Nosotros lo conocemos y sabemos que juega limpio. Ahora, tal vez haya pasado el contrato por medio de alguien más, y ese alguien más se lo haya quedado... Es lo que estamos procurando establecer.

Daba pena verlo, intentando reordenar los recuerdos e impresiones confundidos dentro de su cabeza. Empezó a razonar, lentamente, señalando los puntos con los dedos.

—Bueno, empecemos de nuevo. Un tipo en Miami me dice que tiene un amigo en Ciudad de México que quiere hablar de un contrato... lo mismo que ustedes. Vengo, me encuentro con él, acepto el trabajo, me pagan. No hablo con dos tipos, sino con uno. De edad. Parece un caballero, con el pelo blanco y un anillo verde y... ¡ah, sí! Ya me acuerdo. Un alfiler de corbata con una esmeralda grande como una nuez. Claro, el nombre del tipo es Aurelio Gálvez, el mismo nombre que me dieron en Miami. ¿Es el mismo que dicen ustedes?

—El mismo —en el tono de Arlequin no había el más leve asomo de emoción—. Aurelio Gálvez.

—¿Es amigo de ustedes?

—Ya no, Tony...

—Entonces, ¿cómo vuelvo a conseguir mi dinero?

—Acepte mi contrato, y yo se lo conseguiré —dijo George Arlequin.

—¿Lo dice en serio?

—Claro. Sesenta mil, gastos y seguro. Mañana, cuando usted esté mejor, hablaremos de los detalles. Aquí tiene el dinero —se inclinó a contar los fajos de billetes y los empujó con el pie sobre el piso embaldosado—. Mañana, cuando yo vuelva, le traeré sus veinte; pero para que me los entreguen necesito una nota de usted.

—¿Qué clase de nota?

—Algo muy simple. "A Aurelio Gálvez. Basil Yanko le entregó cincuenta mil dólares para pagarme por el contrato para el asunto Valerie Hallstrom. Todavía me debe usted veinte. Entrégueselos al portador de esta nota. Si no, los buscaré yo mismo." Después la firma... ¿Qué le parece?

—Bien... muy bien.

Aaron Bogdanovich lo ayudó a levantarse de la silla, lo condujo hasta el escritorio y lo observó mientras copiaba el mensaje con la letra lenta y trabajosa de un niño. Después

Bogdanovich lo puso en un sobre que entregó a George Arlequin.

—¿Está satisfecho con Tony? —le preguntó.

—Absolutamente.

—¿No quiere saber nada más?

—Nada más.

—Tony, usted tiene que descansar un poco ahora. Este trabajo es importante y tiene que estar bien para mañana. Además, es la hora de la inyección, ¿no es verdad?

—¡Santo Dios! Ya parezco un alfiletero.

—Esta será la última, Tony —le dijo alegremente la enfermera.

—¡Bueno! Hasta mañana entonces.

Se inclinó a recoger los fajos de billetes y se los metió dentro de la camisa, mientras hacía torpes bromas sobre la forma en que mejorarían su silueta. Después, cloqueando y mascullando, salió del brazo de la enfermera, arrastrando los pies.

—¿Qué pasará con él ahora? —preguntó Arlequin, volviéndose a Aaron Bogdanovich.

—Lo que acaba de oír, amigo mío. Se le dará la última inyección: una burbuja de aire en una vena. Cuando le llegue al corazón, morirá.

No pude reprimir una exclamación de horror. Bogdanovich giró en redondo para enfrentarme.

—¿Se escandaliza usted, señor Desmond? Pues le oyó decir que había matado a veintitrés personas. ¿Piensa que se le podría condenar simplemente por lo que han oído ustedes en esta habitación? ¡Jamás!... Además, hay algo que ustedes no saben. Valerie Hallstrom era mi agente. Yo la entrené. Yo la coloqué. Tony Tesoriero la mató. Vida por vida, esa es la regla. Ustedes lo sabían cuando empezaron —se volvió a George Arlequin—. Ese Aurelio Gálvez, ¿quién es?

—Un amigo. Uno de mis accionistas.

—¿Qué sabe de su negocio?

—Demasiado. Le conté lo de Alex Duggan.

—*Ach!* Eso es una mala noticia.

—También mi mujer es víctima de él.

—Podemos eliminarlo, pero perdemos un eslabón en nuestra cadena de pruebas. Déjeme que lo piense.

—Me gustaría enviarle un regalo.

—¿Qué clase de regalo, señor Arlequin?

—El cuerpo de Tony Tesoriero. ¿Le parece que podría hacerlo?

—Podría, pero no lo haré —respondió enfáticamente Bogdanovich—. Dígame algo más de Aurelio Gálvez.

—Antigua familia, dinero de las minas, la arrogancia del poder...

—¿Pero no es loco ni estúpido?

—No.

—Entonces, ¿por qué hace contratos con asesinos a sueldo, y no para él sino para Basil Yanko?

—Necesita millones para fondos de desarrollo: dinero para operaciones arriesgadas y a largo plazo, difícil de conseguir y, con las tasas de interés actuales, caro. Yo diría que Basil Yanko le ofreció fondos del petróleo una vez que dispusieran de nuestro negocio...

—Lo cual todavía no explica, señor Arlequin, por qué un antiguo aristócrata como Aurelio Gálvez se sentó a la misma mesa que Tony Tesoriero.

—Oh, eso es muy fácil —el rostro de Arlequin se contrajo en una mueca, burlándose de sí mismo—. A él le resultaría tan atractivo como a mí. Hay algo de exótico en eso de tener un verdugo particular... Es privilegio de reyes —removió la pila de billetes de banco con la punta del zapato—. Una pila de papeles compra la muerte de un hombre.

—Lo que no puede comprarle a nadie —acotó Aaron Bogdanovich— es la postergación de la propia.

George Arlequin digirió lentamente la idea, sin dar signos que permitieran decir si le sabía dulce o amarga.

—Si fue Gálvez —preguntó—, ¿por qué habrá dado su verdadero nombre?

Bogdanovich sonrió débilmente.

—Se olvida usted, señor Arlequin, de que es una relación profesional. Hay en juego seguros. Es necesario saber si hay dinero para pagar la póliza.

—¿Hay teléfono en la casa? —preguntó George Arlequin—. Me gustaría llamar al hospital.

—Allí en el rincón. La línea no es muy buena. Tendrá que tener paciencia.

Mientras George telefoneaba, Bogdanovich y yo salimos y empezamos a recorrer juntos el patio.

—Lo de Gálvez es una mala sorpresa —dijo Bogdanovich—. Es también una amenaza para Alex Duggan, que en este momento es muy importante. Tenemos que decidir qué hacemos con él.

—No creo que Arlequin esté en estado de decidir nada.

—No estoy de acuerdo, señor Desmond. Si hablamos de moral, es claro que se está moviendo en un sistema de valores completamente nuevo. Si hablamos de su capacidad de planear y ejecutar una estrategia, creo que es considerablemente mayor, porque ahora no está limitada por consideraciones morales. Por cierto que a usted eso lo perturba. Su problema, señor Desmond, es que es usted un hombre confundido, atontado, que a medias cree y a medias niega, el del eterno compromiso. Su amigo Arlequin no es así, de ningún modo. Se aferra a la vida (o a la muerte) con ambas manos. Pero yo entiendo sus dudas. Acepto estar condenado a la futilidad. Arlequin se condenará a un propósito. Cuando el propósito se haya cumplido y vea la futilidad... ¿entonces, qué? ¿Es lo que usted plantea, no es verdad?

—Sí, me imagino que sí.

—No tengo respuesta, señor Desmond, ni se me pide que la tenga. Como Tony, acepto el contrato, lo cumplo y me preparo para la tarea siguiente... Ah, señor Arlequin. ¿Consiguió la comunicación?

George Arlequin estaba parado en la puerta, el rostro exangüe, los ojos vacíos.

—Sí, conseguí comunicar. Julie murió hace quince minutos. Dicen que fue una embolia coronaria.

Aaron Bogdanovich me cerró sobre el brazo una mano férrea y mascculló:

—Llévelo de vuelta a la ciudad. Yo lo llamaré. ¡No puedo tratar con un marido de duelo!

DEBO CONFESAR AHORA QUE EL DUELO lo hice yo. Junto al lecho lloré sin pudor alguno. Me incliné a besar sus labios fríos y a decirle adiós, murmurando una plegaria. Arlequin, rígido, distante y sin verter una lágrima, esperó a que yo estuviera listo para partir. Lo que pasó después entre ellos, si él lloró o desvarió, no lo sé, y durante un tiempo ni siquiera llegó a importame. Era todo muy extraño. Ante la muerte de Julie, su gran muerte, sólo podía sentir la muerte pequeña de la separación, lo tremendo del nunca más, de lo jamás gozado, de la esperanza por siempre sin cumplir. Y sin embargo —¡dichosos de los muertos que jamás lo saben!— me sentía aliviado también. Ella ya no podía sufrir, y yo estaba liberado de una servidumbre que había soportado durante demasido tiempo, de una tentación que se había agudizado con cada año que pasaba. Estaba libre, por fin... libre, aunque me hallara en un desierto árido y frío.

Mientras esperábamos a Arlequin, Suzy y yo mantuvimos juntos una de esas charlas vacías, hechas de reminiscencia, que siguen siempre a una muerte. Agotadas sus lágrimas, y como todas las mujeres en todas las exequias, Suzy empezó a pensar en los aspectos prácticos.

—...Ojalá decida enterrarla aquí. De otro modo se va a hacer tan largo y engorroso. Vamos a necesitar una empresa funeraria, Paul, ¿te encargarás tú de eso? Ya pedí sedantes al médico; George los va a necesitar esta noche. ¿Te quedarás tú en su apartamento, Paul? De buena gana lo haría yo, pero no estaría bien. Tal vez ahora esté dispuesto a terminar con todo: acabar con todo este sórdido asunto y volvernos. Pronto será verano. Tú podrías llevártelo en tu barco... También tengo que recoger la ropa de Julie; para él sería terrible ocuparse de eso... Oh, Paul, me da tanta pena por él...

Yo no podía sentir pena por él: lo odiaba. Me sentía tentado de decirle que ahora tenía otro cadáver para depositar en el umbral de Gálvez. ¿Y por qué no? Una muerte daba lo mismo que otra. Tanto de la boca de Tony Tesoriero como del pobre útero muerto de Juliette Gerard crecerían las flores. Durante todo el tiempo, me aborrecí por ser el valiente guerrero que con la trompa broncínea convocaba a los héroes al combate, y después salmodiaba el toque de queda sobre los cuerpos de los vencidos, alejando a los buitres de sus despojos. Suzanne me tomó la mano y la retuvo entre las suyas.

—¡Paul, por favor! No te culpes, ni culpes tampoco a George. No podemos andar más que por la senda que vemos a nuestros pies. ¡Por favor, *chéri*!

Largo rato después, Arlequin se reunió con nosotros. Ahora se lo veía tranquilo, vacío y calmo como un lago bajo la luna. Nos agradeció a ambos, en su nombre y en el de Julie. Había tomado las primeras decisiones indispensables.

—La enterraremos aquí. Paul, hazme el favor de ocuparte de que sea lo mejor posible. Debe haber un servicio religioso. Tenemos que informar al embajador suizo, a José Luis, a Aurelio Gálvez y su familia, y a los empleados del banco.

Suzy, por favor manda un cable a todas nuestras oficinas para que cierren durante un día y pide a los gerentes que publiquen la nota necrológica en la prensa. Yo hablé con los padres de Julie. Después...

—Dejémoslo, George.

—Como quieras, Paul.

—Llamaré un taxi —dijo Suzanne.

—Yo volveré a pie.

—Vamos contigo.

—No, gracias, Paul. Prefiero estar solo.

—George, ¿realmente quieres que Gálvez esté en el funeral?

—¡Oh, sí! Es un amigo. Hizo que el cardenal rezara misas por la recuperación de Julie.

Si tienes posibilidad de elegir —y la elección es cada día más restringida en esta era de asesinos— te ruego, lector, que no mueras de muerte violenta en una ciudad latina. Los documentos necesarios para declararte no existente son horrendos; y esperarás en el limbo hasta que esté terminado de llenar el último formulario. No tuve más remedio que dejar la tarea de organizar el sepelio de Julie en manos de José Luis Miramón de Velasco, quien la aceptó como un deber sagrado, y como la menor penitencia que podía cumplir por sus pecados. Lo único que necesitaría serían las firmas de Arlequin. Por lo demás, conseguiría para Madame una ceremonia digna y un lugar tranquilo de eterno descanso, próximo al de su propia familia...

Después el mundo volvió a invadirnos. Había una pila de telegramas y la lista de llamadas telefónicas tenía un metro de largo. Los gerentes de nuestras sucursales eran presas del pánico. El mercado estaba trastornado. La prensa quería comentarios y aclaraciones. Todos querían saber si George Arlequin era un genio de las finanzas o un pobre desventurado sin remedio. Mientras Suzanne se ocupaba de los telegramas, yo libré batalla con operadores y códigos y diferencias de hora para contestar las llamadas telefónicas más importantes. En Nueva York estaba atardeciendo. En Londres era la hora de la cena. En Europa la del café y el coñac y las noticias del día por la televisión en colores, mientras el costo de la vida subía y la posibilidad de sobrevivir decentemente bajaba cada vez más. Por décima vez, acababa de colgar furiosamente el receptor cuando entró Suzanne con un cable: "Pienso que me necesitan... Milo Frohm." Llamé a Aaron Bogdanovich y se lo leí. Su comentario fue seco como las hojas muertas:

—Si lo necesitan, lo llaman. La cuestión es cuánto le dicen.

—¿Unico comentario?

—Mañana me voy a Nueva York.

—Aquí quedan cosas sin terminar.

—Se terminarán en Nueva York. Llámeme cuando lleguen allá.

Milo Frohm seguía siendo una pregunta sin responder. Mi primera idea fue diferir el contacto hasta que Arlequin estuviera en condiciones de hablar personalmente con él. La segunda fue llamar a Washington y ver a qué reglas básicas se iba a atener Milo Frohm. Si eran flexibles, bien podríamos cooperar. Si quería ponerse en amistoso policía de barrio, no había nada que hacer. Yo no tenía nada en contra de los policías, especialmente si eran amistosos; el único problema era que lo que aseguraban era muy poco: la ley y el orden, y dormir tranquilo por las noches... y eso dejaba demasiadas causas sin resolver y todo un pozo negro de injusticia, hediondo bajo el sol.

Milo Frohm se mostró encantado de oírme. Le dije que le agradecía su telegrama, pero que era difícil hablar de negocios por una línea abierta. Le pareció, después de lo que había leído en la prensa, que yo exageraba la dificultad. No podríamos haber hablado más públicamente si lo hubiéramos hecho por televisión. Según rumores bien fundados, estaban a punto de entablarnos juicio hasta por la camisa. Le dije que era lo que esperábamos, incluso lo que deseábamos. Después le informé de la muerte de Julie. Durante largo rato sólo se oyó silencio en la línea.

—¿Cómo ha reaccionado el señor Arlequin? —preguntó después.

—Bíblicamente.

—¿Por el Antiguo Testamento o por el Nuevo?

—Por el Antiguo...

—¿Y qué es lo que opina usted, señor Desmond?

—Me gustaría atenerme a las reglas. Pero me temo que si lo hacemos, nos comerán los cuervos.

—Supongamos que se alteran las reglas un poco...

—Tiene que ser más que suponer...

—Entonces las alteramos.

—¿Están grabando la conversación?

—Desde el comienzo.

—Pues ahí va. A Valerie Hallstrom la mató un asesino a sueldo llamado Tony Tesoriero, que ha muerto. Quien le pagó fue un tal Aurelio Gálvez, un nombre muy importante en Ciudad de México, que está vinculado con nuestra compañía y con Basil Yanko. Como prueba tenemos un papel firmado por Tony Tesoriero. Inútil ante un tribunal, pero bueno para ustedes. Suponemos, sin pruebas, que Gálvez también fue responsable del asesinato de la señora Arlequin. Además, los fraudes en nuestra agencia bancaria en Ciudad de México fueron cometidos por una mujer, María Guzmán, pagada por cierto Alexander Duggan, que trabaja para Creative Systems en Los Angeles, California. Al respecto tenemos declaraciones ante notario y fotografías identificatorias, también certificadas por notario. A Gálvez se le dijo que conocíamos a Duggan. Ahora Saul Wells está vigilando a Duggan. La dirección es la siguiente...

—¿Informaron ustedes algo de esto a las autoridades mexicanas? —preguntó Milo Frohm cuando hube terminado.

—No.

—¿Por qué no?

—Porque ofrecimos inmunidad a María Guzmán. Duggan no pertenece a su jurisdicción y lo demás son comentarios de un muerto.

—Gracias, señor Desmond. ¿Cuándo esperan ustedes volver a los Estados Unidos?

—Eso depende de Arlequin. Probablemente una vez terminado el funeral...

—Me gustaría saberlo tan pronto como dispongan el viaje. La compañía de ustedes se ha vuelto peligrosa; tendremos necesidad de proteger a sus compañeros de viaje.

Lo tomé a broma e hice un comentario impertinente.

—La política y el dinero forman una mezcla explosiva, señor Desmond —me contestó con mortal seriedad—. Agrégueles petróleo y tendrá una enorme hoguera. Por favor, haga lo que le pido.

Por lo menos lo planteaba con honradez. Podía alterar las reglas, pero no podía cambiar los hechos fundamentales de la vida en este año de dudosa gracia: que no había fortaleza a prueba de dinero, que medio kilo de explosivo plástico podía borrar del cielo un avión en pleno vuelo, que unos pocos hombres desesperados podían poner en jaque a una nación. Todo eso nos llevaba rápidamente de vuelta al medievalismo, a la justicia sumaria y a la ley del talión, a la regia prerrogativa del verdugo propio... Como si me leyera el pensamiento, Suzanne se me acercó a rodearme el cuello con los brazos y apoyó la mejilla contra la mía.

—Ya basta, Paul... Tú también tienes que darte tiempo para el duelo.

—Aunque te parezca extraño, Suzy, no sé cómo entristecerme. No hay más que un espacio en blanco, como si alguien hubiera quitado un cuadro de la pared... ¿Todavía no ha regresado George?

—Sí, acaba de llegar. Llamé a su habitación y está descansando. No quiere que nadie esté con él todavía. Hice desconectar su teléfono y avisé que pasaran las llamadas aquí.

—No tardará en desmoronarse, Suzy.

—No, Paul —sacudió enfáticamente la cabeza—. Recuerdo algo que solía decir mi padre: *"Der grösste Hass ist still...* El odio más grande es silencioso". En este momento, George odia a un hombre. Nosotros lo hemos perdido, está muy lejos.

—Tranquilízate, querida. La gente se cansa de odiar.

—Es más perdurable que amar, Paul.

—¿No vendría bien un whisky?

—Puede ser. *Chéri,* quédate conmigo. Estoy muy asustada.

Mientras servía las bebidas, algo me golpeó como un martillazo. Hubo un tiempo, en un ayer lejano, en que teníamos miedo del poderoso hechicero, Basil Yanko; ahora nos asustaba más George Arlequin, que había sucumbido a sus artilugios y se ocultaba en una habitación en sombras, con una astilla de hielo en el corazón. Como no era capaz de hacer frente a la verdad, me refugié en lugares comunes. Estábamos semilanzados en uno de esos tontos diálogos consoladores sobre el amor y la misericordia y sobre cómo, si uno lo entendiera todo, sería capaz de perdonar casi todo, cuando vociferó el teléfono y desde recepción anunciaron que el señor Aurelio Gálvez deseaba ver al señor George Arlequin. Suzanne, bendita sea su circunspección suiza, pidió que esperara un momento mientras yo hablaba con Arlequin por el teléfono del dormitorio. Esperé un arranque de cólera o una sombría desesperación, pero en cambio me indicó que recibiera con toda cortesía a nuestro huésped, le ofreciera algo de beber y le rogara que tuviera la gentileza de disculparlo un momento mientras Arlequin se vestía para darle la bienvenida. Transmití el mensaje y Suzanne bajó al vestíbulo. Mientras yo limpiaba el escritorio y disponía vasos limpios, no podía dejar de preguntarme qué demonios se le dice a un asesino cuando su víctima casi no se ha enfriado todavía. No necesitaba haberme preocupado.

George Arlequin estaba listo y esperándolo cuando Suzanne hizo entrar en la habitación a Aurelio Gálvez. Su bienvenida fue cálida y emocionada.

—¡Mi querido Aurelio! ¡Qué bondad de su parte! No era necesario que viniera, pero me conmueve profundamente.

—George, amigo mío, ¿qué puedo decir? ¿Qué puedo hacer?

—¡Nada, Aurelio! ¡Con su presencia basta! ¿Un trago, un café? Cosa rara, cómo volvemos a las antiguas costumbres... Preparamos la carne y el vino para los dolientes. Siéntese, por favor... ¡Suzanne! ¡Café para el señor Gálvez!

Aurelio Gálvez se instaló en una silla: un peñasco de consuelo en un océano de dolor.

—¡Mi querido George! Estaba tan seguro de que no podía suceder.

—Todos lo creímos así, Aurelio.

—¿El funeral? Tal vez yo pueda...

—Todo listo, gracias. La enterraremos aquí, en su hermosa ciudad que ella quiso tanto.

—George, esto es un asesinato. Hay que hacer algo.

—¿Qué, Aurelio? No puedo ir por las calles clamando sangre y venganza. Prefiero dejarla que duerma en paz.

—Entiendo; pero no es suficiente.

—Déjeme que la entierre primero.

—¡Pero claro! ¡Claro! Pero con ceremonia, George. Es lo adecuado. Usted tiene amigos aquí, y clientes. Querrán presentarle sus condolencias. ¿Puedo traerlos?

—Si ellos desean venir, sí.

—¿Se quedará usted después?

—Creo que no por mucho tiempo. Me reclaman en otras partes. Hay gente que depende de mí. Yo mismo sigo estando amenazado y debo seguir en la lucha. Ahora, la lucha misma representa algo.

—¿Tiene usted alguna idea, George, algún atisbo... de quién puede haber hecho algo tan terrible? En ese caso, dígamelo. Por mi alma inmortal le juro que lo encontraré.

—Aurelio, aprecio sus palabras, pero ya sé quién lo hizo.

—¿Se lo ha dicho a la policía?

—No.

—¡Pero tiene que hacerlo! Es esencial que lo sepan.

—Quería decírselo primero a usted, Aurelio.

—¿Por qué a mí?

—Usted tiene amigos influyentes. No dejaría que una cosa así quedara enterrada en los archivos.

—Jamás.

—Aurelio, usted tiene que saber cómo es. Usted ama a su mujer, a su hijo, a sus hijas...

—Claro que sí.

—Un día tendré que decirle a mi hijo que su madre murió bajo las balas de un asesino, en Ciudad de México. Ahora es una criatura; pero algún día tendrá que saberlo. Entonces me preguntará qué hice con el hombre que mató a su madre. ¿Qué le diré, Aurelio?

—Todavía no ha hecho usted nada.

—Todavía —Arlequin se llevó una mano al bolsillo del pecho, sacó el sobre que contenía la carta de Tony Tesoriero y se la entregó a Aurelio Gálvez—. Léala, amigo mío, y dígame qué tengo que hacer al respecto.

—Está sellada, George.

—Perdón. Abrala, por favor.

Aurelio Gálvez introdujo un grueso dedo bajo el doblez del sobre y lo desgarró. Desplegó la nota y la leyó sin que en su rostro curtido hubiera un estremecimiento de emoción.

Dobló cuidadosamente el papel, volvió a ponerlo en el sobre y se lo entregó otra vez a George Arlequin. Se levantó, estirándose hacia abajo el chaleco, y se abotonó la americana. Después, con perfecto aplomo, se despidió.

—Señor Desmond, señorita, tengan la bondad de disculparme. George, yo entiendo el dolor. Lo he experimentado. Le perdono a usted esta pésima broma.

—¡Antes de que se vaya! —George se puso junto a la puerta, con una mano en el picaporte mientras levantaba la otra para detenerlo—. La broma no terminó todavía. Vaya usted donde vaya, un hombre lo estará vigilando. Vayan donde vayan su mujer, su hijo o sus hijas, habrá ojos sobre ellos también. Un día, uno de ellos morirá. Otro día será otro. Pero nunca usted, Aurelio Gálvez... nunca usted. Usted es intocable. Y sabe que yo puedo hacerlo, porque usted mismo lo hizo y porque hoy, yo asistí a la muerte de Tony Tesoriero. Y sabe que lo haré porque usted mismo me lo enseñó: sin matar a la bestia, no hay carne para la cena... La próxima vez que llame a Basil Yanko, cuéntele lo que le he dicho. ¡Adiós, amigo!

Erguido y recio, Aurelio Gálvez parecía un viejo roble en la tormenta.

—Puedo hacerle una oferta mejor, George —dijo sombríamente.

—Por cierto que sí —asintió Arlequin—. Siéntese y escriba. Suzanne, pide a portería que nos busquen un notario.

CONSTA PÚBLICAMENTE QUE AURELIO GÁLVEZ murió en su lecho en algún momento entre la medianoche y la madrugada del día siguiente. Se sabía, y así lo expresó su médico, que durante largo tiempo había padecido una afección cardíaca, agravada por las tensiones de una vida activa y fecunda. Con mucha más pompa, se lo enterró en el mismo cementerio y el mismo día que a Juliette Arlequin. La nuestra fue una pequeña ceremonia, triste, celebrada en una lengua extranjera, por un pastor joven y nervioso de la Iglesia luterana, la fe más próxima a la nuestra que pudimos encontrar en la ciudad de la Virgen de Guadalupe. Fueron pocos los dolientes y todos ellos, a no ser nosotros, estaban ahí por compromiso, sintiéndose incómodos durante el servicio religioso, levemente culpables por entregar una mujer a un Dios protestante. El elogio fue misericordiosamente breve: una rancia migaja de consuelo para quienes le habíamos amado, un desvaído panegírico para quienes jamás la habían conocido.

Arlequin permaneció a un lado de la fosa, con José Luis; Suzanne y yo nos quedamos al otro. Arlequin estaba pálido pero tranquilo, con los ojos ocultos tras un par de oscuras gafas de sol. Suzanne lloraba silenciosamente. Cuando el ataúd fue descendido a la tierra, cerré los ojos, procurando contener las lágrimas. Oí el sordo ruido de los primeros terrones sobre la tapa del féretro, los pasos de la gente que se alejaba, el chirrido del metal cuando los sepultureros llenaron el hoyo.

De la mano de Suzanne, me di vuelta y me aparté. Arlequin ya se había ido y estaba parado junto a los automóviles, estrechando la mano a los presentes, agradeciendo al pastor. Del cementerio un coche nos llevó directamente al aeropuerto, donde un avión nos esperaba para llevarnos a Los Angeles. Milo Frohm se había salido con la suya, y Arlequin lo había aceptado sin protesta. Ya no éramos gente común; en la palma de las manos llevábamos impreso el sello de la muerte.

Durante todo el viaje Arlequin estuvo trabajando solo, asiduamente, cubriendo de notas manuscritas una página tras otra. Se mantuvo totalmente alejado de nosotros, misterioso y lacónico. Ya no discutía; daba órdenes. Recibía información y se negaba a comentarla y a dar indicios de la forma en que se proponía usarla. El día anterior al funeral yo lo había acusado de falta de la más elemental cortesía hacia mí, como colega, y hacia Suzanne como fiel colaboradora. Me contestó tranquilamente que lamentaba la descortesía, pero que ya no podía comprometernos en acciones de las que el responsable era él, y sólo él. Yo ya era susceptible de que me acusaran de conspiración por obstaculizar a la justicia y de encubridor de la muerte de Tony Tesoriero, y Arlequin no quería arriesgarme más. En el futuro –si es que me interesaba anticipar ese futuro– yo debería limitarme a las transacciones comerciales normales de la compañía.

Le contesté que yo era ya el mediador con Aaron Bogdanovich y Saul Wells y Milo Frohm. Decidió que en el futuro, él trataría personalmente con Bogdanovich. Saul Wells trabajaba abiertamente con nosotros y Milo Frohm era un agente del Gobierno: yo seguiría mi trato con ellos siguiendo las instrucciones de Arlequin. ¡Muy bien! Si eso era lo que él quería... Exactamente. ¡Alabado sea el Señor! ¡Amén! Empecé a soñar nostálgicamente con aguas azules y velas blancas que se hinchan mientras emprendemos una gran bordada sin retorno.

A Suzanne le resultaba más fácil que a mí tratar con él: no tenía nada que discutir. Se refugió en las formalidades de Europa y le negó incluso el antiguo privilegio de llamarlo por su nombre de pila. Arlequin no hizo ningún comentario sobre el cambio, aunque lo noté apenas menos perentorio y más considerado con ella. Relegados a nuestra recíproca compañía, se acentuó nuestra intimidad, y también nuestro miedo ante la fría desesperación que consumía al que había sido nuestro amigo.

Cuando aterrizamos en Los Angeles había oscurecido. En la pista nos esperaban dos funcionarios de Inmigración y

Aduanas que nos dieron entrada al país con un mínimo de ceremonias y nos pusieron en manos de Milo Frohm. Este nos llevó en su propio coche hasta el hotel Bel Air y nos instaló en *bungalows* adyacentes, que según él eran seguros y estaban libres de artificios electrónicos.

Nos agradeció que hubiéramos decidido cooperar con él. Tendría con nosotros toda la franqueza que permitieran las circunstancias. Si no teníamos inconveniente, se encontraría con nosotros para cenar. Sugirió que podía ser atinado postergar nuestra reunión con Saul Wells. Tal vez, mientras nosotros nos refrescábamos, él pudiera estudiar los documentos que habíamos traído de México. Cuando George Arlequin le entregó una serie de fotocopias, diciéndole que prefería conservar los originales en su poder, frunció el ceño y después hizo una mueca. Pensaba que sería más prudente que Suzanne no estuviera presente en nuestra discusión. Más tarde, frente a un café y unos sandwiches, se descolgó con una pequeña homilía:

—... En nuestra primera reunión, caballeros, hablamos de un conflicto de intereses: los nuestros en cuanto organismo nacional, los de ustedes en cuanto compañía extranjera. Pienso que por ambas partes hemos llegado a ver que nuestros intereses convergen, por más que no sean ni puedan ser idénticos. ¿Es exacto?

Coincidimos en que lo era. Arlequin acotó que no estaba tan convencido como yo. Milo Frohm tomó debida nota y prosiguió:

—... Nuestro Departamento de Estado está de malas con los europeos porque están haciendo contratos petroleros separados con los árabes. Los israelíes están resentidos con los europeos porque los franceses y los noruegos han anulado su red de espionaje y su sistema de información contra los terroristas. También están resentidos con nosotros, porque se imaginan que hemos cedido demasiado en las negociaciones para el alto el fuego. Este es el fondo contra el cual tienen que ver ustedes su situación con Basil Yanko. Políticamente, para nosotros ha sido útil; nos abrió accesos a Europa; consiguió atraer el dinero y la buena voluntad de los árabes hacia nuestro país en vez de hacia Europa. Esto es alta política y negocio a lo grande, lo que significa cierta cantidad de basura que hay que esconder bajo la alfombra. Nosotros lo sabemos y, lamentablemente, lo aceptamos si resulta y ponemos el grito en el cielo en caso contrario. Desde el punto de vista político nos encantaría que Yanko pudiera comprar su compañía. En realidad, nos fastidia enormemente que haya jugado un juego demasiado duro y que usted se haya mostrado demasiado hábil, con lo que cada día aparece un nuevo trapito al sol. En una palabra, señor Arlequin, ha provocado usted un escándalo de primera en un momento en que, para nosotros, es llover sobre mojado...

—¿Quiere usted decirme, señor Frohm, que lo que quieren es enterrarlo?

—Claro que quisiéramos; pero no podemos. Basil Yanko tiene dos alternativas: luchar con usted hasta el fin o cortarse él mismo el pescuezo. Hasta hoy, sus acciones han bajado en un 28 por ciento, y seguirán bajando. Los llevará a juicio por más de veinte millones de daños y perjuicios, y ustedes se presentarán ante el tribunal y ante sus accionistas con estos documentos mexicanos y con cualquier otra cosa que hayan encontrado y no me hayan dicho... Entonces, antes de haberse limpiado la mierda de Watergate, la Administración se encuentra otra vez metida hasta las orejas. Eso es algo que todos quisiéramos evitar.

—Pueden hacerlo —dijo George Arlequin.

—¿Cómo? —preguntó ansiosamente Milo.

—Devuélvanme mi mujer.

—Ojalá pudiera, señor Arlequin. Dios sabe que si pudiera lo haría.

—En ese caso, señor Frohm, como no puede usted hacer lo imposible, arreste a Basil Yanko por conspiración para asesinar y métalo entre rejas.

—¿Basándonos en la confesión de Aurelio Gálvez? No hay manera.

—El documento es auténtico.

—El hombre que lo escribió ha muerto. Era amigo de usted y accionista de su compañía. Se podría alegar que conspiró con usted para ofrecer esa confesión como un último acto de amistad. También se podría sostener que hizo la confesión bajo coacción, que es lo que yo creo, señor Arlequin, aunque no tenga medios ni deseos de demostrarlo. Pero usted tiene una nota autógrafa de Tony Tesoriero, que también ha muerto. Como nos alegramos de vernos libres de él, no vamos a preguntar mucho quién lo mató. Sin embargo, hace tiempo que sabíamos que Valerie Hallstrom era una agente israelí que trabajaba para una red de espionaje que toleramos porque nos conviene a ciertos fines... Lo cual me recuerda, señor Desmond, que usted envió a su sirviente de vacaciones a San Francisco. Mandamos a uno de nuestros hombres que fuera a hablar con él, y dice que a usted le gustan las flores y que normalmente se las envían de una tienda en la Tercera Avenida... —suspiró y levantó las manos en momentánea desesperación—. Ya ve que estamos bien embarrados. Pero de alguna manera, y pronto, tenemos que limpiarlo.

—Hay una manera segura, señor Frohm, y usted puede usarla. No hay duda alguna sobre los documentos que vinculan a Alex Duggan con los fraudes en México. Apenas si necesitan uno más, una confesión de que actuó a instancias o siguiendo instrucciones de Basil Yanko.

—Me temo que ahí también hay un problema. Alex Duggan salió de su casa el martes a la mañana para visitar a un cliente en San Diego y no llegó. No se lo ha visto desde entonces. Su mujer y la compañía han denunciado su desaparición.

—¡Paul! Me dijiste que Saul Wells lo estaba vigilando...

—Así es.

—Entonces, ¿cómo diablos sucedió esto?

—Muy simple —explicó fatigadamente Milo Frohm—. Hubo un choque múltiple en la carretera y Saul Wells se encontró en el medio de él. Mala suerte, parece. ¡Pobre Saul! Debe de tener el orgullo más abollado que el parachoques.

Yo habría estado encantado de abandonar ahí mismo el asunto, todo el asunto, e irnos a casa; pero Arlequin estaba tan terco como una mula en un camino de montaña.

—Señor Frohm, usted nos envió un cable que decía: "Creo que me necesitan". A instancias de usted y del señor Desmond accedí a reunirme con usted y a seguir su consejo, si lo consideraba adecuado. Pues bien, ¿qué es lo que me aconseja? ¿Que me olvide del asesinato de mi mujer? A eso no estoy dispuesto. ¿Que deje que Basil Yanko me compre, atado de pies y manos, y me venda a los jeques petroleros? ¡Jamás! ¿Que deje de hostigarlo en los periódicos por miedo a que me gane un juicio por daños y perjuicios? Si esos documentos no constituyen prueba en el tribunal, los presentaré ante el estrado de la opinión pública. Yo no he cometido crimen alguno, y mis culpas morales son problema mío —dio un puñetazo sobre la mesa—. ¡No me van a sacar de en medio, señor Frohm! Si usted o su Gobierno quieren procesar a Basil Yanko, yo los apoyaré. Si lo que quieren es protegerlo, lucharé contra ustedes también, y si es necesario, moriré en la lid. ¡Ahora, por el amor de Dios, presente su causa... o váyase!

—Mi causa empieza con un dilema, señor Arlequin. Nuestro Gobierno hace contratos con Yanko porque es un genio y ofrece el mejor servicio que existe en el mercado. Nuestra Agencia cree que Basil Yanko es culpable de conspiración para defraudar, para asesinar, y gangsterismo en gran escala.

En nuestro sistema hay un fallo que transige con los vicios del hombre. No podemos demostrar su culpabilidad, porque no podemos alterar todas las reglas, y si infringimos la ley, vamos en contra de nuestros propios fines. Necesitamos información. Si puede usted proporcionarla, no vamos a preguntar dónde ni cómo la consiguió. No le prohibiremos el acceso a fuentes que nosotros no podemos tocar. No nos interesa lo que haga usted fuera de nuestra jurisdicción. Si viola la ley de los Estados Unidos, lo hace usted por su cuenta y riesgo. ¿Me expreso con claridad?

—Hasta el momento, sí.

—Hay otros riesgos también, señor Arlequin.

—Me gustaría conocerlos.

—Le advertí que sería peligroso que se aliara con intereses de guerrilla. Usted prefirió desoír la advertencia y se asoció con Aaron Bogdanovich, un agente israelí, y con Leah Klein, conocida, por no decir notoria, periodista de simpatías sionistas. Ahora, usted y el señor Desmond figuran en la lista de blancos de ataques terroristas. No abran cartas sospechosas ni dejen entrar a visitantes no identificados. No anden solos por la noche.

—Una pregunta, señor Frohm.

—¿Sí?

—¿Cómo es que figuramos en esa lista?

—Fueron computados, señor Arlequin, como simpatizantes sionistas. Es el tipo de información que el señor Yanko proporciona, a muy alto costo, a suscriptores selectos. Es una maravilla lo que se puede hacer con un banco de datos, ¿no le parece? Hasta programar genocidios... Pues bien, ¿podemos cooperar?

—Podemos. Vamos a estudiar los detalles.

Media hora más tarde, cuando ya Frohm se había ido, George Arlequin me pasó su propio informe de la situación:

—... Milo Frohm es como tú, Paul. Quiere una solución,

pero quiere que sea segura. Está dispuesto a tolerar el crimen, pero no a cometerlo. Si yo perdono, él olvidará. Yanko victorioso es Yanko inocente. No puede devolverme a mi mujer; quiere darme un remedio dulce y conveniente para una molestia pública. Encuentra lagunas en documentos comprometedores, pero se niega a ponerlos a prueba en el tribunal. ¿Qué te dice a ti todo eso?

–Lo que alguien expresó mejor, George: que tiene una prudente adaptabilidad.

–¡Al demonio con la adaptabilidad!

–¡Perfecto!

–¿Cuál es tu respuesta entonces?

–Ninguna, George. Ya has decidido lo que quieres hacer. Ve y hazlo.

–Quiero que Yanko muera.

–Mátalo entonces. O hazlo matar por contrato. Ahora sabes cómo se hace.

–Lo haré yo mismo, Paul.

En ese momento podría haberlo asesinado. Soy más grande que él, más pesado, y en ese momento estaba más enojado de lo que lo había estado en toda mi vida. Le di vuelta violentamente y le acorralé contra la pared, con los dedos en la garganta. No le ahorré ningún insulto de mi vocabulario...

–¡Escúchame ahora, hijo de puta! Yo amaba a Julie tanto como tú. Podría haberla hecho más feliz que tú. Tu hijo podría haber sido hijo mío... ¡pero por lo menos soy responsable de él en este mundo piojoso! Su madre ha muerto. ¿Quieres que por padre tenga a un asesino? ¿Eso quieres? ¡Estás podrido hasta los huesos, George! ¡No eres un hombre! Eres un charlatán. ¡Quítate la máscara y no hay nada! Ni cara, ni corazón, nada más que odio y eso es menos que...

Imposible recordar qué más le dije. Hubo un intervalo de

oscuridad y después me desperté en cama, con hielo en la cabeza, mientras Suzanne me frotaba las manos y George Arlequin, de pie a mi lado, parecía Mefistófeles a la espera del pago de su cuenta. Se me había perdido la voz y, cuando volví a encontrarla, no era más que un susurro.

—Vete al mismísimo infierno.

No se fue; tal vez no me hubiera oído. Se acercó y se sentó en el borde de la cama.

—Lo siento, Paul. Fue una jugarreta sucia; pero podrías haberme matado.

Ojalá lo hubiera hecho, traté de decirle; pero tenía la voz atravesada en la garganta como una espina de pescado, y tosí y me ahogué y escupí un poquito de sangre. Suzanne se puso pálida. Arlequin sacudió la cabeza.

—Sobrevivirá, Suzy. Todavía le quedan un par de peleas.

—Lo que siento es haber desperdiciado ésta en un hijo de puta como tú, George.

Inclinó la cabeza a un costado para mirarme como si fuera un ejemplar de vitrina y dijo con ácido humor:

—Saul Wells viene a las nueve de la mañana. Mejor que estés levantado para entonces. Trátalo bien, Suzy. Todavía es bastante frágil...

CONOCIENDO A SAUL WELLS, no esperaba una larga sesión en el Muro de los Lamentos. Tenía todo un surtido de proverbios para todas las ocasiones de muerte y desastre. Madame Arlequin había muerto; él se apenaba, pero no quedaría marcado permanentemente. Alex Duggan había desaparecido, pero ya se haría ver cuando necesitara dinero. Entretanto, Saul Wells, supersabueso, seguía incansable con su investigación.

—... Así que aquí están las sumas y las restas. Alex Duggan podría estar muerto, claro. Yo digo que no porque Yanko no puede permitirse el lujo de otro cadáver en su establo... Entonces está vivo, pero ¿dónde? Cuando se me perdió iba rumbo al Sur, hacia San Diego, ¿no? A México no le interesa volver. ¿Andará buscando zonas ganaderas? ¡De ningún modo! Nuestro pequeño Alex es un niño de ciudad y le gustan las comodidades hogareñas y algún traguito con las chicas antes de volver con mami a casa... y les aseguro que ella es un buen bocadito. Entonces, sospecho que estará en algún agujero de la costa con una conejita. Sin embargo, tiene que dormir, comer y comprar gasolina, y tal vez alquilar otro coche, porque tenemos el número de matrícula del que lleva. También tenemos fotografías, una descripción y una lista de las tarjetas de crédito que ha sacado por medio de la compañía. Lo único que necesitamos es un poco de suerte...

—Me gustaría hablar con su mujer —declaró George Arlequin.

—¿Usted, señor Arlequin?

—¿Por qué no? ¿Sabe usted su número de teléfono?

—Todo, señor Arlequin, salvo lo que usa para dormir.

—Y dónde está su marido —acotó secamente George Arlequin—. Deme el número. La llamaré.

—¿Por qué no vamos hasta su casa?

—¡Por favor, señor Wells! ¡Sé lo que hago! ...¿Señora Duggan? Soy George Arlequin. Usted no me conoce, pero mi Compañía usa los servicios de Creative Systems. Su marido trabajó para nosotros en Ciudad de México. Tengo entendido que hace un par de días que falta, y tengo cierta información que puede serle útil... Si usted prefiere, puedo dársela a la Compañía o a la policía... Estoy en el Bel Air. Puedo mandar un coche a buscarla. ¿Puede? Espléndido. Dentro de media hora, digamos...

Saul Wells seguía dudando y lo dijo sin muchos remilgos:

—Dice usted que sabe lo que hace, señor Arlequin. Espero que sí. Si falla en esto, puede perder para siempre a Alex Duggan.

—Correré el riesgo, señor Wells.

—Es un testigo. ¿Quiere que yo esté presente mientras habla con ella?

—Creo que mejor no. Su trabajo es encontrar a Alex Duggan, y pronto.

Saul Wells siguió mordiendo su cigarro con aire desdichado. Arlequin recorrió su libreta y marcó un número. Después de un momento, le oí decir:

—Habla George Arlequin. Quisiera hablar con el señor Basil Yanko... ¿Ah, sí? Gracias. Lo llamaré allí.

—George, ¿qué demonios haces?

Me miró con una sonrisa desabrida.

—Llamo a Basil Yanko. Está aquí, en la costa.

—¿Qué vas a decirle?

—Lo voy a invitar a una reunión.

—Me parece que has perdido la cabeza.

—Cuando llame, escucha por la otra línea.

Como siempre, se necesitó largo rato para localizar al gran hombre. Era un poco chocante volver a oír su tono áspero y seco, apenas teñido de desprecio:

—¡Bueno, señor Arlequin! Vaya sorpresa. Le ruego que acepte mis condolencias por la intempestiva muerte de su mujer.

—Gracias. Estoy en el Bel Air con el señor Desmond. Llegamos anoche. Creo que sería oportuno que nos encontráramos ahora.

—Por el contrario, señor Arlequin. Me parece de lo más inoportuno, a menos que fuera en presencia de mis abogados.

—Respecto de eso, no tengo ninguna objeción. En caso de que deseen entregarme algunos documentos, como me parece posible, puede que les convenga hacerlo en ese momento. De todas maneras, si usted prefiere que no nos reunamos, no se pierde nada.

—¿Puedo disponer de tiempo para pensarlo?

—No faltaba más. Yo estaré en Los Angeles hasta mañana por la noche. En cualquier momento puede encontrarme en el hotel. Si he salido, mi secretaria tendrá instrucciones para concertar la cita, que en mi opinión debe ser aquí, en terreno neutral.

—Yo preferiría que fuera en mi despacho, señor Arlequin.

—Aquí es más seguro. Mi *bungalow* ha sido registrado por el F.B.I. y me aseguran que no hay ningún tipo de micrófono. Después de lo de Washington, tenemos que tomar precauciones. Espero su decisión entonces, señor Yanko.

—Se la comunicaré. Gracias por llamar.

Fue un pequeño diálogo estéril y no le vi ningún sentido. Me parecía también muy peligroso un enfrentamiento con los abogados antes de que estuviéramos en juicio. Arlequin desechó la objeción con un gesto despectivo y una observación sibilina:

—Si lo que esperamos no es justicia, los abogados no pueden hacernos ni bien ni mal.

—Estamos en un país litigioso, George. Los daños y perjuicios son un arma legal. Por Dios, ya tienes bastantes problemas. No empieces a buscarte más.

—No los busco, Paul. Los creo... Llámame cuando llegue la señora Duggan. Voy a pasear un rato por el jardín.

Fue entonces cuando confié a Suzanne la idea de que probablemente yo debiera retirarme de mi cargo en el directorio tan pronto como llegáramos a Nueva York. No era sólo cuestión de vanidad y resentimiento. Si George no podía enterrar a sus muertos, yo quería enterrar a los míos y dejar que las flores crecieran sobre las tumbas. Si él quería salirse con la suya, estaba en su derecho. Yo ya no estaba en edad para sufrir trompazos, ni con ánimo para batallas verbales. Suzanne me dijo que ella estaba muy próxima a una decisión semejante. No pedía que la amaran, pero no podía trabajar con el extraño que ocupaba ahora el lugar de George Arlequin. El no se quedaría sin ayuda; todo un equipo estaba a su disposición. Tal vez fuera eso lo que necesitaba, una nueva serie de relaciones sobre las que no pesaran antiguos recuerdos. Coincidimos en que yo discutiría el asunto con él, le haría ver cómo nos sentíamos y le daría el tiempo necesario para tomar sus disposiciones. Finalmente, la cirugía podía ser un tratamiento más humanitario que interminables ventosas y sangrías.

LA SEÑORA DUGGAN SE PARECÍA a todas las muchachas que aparecen en anuncios de arreglos de cocina modernos: tostada, ansiosa y enamorada de todo el ancho y bello mundo que sin razón alguna se había puesto de pronto patas arriba. Hasta su sufrimiento tenía un matiz de asombro con ojos enormemente abiertos, como el de Cenicienta después de medianoche, cuando espera el retorno del hada madrina. Arlequin fue considerado con ella, pero los documentos, los hechos y las fotografías eran una revelación brutal. Se deshizo en lágrimas y gritos de desconcierto, y Suzanne tuvo que llevársela al dormitorio para calmarla. Desde el momento que regresó, todo fue una inquisición fría y despiadada, con Arlequin implacable en el papel de Torquemada.

—Señora Duggan, mi mujer ha muerto... asesinada. Otras cuatro personas que intervenían en este asunto han muerto también. A menos que lo encontremos pronto, su marido será la próxima víctima.

—¡Pero es que no sé dónde está! Me tiene que creer.

—Señora Duggan, quiero explicarle algo. Este fraude se cometió en México. A su marido no se le puede procesar por él aquí. Siempre que consiga una declaración de él en la que diga quién le dio órdenes de organizarlo, tampoco lo acusaré en México. ¿Está claro eso?

—Sí.

—¿Me cree usted?

—Quisiera creerle.

—Si usted no me cree, yo no puedo hacer nada. Esa visita al cliente en San Diego, ¿era de rutina o algo especial?

—De rutina. Alex tiene una lista mensual y San Diego era una de las visitas regulares.

—Muy bien. Estaba haciendo su trabajo normal. Ahora, antes de partir, ¿sucedió algo anormal? ¿Estaba alterado? ¿Retiró dinero del banco, algo así?

—Nada.

—¿No llevó ropa extra?

—No llevó nada. Va y vuelve en el día. Lo único que llevó fue un traje de baño y una toalla. Le gustaba nadar un rato durante el regreso.

—¿Dónde nadaba habitualmente?

—En La Jolla, donde hay un motel que se llama el Delfín Azul. Tiene piscina y playa para practicar *surf*. La policía investigó, y no había estado.

—¿Y el dinero?

—Le pedí algo antes de que se fuera. Tenía unos ciento cincuenta dólares. Me dio ochenta y se quedó con el resto.

—¿Qué pasa con la cuenta bancaria de ustedes?

—El movimiento normal, nada más. Pero todo eso ya se lo dije a la policía.

—¿Y otras mujeres, señora Duggan?

—Oh, eso... —una sonrisa débil y llorosa—. Para eso no necesitaba desaparecer. Somos personas muy amplias.

—¿Desaparecería si estuviera asustado?

–Entonces sí.

–¿Estaba asustado, señora Duggan?

–Si lo estaba, yo no lo noté.

–¿Ha revisado usted sus papeles?

–No guardaba papeles en casa. Por superstición. Decía que su hogar era para jugar y le molestaba cuando tenía que trabajar en casa.

–¿Y qué hay de las cartas, postales, cuentas... ese tipo de cosas?

–Las leíamos, las contestábamos y las destruíamos. Las cuentas están en una carpeta, en la cocina.

–¿Y los documentos, títulos, bonos, acciones...?

–Están en la caja fuerte del Banco.

–¿Quién tiene acceso?

–Nosotros dos.

–¿Quién tiene la llave?

–Yo tengo una y Alex tenía otra en su llavero.

–¿Llevaba consigo el llavero cuando salió de casa?

–Claro. Lo usa con una cadena de oro que yo le regalé para su cumpleaños.

–Señora Duggan, ¿cómo le iba a Alex en los negocios?

–Estupendamente bien. El mes próximo lo iban a ascender a supervisor de zona. El ascenso había sido ordenado por el propio señor Yanko...

–¿Tienen ustedes problemas de dinero?

–Ninguno. Vivimos bien, tenemos dinero en el Banco y no debemos nada.

–Entonces, ni preocupaciones de dinero, ni problemas matrimoniales, todo anda bien en la oficina, pero su marido comete un acto delictivo en México. ¿Por qué pudo haberlo hecho?

–Alguien debe de haberle pedido que lo hiciera.

–¿Y eso qué significa?

–Alguien en la Compañía, quiero decir.

—¿Quién?

—No sé. Esa era otra de las supersticiones de Alex. Decía que hablar de negocios en casa provoca úlceras.

—¿Qué pasó con los diez mil dólares que le entregó María Guzmán?

—Jamás supe que los tuviera.

—¿No empezó a gastar más cuando volvió de México?

—No.

—¿Cuánto hace que no abre usted la caja fuerte del Banco, señora Duggan?

—¿Yo? Un año o más. Si necesito algo, por lo general Alex va a buscármelo.

—Señora Duggan, no tengo derecho a pedirle esto. Usted está en su pleno derecho si se niega. Quisiera saber si no tendría inconveniente en abrirla ahora conmigo.

—¿Qué espera usted encontrar?

—No lo sé, señora Duggan. No tengo más que conjeturas, lo mismo que usted. Pero todas nuestras conjeturas se refieren a lo mismo: si su marido está vivo o muerto.

—No sé. Supongo que estará bien...

—La caja fuerte es de usted. Usted tiene acceso legal. Si cree que necesita protección, puedo pedir que nos acompañe un agente del F.B.I.

—¡No! No es necesario. Vamos inmediatamente al Banco.

—Gracias, señora Duggan... Suzanne, si llama Yanko, concierta la entrevista para la hora que él proponga, siempre que sea aquí. Paul, llama a Milo Frohm y dile que lo espero a almorzar en Verita, en Santa Mónica. Dile que es importante.

Llamé a Milo Frohm, quien se mostró encantado ante la perspectiva del almuerzo. Basil Yanko telefoneó para decir que a las seis de la tarde se presentaría en el hotel con sus abogados. Me pareció una forma deplorable de desperdiciar la hora del cóctel, pero tuve que acceder. Después, Suzanne y yo hicimos novillos. Nos tendimos junto a la piscina, nadamos, bebimos unas copas, comimos sandwiches y dormitamos bajo las flores rojas de las buganvillas. Cuando nos dimos cuenta, eran las cuatro de la tarde; subimos apresuradamente a cambiarnos, pero George Arlequin no había regresado. Eran las cinco cuando telefoneó para decir que estaba de vuelta. A las cinco y media llamó a Suzanne para que se preparara para la entrevista; que dispusiera papel y pluma y encargara bebidas y canapés. A las seis y cinco, afeitado, sobrio y razonablemente cuerdo, me hice presente en la conferencia con Basil Yanko y sus abogados.

Formaban un trío curioso: Basil Yanko, un sabio de cabellos grises, con traje de seda, y un joven asesor de pelo revuelto con cara delgada y aire de traviesa malicia. Suzanne se sentó a un lado, con el lápiz listo sobre su libreta y una carpeta de papeles en el suelo, junto a ella. George Arlequin, vestido con pantalones deportivos y camisa de seda, daba la impresión de ser el director de una casa de modas muy exclusiva. Basil Yanko abrió la sesión con una pregunta de prueba:

—Bien, señor Arlequin, ¿cuál es el orden del día?

—Primero, señor Yanko, ¿quieren ustedes entregar los documentos?

—En este momento, no. Preferimos hacerlo en Nueva York, si es que es aceptable.

—Perfectamente... Si yo no estoy allí, el señor Desmond tiene poder para aceptar la entrega. ¿Todavía es válido, no es cierto, Paul?

—Durante dos meses más, George.

—Está bien. ¿De acuerdo, caballeros?

Los dos abogados asintieron. Arlequin preguntó, vacilante:

—¿Indemnizaciones por costas? Me imagino que ustedes se hacen cargo de ellas, señor Yanko.

—No, pero lo haremos si es necesario, señor Arlequin. Ahora, ¿cuál es el propósito de esta reunión?

—¿Supongo que quieren ustedes un acta de ella?

—Sí, por favor.

—Suzanne la tomará taquigráficamente y la pasará a máquina antes de que ustedes se vayan. Entonces podemos firmarla. ¿Les parece aceptable?

A Basil Yanko le parecía aceptable y a sus secuaces no les quedaba más remedio.

George Arlequin se reclinó en su silla, estiró las piernas, hizo una pirámide con las manos y sonrió por encima de su cúspide:

—Señor Yanko, declaro ante testigos y suscribo por escrito lo que sigue: usted conspiró para defraudar en quince millones de dólares a mi Compañía con el fin de desacreditarme y asegurarse el control de la misma. Conspiró también para asesinar a Frank Lemmitz en Londres, a Valerie Hallstrom en Nueva York y a mi mujer en Ciudad de México. En los próximos días me propongo dar a publicidad estos cargos y acusarlo de ellos ante el tribunal. Entiendo que si no puedo probar los cargos, habré cometido la más burda de las difamaciones y estoy dispuesto a aceptar todas las penalidades en que pueda incurrir. Aquí termina mi declaración. Estaré encantado de oír los comentarios de ustedes, consten o no en acta.

—Para que conste en acta —contestó fríamente Basil Yanko— pienso que usted es un chiflado criminal.

—También para que conste en acta —el mayor de los abogados sopesaba cuidadosamente sus palabras—, ¿quisiera decirnos por qué decidió hacer esta extraordinaria declaración en este momento y de esta manera?

—Hoy fui informado por la Oficina Federal de Investigación de que el señor Desmond y yo podemos ser blanco de ataques terroristas en nuestra condición de simpatizantes sionistas. Como tales figuramos en una lista elaborada por los servicios de datos del señor Yanko. Mi hijo pequeño ha sido colocado bajo protección policial en Ginebra. Deseo que el señor Yanko sepa que, en caso de que algo nos suceda, él no gozará de inmunidad legal porque yo ya he presentado pruebas que fundamentan los cargos.

El abogado más joven cambió de posición y dijo suavemente:

—Es obvio que las pruebas son insuficientes, porque de otro modo el señor Yanko ya estaría arrestado... como puede estarlo usted pronto, señor Arlequin. Con la debida deferencia hacia mi colega mayor, sugiero que a la luz de las recientes filtraciones periodísticas, nos encontramos aquí ante un intento muy burdo de chantaje y de coerción.

—En lo de coerción estoy de acuerdo —dijo Arlequin, impasible—. Estoy tratando de impedir el asesinato de Alex Duggan. Esta mañana estuve con su mujer. Se mostró muy cooperativa... No servirá de nada matarlo ahora, señor Yanko.

Yanko hizo un gesto de despedida.

—Se lo vuelvo a decir, a usted le falta un tornillo. Vamos, caballeros.

—Disculpe, señor Yanko —vaciló el mayor de los abogados—, ¿por qué no esperar a que la declaración esté transcrita y firmada? No es común que un hombre nos ofrezca la soga para colgarlo.

—Espérenla ustedes —respondió Yanko—. Yo tengo mucho que hacer.

Y se fue, dejando a los dos abogados muy confundidos, esperando la pausa de diez minutos durante los cuales Suzanne pasó a máquina el texto tomado en taquigrafía.

—Permítanme, caballeros —sonrió Arlequin—, que les ofrezca algo de beber. Es una pena que su cliente estuviera tan apresurado. Tengo un documento que deseo mostrarles... simplemente para demostrar que no soy tan tonto como parezco.

Abrió su portadocumentos y entregó a cada uno una fotocopia de la confesión de Aurelio Gálvez. La leyeron con cara de jugadores de póquer.

—¿Podemos conservarla? —preguntó finalmente el abogado de más edad.

—Me temo que no.

De mala gana, devolvieron el papel. Repentinamente se mostraron más deseosos de beber, y extrañamente ansiosos por "intercambiar tranquilamente nuestros puntos de vista", según dijeron. Estaban en un grave dilema y no lo ignoraban. Tenían que insistir en la total inocencia de su cliente. Los inquietaba el aspecto, ahora siniestro, de la desaparición de Alex Duggan, respecto de la cual habían recibido una advertencia ante testigos. Empezaron a elaborar filigranas sobre una "mediación y un arreglo amistoso de las principales diferencias".

Arlequin los dejó hablar y después salió con la pregunta sin respuesta:

—¿Cómo se media con el asesinato, caballeros? ¿Cómo se trae de vuelta a los muertos?

Se fueron a las siete, ambos muy perplejos, cada uno con una copia firmada y una idea muy imprecisa de qué hacer con ella. Tan pronto como salieron, Arlequin pidió a Suzanne que le preparara el equipaje. Milo Frohm vendría a buscarlo a las ocho y media, para tomar juntos un avión a Londres. La noticia era sorprendente y George la explicó con primorosa simplicidad:

—... Frohm tenía razón, Paul. Basil Yanko ha levantado tantas empalizadas a su alrededor que todas las investigaciones se detienen en un intermediario: Gálvez, Tony Tesoriero, Alex Duggan, y quienquiera que sea el que mató a Frank Lemmitz en Londres. Es la forma en que trabajó siempre Yanko, delegando el poder y anulando su responsabilidad cuando así conviene a sus planes... Sin embargo, lo que preocupaba a Alex Duggan no era un asesinato, sino su carrera. Le dieron órdenes de organizar el fraude en Ciudad de México, pero tuvo la prudencia de asegurarse, dejando en su caja de seguridad del Banco un informe firmado de la operación, donde demuestra que trabajaba a instancias de Creative Systems. En un proceso no le serviría, pero sí para proteger su carrera en la Compañía. En la caja fuerte tenía también una importante reserva en efectivo... probablemente el dinero que le pagaron por el trabajito y el que consiguió de María Guzmán. El registro del Banco muestra que poco antes de su desaparición abrió la caja de seguridad para proveerse de fondos, sin que se pudiera verificarlo, evidentemente. Lo que suponemos es que, después que Gálvez avisó a Yanko, a Duggan le aconsejaron que se ocultara. Así lo hizo, sabiendo que la carta era garantía de su seguridad. Su mujer no podía entregarla, porque no sabía de su existencia. Tampoco puede ahora, porque nosotros la tenemos. La señora Duggan y su hijo han sido puestos bajo vigilancia y a Yanko le hice la advertencia que acaban de oír. Saul Wells sigue buscando a Duggan. Milo Frohm y yo nos vamos a Londres a hablar con el hombre que hace de intermediario entre Duggan y Yanko. Si habla, tenemos la causa lista.

—La causa por fraude, no por asesinato. Lo que significa que acabas de poner tu nombre en la calumnia del siglo. Estoy de acuerdo con Yanko: estás mal de la cabeza. De todas maneras, ¿quién es el tipo ese de Londres?

—El que se casó con Beverly Manners, la muchacha que trabajó con nuestra computadora. Ella está esperando un bebé, ¿recuerdas? y él juega al golf en Surrey con nuestro gerente londinense.

—Esperemos que no haya decidido tomarse vacaciones antes de que tú llegues.

—No puede. Frohm se ha puesto en contacto con Scotland Yard, y lo han llamado para interrogarlo por el asesinato de

Frank Lemmitz. Eso lo tendrá ocupado hasta que lleguemos allí.

—¿Qué quieres que hagamos nosotros?

—Váyanse a Nueva York. Tómense dos o tres días para el viaje, si quieren. Quédense allí hasta que yo vuelva.

—¿Nada más?

—Nada más, Paul. Diviértete. Dale vacaciones a Suzanne. Nada cambiará hasta que yo vuelva. Mejor que no te prestes a habladurías.

Parecía simple, pero yo sabía que no lo era. Era una solución demasiado fácil para todo lo que Arlequin tenía en juego. No había renunciado a su voto de matar a Basil Yanko. Simplemente, estaba preparando el escenario para la ejecución.

OCHO

ERA FÁCIL DISPENSARNOS del deber y de la amistad. No era posible purgarnos del recuerdo de los recientes sucesos y del miedo insistente al desastre que se avecinaba. Era un insulto blandir una varita en una pirueta arlequinesca y exclamar: "¡Ea! El mundo ha cambiado. ¡Id pues a retozar entre las flores!" ¿Qué teníamos que hacer? ¿Comer, beber, recorrer las galerías, concurrir a los espectáculos, montar en un autobús para turistas y ver los hogares de las estrellas?

Habíamos visto la parte de abajo de la alfombra, con todo el fango del mundo pegado a los hilos anudados. Ahora se nos pedía que admiráramos la belleza del diseño, que nos arrodilláramos sobre ella para orar, que sobre ella nos tendiéramos a hacer el amor. Estaba tan furioso con George Arlequin que apenas si pude soportar la despedida. Suzanne estaba triste por él, y pensativa, lo que me hizo enojar más aún y sirvió para que se nos arruinara una cena que pudo ser perfecta. Cuando terminamos, Suzanne había decidido que no quería poner los pies en Nueva York. Estaría más contenta si regresaba a Ginebra, ordenaba su escritorio, renunciaba y se iba a pasar el verano descalza, en Cerdeña.

Después, mientras nos demorábamos, malhumorados y tristes, con el café, me acordé de Francis Xavier Mendoza y, antes de perder el estado de gracia, le llamé. Había leído las noticias en la prensa. Era un asunto realmente hediondo. Como siempre, su corazón y su casa estaban abiertos. A la mañana iría en avión hasta los viñedos. ¿Por qué no íbamos a pasar un día y una noche en la finca, bebiendo buen vino y hablando de cosas simples? Invoqué para él la bendición del cielo y le dije que aceptábamos encantados. Suzanne estaba tan contenta como si la hubieran invitado a ir a un duelo. Mis amigos eran míos, y su vida era cosa de ella. En cuanto al resto de la velada, prefería pasarla sola. No lo dijo con brusquedad, sino cortés y decidida. Me dio un distraído beso en la frente y me dejó en el bar con los demás varones rechazados.

Alrededor de medianoche vino a buscarme Saul Wells. Dijo que estaba totalmente destrozado, y esa impresión daba. Se sentó en un taburete del bar, pidió un abundante vodka con hielo y se embuchó la mitad de un solo trago. Después me dio la noticia. Había encontrado a Alex Duggan.

—¿Dónde, por Dios?

—Aunque parezca increíble, en el hospital; una elegante clínica particular de San Diego.

—¿Y qué es lo que le pasa?

—Nada.

—No entiendo.

—Se hizo internar; dijo que quería que le hicieran un chequeo médico completo y pasar un par de semanas de descanso y sedantes después de un viaje de negocios largo y agotador. Está en una habitación privada, rodeado de ediciones de bolsillo y enfermeras que lo admiran.

—¿Y cómo demonios lo encontró?

—Rutina, y un poco de suerte. Normalmente llamamos sólo a los hospitales que reciben accidentados. Después recordé que el año pasado hubo el caso de un tipo que desapareció durante seis meses pasando de una clínica a otra. Si uno puede pagar, no hay problema para encontrar cama. Le hacen una revisión con rayos X tan minuciosa como uno quiera, estudio del colon, dietas especiales, pruebas de esterilidad... lo que sea, con tal que pueda pagarlo. Sé de una novelista que se mete en el hospital para escribir sus libros. Dice que es estupendo: ni ocuparse de la casa, ni problemas con el servicio, puede usar todas sus galas, y cuando su amigo va a visitarla cuelgan el cartel de "Prohibidas las visitas". De todas maneras, para abreviar, empecé a llamar... y a la cuarta llamada lo encontré.

—¿Habló con él?

—No. Sobre eso quería instrucciones. Su amigo Arlequin me echó la bronca esta mañana. Desde ahora me atengo a las reglas. Tengo tres operadores vigilando el lugar durante las veinticuatro horas... ¿Me imagino que ustedes se darán cuenta de lo que les está costando todo esto?

Cuando le conté lo que había sucedido durante su ausencia, emitió un silbido por lo bajo, de pura alegría.

—¡Demonios! Ese muchacho quema más que la salsa chile y no lo sabe. Bueno, a ver qué dicen las reglas. Apoderarnos de él no podemos, porque es secuestro. Si se va, podemos seguirlo; y podemos volver a perderlo. No nos queda más que una cosa: llamar al F.B.I., encontrar quién reemplaza a Milo Frohm y entregarle el caso. Pídame otro vodka y haré ahora mismo la llamada. ¡Vaya, hermano! ¡Si Duggan se escurre esta vez, me meteré en un pabellón para psicóticos!

Volvió frotándose las manos; su sonrisa era una mueca que le invadía toda la cara.

—¡Grande... grande! Prioridad uno. Ellos asumen toda la responsabilidad. Le van a avisar a Milo Frohm, en vuelo. Sus agentes relevarán a nuestros operadores tan pronto como San Diego pueda reunir las tropas... Así que ahora, señor Desmond, usted y yo podemos seguir bebiendo tranquilos.

—¿Y qué se hace con la mujer de Duggan?

—¿Cómo, con la mujer de Duggan?

—¿No habría que decírselo?

—Habría. Me imagino que por último alguien se lo dirá... pero no nosotros. ¡No, señor! Lo que no sepa no puede herirla, ni nos perjudica a nosotros... Pero le diré: en California, estoy sin trabajo; en México, tengo el negocio cerrado...

—Pero todavía le quedan cosas por saber sobre Ella Deane en Nueva York.

—Esa pista se ha enfriado, señor Desmond. Muerto Lemmitz, dudo que volvamos a recuperarla.

—¿No pensó en Bernie Koonig?

—¿Por qué se le ocurrió esa idea?

—Todavía me duelen las costillas. Dicen "Lemmitz-Koonig, Koonig-Lemmitz". ¿Qué tiene que perder, a no ser nuestro dinero?

—Exactamente, ¿qué tengo que perder? Tal vez ahora estemos en racha ganadora, ¿eh? Termine su bebida, señor Desmond, que le voy ganando por uno.

Era tarde cuando me acosté, y de madrugada cuando Suzanne se deslizó en mi cama para decirme que el sol acababa de salir y los pájaros cantaban y nada le gustaría más que pasar el día entre los viñateros... bueno, casi nada...

FRANCIS XAVIER MENDOZA me echó un vistazo y me declaró inapto para toda compañía humana. No entendía cómo ninguna mujer que estuviera en sus cabales podía soportar que la vieran con semejante error genético, que llevaba grabados sobre el rostro todos los males del mundo. Yo necesitaba sol, aire puro y una absolución muy general y amplia antes de que él me dejara acercarme a menos de un par de kilómetros de sus preciosos viñedos. A Suzanne le dio la bienvenida con alfombras rojas y flores de hibisco. A mí... ¡Ay! A no ser porque albergaba una débil esperanza de que aún pudiera salvarme, me abandonaría, irredento, a la oscuridad de afuera.

Hacía bien estar con él. Extraía lo que en uno había de bueno, tal como extraía el sabor de la tierra y el bouquet del vino, con tiempo y una larga paciencia. Las viñas estaban en pleno verdor y las primeras uvas diminutas empezaban a hincharse. Nos llevó por las terrazas y las bodegas, y por los laboratorios resplandecientes y asépticos, hablándonos incesantemente del ritual que conducía por último al momento sacramental en que el mosto se transmutaba en un espléndido vino.

Recitaba los nombres como una letanía: Cabernet y Chardonnay y Chenin Blanc, Sauvignon y Semillón y Zinfandel, traído en 1857 de Hungría por el coronel Agoston Haraszthy, y que sigue siendo privilegio de California. Habló de Robert Louis Stevenson, que bebía Souverain y Schamsberg y hacía el elogio de ellos para avergonzar a los esnobs de Europa. Para reprobarme, citó a Tom Jefferson: "No es nación de borrachos aquella donde el vino es barato; ni lo es de hombres sobrios aquella donde la escasez del vino hace que se lo sustituya por bebidas espirituosas". Hizo reír a Suzanne al recitarle el brindis del viejo Matthias Claudius: "*Wer liebt nicht Weiben, Wein und Gesang...* Aquel que no ame el vino, las mujeres y el canto, será toda su vida un tonto incurable".

Antes de que hubiera transcurrido la mitad del día, tenía hechizada a Suzanne y me había arrancado de la depresión que durante tanto tiempo me había envuelto como una densa niebla. Después de almorzar dejamos a Suzanne dormitando en el patio y él me llevó a caminar por una avenida que era un claustro de árboles y al término de la cual había una encantadora escultura del Poverello hablando con una pareja de palomas posadas en su mano extendida. Cuando le conté todo lo que había sucedido en Nueva York y en México, nada le sorprendió; todo le entristeció.

—... Paul, amigo mío, somos como campesinos que viven en una zona de batalla. Todo lo que nos rodea es muerte, y nos endurecemos ante ella. Ya ni siquiera la ignoramos; hacemos de ella nuestra principal diversión... Pensamos que los romanos eran brutos porque organizaban juegos de muerte en la pista del circo. Ahora, nosotros los simulamos para nuestros hijos en la televisión y en el cine... Millones de personas hacen cola para ver a una niña que se masturba con un crucifijo... ¿Que una gran compañía hace asesinar a la gente? Pero por supuesto que sí... Creo todo lo que me cuentas. Lo único que me sorprende es que no haya habido más violencia...

—Bien puede haberla. George Arlequin ha jurado matar a Basil Yanko.

—¿Y después de todo lo demás, eso te sorprende, Paul? Me extraña... El asesinato es endémico, como la peste. Las restricciones legales son más débiles que nunca. ¿Cómo podría ser de otra manera? Después de cada revolución, de la derecha o de la izquierda, los asesinos hacen las leyes y los torturadores las imponen. Lo único que sigue siendo válido es la restricción moral, el carácter sagrado de la vida, lo sagrado del hombre. Si abrogamos eso, si la desesperación nos lleva a abandonarlo, como a Arlequin, el asesinato es el recurso natural... Pero tú no debes dejar que eso suceda, Paul.

—No puedo impedirlo. Arlequin se ha aislado de mí. Como no quiero ser parte de todo eso, voy a separarme de él, y Suzanne también.

Francis Xavier Mendoza se detuvo en seco, me apoyó ambas manos en los hombros y me obligó a girar para enfrentarlo. Estaba hosco como el viejo Moisés al romper las tablas.

—Paul, yo apenas si conozco a ese hombre. Es amigo tuyo, no mío. Pero te juro que si ahora lo abandonas, si no permaneces con él hasta último momento y procuras impedir esa cosa terrible, jamás volverás a poner los pies en mi casa... ¡Jamás! ¡Tienes un deber que te impone el amor! Si estuviera muriéndose de hambre, ¿le negarías una corteza de pan? Ahora es presa de la desesperación. ¿Vas a apartarte de él y dejarlo que se hunda, delirante, en esa última locura? ¡Imposible! ¡No lo harás!

—Pero, ¿qué hago, Francis? ¿Qué le digo?

—¡Cualquier cosa, todo, nada! Pero no te apartes de él; no lo dejes que te aparte. Trágate todos los insultos. Quédate con él. Si me sucediera alguna vez a mí, y sé que es posible, porque soy hombre apasionado y mi abuelo debía sus muertes por estas colinas, tendría la esperanza de que algún amigo me impidiera llegar a ese acto terrible —me tomó del brazo y de nuevo echó a andar conmigo—. Háblame de Suzanne, que me gusta mucho.

—No hay mucho que contar. En otra época fuimos amantes. Hemos sido siempre amigos y ahora, debido a todo este lío, somos otra vez amantes. No sé cuánto durará.

—¿Por qué no había de durar?

—Ya está anocheciendo para nosotros, Francis, amigo mío.

—Razón de más para cuidar de las cosas buenas. Enamorarse es cosa de niños. Pero amar, es como los mejores vinos... algo para decantar lentamente y sostener con ternura, saboreándolo y sorbiéndolo. Un buen viñedo no se cultiva; se lo crea... He visto la forma en que ella te mira, y en que tú te apoyas en ella. Podrías hacer un buen matrimonio.

—Del primero hice un desastre. No podría afrontar otro fracaso.

—¿Por qué ha de ser un fracaso? Los dos habéis tenido tiempo de aprender. Digan lo que digan los antiguos teólogos, un sacramento no se cumple diciendo las palabras. Se cumple en la dedicación y el amor. Tú eres mi amigo, y no me gusta verte solo en los mejores años. Piénsalo... No pienses en Arlequin. ¿Convenido, eh?

—Si tú lo dices, amigo.

—¡Bueno! Ahora, despidámonos del Poverello y te escanciaré un vino que, si pudiera persuadirlo de que lo probara, lo haría bajar fascinado de su pedestal.

A la noche, cuando el frío del desierto invadía la tierra, cenamos a la luz de las velas, mirando hacia afuera el oscuro rostro del valle, los picos negros y la luna llena que se elevaba por encima de ellos. Escuchamos a Segovia y Casals y después Mendoza nos leyó algunas de sus traducciones. Fue una noche de silenciosa magia y Suzanne dio voz a lo que los dos pensábamos:

—Qué pena que no esté aquí George. Habría disfrutado tanto.

—Pero está —declaró gravemente Mendoza—. Está en vuestro corazón, y ahora en el mío. Lo que estamos haciendo es un acto de amor del que nadie está excluido. Antes de que te vayas de aquí, Suzanne, te daré un vino que aprecio muchísimo. No me quedan más que seis botellas. Una será para ti; pero no la beberás mientras no estéis los tres juntos para compartirla. Paul me prometió que se quedará con Arlequin, y creo que tú también deberías permanecer con él. Y cuando todo esto haya pasado, creo que tú y Paul deberíais casaros.

—Ya sé que te preocupas —respondió suavemente Suzanne—. Pero, ¿por qué lo haces por extraños como yo o como George?

—Te lo diré —explicó Francis Xavier Mendoza—. Soy el

más afortunado de los hombres. Dios hizo el vino; yo hago el vino. Vosotros lo bebéis y en vosotros se transmuta. Es una hermosa verdad. Cuando la contemplo en todo lo que significa me siento tan feliz que me dan deseos de llorar... Esta es la comunión que nos mantiene cuerdos y humanos. Si la rechazamos, nos quedaremos solitarios y bloqueados. Si derramamos el vino de la vida, nos perseguirá por siempre la maldición, como a Caín en el desierto... Estoy poniéndome charlatán. ¡Basta! Que duerman bien, amigos míos. Aunque no debería aprobarlo, lo apruebo. Espero que bajo mi techo les sea grato hacer el amor...

AL DÍA SIGUIENTE ESTÁBAMOS en otro mundo. En el aeropuerto de San Francisco se había declarado la alarma por una bomba y todos los vuelos se habían retrasado una hora. Nos aislaron, nos revisaron y nos hicieron identificar nuestro equipaje antes de amontonarlo en la bodega. Había una atmósfera de tensión y de hostilidad; las voces se elevaban mientras los funcionarios, presurosos, intentaban contentar a un pasaje que tenía los nervios tensos a más no poder.

Cuando por fin estuvimos en vuelo, Suzanne se sumergió en una revista de modas, mientras yo intentaba ponerme al día con las noticias. Ni una sola era buena: crisis en Inglaterra, con una huelga en las minas de carbón y elecciones generales; los japoneses negociaban con un grupo terrorista la vida del personal de su embajada en Kuwait; los italianos tenían tanques alrededor del Quirinal y los vietnamitas reclamaban un dominio petrolero en las islas Paracel, del que nadie había tenido noticias hasta ese momento. El presidente estaba cada vez más cerca del *impeachment*. El mercado de acciones bajaba. Creative Systems estaba un treinta por ciento bajo su nivel más alto. De nuestros asuntos no se hacía mención alguna. La amenaza de un proceso por difamación en gran escala había impuesto cautela al periodismo. Además, con semejante hartazgo de desastres, el público estaba ahíto y necesitaba todos los días estímulos nuevos. Ahora había un deporte nuevo en San Francisco: darle los buenos días a un extraño, atravesarle el corazón de un balazo e irse tranquilamente, silbando.

Mientras recorría las páginas financieras para ver en cuánto me había empobrecido, tropecé con un párrafo que anunciaba que el señor Karl Kruger, de Kruger and Co. AG estaba en Nueva York, en el hotel Regency. Se lo mostré a Suzanne, quien se mostró de acuerdo en que debíamos invitarlo a cenar. Le tenía afecto al viejo oso y hasta podía tolerar a Hilde... a menos, claro, que Karl hubiera decidido mostrar sus talentos en Nueva York. Ojalá no empezara a fanfarronear por Broadway y a meterse en los mismos líos que su celebrado compatriota.

Takeshi estaba en casa y de buen humor, aunque un poco decaído porque pensaba que había hablado demasiado en San Francisco. Sin embargo, una vez que le aseguré que ni su cara ni mi status legal habían salido perjudicados se animó un tanto y empezó a revolotear sobre nuestra cena como un espíritu guardián. Suzanne se estiró perezosamente en el diván y me dedicó su sonrisa lenta y aterciopelada:

—¿En realidad, no podrías abandonarlo, verdad?

—¿Abandonar qué?

—Todo esto y la libertad también.

—¿Te me estás declarando?

—No, *chéri,* te estoy haciendo una pregunta académica.

—¿Quieres que mantengamos un debate?

—Esta noche no. Me siento demasiado cómoda.

—¿Me contestarías tú una pregunta académica?

—Si no es muy difícil.

—¿Quieres casarte conmigo, Suzy?

La sonrisa se desvaneció. Suzy se quedó muy quieta mirando a través de mí, entre las sombras.

—No vas a hacer negocio, Paul.

—Ya lo sé.

—Desde que era jovencita estuve enamorada de George Arlequin.

—Eso también lo sé.

—Así que no vas a salir ganando mucho.

—¿Te pedí ganar algo?

—No... Pero, ¿por qué, Paul? ¿Por qué yo? ¿Por qué ahora? Estoy aquí y estoy contenta de estar. Rivales no tienes... aunque ojalá los tuvieras... ¡No, por favor, dejémoslo así! Me derretiría en tus brazos y te diría que sí y a la mañana lo lamentaría... Dime por qué, Paul.

—Por veinte razones, Suzy. Con una sola basta: no hay nada ni nadie en el mundo a quien ame tanto como a ti... O tal vez no baste, ¿cómo puedo saberlo? Viví demasiado y aprendí demasiado poco. De todas maneras, como se dice en el mercado, la oferta es en firme.

—Generalmente, agregan: tómela o déjela.

—Puede ser; yo no lo digo. Cuando todo esto acabe, Suzy querida, yo me retiro del mercado y me voy en mi barco a recorrer el mundo. No tengo prisa; piénsalo.

—Ya lo he pensado, Paul. Lo pensé estando sola y descansando en tus brazos, feliz. Lo único que sé es esto: te tengo demasiado afecto para ofrecerte un corazón dividido. Quiero esperar a que esto termine, no para conquistar a George porque jamás lo conseguiré, sino para estar segura de que me he curado de él, de que estoy curada de mis sueños juveniles y lista para ser una mujer de veras para un hombre de veras... Tú eres mejor de lo que piensas, Paul. Y me gustaría que estuvieras muy orgulloso de la mujer con quien te cases. Por favor, dejémoslo así por un tiempo —sonrió con una alegría un poco forzada y me tendió los brazos—. Quién sabe, es posible que mucho antes te hayas cansado de mí.

Bueno, aunque no fuera la luna, por lo menos en el bolsillo tenía los seis peniques. No sólo yo estaba aprendiendo a agradecer las pequeñas mercedes, sino que, tal vez, me sentía tan aliviado como ella al diferir el compromiso decisivo. De esa manera no habría que enfrentar fantasmas; sólo a un hombre movido por un oscuro demonio, frío, desamorado e implacable.

Por la mañana fuimos a la Tercera Avenida a comprar flores. Esta vez fuimos bien recibidos y compramos no sólo flores frescas sino un pequeño jardín en una maceta para que nos lo llevaran al apartamento. No vimos a Aaron Bogdanovich: se había tomado la mañana para él. A veces (la matrona nos sonrió por encima de sus gafas) le gustaba ir a sentarse en el jardín del Museo de Arte Moderno a mirar las esculturas y... bueno, a pensar. De todas maneras, si no lo encontrábamos allí, ella le transmitiría el mensaje.

Como no estaba en el jardín, anduvimos recorriendo las galerías y después cruzamos la Quinta Avenida para ir a la tienda de Buccellati, donde, en mi opinión, todavía se pueden comprar las mejores joyas del mundo, un trabajo artesanal hecho con el amor que ponían en él los viejos maestros del Ponte Vecchio y de las cuevas de Aladino del Lung Arno. Una hora más tarde, sometiéndome a las protestas de Suzanne, salí con las manos vacías; pero en la caja blindada quedaban guardados y a mi disposición un anillo, un pendiente y un brazalete.

En el momento en que salíamos, apareció junto a nosotros Aaron Bogdanovich.

—Suite 67 en el St. Regis. Les esperan para el almuerzo. La anfitriona es la señora Larkin. Telefoneen desde el vestíbulo.

Al momento siguiente había desaparecido entre la multitud. Seguimos andando, pasamos frente a la entrada, llegamos a Madison y desde allí volvimos y entramos en el St. Regis. Cuando llamé al número 67 contestó una voz de mujer.

—Apartamento de la señora Larkin.

—El señor Weizman y una amiga. Estamos invitados a almorzar.

—Suban, por favor.

En la puerta nos recibió una dama de pelo gris que nos condujo a una sala donde, con expresión alerta y seria, esperaba Aaron Bogdanovich.

—Ya sé quién es —me interrumpió cuando le presenté a Suzanne—. La señora Larkin la llevará a almorzar en el restaurante —le dedicó una fantasmal sonrisa—. No se ofenda, *mademoiselle*. Es necesario. Yo le ofrezco el almuerzo; disfrútelo. El señor Desmond la encontrará abajo cuando hayamos terminado.

Nuestro almuerzo consistía en café y sandwiches y la conversación fue estrictamente de negocios.

—Una pregunta, señor Desmond. ¿Qué le dijo sobre mí a Milo Frohm?

—Nada. El que me dijo fue él.

—¿Qué, exactamente?

—Que compraba flores en la Tercera Avenida.

—¿Cómo lo supo?

—Envió un hombre a San Francisco para hablar con Takeshi.

—¿Qué más?

—Que nosotros, Arlequin y yo, nos habíamos aliado con un agente israelí y con Leah Klein. Que sabía que Valerie Hallstrom era agente israelí. Que Arlequin y yo éramos blanco de los terroristas.

—¿Y qué le dijo usted?

—Ni sí ni no. Nada.

—¿Y lo aceptó?

—Era lo pactado. Su agencia quiere derrotar a Yanko. Si nosotros le pasamos información, él no preguntará cómo ni dónde la conseguimos. En este momento va camino de Londres con George Arlequin. El F.B.I. localizó a Alex Duggan en San Diego.

—Sí, ya lo sé.

—Entonces sabía lo demás también.

—Quería que me lo dijera usted. Con suerte, van a poder acusar de conspiración a Basil Yanko.

—Para el fraude, no para el asesinato.

—No sea ambicioso, señor Desmond.

—No es que sea ambicioso. Es que George Arlequin quiere matarlo.

—Para eso necesita seguir vivo él. Ustedes dos están marcados, y no sabemos a cuál de los dos atacarán primero.

—¿Quiénes?

—La combinación es formidable, señor Desmond: el Frente Popular para la Liberación de Palestina y el Ejército Rojo de Japón. Al primero usted lo conoce, pero es posible que no esté tan familiarizado con el segundo. Es el *Rengo Sekigun.* Recordará usted que mataron a veintisiete personas en el aeropuerto de Lod. Secuestraron un avión que iba de Tokio a Corea del Norte. Torturaron y mataron a doce disidentes de su propia organización en Japón. Están totalmente dedicados al nihilismo y a la violencia... Usted tiene un sirviente japonés, señor Desmond...

—¿Takeshi? Vamos, por favor...

—Le advertí que haríamos investigaciones sobre él, y las hicimos. Lo mismo hizo el F.B.I., a quienes realmente no les interesaba dónde compraba usted las flores. Takeshi tiene un sobrino que volvió últimamente de Japón, y allá mantuvo contactos con conocidos miembros del *Rengo Sekigun...* ¿Eso no le sugiere nada, señor Desmond?

—¿Que corra a esconderme?

—Ahora hay una mujer viviendo con usted. Alguien muy próximo a usted y a George Arlequin.

—¡Demonios! Un momento. ¿Cuál es el razonamiento?

—Veamos. Yanko está en relaciones con los jeques petroleros y con Libia. Libia financia el terror. Usted ataca a Yanko, y está a un pelo de derrotarlo. De pronto, usted aparece en una lista de los blancos de ataques terroristas. El razonamiento es válido, señor Desmond, créame.

—Entonces, ¿qué hacemos?

—Sírvase un poco más de café. Esto puede llevar cierto tiempo... El terror es una forma de cirugía social en la que se usan diversas técnicas. En este caso tenemos que considerar dos: que los asesinen a ustedes para crear el pánico o que los secuestren para pedir rescate. Pues bien, no creo que empezaran por asesinarlos. Como no son judíos, no resultan muy útiles para propaganda. Sin embargo, son ricos y conocidos, es decir, sujetos muy adecuados para negociar un rescate: la vida de ustedes contra un montón de dinero y la libertad de detenidos políticos en este país o en algún otro. Si no se paga el rescate a ustedes los matan, naturalmente.

—Naturalmente.

—Bueno... ¿Qué podemos hacer respecto de esto? Aclaremos una cosa. Yo estoy en el juego y sé jugarlo bien... muy bien. No hay sistema en el mundo que no pueda ser derrotado por un grupo de hombres y mujeres decididos, a quienes no les importe ni vivir ni morir. Yo puedo hacerlos vigilar durante las veinticuatro horas, como lo estoy haciendo. Puedo mantenerlos aislados y encerrados. Puedo darles una pistola y una pluma fuente llenas de gas letal. Puedo enseñarles judo y karate. Todo eso es útil, pero aun así yo no les extendería una póliza de seguro de vida. Yo represento menos riesgo que usted, porque no me rijo por códigos que me limiten. Me he entrenado para matar y sobrevivir. Mis reacciones son totalmente diferentes, pero así y todo, no estoy a salvo. La mejor proteción es reconocer el riesgo, asumirlo con calma y tomar algunas simples precauciones... Si los secuestran, no se resistan, mantengan la calma y esperen a que se realicen las negociaciones para liberarlos. No intenten escapar; es un suicidio... Estoy seguro de que Milo Frohm debe de haberle dado las mismas instrucciones a George Arlequin.

—¿Y qué hay de Suzanne?

—Una pregunta, señor Desmond Si ella fuera víctima de un secuestro, ¿usted o el señor Arlequin pagarían rescate?

—Por supuesto.

—He ahí su respuesta. Ella corre los mismos riesgos que ustedes. Explíqueselo y déjela que tome su propia decisión. Para el caso, puede que se sienta más cómoda en Ginebra o en Elba, pero no va a estar más segura.

—Dígame algo de Takeshi.

—No hay nada qué decir. Es un buen sirviente. Siga viviendo con él. El que nos preocupa es el sobrino. Seguimos vigilando esa situación —sonrió con una sonrisa frígida y sin humor—. Tenemos que recibir de ustedes un cuarto de millón más, y estamos haciendo lo posible para ganárnoslo... De paso, ¿han pensado en lo que va a hacer Yanko mientras ustedes se preparan para procesarlo con Alex Duggan y su cómplice de Londres?

—Sí, yo lo pensé. No veo qué puede hacer, más que deshacerse de los testigos; eso va a significar una cantidad más de cadáveres, y nosotros seguimos teniendo los documentos.

—¿Qué haría usted en su caso?

—A ver, déjeme que lo piense. Primero liquidaría todos los fondos que pudiera en el menor tiempo posible, y los pondría a buen recaudo en un Banco suizo. Después me buscaría un buen refugio alejado de la costa, sin tratados de extradición, invertiría algún dinero con las autoridades locales y le sacaría la lengua al Tío Sam... En los últimos años ha habido varios nombres bien conocidos que hicieron ese juego.

—No está mal. Pero no sé por qué, no veo a Basil Yanko saltando fronteras como fugitivo. No es su estilo. Además la ley es un potro caprichoso y él sabe montarlo mejor que la mayoría. Lo que yo sospecho es que va a querer salir del problema pagando.

—¿Pagándole a quién?

—Si George Arlequin retira los cargos, la Administración y el mercado de valores estarán encantados de enterrar todo el asunto. Yanko sabe demasiados secretos.

—¡Vamos! Pero tiene que saber que Arlequin quiere verlo muerto, sean cuales fueren las consecuencias para él.

—Debe creer que puede pactar. Sabe que Arlequin está llegando al límite, y también que ustedes tienen documentos peligrosos. Por eso le pidió a Karl Kruger que viniera a Nueva York, para que actuara de mediador en un arreglo.

—¡Está loco!

—No. Ha calculado los riesgos y encuentra que el cálculo le favorece. Si algo le sucede a usted o a Arlequin, o a esa simpática mujer de usted, eso favorecerá las negociaciones... En ese sentido, Arlequin tiene razón. Si no quieren ustedes pactar, la única alternativa es matar a Basil Yanko. Piénselo, señor Desmond. Háblelo con Karl Kruger. Háblelo con Arlequin también, si es que regresa sano y salvo...

KARL KRUGER IBA A DAR UNA FIESTA. Una fiesta grande, importante, que empezaría a las siete y se prolongaría hasta las diez o las once. Después que todos estuvieran borrachos bajo la mesa, nosotros podríamos hablar en la habitación de él. Sí, claro que tenía que llevar a Suzanne. ¿Qué clase de fiesta me imaginaba que era? No, Hilde no estaría: no servía para esa clase de cosas. Nos iba a presentar a una amiga nueva, esta vez una inglesa, muy *chic,* recién divorciada de un noble lord riquísimo pero que no podía pagar sus obligaciones conyugales. Y siguió como el retumbar del trueno durante cinco minutos, hasta que me dejó rendido. Entonces gruñó en su estilo de oso:

—No basta con tener razón, Paul. En el mercado hay que ser popular y Arlequin et Cie no lo es en este momento. Así que ponte tu mejor ropa de vestir y sonríe, ¿eh? Ah, y si está presente Basil Yanko, no le escupas en la cara. ¡Hazlo por mí, por favor! Y no te cierres mentalmente ante ninguna probabilidad mientras no hayamos hablado...

Sonaba ominoso, pero, como solía aconsejarme mi anciano abuelo, si tienes que comerte un sapo, por lo menos que esté cocido en una buena salsa de vino. De manera que telefoneé a Buccellati para que mandaran las joyas, ordené a Suzanne, so pena de destierro, que se comprara el mejor vestido que pudiera encontrar, haciendo juego con ellas, y me fui a la peluquería. El tratamiento me costó veinte dólares, con garantía, me dijeron, de que me quitaría diez años de encima. No era verdad, lo que no me sorprendió, pero sí me hizo sentir en mejores condiciones para estar con mis pares, y un poco menos conspirador de tercera categoría, con el hacha suspendida sobre el cuello. Pedí un automóvil a Colby para que nos viniera a buscar a las siete y después llamé a George Arlequin a Londres. Era medianoche, y estaba a punto de irse a la cama. Le resumí cautelosamente mi conversación con Bogdanovich y le hablé de la fiesta de Karl Kruger.

—Deja abiertas todas las opciones, Paul —me advirtió, para mi sorpresa—. Es posible que las necesitemos.

—¿Hay problemas, George?

—Sí. Este muchacho es un cliente muy astuto. Le presentamos los documentos, pero está bien asesorado y se niega a admitir nada. No contamos con nada que lo vincule con los fraudes en Londres, a no ser su mujer, que está amparada en un memorándum falsificado. La declaración de Alex Duggan lo relaciona únicamente con una conspiración en California para cometer un fraude en México y, naturalmente, no hay quejas de la policía mexicana. En Londres la policía se muestra cooperativa y están estudiando la situación con Milo Frohm. Nuestros abogados en Londres nos advierten que es posible que nos lleve mucho tiempo y esfuerzo conseguir una orden de extradición... El F.B.I. arrestó a Alex Duggan y lo tienen bajo custodia, por petición expresa de él. Es posible que encuentre que hasta esa protección es dudosa. Es todo muy engorroso. Es mucho el material que tenemos, y sin embargo podemos ahogarnos en los detalles técnicos, por lo que a Yanko se refiere. Mañana tengo nuevas reuniones con Frohm, con los abogados y con la policía; pasado mañana tomaré un vuelo a Ginebra para ver al bebé y hablar con la policía y los comisionados bancarios. Desde allí te llamaré. Cariños a Suzanne. *Au revoir!*

Las noticias eran desalentadoras... un nuevo ejemplo de la fragilidad de la ley y del poder de los que tienen el dinero necesario y el conocimiento suficiente para manejarla en beneficio de sus propios fines. Cinco personas habían muerto y había documentos que vinculaban a Basil Yanko con cada una de esas muertes, pero no alcanzaban a ser pruebas legales. De manera que Yanko concurriría a la fiesta en el Regency y los hombres le estrecharían la mano y las mujeres lo adularían hasta que él se fuera, despreciándolos a todos.

Por otra parte, había un pequeño consuelo. Si George Arlequin pactaba y renunciaba a su amenaza, todos podríamos volver a vivir en paz... tal vez. Ahora había otras amenazas, y cuando salimos a la calle y subimos al coche me di cuenta de que estaba alerta y olfateando, como un zorro que percibe el peligro y lo busca en el viento.

Cuando llegamos, la fiesta estaba en su apogeo y Karl Kruger la dirigía como un viejo capitán. Su bienvenida fue cálida y vociferante. Después de mirar a Suzanne prorrumpió en un rugido de aprobación y la paseó por entre los grupos como si fuera un nuevo trofeo. Yo me busqué una copa y empecé a circular lenta y cautelosamente entre los presentes. Encontré a Herbert Bachmann, quien me estrechó cálidamente la mano, acompañando el saludo con una sincera condolencia:

—Pobre George. Me dio tanta pena. Dile que me acordé de él. Tú tampoco debes de haberlo pasado bien.

—Bastante mal, Herbert.

—Ahora las cosas han empeorado, en vez de mejorar. La venta de esas acciones ha perjudicado a muchísima gente. El dinero es como las gardenias... no hay que ajarle los pétalos. Hasta ahora, nuestro grupo se mantiene unido. Cuando George los necesite, los fondos estarán. Dime... —me apartó un poco de la multitud—. Este periódico habla de asesinato. ¿Qué hay de verdad en eso?

—La pura verdad, Herbert. Tenemos documentos...

—Entonces, ¿qué es lo que hace Basil Yanko en esta lista de invitados?

—Esos documentos aún no bastan, Herbert.

—Así que el asunto se pone más sucio.

—Podrá ser. Kruger está aquí como mediador, a petición de Yanko. Esto es muy reservado.

—Gracias por decírmelo. Eso sería bueno... no lo mejor, pero necesario.

—¿Yanko no ha llegado?

—Yo no lo he visto. Oye, Paul, cuando llegue, tómatelo con calma, ¿eh?

—Desde luego... más tarde hablamos.

No todos los saludos fueron tan cordiales como éste; y más de uno era tan helado como el martini que lo imponía.

—¡Por Dios, Paul! Podrían habernos advertido algo, aunque fuera bajo cuerda... Oye, viejo, está muy bien una guerra entre empresas, pero llegar a esto... ¿Sabes cuánto perdimos el miércoles?... Las páginas financieras, claro, son nuestra tribuna... Pero esto es mafia pura, información policial... Francamente, muchacho, George es un gran tipo y Yanko no nos gusta mucho, pero...

De alguna manera me las arreglé para sortearlo, evadirlo, vadearlo, hasta que Suzanne vino a rescatarme con palabras gentiles y un cumplido para todo el mundo. Entonces, en el preciso momento en que la conversación era más ruidosa y las bebidas corrían con más abundancia, llegó Basil Yanko. Entró solo, sin ceremonia. Estrechó la mano de Karl Kruger, habló con él un momento y, silencioso como un gato, se deslizó entre la multitud. Lentamente, Suzanne y yo empezamos a acercarnos a él por entre la gente hasta que por fin lo encontramos, hablando en voz baja con Herbert Bachmann. Herbert fue el primero en vernos y nos hizo señas para que nos acercáramos.

—Señor Yanko, creo que usted conoce a estos simpáticos amigos.

—Efectivamente... *Mademoiselle,* señor Desmond —se inclinó, pero sin ofrecer la mano—. ¿El señor Arlequin no está?

Fue Suzanne quien contestó, tiesa y almidonada.

—No. Está en Londres, señor Yanko —apoyó la mano en el brazo de Herbert—. Por favor, ¿podríamos buscar algo para beber, señor Bachmann?

—Cómo no. Con perdón de ustedes, señores.

—Hermosa mujer, señor Desmond —Basil Yanko levantó su copa—. Felicidades.

—De nada, señor Yanko, como dicen en México.

—Una fiesta muy grata.

—Karl es muy buen anfitrión.

—Y excelente banquero, también.

—Sí.

—Señor Desmond, una palabra a tiempo. En los negocios se gana algo y se espera perder un poco menos. En este momento, todos estamos perdiendo demasiado. Es hora de que convirtamos las pérdidas en ganancias.

—Ganancias es siempre una buena palabra.

—Le agradeceré que se lo transmita a George Arlequin.

—Así lo haré.

—Otra buena palabra es compromiso.

—También eso le diré.

—La vida es infinitamente variada. Cualquier cosa se puede reemplazar, a no ser uno mismo.

—A no ser uno mismo... Eso me gusta.

—A veces hay choques de personalidades, y de ambiciones también. Un mediador es muy útil. Siento respeto por Karl Kruger.

—También nosotros le respetamos.

—Entonces dejemos las cosas así, ¿eh?... Con su permiso, señor Desmond —y se alejó con su eterna falta de gracia.

Suzanne volvió con Herbert Bachmann. Este me clavó una larga mirada escrutadora.

—Espero que hayas sido cortés con él, Paul.

—Mucho más de lo que me exigía el deber. Alguien debería darme una medalla.

—Yo te daré un beso en cambio —ofreció Suzanne—. ¿Puedo decirte algo ahora? Me parece que ya estuvimos bastante en esta fiesta.

—Pero Karl dijo...

—Ya lo arreglé con él. Se encontrarán aquí mañana a las once. Vamos, *chéri.*

—Es el mejor de los consejos —intervino Herbert Bachmann—. Haz lo que ella te dice.

KARL KRUGER, A LAS ONCE DE LA MAÑANA, tenía los ojos enrojecidos; además le dolía la cabeza y estaba insoportablemente autocrático. Eructaba, gruñía y se paseaba de un lado a otro de la habitación mientras vociferaba como si fuera el Canciller de Hierro.

–¡La realidad, Paul! ¡De eso es de lo que hablamos! En la guerra perdí a mi mujer en un bombardeo y a un hijo en el frente ruso. Ahora, hago negocios con la gente que los mató. ¡Es la realidad! Si no somos capaces de cooperación y de compromiso, el mundo terminará en un gran espectáculo de fuegos artificiales. Si quieres llevar al cadalso a todos los asesinos, no hay en el mundo cuerda bastante para ahorcarlos. ¡Otra vez, la realidad! Arlequin tiene que verlo, y tú tienes que ayudarlo a que lo vea...

–¡Karl! ¡Si su mujer no se ha enfriado todavía!

–De manera que él no puede razonar, ni quiere. ¡Pero tú puedes!

–Puedo razonar hasta ponerme morado, pero eso no cambia las cosas.

–Entonces actúa.

–No alcanzo a seguirte, Karl.

–¡Escucha, *dummkopf*! ¡Escucha, por el amor de Dios! Si tú, Paul Desmond, pudieras asumir ahora el control de esta situación, ¿qué harías? ¡Tomarte tiempo; pensarlo! Anoche oíste lo que se decía en esa fiesta. No les importa un bledo la moral... el dinero únicamente. La de anoche era una reunión de potencias... Tú hablaste con Yanko. El hombre está vapuleado y aún podéis vapulearlo más; pero no podréis arruinarlo, y además está dispuesto a un arreglo. Pues bien, ¿cómo plantearías tú el arreglo, si pudieras?

–Si pudiera... Punto uno, que retire la oferta de compra. Punto dos, que reponga los quince millones y todos los gastos derivados de eso. Punto tres, que pague el costo de instalación de un nuevo sistema de computadoras y la preparación de operadores, sin que le demos a él el contrato. Punto cuatro, nosotros no formulamos cargo alguno contra su personal y enterramos los documentos que tenemos, pero no antes de que se haya cumplido, al menos, todo lo anterior. Si me das tiempo puedo agregar unos adornitos más.

—Ahora empieza a tener sentido lo que dices, amigo mío.

—No tiene ningún sentido sin el consentimiento de Arlequin.

—¡No es cierto! Tú tienes un poder que todavía es válido. Yanko lo sabe; yo lo sé. Me dices que Arlequin quiere que dejes abiertas las opciones. Es la mejor manera de hacerlo. Si las cierras tendremos un lío mortal, que se irá poniendo cada vez más mortal para todos.

—¡Karl, yo ya lo sé! Lo que necesito es un argumento capaz de convencer a alguien cuya esposa ha muerto asesinada.

—Me dijiste que tú también la amabas.

—Te lo dije...

—¿Y entonces, qué? Un escultor mexicano está grabando la lápida y tú estás acostándote con Suzanne... que es la mejor elección que has hecho en tu vida. No me estoy burlando; me alegro. Pues Arlequin llegará a eso, cuanto antes mejor. Bueno, ¿qué me dices?

—Eres un viejo bribón, Karl... pero lo intentaré.

—¡Bueno! Por fin te oigo decir algo cuerdo. Te llamaré tan pronto como haya sondeado a Yanko sobre los términos... ¡Dios del cielo! ¡Tengo la cabeza hecha un bombo!

A las tres de la tarde me telefoneó. Yanko estaba dispuesto para conversar y me invitaba a cenar en su casa. Yo también estaba dispuesto a que habláramos, pero no veía razón para compartir el pan y la sal con el hijo de puta.

—¡Si trabajas en una mina de carbón, el polvo se te ha de

meter en las narices! –gruñó, colérico, Karl Kruger–. ¿Qué demonios te importa? De paso, es de etiqueta.

En ese momento Suzanne me quitó el teléfono y dijo tranquilamente:

–Allí estará, Karl. Yo me ocuparé –colgó el receptor y se volvió hacia mí–. Paul, *chéri,* si no vas y las cosas salen mal no te lo perdonarás nunca... ¿eh? Por favor.

De modo que a las ocho, metiéndome el orgullo en el bolsillo y reducido el fuego de mi cólera a unas cuantas brasas, fui a cenar con Basil Yanko.

No sé muy bien qué es lo que esperaba encontrar: profusión, sin duda, ese aire de magnificencia que caracterizaba a su oficina, una casa mecanizada tal vez, con demasiado de todo. Confieso que me llevé la sorpresa de mi vida. El apartamento era hermoso, pero de una hermosura mesurada, con una especie de perfección matemática a la vez austera y sedante. Basil Yanko no era coleccionista. Seleccionaba las cosas y las dejaba hablar por sí mismas; lo único que se leería en un inventario sería que las paredes hablaban de dinero, pero no tenían rastros de sangre. Yo no podía explicarme cómo un hombre tan inquieto y tan siniestro había conseguido lograr una atmósfera de tal serenidad.

Una criada negra me hizo pasar y un mayordomo filipino me sirvió una copa y me dejó solo. Momentos después entraba Basil Yanko. La ropa de noche le daba un aire más anguloso y más cadavérico que nunca, pero me estrechó la mano con más firmeza y su sonrisa no traicionó ningún esfuerzo aparente. Le felicité por su casa y aceptó el cumplido con una pizca de ironía:

–¿Sorprendido, señor Desmond?

–Fascinado, señor Yanko.

–Coleccionar puede convertirse en una manía. El verdadero arte está en la selección... que naturalmente significa ensayo y error, y rechazo, hasta que llega uno a la relación estable. ¿Le interesa a usted la pintura, señor Desmond?

Me interesaba todo lo que pudiera ayudarme a pasar la obertura hasta que se iniciara la ópera, de modo que le hablé de mi afición por la artesanía y la orfebrería, y de la mística de las piedras coloreadas. Sabía escuchar, y se mostró más cortés de lo que yo hubiera creído posible, por más que una vez ganada su atención, sus preguntas seguían teniendo un tono cortante y perentorio. Durante la cena comió frugalmente y no bebió más que un vaso de vino; pero se mostró orgulloso de su cocinero y puntilloso con los sirvientes. Después comenzó a hablar de política:

—... En el extranjero creen, señor Desmond, que podemos volver al cascanueces y a la bomba de agua: a lograr pequeñas comunidades nucleares que se autoabastezcan. Es una hermosa ilusión, pero no hay manera de hacer que se convierta en realidad. Somos, nos guste o no, un solo mundo donde todos dependen recíprocamente de complejas pautas de intercambio y de la distribución de recursos cada vez más escasos. De manera que tenemos que racionalizar y controlar una multitud de variables. La computadora puede hacerlo; el hombre solo, no...

Así llegamos, pasando por matices y sutilezas, al café y a la cuestión importante, que él enunció de manera muy simple:

—... Cometí un error, señor Desmond. Me equivoqué de blanco y recurrí a medios equivocados. Como los datos eran erróneos, los errores fueron sumándose solos. De manera que borrón y cuenta nueva... tal es la intención de esta conversación... ¿Más café?

—No, gracias.

—¿Un coñac?

—No...

—Bueno, pues... Karl Kruger me transmitió algunos puntos que podrían servir de base para negociar. Permítame decirle con toda franqueza que yo no discutiría por detalles financieros secundarios. Un cómputo de pérdidas y costos es cosa sencilla. Para mí, el nudo de la cuestión reside en lo que ustedes puedan ofrecer a modo de garantías para el futuro. ¿Diría usted que esto es una correcta formulación de nuestra posición?

—Creo que es necesario ampliarla, señor Yanko. ¿Usted pide inmunidad contra qué?

—Contra demandas.

—¿Qué clase de demandas?

—Por fraude y conspiración para asesinar. Es la causa para la que ustedes están reuniendo elementos de juicio... aunque tengo entendido que tropiezan con algunas dificultades.

Durante un momento, la fresca desfachatez del hombre me dejó mudo. El sacudió tristemente la cabeza.

—Señor Desmond, estamos solos, sin testigos ni vigilancia. Aquí puedo admitirlo todo, y es lo que estoy haciendo. Claro que usted está escandalizado. ¿Cómo es posible que yo, un respetable hombre de negocios, conspire y consienta en el asesinato? Señor Desmond, los contribuyentes de este país financiaron en Vietnam un holocausto inmenso e innecesario. Algunos protestaron. Muchos lo aprobaban, aún lo aprueban y seguirán haciéndolo. Calley fue a la cárcel, pero los generales siguen en libertad. Yo no tengo respeto por el pueblo, señor Desmond. Viven, mueren. A veces, para que la ecuación social funcione, hay que hacerlos desaparecer. Usted y yo podríamos discutirlo hasta el día del juicio sin que yo lo convenciera, ni usted a mí. De modo que convengamos en que diferimos y volvamos a la cuestión; ¿qué pueden ofrecer ustedes?

—Podemos avenirnos a no demandarlo ni a usted ni a sus empleados por fraude ni por conspiración para defraudar. Sobre la cuestión del asesinato no podemos negociar. El F.B.I. ya tiene los documentos.

—Que nos perjudican, sin ser concluyentes.

—Pero el archivo sigue abierto, ya que no hay estatuto de limitación para el asesinato.

—De acuerdo. Pero vayamos por orden. Valerie Hallstrom es un asunto políticamente tan espinoso que nadie va a querer tocarlo.

—¿Ella Deane?

—Asunto cerrado. No es problema.

—¿Y Frank Lemmitz?

—Jurisdicción británica; no es probable que lo lleven muy lejos... Lo cual, como usted ve, nos deja únicamente el caso de la señora Arlequin, que murió en México. Pues bien, vamos a estudiarlo para ver en qué puntos podemos coincidir. Mis abogados han visto una confesión de Aurelio Gálvez que me incrimina. Con ese documento como base podrían procesarme, pero no conseguirían una condena. Perdería un poco de sangre, pero me recuperaría. El señor Arlequin no estaría en mejor situación que ahora, con una pesada carga financiera y un mercado que se retrae frente a él. En el caso alternativo, si ustedes no entablan acción, suspenden la publicación y toda investigación ulterior, consiguen la totalidad de lo que piden sin discutir detalles... ¿Puede usted ofrecer eso, señor Desmond?

—Arlequin podría, no yo.

—¿Por qué no?

—Yo tengo un poder que él puede revocar de un plumazo.

—¿Entonces...?

—Puedo tratar de persuadirlo, y es lo que haré. Sin embargo, ni siquiera el consentimiento de Arlequin le asegura a usted la inmunidad frente a la policía y al F.B.I.

—¡Señor Desmond! —se mostró paciente y bondadoso ante mi ignorancia—. Si hay una cosa que yo entiendo, es lo que la prensa se complace en llamar "la conciencia de Norteamérica". Con ella puedo contar sin duda alguna.

—Esto me recuerda otro punto para negociar, señor Yanko.

Con eso se le resquebrajó un poco el barniz. Su sonrisa se evaporó y levantó súbitamente la cabeza como un lagarto asustado.

—Creo que ya hemos hablado de todos los puntos que me mencionó Karl Kruger.

—Exactamente. Pensé que de éste preferiría usted enterarse en privado. En un documento de su banco de datos, George Arlequin y yo figuramos como posibles blancos de ataques terroristas.

—El documento en cuestión, señor Desmond, es un informe particular preparado por expertos y que circula únicamente entre suscriptores restringidos.

—Pero como todos esos informes, contiene conjeturas destinadas a provocar acciones que, una vez que se han producido, pretenden ustedes haber profetizado. Puesto en términos simples, señor Yanko, usted dice que los más recientes blancos terroristas son Paul Desmond y George Arlequin. El Frente para la Liberación de Palestina y el *Rengo Sekigun* jamás nos han oído nombrar, pero se preguntan "¿quién?", y ahí estamos nosotros, empaquetados y listos para la entrega... De manera que como usted ve, señor Yanko, nosotros también necesitamos una cláusula de inmunidad en el contrato. ¿Puede usted ofrecernos una?

—Podría transmitir una petición al comité ejecutivo del Frente... valiéndome de amigos, naturalmente.

—¿Y recibiría respuesta?

—Normalmente, sí.

—¿Qué tiempo llevaría eso?

—Unos tres días.

—Entonces dejemos la respuesta definitiva para dentro de tres días.

—¡Excelente! Y si entretanto hay algún punto que aclarar,

por favor llámeme a mi oficina, o a este número. Si estoy en casa, atenderé yo personalmente.

Fue hasta el escritorio, anotó un número en una tarjeta y me la entregó. Yo me puse en pie para despedirme.

–Señor Yanko, le agradezco una excelente cena y una velada instructiva.

–Fue un placer, señor Desmond. Mi chófer le llevará. No se ofenda si no le habla, porque el pobre hombre es mudo. Estamos cooperando en programas de trabajo para los minusválidos. Buenas noches, señor Desmond.

... Ahí estaba, pues: una hermosa rama de olivo recién cortada, envuelta en celofán, atada con una cinta rosada, entregada por palomas arrulladoras. Si no la aceptábamos, nos atravesarían con ella como con un asador y nos enterrarían a dos metros de profundidad bajo el asfalto de Wall Street. ¡Que Dios os bendiga, caballeros, y vele por vosotros en las horas difíciles!

EN VEZ DE IR A CASA, hice que el chófer me dejara en el Regency, donde Suzanne estaba cenando con Karl Kruger. Su rosa británica había resultado tan espinosa que la había despachado de vuelta a Londres con un brazalete de diamantes y estaba otra vez suspirando por Hilde. Se alegró de que fuera posible un arreglo; se preocupó muchísimo cuando le conté, por primera vez, que nos habían convertido en blancos de los terroristas. Karl se había prestado a una misión diplomática personal, no a tratativas que lo complicaran en una situación política que afectaba tan profundamente a su país. También él consideraba atinada la resolución de Arlequin de eliminar a Yanko. Sugirió desapasionadamente que tal vez Aaron Bogdanovich estuviera dispuesto a asesinarlo. Yo estaba seguro de que Bogdanovich no iba a poner en peligro su organización atacando a un prominente industrial norteamericano.

Suzanne nos oyó durante un tiempo en un silencio escandalizado y después se lanzó salvajemente sobre nosotros dos.

—¡Basta! ¡No quiero oír una palabra más! ¡Ustedes mismos están hablando como asesinos! ¡Si se puede hacer el trato, háganlo! De otra manera, esta locura no va a tener fin.

Karl Kruger masculló una disculpa.

—¡Ya sé, ya sé! Nada de eso va a pasar, *liebchen*. Pero es difícil de tragar eso de que un hombre como Yanko pueda venir a imponer condiciones a personas decentes. Ahora, tenemos que preguntarnos qué sucede si Arlequin no acepta el trato.

—¿Qué hora es, Karl?

—La una. Hora de pensar en acostarnos...

—En Londres son las seis de la mañana. Paul, llama a George para terminar con este asunto.

—Suzy, querida, va a necesitar tiempo para pensarlo.

—Entonces, cuanto más tiempo tenga, mejor. Vamos, llámalo.

Pocos momentos más y ya estaba en comunicación con Londres y con George Arlequin. Por su voz parecía que acabara de despertarse. Me disculpé por molestarlo tan temprano.

—¿Se han puesto en contacto contigo también, Paul? —me preguntó entonces.

—George, no sé de qué me estás hablando. Aquí es la una de la mañana y acabo de cenar con Basil Yanko. Estoy con Suzanne y Karl Kruger...

—Ah, entonces no saben nada...

—Nada... George, ¿qué es lo que pasa?

—El pequeño Paul y la niñera... han sido secuestrados.

Antes de que yo hubiera tenido tiempo de decir una palabra, Milo Frohm apareció en la línea.

—Señor Desmond... escúcheme con mucha atención. Haga exactamente lo que le digo. La noticia todavía no se ha difundido. No sabemos lo que eso significa, aunque lo sospechamos. Estamos a la espera de saber cuáles son las exigencias que plantean. Vuelva a su apartamento. Llame a nuestra oficina de Nueva York y pregunte por Philip Lyndon. El le dará instrucciones. Cuando sepamos algo más le llamaremos a su casa. Ahora cuelgue, por favor. Necesitamos mantener libre la línea.

Hicimos exactamente lo que nos dijeron. Una hora más tarde estábamos en mi apartamento con el señor Philip Lyndon, grabando en una cinta un resumen de la intervención de Karl Kruger y de mi conversación con Basil Yanko durante la cena.

El relato que nos hizo el propio Lyndon del secuestro fue breve porque no había mucho que decir. A las tres de la tarde, la niñera había llevado al niño al parque que hay en Ginebra junto al lago. Como siempre, un detective los acompañaba. Durante el paseo, los habían abordado dos mujeres y un hombre, que desarmaron al detective y bajo la amenaza de un arma obligaron a la niñera y al pequeño a entrar en un automóvil que esperaba. A medianoche, una llamada desde Londres había informado a Arlequin que su hijo y la niñera estaban en manos del Frente para la Liberación de Palestina. Debía esperar en Londres nuevas comunicaciones. La intervención policial sería inútil y peligrosa para la mujer y el niño. Todo era simple, formal y amenazante como una espada desnuda.

¿Qué podíamos hacer? Nada, dijo firmemente el señor Lyndon; nada más que esperar y callarnos y hacer lo que nos dijeran. Pensé que debía llamar a Basil Yanko para darle la noticia. El señor Lyndon lo pensó un rato y después sugirió que dejara la llamada para las siete, porque a esa hora él podría hacer que un técnico viniera a instalar un aparato para grabar la conversación. A las cuatro de la mañana se ofreció a llevar de vuelta a su hotel a Karl Kruger, y Suzanne y yo nos quedamos solos mirando despuntar un día sin esperanza. A las seis volvió el señor Lyndon con su técnico y a las siete estaba yo en comunicación con Basil Yanko. Se sorprendió de que lo llamara tan temprano.

—Qué rapidez, señor Desmond. ¿Ya habló con el señor Arlequin?

—Sí.

—¿Cómo reaccionó ante mis sugerencias?

—No pude transmitírselas.

—¿Por alguna razón en especial?

—Sí. Anoche secuestraron en Ginebra al hijo del señor Arlequin y a su niñera.

Su asombro fue auténtico. No hay actor capaz de fingir tal sorpresa, ni la vehemencia de la maldición.

—¡A la mierda!

—Los secuestradores se identifican como el Frente Popular para la Liberación de Palestina. Le han ordenado a Arlequin que permanezca en Londres a la espera de nuevas comunicaciones. Es lo único que sé.

—Por favor, dígale al señor Arlequin que lo siento y agregue que estoy dispuesto a ayudar de la manera que pueda. Ya sabe usted dónde encontrarme...

—En vista de nuestra conversación de anoche, pensé...

—Por lo que recuerdo, señor Desmond, hablamos de negocios, no de la política del terror.

—Yo pensé que con su conocimiento del mundo árabe, usted podría sugerir una forma de abordar este trágico problema.

—Esté usted seguro de que lo pensaré. Sin embargo, debo destacar que mis conexiones son solamente con gobiernos y compañías legalmente constituidos. De todas maneras, pediré consejo a mis amigos.

—No esperaba menos de usted, señor Yanko.

—Gracias por llamar. Le llamaré yo más tarde.

El señor Philip Lyndon hizo una agria mueca de admiración.

—¡Ni una marca siquiera! Este hombre es de acero inoxidable.

—¿Piensa usted que él lo organizó?

—No. Pienso que él creó una situación para sus fines futuros, y el Frente se aprovechó de ella. Ahora ya escapa al control de Yanko. Nos ayudará si a él le conviene. Si no, se quedará tranquilo sin hacer nada.

—¿Qué hay de mi testimonio y el de Karl Kruger?

—Karl Kruger habló únicamente de tratos comerciales, y usted lo corrobora. El asunto del asesinato y el terrorismo no tiene más base que su palabra.

—¡La misma historia de siempre!

—Usted tendría que hacer mi trabajo durante algún tiempo, señor Desmond. Si no hay ni Dios ni juicio final, me sentiré muy desilusionado. Si tiene alguna noticia de Londres, llámeme. Lo mismo haré yo... Deje el magnetofón conectado con el teléfono. Le voy a poner una cinta nueva... ¿Por qué no se van a descansar un poco ustedes dos?

Había algo más que yo tenía que hacer antes de descansar. Me fui a un teléfono público a llamar a Aaron Bogdanovich y le conté lo que pasaba. Apenas si se sorprendió, y no se conmovió en absoluto.

—Londres y Ginebra. Interesante.

—¿Eso es todo?

—Por el momento, sí. Si necesita más, pruebe con el servicio sacerdotal de urgencia. Hay gente a quien le hace bien.

—No le veo la gracia.

—Entonces escuche esto. Viejo proverbio chino: Cuando

se espera la visita del verdugo imperial, es aconsejable beber grandes cantidades de vino de arroz... Relájese, señor Desmond, que estas cosas siempre llevan tiempo.

Durante todo el día esperamos, dormitando a ratos, viendo la televisión, esperando que sonara el teléfono. Nada. Llamamos media docena de veces a Philip Lyndon. Nada tampoco; y encima nos pidió que no le ocupáramos la línea. A las seis, Karl Kruger se dio una vuelta para tomar un trago y se quedó a compartir la cena, preparada por Takeshi con la meticulosidad de un festín funerario. A las diez –hora a hora las últimas noticias– lo vimos por televisión: un apartamento en un quinto piso cerca del aeropuerto de Ginebra, con la niñera mostrando al pequeño Paul por la ventana, y junto a ella un joven árabe con una ametralladora. El comentario era un relato en el estilo enfático y ansioso de los noticieros norteamericanos:

> Hoy, en Ginebra, el pequeño Paul Arlequin, de tres años, y su niñera Hélène Huguet, de treinta, se convirtieron en rehenes de dos hombres del Frente Popular para la Liberación de Palestina y de una pareja de japoneses, miembros de la organización terrorista japonesa Rengo Sekigun. Los terroristas exigen la liberación de dos prisioneros árabes, uno de ellos en Inglaterra, el otro en Italia, condenados recientemente por secuestro aéreo, tenencia ilegal de armas y otros delitos. Las exigencias de los terroristas fueron dadas a conocer esta tarde: que un avión los conduzca a un Estado árabe amigo, una suma de dos millones de dólares e inmunidad ante ataque o arresto. Han fijado un plazo de cuarenta y ocho horas, pasado el cual, si las exigencias no son satisfechas, matarán primero a la niñera y veinticuatro horas después al niño. Paul Arlequin es hijo del banquero George Arlequin, quien recientemente figuró en...

–¡Bueno! –Karl Kruger tendió la mano para apagar el aparato–. Ahora ya lo sabemos. El dinero es fácil. Los gobiernos no son tan fáciles. Los ingleses son unos estirados. Los italianos tienen que recorrer más de siete mil kilómetros para encontrar al hombre que tiene que firmar un pedazo de papel. ¡Santo Dios, en qué mundo vivimos!

Suzanne lloraba silenciosamente y Karl la encerró en su gran abrazo de oso, riñéndola:

–*Liebchen, liebchen!* No van a matar a un niño. ¡Son demasiado astutos para hacer eso! Ellos también necesitan simpatía. El bebé es el comodín del mazo. Si le hacen daño, la gente los hará pedazos.

Aún seguía consolándola cuando sonó el teléfono. Conecté el magnetofón y atendí la llamada. Basil Yanko estaba en la línea.

–Señor Desmond, he sacado de la cama a mis banqueros. También llamé a la U.P.I., para que difundan la noticia. Mañana por la mañana habrá dos millones de dólares a su disposición en el Banco Unión de Ginebra. Donación... donación gratuita. Estoy haciendo toda clase de esfuerzos en los medios diplomáticos para evitar esta tragedia...

Mientras yo estaba aún tratando de decidir si lo mandaba al infierno o le daba las gracias, cortó.

–¡Qué hijo de puta! –bramó Karl Kruger paseando su enorme mole por la habitación–. ¡El lo hace, lo deshace, y encima se presenta como héroe!

–¡No me importa! –le gritó Suzanne–. ¡Me da lo mismo! ¡Por lo menos, él está haciendo algo! Nosotros apenas si estamos aquí sentados...

Volvió a sonar el teléfono y era Milo Frohm que llamaba desde Londres, cansado como un perro, pero tan cortés como siempre.

–Lamento no haber llamado antes. Estuvimos ocupados, como pueden imaginarse. Aquí son las tres de la mañana. Arlequín está en Ginebra. El gerente de Londres y yo estuvimos negociando todo el día con el secretario de Asuntos

Internos. Creemos que se avendrá, pero por Dios que es duro. Los italianos, esperamos que...

Le hablé de la oferta de Yanko y su risa sonó como un estertor de agonía.

—¡Santo cielo, qué artista! Me muero por darle una medalla. Una buena noticia. El amigo de Alex Duggan está empezando a aflojar. Su mujer está embarazada, y tiene miedo por el hijo de Arlequin. Sigan rezando y ojo con lo que dicen.

—Señor Frohm, ¿recibieron ustedes el informe sobre mi cena con Yanko?

—Sí, ya lo tengo.

—Mantenga abierta la negociación, y trate de que el señor Kruger se quede en Nueva York.

—¿Cómo está George?

—No muy mal, para la situación en que está.

—¿Quiere que yo vaya o que envíe a Suzanne?

—¡Por Dios, no! Ustedes dos quédense donde están. Cuanto peor se ponga, más durará Arlequin. Por lo menos eso espero. ¿Sabe lo que pasó esta noche? El subsecretario me invitó a cenar en su club... el mejor lomo de cordero en Londres. ¡Santo Cristo! ¡Lomo de cordero! Bueno, como dice la Biblia, estamos trabajando en los viñedos. ¡Buenas noches, o buenos días, según sea el caso!

Por lo menos él podía reírse y traté de transmitir su humor a Suzanne y a Karl. La traducción no fue buena, pero por lo menos provocó una espectral sonrisa en Suzanne y un gruñido de Karl.

—¡Lomo de cordero! ¡Y nuestro mejor clarete, señor! Bien que lo recuerdo. ¿Por qué quiere que yo me quede en Nueva York?

—No lo dijo, Karl. Es cosa tuya.

—Voy a tener que hacer venir a Hilde. Si duermo solo dos noches tengo pesadillas. Voy a llamar ahora a Munich.

—¡Karl! En Munich son las cuatro de la mañana.

—¿Y qué importa? Si está sola, se alegrará de tener noticias mías, y si no, no merece estar durmiendo. Vamos, dame el teléfono.

Suzanne emitió una risa desganada.

—¡No puedes, Karl! Se graba todo.

—En alemán va a sonar hermosísimo... ¡Qué buena idea! ¿Por qué no hablas tú primero con ella? Dile que estás en la cama conmigo y que...

El juego era estúpido, pero lo jugamos con dedicación histérica y lo seguimos jugando durante la cena hasta que ya no tuvo gracia alguna y Karl se desplomó sobre la cama del cuarto de huéspedes y Suzy y yo nos refugiamos juntos en un misericordioso olvido.

EL DRAMA DEL SECUESTRO se ha convertido en lugar común del teatro político. Con un poco de cinismo, se puede dictar la secuencia en una hora. Lo que no se puede saber, a menos que uno haya estado personalmente afectado, es la angustia intolerable de la víctima y de sus familiares, y las demoledoras tensiones a que se hallan sometidos tanto los secuestradores como los negociadores.

Los secuestradores son los comandos de un grupo político, totalmente comprometidos, cuidadosamente adiestrados y con plena conciencia de los riesgos personales. Si fracasan no pueden esperar misericordia. La turba los hará pedazos, los abatirá la policía o se pasarán el resto de su vida en prisión. La sanción bajo la cual viven, como la amenaza que imponen, es absoluta. Si se rechazan sus exigencias, matarán, porque para ellos matar carece entonces de importancia, pero la tiene y muchísima, para el movimiento que ellos representan. El problema es que el acto de la ejecución debe ser siempre llevado a cabo a sangre fría; y la tensión que lo precede puede hacerse insoportable... De ahí que la presencia de asesinos japoneses sea un fenómeno siniestro: tienen una enmarañada filosofía de la vida, pero su filosofía de la muerte es clarísima y tradicional.

Los negociadores están siempre en desventaja, ya que no se guían, ni pueden guiarse, por un solo propósito, ni están totalmente resueltos. Todos están de acuerdo en que es menester salvar a la víctima o víctimas. El dinero es una consideración accesoria, pero los dilemas que se ponen en juego son legión: un gobierno debe someterse al gangsterismo político, si no quiere arriesgar el asesinato de los inocentes. Si a los culpables se los escolta a su salida del país como si fueran diplomáticos, la ley es objeto de escarnio, y las violaciones serán cada vez más. Si a la policía se le atan las manos, se va minando su lealtad y se termina por corromperla. Dejar que se hagan mártires, es sembrar los dientes del dragón. Si uno defiende los derechos de las minorías oprimidas, no puede aparecer sofocando por la fuerza bruta la expresión de sus agravios.

Para las propias víctimas, no hay apelación. Puede que sus captores sean corteses; son también implacables. Quienes han de rescatarlas parecen impotentes. Su salvación depende de una decencia que ya han visto abandonada. Aaron Bogdanovich no bromeaba cuando dijo que se podía llamar al servicio sacerdotal de urgencia o emborracharse. Se mostró misericordioso al omitir la última alternativa: quedarse quieto en la esperanza de que el verdugo tenga mano firme.

Aunque estuviéramos a seis mil kilómetros, Suzanne y yo vivimos el drama minuto a minuto. La televisión estaba encendida durante todo el día y la mitad de la noche. Comprábamos todos los periódicos en alemán, inglés, francés e italiano, y los leíamos línea por línea. Uno de nosotros se quedaba siempre en el piso. Cuando Suzanne salía, Takeshi la acompañaba. Philip Lyndon llamaba cuatro veces por día con un resumen de los informes recibidos por télex. Karl Kruger iba y venía incesantemente. Hilde llegaría en pocos días, y Milo Frohm estaba ocupado y no se podía establecer contacto con él. Lo único que supimos de George Arlequin fueron las palabras que pronunció en una entrevista por televisión. Parecía un espectro, pero mantenía su dignidad y se expresó siempre con moderación y mesura. Se ofreció él como rehén a cambio del niño y de la niñera, pero la oferta fue rechazada.

A medida que se aproximaba la hora del primer plazo, la espera fue convirtiéndose en agonía. En la pantalla aparecieron figuras nuevas, delegados de las embajadas árabes, diplomáticos japoneses, emisarios de Inglaterra y de Italia. Lo que pedían era tiempo. Exhibieron el dinero del rescate y lo enviaron al apartamento con un hombre que sólo vestía pantalones de baño, para que se viera que no estaba armado. Mientras el emisario subía, los japoneses colgaron al niño por la ventana sosteniéndolo de las manos y amenazando con soltarlo a la menor señal de engaño.

En el último momento se prolongó el plazo veinticuatro horas más. Se hizo llegar leche para el niño. La tripulación de un avión suizo se ofreció a llevar a los secuestradores a lugar seguro. Los italianos hicieron pasar la frontera a su prisionero y se lo entregaron, triunfador y sonriente, a los secuestradores. Los ingleses se demoraban, y el secretario del interior se negó a hacer comentarios. George Arlequin y su gerente en Suiza volvieron a ofrecerse como rehenes, y esta vez el ofrecimiento fue aceptado. Desaparecieron en el interior del edificio y se produjeron episodios histéricos cuando, largos minutos después, la niñera y el pequeño Paul salieron para entrar presurosamente en un automóvil policial que se los llevó.

Después, finalmente, la ordalía terminó. Los secuestradores salieron del edificio apuntando con sus armas a los rehenes y fueron conducidos al aeropuerto. Juntos subieron al avión. Los detenidos fueron conducidos al pie de la escalerilla, riendo y agitando las manos en gestos de victoria. Después el avión levantó vuelo; los rehenes regresarían en el viaje de vuelta.

Suzanne se vino abajo y lloró incontrolablemente durante más de una hora, hasta que llamé al médico para que le diera sedantes. Mientras ella dormía, yo fui a sentarme durante una hora en el último banco de la iglesia de San Patricio. No para orar; no parecía que tuviera sentido alguno decir que lo sentía ni que estaba agradecido. No era más que un lugar limpio donde se podía estar, en un mundo tan sucio.

NUEVE

Diez días después George Arlequin regresó a Nueva York con toda una comitiva: los padres de Julie, una niñera nueva, el pequeño Paul y tres jóvenes suizos, muy callados, muy alertas y nada comunicativos. Como no se los podía acomodar a todos en el apartamento del Salvador, alquilamos los adyacentes e hicimos que Saul Wells organizara otro equipo de seguridad para vigilar las entradas y registrar a todas las visitas y al personal del hotel.

Suzanne se mudó de mi apartamento y se instaló cerca de la familia. Arlequin quería que yo también me mudara, pero le dije que no era necesario y que, en todo caso, yo me había casado con mi independencia. Me pidió un informe sobre lo que había sucedido en su ausencia. Lo escuchó atentamente, tomó notas, me elogió y dio por cerrado el tema. No era momento de urgirlo a decisiones; cuando él estuviera listo, yo estaría a su servicio.

Había cambiado profundamente; estaba encaneciendo en

las sienes y, en toda la cara, la piel se veía tensa sobre los huesos. Los ojos tenían una mirada monacal y contemplativa. Hablaba poco y, cuando lo hacía, en voz baja y deliberada, como alguien que durante mucho tiempo se ha visto aislado de sus semejantes. También sus movimientos eran diferentes: ya no ágiles y ansiosos como antaño, sino calculados, deliberados, furtivos casi.

Se negaba a todo contacto social. Durante el día trabajaba en el Salvador, haciendo que fueran a verlo allí, lo que por supuesto todo el mundo aceptaba, en homenaje a sus recientes sufrimientos. A la noche cenaba con los padres de Julie y jugaba con el pequeño Paul. Eran los únicos momentos en que le veía sonreír, y su sonrisa era tierna pero de una tristeza terrible, como si se avergonzara de haber traído al niño a un mundo tan brutal. Las únicas ocasiones en que le vi enojarse eran cuando encontraba algún fallo en las complicadas disposiciones de seguridad. Entonces reprendía al culpable con palabras heladas y cortantes. Con Suzanne se mostraba considerado pero formal. Conmigo no podía ser formal, pero se veía que deseaba mantener las distancias. Pasaron tres días antes de que me telefoneara para pedirme que nos encontráramos para hablar de lo que calificó de "asuntos personales". Cuando llegué me rogó que escuchara sin comentarios lo que tenía que decirme:

—... Paul, ya has hecho bastante por mí... más de lo que cualquier hombre tiene derecho a pedirle a otro. Sé que amabas a Julie y que le ofreciste tu apoyo en momentos en que podía faltarle el mío. No estoy celoso por eso, sino agradecido. Me alegro de que mi hijo tenga a su tío Paul. También yo me alegro de tenerte como amigo del alma... Quiero que nuestra amistad se mantenga. Tal como están las cosas ahora, temo que podamos perderla, de modo que me gustaría que renunciaras a tu cargo de director de Arlequin et Cie.

—Cuando quieras, George. Hoy mismo, si prefieres.

—Pues que sea hoy. Le diré a Suzanne que redacte la nota y puedes firmarla antes de irte. Te retiraré también el poder y te indemnizaré por el período restante de ejercicio. Tú y Karl Kruger me cubrieron en quince millones. Te he liberado de este peso y te he concedido los intereses de ese período.

—En mi caso, eso no era necesario.

—Era lo correcto, Paul. Se te han acreditado también las pérdidas en el mercado en tu capital en Creative Systems.

—¡Por el amor de Dios, George!

—Paul, por favor, prometiste escucharme. He preparado un comunicado de prensa sobre tu renuncia y me gustaría que lo leas y hagas cualquier cambio que te parezca, para publicarlo hoy mismo. Tan pronto como hayamos terminado nuestros asuntos en Nueva York voy a jubilar a Suzanne, con un sueldo que creo generoso. Creo que necesita de su libertad; ella también tiene decisiones que tomar...

—Y con todo esto, ¿dónde quedas tú, George?

—En donde estoy: con un niño para cuidar y un negocio para reconstruir.

—¿Puedo preguntarte cómo te propones hacerlo?

—Sin duda. Voy a pactar con Basil Yanko.

—¿A venderle, quieres decir?

—No, a pactar. Tú y Karl Kruger discutisteis los términos básicos. Probablemente yo pueda pulirlos en una negociación personal. Eso depende bastante del éxito que tenga Milo Frohm en Londres, y del tipo de compromiso que pueda conseguir entre la Administración y su agencia. Esa parte del asunto no está en mis manos.

Se mostraba deliberadamente vago, pero yo no estaba con ánimo de presionarlo. De todas maneras quería irme de la empresa, y él me daba ocasión de hacerlo con dignidad. Podíamos seguir siendo amigos, pero la amistad ya nunca sería la misma, porque él había cambiado y yo no podía. Así y todo, era mejor que las cosas quedaran en orden.

—Me imagino que sabes —le pregunté— que le he pedido a Suzy que se case conmigo.

—No. No lo sabía, pero me alegro. Creo que es una buena idea.

—Ella no lo ha aceptado todavía.

—¿Por qué no?

—Todavía está enamorada de ti, como lo estuvo siempre.

Me miró levemente sorprendido, como si yo le estuviera hablando del precio de los tomates.

—Pero yo no estoy enamorado de ella.

—Es lo que quería saber. Gracias, George. Esperaré en Nueva York hasta que ella termine su trabajo y después me la llevaré... Ahora preparemos esos documentos, ¿te parece?

EN LOS DÍAS QUE SIGUIERON tuve una extraña sensación de pérdida y desorientación. Una época de mi vida había terminado y no sabía cómo ni dónde dar comienzo a otra. Me mantuve alejado de las transacciones del mercado y del club, porque no quería contestar preguntas referentes a mis propios planes ni unirme a los comentarios sobre Arlequin. No leí los periódicos porque todas las noticias eran malas y de cuantas menos me enterara mejor.

Para llenar el vacío de mis horas recorrí los astilleros y armadores de barcos, para hablar de un antiguo sueño: un velero con motor que pudiera servirme para cruzar el Pacífico. Recorrí una y otra vez los diques, buscando joyas desconocidas u olvidadas. Por las noches solía ir al Salvador a beber algo con Arlequin y jugar un rato con mi ahijado; después llevaba a Suzanne al bar de Gully Gordon y la traía de vuelta al apartamento.

También ella estaba aturdida e incómoda. Ahora su trabajo era temporal, y no podíamos compartirlo. La ética exigía que yo no me entrometiera en asuntos de los que formalmente me habían excluido. Nuestra relación se hizo tensa y difícil, nuestra comunicación huraña. Yo sentía que ella me rechazaba y ella me acusaba de presionarla y de no respetar el tiempo que había prometido dejarle para que decidiera con libertad. Una noche, después de una cena un tanto accidentada con Karl Kruger y con Hilde, se deshizo en lágrimas y dijo que prefería no verme durante unos cuantos días. Entonces me lancé a una ronda de fiestas con Mandy Ducaine y sus amigos, que me dejaban rendido, con dolor de cabeza y más solitario que nunca. Una mañana, al volver a las tres de la madrugada, encontré una nota bajo la puerta: "*Chéri,* perdóname. Tengo que verte. Suzy". La llamé a la hora del desayuno, hablamos durante media hora y quedamos en cenar juntos esa noche en casa.

ESA MISMA MAÑANA, A FALTA de algo mejor que hacer, me fui caminando hasta la floristería de la Tercera Avenida y pedí ver a Aaron Bogdanovich. Esa vez me invitaron a pasar a una atestada trastienda, donde el señor del terror estaba dedicado a la prosaica tarea de revisar cuentas. Me hizo señas de que me sentara, siguió anotando algunas cifras y después se recostó para contemplarme con sardónica diversión.

—Bueno, señor Desmond, ¿qué tal se siente sin trabajo?

—Ya me estoy acostumbrando. ¿Y usted?

—Los floristas y los empresarios de pompas fúnebres siempre están ocupados. Además, sigo en la lista de pagos de Arlequin et Cie.

—Eso es novedad para mí.

—Pensé que lo sería. ¿Por qué se fue?

—Me pidieron la renuncia.

—¿No sabe por qué?

—Me dieron las razones.

—Pero no le satisfacen.

—No.

—¿Por qué sigue rondando por Nueva York?

—A la espera de casarme con Suzanne, si tengo suerte.

—Está muy bien para usted.

—Gracias.

—¿Por qué vino por aquí?

—Pensaba invitarle a almorzar.

—Gracias, yo nunca almuerzo. Pero ya que está aquí le daré un consejo.

—¿A ver...?

—Yo no tengo amigos, señor Desmond. Es un lujo que no puedo permitirme. Es poca la gente que respeto. Uno de ellos es su amigo George Arlequin; es el tipo de hombre que me habría gustado ser si las circunstancias hubieran sido diferentes. Por otra parte, él no tiene condiciones para ser lo que soy yo...

—Adelante.

—Si le pidió a usted que renunciara fue para que no lo acusaran de complicidad en sus propósitos.

—¿Que son...?

—Los que fueron siempre: matar a Basil Yanko.

—¡No le creo! No es posible. El me dijo...

—Que iba a pactar con Basil Yanko, y así es. Después lo matará. No hay otra cosa que lo satisfaga. Claro, después descubrirá que así no ha resuelto nada. Me ha pedido ayuda y se la daré, porque mi pueblo quiere ver desaparecer a Yanko. Ahora veo, cosa que antes no sucedía, una manera de hacerlo. Usted no lo va a impedir, y sería inútil que lo intentara. Lo que le sugiero es que se quede a recoger los pedazos de George Arlequin, o por lo menos a cuidar de su hijo.

—¿Me lo habría dicho lo mismo si yo no hubiera venido esta mañana?

—Sí, pero únicamente anoche me enteré de lo que se proponía.

—¡Qué gracioso! ¡Realmente gracioso!

—¿Qué cosa, señor Desmond?

—Que Arlequin me absuelva de un voto y usted vuelva a imponérmelo.

—Y eso es lo que usted no ha querido jamás, señor Desmond. Usted quiere comerse las nueces sin romper la cáscara. Quiere la respetabilidad sin la virtud, la posesión sin amenazas, el placer sin pagarlo. Quiere mercenarios que maten por usted y ciegos que sepulten sus muertos. No hay manera. ¡Ya no hay manera de que sea así en el mundo! La alternativa es ser mártir o asesino. ¡A menos que quiera usted unirse a la cadena de los que sufren desde la cuna hasta la tumba, clamando por el Mesías que nunca llega!

Si no hubiera sido tan vehemente, podría habérseme escapado. Si no hubiera sido tan inequívoco, podría haber seguido ignorando la pequeña duda machacona que durante tanto tiempo había relegado al fondo de mi mente. Era tan tenue que me costó encontrar palabras para expresarla:

—Me parece... Me parece, señor Bogdanovich, que usted se está aprovechando... de ambos, de Arlequin y de mí.

En su rostro saturnino no apareció emoción alguna. Sus ojos eran ventanas abiertas sobre un alma vacía.

—¿Qué es exactamente lo que usted quiere decir, señor Desmond?

—Valerie Hallstrom...

—¿Qué pasa con ella?

—Repasemos la secuencia. Usted registró el apartamento de ella y se fue. Vio entrar a un hombre. La vio llegar a su casa. Vio que el hombre salía. Volvió a entrar y la encontró muerta. Eso fue lo que usted me dijo.

—Eso es.

—Pero ella era agente de ustedes. Mientras la mataban, usted esperaba afuera...

—¿Y...?

—Usted sabía lo que estaba pasando, y dejó que pasara.

—Exactamente.

—¿Por qué, señor Bogdanovich?

—Valerie se había gastado. Frecuentaba el bar de Gully Gordon, y estaba hablando demasiado, como lo hizo con usted, señor Desmond. La mataron; Yanko la hizo matar y yo dejé que sucediera, como dice usted. Ahora estoy limpiando el escenario. Yanko morirá muy pronto. Arlequin y yo hemos combinado los detalles. Es una limpia solución para todos nosotros. Creo que usted convendrá en que nos hemos ganado los honorarios.

—Sigo diciendo que usted se está aprovechando de nosotros.

—Me está insultando, señor Desmond. Se olvida usted de nuestro contrato: si la alfombra se mancha de sangre, yo la limpiaré; y usted, por su parte, se comprometió a guardar silencio. Si no puede aguantar el juego, retírese y váyase a su casa. Todavía tiene ese privilegio.

—Voy a hablar con Arlequin.

—Hágalo, cómo no... A usted no le mataron a su mujer en Ciudad de México. No era su hijo el que estuvo colgado de las manos por una ventana de un quinto piso, en Ginebra.

No estaba enojado, ni siquiera hablaba con énfasis. Podría haber estado leyendo un texto de un libro de primeras letras. Cuando me levanté para irme, me detuvo con un gesto y con una ironía extrañamente condescendiente:

—Lo que le dije era en serio. El niño lo necesitará, y es posible que tenga usted que recoger los pedazos de su amigo. Quédese; nada será tan grave como usted piensa. La muerte es un hecho trivial.

LO DEJÉ VERIFICANDO costos y ganancias y me fui a caminar durante una hora entre el apretujamiento que es Nueva York a la hora del almuerzo. No tenía prisa. Nadie esperaba mi compañía, no había un lugar donde mi ausencia creara un vacío. Al mirar los escaparates vi una maraña de objetos sin sentido. En los rostros que miraba no veía más que máscaras de actores. El olor a comida no me daba deseo de saborearla. Me pasé la lengua por los labios, deseando beber, sabiendo que el primer sorbo me provocaría arcadas. Quería estar con alguien pero habría escapado ante una palabra de saludo. No estaba asustado. No estaba avergonzado. Me sentía vacío y descreído. Mi tenue filosofía estaba hecha pedazos, mi código incuestionado tan agujereado como un queso suizo. Aaron Bogdanovich me había conmovido hasta los tuétanos, sin que yo hubiera podido moverlo un ápice de la arraigada convicción de que la vida era algo sin importancia, más fácil de liquidar que de arreglar.

Después de un rato empecé a sentirme cansado y con dolor de cabeza, de modo que me fui a casa. Takeshi me preparó café. Yo no quería seguir pensando. Al azar, tomé un libro de los estantes y, sin mirar siquiera el título, empecé a leerlo por la página en que se abrió:

> ... No sé quién ni qué planteó la cuestión. No sé cuándo fue planteada. Ni siquiera recuerdo haber contestado. Pero en algún momento dije "sí" a alguien –o a algo– y a partir de esa hora tuve la seguridad de que la existencia tenía sentido y de que, por ende, entregar mi vida... tenía un objetivo...

Entonces busqué por primera vez el título. Era *Markings,*

las anotaciones privadas de ese hombre extraño, introvertido, que se llamó Dag Hammarskjold. Seguí leyendo:

> ... A partir de ese momento he sabido lo que significa "no mirar hacia atrás" y "no pensar en el mañana". Conducido... a través del laberinto de la vida, llegué a un momento y un lugar en los que me di cuenta de que el Camino lleva a un triunfo que es una catástrofe, y a una catástrofe que es un triunfo, que el precio por la entrega de la propia vida será el reproche y que la única elevación posible que le es dada al hombre se encuentra en los abismos de la humillación..."

Sin comprenderlo, me conmovió de una manera extraña. Sentí necesidad de copiarlo en la última hoja de mi agenda de bolsillo, donde no podía dejar de verlo todos los días. Acababa de terminar cuando entró Takeshi. Tosió, silbó, hizo una reverencia y me rogó que le concediera un momento de mi valiosísimo tiempo.

—Sí, Takeshi. ¿Qué sucede?

—Hay algo que debo decirle, señor. Y no es fácil.

—Siéntese, entonces, y tómese tiempo.

—No, señor, gracias. Las cosas que le han sucedido a usted y a sus amigos...

—Las cosas que han sucedido... ¿sí?

—Por la televisión. El día que colgaron al bebé por la ventana...

—Siga...

—El que lo sostenía era mi sobrino, ese a quien yo le mandaba siempre los sellos de correo que usted me daba.

—¿Sabía usted ya que pertenecía al *Rengo Sekigun*?

—Cuando vinieron del F.B.I. y empezaron a hacer preguntas lo supe. Antes no estaba seguro.

—¿Y por qué no se lo dijo a los agentes?

—Tengo familia en California y en Hawaii. Son buena gente. Buenos japoneses, buenos norteamericanos. En la guerra los pusieron en campos de concentración como si fueran enemigos.

—¿Por qué no me lo dijo a mí?

—Usted estaba en México.

—Pero, ¿y después? Esa gente podría haberme secuestrado a mí, a la señorita Suzanne. Nos advirtieron que era posible.

—Si mi sobrino hubiera venido aquí, lo habría matado.

—El lo habría matado antes a usted, Takeshi.

—Señor, esas cosas uno las sabe, pero no las cree. Ahora lo creo, cuando es demasiado tarde.

—Tendría que haberme dicho todo esto antes.

—Así es, pero estaba demasido avergonzado. Si usted prefiere, señor, me iré mañana.

—Takeshi...

—¿Señor?

—¿Por qué quiere irse?

—Mi sobrino me deshonra; yo lo deshonro a usted.

—El honor es un junco, Takeshi. Cuando uno se apoya en él, se dobla.

—Entonces, señor, ¿en qué nos apoyamos?

—¡Siéntese, Takeshi, por el amor de Dios! Me canso de verlo ahí parado... ¿Recuerda usted al hombre que duerme en una tumba?

—Sí, señor.

—Hoy me dijo que para vivir no hay términos medios. O se muere por una verdad o se mata por ella. ¿Tendré que creerle?

—Es lo mismo que dice mi sobrino.

—¿Y qué dice usted, Takeshi?

—No se corta una planta para conseguir que florezca. Y para lo que le sirve la verdad a un muerto... ¿Está usted avergonzado porque no duerme también en una tumba?

—No... porque no tengo el valor.

—Durante la guerra, cuando llegaban las noticias de las cargas al grito de *banzai,* y de los pilotos *kamikaze,* mi padre solía menear la cabeza y decir que un cobarde prudente era mejor que un héroe idiota. Creo que tenía razón.

—Takeshi, ¿realmente tiene que irse? ¿Consiguió un trabajo mejor?

—No, señor.

—¿Por qué no se queda un tiempo y nos apoyamos mutuamente?

Sin rebajarse a demostrar placer, aprovechó la ocasión para hacerme una triple reverencia y manifestarse de acuerdo. Después me preguntó si había perdido la fe en sus condiciones para cocinar o para atender la casa... y, si no era así, ¿por qué la señorita Suzanne no se quedaba aquí en vez de vivir en algún hotel enorme y atestado...? Lo cual era la suma del buen sentido; sólo faltaba conseguir que ella lo viera.

A LAS CINCO DE LA TARDE vino a visitarme Saul Wells. Había seguido pasando informes regulares a George Arlequin y tenía la impresión de que ya no se asignaba gran valor a sus servicios. Le intrigaba que hubiera renunciado. La paga estaba bien, pero se estaba creando una situación que él no entendía. No quería que terminaran cargándole el muerto a él y tenía la esperanza de que yo pudiera aclararle algo.

Le dije una semi verdad; Arlequin era un hombre quemado. Tenía que mantenerse ocupado y necesitaba controlarlo todo. Yo no había querido que nuestra amistad se viera puesta a prueba por cuestiones de política comercial. Saul lo aceptó con cierta reserva. Cuando le pregunté por Bernie Koonig, se mostró inmediatamente animado:

—La de Koonig es una historia rara. Es un matón de segunda que se alquila a usureros y apostadores. Frank Lemmitz, como sabemos, solía contratarlo. Lo que no sabíamos, y lo que tanto tiempo me llevó descubrir, es que en California solía trabajar para Basil Yanko, que estaba entonces casado con su segunda mujer, la que voló en la explosión de la lancha. Koonig tenía el mismo trabajo que tenía Lemmitz en Nueva York: chófer, guardaespaldas, llámelo como prefiera. Después del accidente se fue de California para venirse al Este. Entonces tenía dinero, y mucho, pero se lo gastó y empezó con los trabajos anónimos. Desde la muerte de Lemmitz está cada vez más asustado...

—¿Habló usted con él?

—Yo no. Bogdanovich.

—Estuve con él esta mañana y no me dijo nada.

Saul Wells me dedicó una larga mirada de soslayo, desenvolvió un cigarro nuevo y se tomó largo rato para prepararlo y encenderlo.

—Vea —empezó por fin, con aire de incomodidad—. Yo soy un simple muchacho judío: envío dinero a Israel y voy a la sinagoga. Aaron no es tan simple, y las cosas que hace son diferentes. Yo jamás pregunto cómo las hace ni por qué las hace. E incluso si me lo dijera, sabría que eso no es más que parte de la respuesta. Es como un prestidigitador que le pone a uno una pastilla de menta en la boca y le hace salir limonada por el codo. Es un truco. Uno espera que entre los dos hechos se pueda encontrar una conexión, pero no hay ninguna. Con Bogdanovich siempre hay una conexión. Como cuando una chica se acuesta con un tipo en París y un hombre saca un pasaje aéreo en Lima, Perú, y a los cuatro días un cadáver aparece flotando en el río Delaware... Con que Bogdanovich habló con Bernie Koonig y no se lo dijo a usted. ¡Pues déjelo así!

—¿Qué más puede decirme, Saul?

—Basil Yanko se ha puesto en contacto conmigo.

—¡Al demonio! ¿Para qué?

—Quiere que Lichtman Wells se ocupe de los problemas de seguridad de Creative Systems. Es un contrato importante.

—Sería una tontería que lo rechazaran, Saul.

—Sí, ¿verdad? También me ofreció cien mil dólares de honorarios por un servicio personal.

—¿Qué servicio?

—Copias de todos los informes que pasé a Arlequin et Cie y de cualquier otro documento del que pueda echar mano. Le dije que lo pensaría y después lo hablé con Aaron.

—¿Y él qué dijo?

—Le pareció una buena idea... siempre y cuando le diera los documentos a él antes de pasárselos a Yanko.

—¿Está Arlequin al tanto de eso?

—Claro, y no parece que le importe. Si es el consejo de Aaron, él lo sigue.

—Entonces, ¿por qué me lo cuenta usted, Saul?

—Porque me parece que estamos los dos en el mismo barco, señor Desmond... remontando sin remo el mismo riachuelo. Arlequin se distancia de usted, Aaron se distancia de mí. Los dos son tipos de agallas y yo no quiero verme envuelto en el lío. Cuando estuve hablando con Aaron, me dijo: "Haga que le paguen en efectivo, Saul. En la cárcel no se pueden firmar cheques, y cuando uno se muere el banco suspende los pagos".

—¿No le preguntó qué quería decir?

—Usted no oyó lo que le dije, señor Desmond —me reprochó Saul con aire lúgubre—. Con Aaron, si uno no entiende las palabras, es que no merece saber.

Yo seguía tratando de tragarme ese trozo de cartílago cuando Hilde y Karl Kruger llegaron, jadeantes, de hacer compras por la Quinta Avenida. Hilde tenía dolor de pies, tres vestidos nuevos y un broche de diamantes. Karl, un agujero en la billetera y una sed que se moría. Saul Wells miraba desorbitado los vastos encantos de Hilde, y cuando ella se enroscó en el diván, se le sentó lo más cerca que pudo y charló hasta por los codos, mientras Hilde bebía lentamente de su vaso y sonreía con aire soñoliento durante el monólogo. Si llegó a entender una palabra de cada diez, yo soy un hotentote de dos cabezas; pero Saul era un hombre y Hilde no le pediría otra cosa mientras él no lo hiciera... y llegado ese momento, iba a necesitar hasta el último centavo de sus cien mil dólares.

Karl Kruger desparramó en un sillón su vasta humanidad, se embuchó medio litro de cerveza en tiempo récord, eructó alegremente y después pidió un whisky para calmar los nervios. Las mujeres, declaró, son las más espléndidas criaturas de Dios, siempre y cuando uno no tenga nada que ver con ellas mientras no ha caído la noche. Ir de compras era una diversión para cretinos, entre los cuales él era el menos inteligente. Cuando le pregunté cómo iban las cosas entre Arlequin y Basil Yanko, gruñó con irritación.

—¿Y por qué vienes a preguntármelo a mí, eh? Le dije a George que era un estúpido por haberte dejado ir... Las cosas siguen. Han estado viendo un proyecto de acuerdo que es el que recomiendan sus abogados. Yo hablo con George, hablo con Yanko, y no termino de entender cómo es posible que no intervengan la policía ni el F.B.I. El tipo es un criminal.

—Mientras no esté probado, no, Karl.

—¿Pero acaso quieren hacerlo? Jamás en mi vida he visto leyes tan complicadas. En este país, si uno es rico casi puede volver a escribir el código, y las autoridades le ayudan a hacerlo.

—Sólo cuando les conviene, Karl... y con el clima actual, les conviene. ¿Cómo encuentras a George?

De pronto se mostró grave y mesurado.

—Te dije una vez que había cierta debilidad en él. ¡Pues ya no! Es duro como granito. Escucha, piensa, decide. Tras eso, no hay quien lo mueva. Yanko lamenta haberse metido con él.

—¿Pero llegarán a un arreglo?

—¡Oh, eso sí! Pero tiene que ser con decoro. Es lo que necesita Arlequin para reconquistar su lugar en el mercado; no basta con ganar, tiene que ganar con magnanimidad. Ya se lo dije, y Herbert Bachmann también.

—¿El estuvo de acuerdo?

—Claro que sí. "Karl —me dijo—, yo soy muy buen actor. La gente creerá lo que le parece ver. Todo el mundo estará satisfecho, salvo yo."

Hilde se bajó del diván, atravesó descalza la habitación y vino a rodearme el cuello con los brazos.

—¡Paul —susurró—, por el amor de Dios, rescátame de este *klumpen*!

Saul Wells la siguió, pero Karl Kruger lo detuvo aferrándole con su manaza la muñeca mientras ordenaba:

—¡Quiero hablar con usted, señor Wells! Me dicen que es usted muy eficaz en asuntos de seguridad. ¿Qué es eso, amigo mío? ¿Seguridad para qué y contra quién...?

Hilde me acorraló en el rincón del bar, me sujetó la mano y preguntó:

—Paul, ¿qué es lo que vas a hacer con Suzanne? Está encerrada como una monja en ese maldito hotel, golpeando todo el día la máquina de escribir. Mira a George Arlequin con sus grandes ojos de gacela y dice: "Sí, señor. No, señor". ¡y si lo dijera en sánscrito, él ni se enteraría! ¡Dios del cielo, qué desperdicio! No es que me gusten las mujeres, pero ella es una de las que están bien. ¡Escucha, querido! ¡Todos nos hacemos viejos y arrugados! ¡No pierdas tus mejores años, ni los de ella tampoco!

—Hilde, tesoro, ya le pedí que se casara conmigo, pero dice que necesita tiempo.

—¡Paul, eres más *klumpen* que éste! Ninguna mujer necesita tiempo. Si no tiene un hombre, no sabe qué hacer con el tiempo. Mira a Karl. Está demasiado gordo, demasiado viejo, y un día se caerá muerto camino a la oficina... pero yo lo amo, y cuando él no esté, me marchitaré como una manzana de invierno.

—¡Hilde, eres un amor, pero estás borracha!

—Tú también eres un amor, querido; pero estás demasiado sobrio para tu propio bien. ¿Cuándo vas a volver a ver a Suzy?

—Esta noche, si consigo sacaros a todos vosotros de aquí.

—¡Pues díselo entonces! ¡No se lo pidas! Le dices "ahora o nunca", y punto. Y si discute, mándala a su casa y llámame. ¡Karl, levántate! Paul tiene invitados. Usted también, señor Wells. ¡Vamos...vamos! Y en cuanto a ti, Paul querido, cuando tengas todo arreglado me llamas, me das tu libro de cheques y te traeré la novia más bonita que hayas visto... ¡Por Dios, qué estúpidos son los hombres! Señor Wells, alcánceme los zapatos. Karl, gran bobo, vamos rápido.

Desaparecieron en un torbellino de despedidas, en medio de una nube de humo y vapores de whisky. Me apresuré a afeitarme, ducharme y vestirme, mientras Takeshi, entre ominosos rezongos, empezaba a ventilar y ordenar la habitación. Cuarenta minutos más tarde estaba tan fresca y tranquila como el jardín de un templo. La mesa puesta, los cócteles preparados, las velas encendidas, mientras Oistrakh tocaba Beethoven, pero Suzanne aún no había aparecido.

Llegó una hora atrasada, desarreglada y al borde de las lágrimas. No se había cambiado y tenía el pelo hecho un asco. En un bolso de mano traía la ropa y sus artículos de maquillaje; necesitó una hora más para bañarse y vestirse. Takeshi, noble hijo de los samurais, le aseguró que si ella prefería, se podía servir la cena a medianoche. Preparé las bebidas y me regocijé secretamente mientras ella se descargaba de las angustias de un día tremendo, espantoso.

La mañana había estado llena de asuntos bancarios: la partida de Larry Oliver, una larga reunión con Standish, cables de Ginebra y de las sucursales extranjeras, informes del mercado, problemas de los clientes, movimientos de divisas, frenéticas llamadas telefónicas para transmitir órdenes y retirar comisiones de Europa. A la tarde había venido Milo Frohm, fresquito desde Londres, lo que significaba que Suzy había estado mano sobre mano mientras él y George Arlequin se encerraban durante dos horas. El pequeño Paul había tenido cólicos, lo cual equivalía a tener que correr en busca de un médico y tranquilizar a un matrimonio de abuelos franceses. Después, a las cinco y media... ¡pero si seguramente éste era el país más incivilizado del mundo!... a las cinco y media hubo una reunión entre Arlequin y Yanko, con los abogados de ambos, así que ella tuvo que volver a esperar a que las notas estuvieran listas, tomarlas en taquigrafía, pasarlas a máquina en borrador y volverlas a pasar después de media hora de enmiendas... Para que finalmente, George se fuera sin una palabra de agradecimiento o de disculpa. Era demasiado. Suzy ya casi no podía esperar a que... a que...

No le pregunté qué sucedería entonces. La encerré en el dormitorio y la dejé reparando los estragos del día, mientras yo leía un poco más de Dag Hammarskjold y Takeshi canturreaba sobre ollas y cazuelas.

La cena fue tranquila. Comer, beber, escuchar música, felicitar a Takeshi cada vez que asomaba la cabeza por la puerta. No hablamos mucho, porque las palabras podían obstruir la armonía. Era tan simple sonreír y rozarse las manos y mirarse a los ojos volviendo a sonreír y levantar un vaso para sorber el vino seco del contentamiento. Después, cuando Takeshi se retiró y nos acurrucamos como gatos en la semipenumbra, le pregunté:

—¿Te quedas esta noche?

—Vine preparada... por si tú querías.

—De eso se trata, querida... de no tener que irse a casa.

—Te hice daño, *chéri*. Lo siento.

—Y yo perdí la cabeza. Discúlpame.

—Paul, ¿piensas alguna vez en Julie?

—Durante el día no. A veces tengo pesadillas en que la veo en el callejón o en el hospital, y yo estoy atado y no puedo llegar a ella. ¿Por qué me lo preguntas?

—La noche que estuvimos en casa de Francis Mendoza hicimos el amor y tú te quedaste dormido. Yo estuve mucho tiempo despierta. Tú hablabas en sueños, y pronunciabas el nombre de ella, no el mío. Eso me obsesionó... Después, cuando George me pidió que me quedara en el Salvador, me sentí encantada. Tuve toda clase de fantasías infantiles: que él se despertaría en mitad de la noche, sintiéndose solo, y vendría a mí; que yo lo oiría dar vueltas en la oscuridad, inquieto y quejándose, e iría hacia él... Las primeras noches me pasé horas y horas despierta, esperando... esperando, sin que pasara nada. Por eso reñí contigo. A la noche siguiente soñé con él, como tú debes de haber soñado con Julie. Estaba ahí, pero yo no podía alcanzarlo. Después yo estaba libre, pero él se había ido... Cuando me desperté, todo había terminado... realmente, no quedaba nada. A la otra noche, muy tarde, vine aquí y tú no estabas. Te dejé la nota por debajo de la puerta. ¿Qué tontería, verdad? ¡Soñamos con otras personas y no podemos soportar estar separados!

—Querida, los dos hemos vivido mucho, y yo más que tú. No podemos borrarlo, ni debemos intentarlo. Lo vivido es lo que nos enriquece, para nosotros y para los demás. ¿A quién le interesa un libro lleno de páginas en blanco? Todos tenemos amantes-fantasmas. Todos tenemos sueños dorados, y negros también... pero en los sueños somos sombras que persiguen espectros. Cuando nos despertamos...

—Eso es lo que me preocupa, *chéri*. ¿Qué pasa cuando nos despertamos?

—Buscamos el rostro conocido, la sonrisa familiar. Tocamos el cuerpo que conocemos, necesitamos su olor, su sabor, el consuelo de su presencia. El conocimiento es necesario al amor. Sin él no tenemos siquiera la certidumbre de ser nosotros mismos. Soñamos con lo que no fue, pero volvemos agradecidos a lo que es, al ser que es. No podemos casarnos con fantasmas. En ellos no hay sustancia ni calor alguno... ¡Demonios! Estoy hablando como un filósofo barato.

—Ojalá hubieras dicho todo eso hace mucho tiempo.

—Es que entonces no lo sabía... O tal vez sí, pero era demasiado orgulloso para decirlo. Suzy, amor, no esperemos más. Dime que sí y empecemos a vivir juntos como es debido. Estamos desperdiciando el tiempo, y desperdiciándonos.

—Una pregunta, Paul. La última, te prometo: ¿Podemos quedarnos con George hasta que esto termine?

—Claro que sí, y lo haremos.

—Entonces, sí, amor mío... ¡Sí! Oh, *chéri*, ¡qué bueno es estar en casa!

¡Qué cosa extraña: nada de dramático en el momento! Fue todo tan simple y tranquilo y fácil, como deslizarse al abrigo de la tierra, dejando atrás el viento y el movimiento del mar. Seguíamos aún oyendo la tormenta; seguíamos viendo las negras nubes que galopaban sobre la cumbre de las colinas, pero nosotros estábamos en puerto, seguros, y podíamos finalmente permitirnos una plegaria por otros pobres navegantes.

A LA MAÑANA FUIMOS JUNTOS hasta el Salvador para decírselo a George Arlequin. Dijo que se alegraba por los dos y se mostró agradecido de que Suzy estuviera dispuesta a esperar que él hubiera terminado con sus asuntos en Nueva York.

Nos preguntó dónde y cuándo nos casaríamos. Le dijimos que esperaríamos a estar todos de vuelta en Ginebra para celebrar juntos el acontecimiento. De eso dudaba un poco; sus planes eran inciertos. Sería mejor que dispusiéramos las cosas sin tenerlo en cuenta. Si podía estar con nosotros, claro, estaría encantado.

Al preguntarle cuándo pensaba concluir con Yanko cayó en vaguedades: muy pronto, una semana, un poco más tal vez. Todavía había cosas que arreglar con Milo Frohm, pero no dijo qué eran. Tampoco se lo pregunté. Decidí que tenía derecho a preguntárselo yo mismo a Milo Frohm y lo llamé desde el teléfono del vestíbulo. Dijo que podía dedicarme una hora antes del almuerzo y que estaría dispuesto a que nos encontráramos en mi apartamento... aunque no encantado, exactamente. El preámbulo resultó más embarazoso de lo que yo había anticipado.

—Señor Frohm, me encuentro en una situación difícil. Como usted sabe, no tengo ya ningún status legal en los asuntos de Arlequin, e incluso mi situación personal ha cambiado. El ha expresado claramente que no quiere que yo siga interviniendo en nada. Sin embargo, yo sigo siendo su amigo y estoy preocupado por él. Me gustaría hablar extraoficialmente con usted. ¿Tiene algún inconveniente?

—Ninguno. Con que usted entienda que hay ciertas informaciones que debo reservarme...

—Eso lo entiendo, y lo acepto.

—¿Cuál es su problema, señor Desmond?

—Si trato de definirlo no lo conseguiré. Empecemos por el hecho de que George ha perdido a su mujer y ha pasado por una experiencia brutal con su hijo. Se ha encerrado en una especie de infierno propio...

—Y usted quisiera sacarlo de allí.

—Tengo miedo de lo que puede hacer mientras permanezca en él.

—Adelante, señor Desmond.

—Sé que se está llegando a un arreglo con Basil Yanko. Fui yo quien puntualizó los primeros términos.

—¿Sí?

—Ahora no sé qué resultado va a dar. Me temo que pueda ser el preludio de una tragedia peor que cualquiera de las que ya hemos visto.

Milo Fróhm consideró la idea, sin rechazarla. Empezó una cautelosa explicación.

—...Hablemos del arreglo... que en realidad, no es tal arreglo sino un pacto bastante difícil... A mí no me gusta, pero me presionan para hacerlo. A Arlequin tampoco le gusta; pero la presión que soporta él es más grande... Ninguno de los dos tiene la menor duda de que Yanko está detrás de todo lo que sucedió. Algunas cosas podemos probarlas, otras no. Algunas, sólo podremos probarlas después de largas investigaciones y procedimientos legales frustrados. Cada cosa que hacemos, y todo lo que hacemos, tiene agudas consecuencias políticas... La justicia es lo que menos nos preocupa, porque es imposible de lograr. No podemos traer de vuelta a los muertos. Por ende, lo que procuramos lograr es la ilusión de que se hizo justicia, mediante un compromiso mutuo sin llegar al tribunal. Ahora bien, yo pienso que eso es un error. Así se desacredita la ley, se debilita el orden público, que en este momento descansa en un mecanismo de coacción muy débil. Sin embargo, yo dependo de la autoridad; investigo, informo y aconsejo, pero no puedo decidir la acción. De hecho me veo obligado a someterme a la opinión contraria, que dice que si no se puede hacer prevalecer una acusación no hay que presentarla; que es mejor tolerar a un criminal en un alto cargo que demostrar públicamente que uno es impotente contra él. La teoria es desgastar su poder sin hacerle frente... La consecuencia de esa actitud es que se completa el divorcio entre la política y la moral... y en resumidas cuentas, se paga por ello un precio de mil demonios.

—¿No pervierten también ustedes la ley, señor Frohm?

—No exactamente, señor Desmond. Sería más exacto decir que se la usa de manera perversa. Le daré un ejemplo: la confesión de Aurelio Gálvez. Es un documento auténtico. Preséntelo en un tribunal y la defensa atacará con toda justicia su credibilidad. En nuestra situación, lo único que necesitamos es decir que pensamos que no será válido ante un tribunal. En eso no hay nada de ilegal. Arlequin y la República son demandantes y pueden elegir libremente las pruebas que presentan, incluso en un caso de asesinato. No decimos que Yanko sea inmune al procesamiento, ahora o más adelante. Simplemente, estimamos el valor de nuestras pruebas...

—Comparándolas con una suculenta aportación en efectivo de Yanko. Eso es soborno.

—Lo sería, si tal consideración se hiciera explícita. Lo que se expresa es, en realidad, una reparación voluntaria de los daños y perjuicios...

—Causados por conspiración criminal.

—Por parte de empleados a quienes el señor Arlequin renuncia generosamente a demandar...

—¿Y ahí se acaba todo?

—Usted sabe que no, señor Desmond. Que eso sea viable depende de toda una combinación de actitudes políticas, presiones en el mercado y maniobras legales. Para que se mantenga se necesita una conspiración del silencio.

—Ocultación de un delito, en una palabra.

—Lo que es tremendamente difícil de probar. Una vez lo intenté y terminé hecho pedazos... No, señor Desmond, si hacemos el pacto tenemos que conseguir que dure.

—No durará. Hace agua por todos lados. Yanko obtiene una suspensión de la amenaza, no una inmunidad total. Y a George Arlequin lo indemnizan con dinero por su mujer muerta. No creo que ninguno de los dos quede satisfecho.

—Yanko está bajo presión y aceptará.

—Y George Arlequin también aceptará, pero...

—¿Pero qué, señor Desmond?

A partir de ese momento el terreno se ponía resbaladizo para mí, y los dos lo sabíamos.

—Lo que sugiero, o sueño o invento como paso siguiente... es otro pacto, por el cual Yanko desaparece y a George Arlequin se le concede inmunidad.

La idea no le resultó ajena, pero la eludió.

—¿Y eso le preocuparía, señor Desmond?

—Destruiría al hombre que ha sido mi amigo durante veinte años.

—Pero de acuerdo con lo que usted inventa, gozaría de inmunidad.

—Nunca ante sí mismo, señor Frohm... Bien, pues, estamos solos y la conversación no es oficial. En su opinión, ¿es posible que el sueño se haga real?

—Sí, lo es.

—Y usted, como funcionario de la ley, ¿se prestaría a ello?

—No. Sólo dije que puede suceder.

—Si Arlequin fuera amigo de usted...

—Lo es, señor Desmond. Hemos llegado a estar muy próximos, y siento por él la mayor admiración.

—¿No ha intentado disuadirlo de dar ese paso?

—Le he señalado los riesgos que implica.

—¿Y...?

—Estamos de acuerdo en un principio, que fue enunciado por un tal George Mason, delegado de Virginia, cuando se proyectaba la Constitución de los Estados Unidos: "¿Ha de estar algún hombre por encima de la justicia? Sobre todo, ¿ha de estar por encima de ella aquel que pueda cometer la mayor de las injusticias...?"

—George Arlequin habló de asesinato.

—Conmigo no —declaró tranquilamente Milo Frohm—. Y

con usted, si es que usted lo entendió correctamente, lo hizo en privado y acicateado por la pasión... Ha sido usted muy franco y se lo agradezco como un cumplido. Procuraré devolvérselo, transmitiendo su preocupación a George Arlequin.

—Es una frase muy cautelosa, señor Frohm.

—Es que yo soy un hombre cauteloso —declaró Frohm con una sonrisa torcida—. Tengo que serlo. Estoy andando por la cuerda floja. Me gustaría ser instrumento de la justicia, pero me pagan como agente de la ley, que no es de ningún modo la misma cosa, de ningún modo...

Me dejó cavilando sobre esa siniestra adivinanza y buscando en vano las claves para resolverla. En Nueva York, era mediodía; en California, las nueve de la mañana. Llamé a Francis Xavier Mendoza y le di la noticia de mi compromiso con Suzanne. Se alegró indescriptiblemente. El sábado estaría en Nueva York y organizaría una cena para celebrar nuestros esponsales. Lo anticuado de la palabra me movió a risa, pero a él le encantaba y dijo que hasta era posible que la usara en una canción que entonaríamos durante la cena. Iba a telefonear a su distribuidor en Nueva York para que reservara los vinos, y en cuanto al menú, lo planearía él personalmente, y con gran alegría...

...¿Y cómo estaba mi amigo? Mendoza había visto todo el horror del secuestro. Noche tras noche había orado, pidiendo una solución misericordiosa... Entendía mis actuales temores. Tal vez cuando él viniera a Nueva York pudiera encontrarse con George Arlequin. Me pareció una buena idea... En cuanto a mí, ya no me quedaban recursos estratégicos ni gracia alguna para derramar. Mendoza me reprochó diciéndome que yo era el más colmado de gracias entre los hombres. Debía seguir estando próximo a Arlequin y continuar haciendo preguntas. Y conservar a Suzanne como si fuera una piedra preciosa, sin hacer pregunta alguna... Mendoza estaba seguro de que no tardaríamos en compartir aquella preciosa botella.

Ojalá hubiera tenido yo un átomo de su fe. Estaba convencido de que George Arlequin se obstinaba en su propia destrucción.

EL MIÉRCOLES DE ESA SEMANA, Basil Yanko dio a publicidad una declaración que apareció textualmente en la prensa financiera:

> ... Ha sido retirada la oferta de Creative Systems Incorporated para la compra de Arlequin et Cie. Los últimos comentarios periodísticos y una serie de trágicos sucesos que afectaron al señor George Arlequin y a su familia han creado un clima desfavorable a la fusión propuesta y perjudicial para los intereses de todas las partes. Las investigaciones realizadas en diversos países por los organismos de Seguridad han revelado graves defectos en la seguridad de los servicios de computación que Creative Systems prestaba a Arlequin et Cie. Dichos defectos han sido subsanados y Creative Systems acepta la responsabilidad de la pérdida y de los daños y perjuicios sufridos por sus estimados clientes. A fines de esta semana será firmado por el señor Basil Yanko y el señor George Arlequin un acuerdo para saldar dicha responsabilidad mediante un importante pago en efectivo. Con dicho acuerdo terminará todo litigio pendiente entre ambas partes.

La declaración iba seguida de un cuidadoso comentario editorial, que elogiaba el buen sentido de ambos interesados y la mesura con que habían manejado una negociación difícil. Destacaba "la franqueza con que se han reconocido los errores y la prontitud con que se ha respondido a las legítimas demandas". Insistía en el valor de "la cooperación entre los organismos legales de seguridad y todos aquellos a quienes interesa la integridad de la práctica comercial". Pronosticaba "una inmediata elevación del valor accionario de Creative Systems y un nuevo respeto hacia Arlequin et Cie en el campo de la inversión internacional". Al leerlo entre líneas, se lo interpretaba como un profundo suspiro de alivio, unido al ruego de no perturbar aún más un mercado que estaba ya bastante alterado.

Esa tarde hice una breve visita al Club, donde me recibieron como a un hermano a quien hace mucho tiempo no se ve. Todos habían leído la declaración. Casi todos estaban de acuerdo en que era un trapito muy bien lavado. Nadie lamentó ver que llegara a su fin un episodio muy sucio. Para variar, estaba bien ver a Basil Yanko mordiendo el polvo. Mejor aún si uno había comprado sus acciones cuando bajaban y había sacado después sus buenos beneficios en el mercado. Nadie quería hablar de secuestros, asesinatos ni fraudes. La opinión general era que, hoy por hoy, más valía no hacerse notar y guardarse para la intimidad las opiniones políticas. Arlequin se había desenvuelto muy bien. Mucha clase, el muchacho. El toque europeo, ¿eh? Una noche podría llevarlo por el Club a tomar algo... Después de una hora me fui, envuelto en la aureola de gloria del jugador audaz que había vencido al mercado.

Camino de casa llamé al Salvador para recoger a Suzanne. Todavía estaba trabajando y George Arlequin quería hablar conmigo.

—Esto se termina mañana, Paul. Yanko ya depositó los fondos en plica. Nos serán entregados tan pronto como se haga el intercambio de documentos, mañana a las cinco. Te agradecería que vinieras. Van a estar Karl Kruger y Herbert Bachmann.

—¿Y Basil Yanko?

—Naturalmente.

—¿Por qué la fiesta?

—No es una fiesta; es una condición del pacto. Yanko se avino a publicar la declaración en la prensa. Nosotros nos hacemos cargo de proporcionar las pruebas fotográficas de la reconciliación. Karl Kruger representa a los europeos. Herbert a Wall Street. Tú al resto del mundo. El fotógrafo lo contraté yo. Sé que es una concesión ridícula, pero es lo menos que quería Yanko y lo más que yo podía tolerar.

—Muy bien, allí estaré. ¿Cuánto es lo que paga Yanko?

—En total, veinticinco millones.

—Y eso, ¿qué ganancia nos representa?

—Una vez amortizadas las pérdidas por la venta de acciones, unos dos millones.

—Entonces, asunto terminado, y podemos volvernos todos a casa.

—Sí. Yo me voy el lunes, por barco. Los padres de Julie le tienen miedo al avión. Y a esta altura, yo mismo... Ah, de paso, me llamó tu amigo Mendoza. Me invitó a cenar el sábado contigo y con Suzanne para celebrar el compromiso de ustedes. Le dije que iría encantado. Me habría gustado ofrecerles yo mismo la cena, pero en este momento no es posible.

—¿Pero en Ginebra podrás estar presente en la boda?

—Sí... sí, eso espero.

—George, ¿no te habló Milo Frohm de mi conversación con él?

—Me habló, sí, y te agradezco tu preocupación; pero no es necesario que te inquietes.

—Me alegro de oírtelo decir, George. Hay otra cosa que me ha estado preocupando. Aaron Bogdanovich dijo...

—...que le debemos más dinero. Eso está arreglado. No necesitas preocuparte.

—No pensaba en el dinero, George. Es que me dijo que ustedes dos habían decidido matar a Basil Yanko.

—Así, es, Paul.

Me quedé mirándolo, boquiabierto, mientras él sonreía con tolerancia.

—¿Seguramente no habrás pensado que me olvidé?

—¡George, es una locura! Así no recuperas a Julie, ni se altera nada de lo que sucedió. No es más que una sangrienta transacción con la insania.

—¡Oh, es más que eso, mucho más!

—¡Escúchame, por Dios! Yo te empujé por este camino, y soy responsable de todo lo que ha sucedido. Con la conciencia de ello viviré hasta mi último suspiro. Pero lo que te digo, lo que te ruego, es que veas que en eso hay una futilidad horrible: vida por vida por vida por... ¿qué? George, hace veinte años que te admiro y te quiero como a un hermano. Si mi vida pudiera cambiarse por la de Julie, la cambiaría alegremente. Pero no sirve... ni la mía, ni un centenar, ni un millón de vidas. El único pago que puedo hacer es...

—El acreedor soy yo —declaró fríamente George Arlequin—, y yo estipulo los términos. Te espero aquí mañana a las cinco. ¡Después todas las deudas quedarán canceladas!

Yo era el vencido, y los dos lo sabíamos. No podía acusarlo porque no había testigos. No podía frenarlo porque era demasiado sutil y Aaron Bogdanovich conocía demasiado bien su oficio. No podía persuadirlo porque se había separado del sistema humano para ingresar en la anarquía de los destructores. Para él no tenía ya valor alguno su propia vida ni la de ningún otro ser humano. Lo dejé solo en medio de la habitación, sordo y ciego, despojado hasta el último vestigio de piedad.

Esa noche discutí durante una hora con Suzanne. Yo ya no podía participar en nada con George Arlequin, ni ella tampoco. Debía renunciar inmediatamente, ya que no necesitaba ni salario ni pensión ni nada de su dinero maldito y manchado de sangre. George estaba más allá de toda compasión, de toda discusión o razonamiento. Había cumplido su propia profecía, lo que él había sabido —y prometido— desde el primer momento. Le encantaba la conspiración y se sentía feliz uniéndose a los asesinos. Pues entonces, ¡dejémoslo en paz!

Suzanne se me opuso punto por punto. ¡De acuerdo! Había hecho voto de asesinar, pero podía retirarlo. Se lo podía atajar hasta el último momento. George era demasiado complejo para declarar simplemente que estaba chiflado. Suzanne había trabajado muchos años con él. Sí, claro que estaba conspirando, pero ¿nunca se me había ocurrido que la dureza de mi juicio podía estar pesando en su empeño...? No importaba lo que él creyera de sí mismo; Suzanne no creía que fuera capaz de asesinar. De todas maneras y a pesar de todo, seguiría trabajando con él hasta terminar su contrato. En cuanto a mí, tenía la obligación de hacer lo que me pedía y estar presente en la reunión. ¿Acaso pensaba que estaba tratando de comprometerme? No, si yo jamás había dicho eso. Pues entonces debía ir; si no iba, Suzanne jamás podría volver a confiar en nada que yo prometiera. Contesté que había hecho todo lo que había prometido. No, todavía no. Los dos habíamos prometido caminar junto a George hasta el último paso del último kilómetro y ese paso todavía estaba por darse... Y seguimos y seguimos hasta agotar las palabras y quedarnos ahí sentados, mudos y hostiles, cada uno esperando que el otro se diera por vencido. Como de costumbre, Suzanne tuvo la última palabra:

—Paul, en la reunión no puede suceder nada. La habitación estará llena de testigos, y tú serás uno de ellos. Cuando la reunión termine, tú le pides a Yanko que espere en mi cuarto y hablas en privado con George. Le dices que a menos que te prometa solemnemente que Yanko no sufrirá daño alguno, le vas a advertir antes de que salga del hotel. Así habrás descargado tu responsabilidad, y yo la mía. ¿No te parece razonable?

—Hay un fallo en el razonamiento. Si George está dispuesto a matar, está dispuesto a mentir.

—Pues si tienes la más remota duda, se lo adviertes lo mismo a Yanko, y le dices a George que lo vas a hacer.

—Si alguna vez voy a parar al banquillo, tesoro, espero tenerte a ti como abogado defensor.

—Una vez que me tengas, *chéri,* me tienes para siempre. Así que si quieres escapar, el momento es ahora.

Nos fuimos a acostar pacíficamente, pero en mitad de la noche me desperté aterrado, pensando en una nueva alternativa: ¿y si la reunión no se realizaba? Los documentos estaban listos, la intención era clara para la prensa, el dinero ya estaba bajo plica. Si Yanko no llegaba, si la muerte lo sorprendía por el camino, el nuevo presidente de Creative Systems podía concluir el arreglo y muy probablemente lo haría. En ese caso el triunfo sería completo: Yanko muerto y su dinero a salvo en los bolsillos de Arlequin. Tanto a Aaron Bogdanovich como a George Arlequin les fascinaban las ironías, y esta era demasiado tentadora para paladares tan delicados.

DIEZ

LLEGUÉ AL SALVADOR a las cinco menos diez. Estuve un momento con Suzanne y después fui a reunirme con Arlequin, quien estaba verificando documentos con sus abogados. A las cinco en punto llegaron Karl Kruger y Herbert Bachmann, y pisándoles los talones apareció un moreno joven barbudo con un par de cámaras fotográficas colgadas del cuello. A las cinco y cinco llegaron los abogados de Yanko, que inmediatamente se pusieron a comparar documentos con sus colegas.

Cinco minutos después Yanko todavía no había llegado y George Arlequin hizo un comentario mordaz sobre la impuntualidad de los genios. Cuando se hicieron las cinco y cuarto sin que apareciera, sus abogados se mostraron visiblemente molestos. Uno de ellos llamó a la oficina de Yanko y le dijeron que ya había salido. Masculló una disculpa y volvió a hundirse en sus papeles.

A las cinco y veinte Arlequin se paseaba por la habitación, arrebatado y furioso. Karl Kruger se moría de ganas de beber.

En la ventana, Herbert Bachmann y yo procurábamos hablar de bueyes perdidos. A las cinco y veinticinco hizo su entrada Basil Yanko, aduciendo como informal disculpa los embotellamientos del tráfico en el centro.

—Nuestro tiempo también es valioso, señor Yanko —le interrumpió Arlequin. El otro no se alteró.

—Esta pequeña visita me está costando veinticinco millones de dólares. ¿Puedo ver los papeles ahora, por favor?

Debía de haberlos leído ya una docena de veces, pero se entretuvo en recorrerlos y analizarlos durante diez minutos más antes de anunciar que estaba listo para firmar. Entonces, George Arlequin insistió en que los abogados de Yanko recitaran verbalmente las secciones y la intención del acuerdo.

> Ninguna de las partes se somete ni puede someterse a ninguna situación que constituya una violación de la ley...
>
> Allí donde una cualquiera de las partes se abstenga o se vea impedida de actuar, tal abstención o impedimento no incluye ni puede incluir ocultamiento de delito...
>
> Ninguna de ambas partes está inmune ni puede inmunizar a la otra contra proceso por terceros...
>
> La responsabilidad admitida por Creative Systems Incorporated se limita estrictamente a los términos establecidos. Los daños y perjuicios en cuyo pago se conviene son aceptados a cambio de la renuncia...
>
> Arlequin et Cie. y el señor George Arlequin personalmente, acceden a no presentar cargos por fraude o conspiración para defraudar contra los empleados de Creative Systems Incorporated. Las acusaciones ya formuladas serán retiradas...
>
> Se pondrá término inmediatamente a las investigaciones iniciadas por Arlequin et Cie y conducidas por encargo de ellos y bajo su autoridad...
>
> Se reconoce que las investigaciones iniciadas y conducidas por agencias federales escapan al control de las partes y se hallan fuera del alcance de este acuerdo...

Ambas partes convienen en abstenerse de la publicación en la forma que fuere de material o comentarios, ya sea sobre conjeturas o sobre hechos, que puedan ser considerados contenciosos o perjudiciales para la otra parte...

Y en el mismo tono seguía y seguía. Se leyeron los detalles y se exhibieron los documentos. Finalmente, los dos hombres se sentaron a la mesa junto con sus abogados. El fotógrafo preguntó si podía situarlos de otra manera y Yanko se negó, irritado. Lo importante no era la firma; era el grupo, después: cinco respetables hombres de negocios con su copa en la mano, felices de su riqueza. La firma resolvía un conflicto. Los tragos y las sonrisas daban toda la connotación que necesitaba el mercado: seguridad, confianza recíproca, amor fraternal. Arlequin asintió encogiéndose de hombros. Karl Kruger destacó que era un modo bastante negligente de traspasar tanto dinero. Herbert Bachmann dijo austeramente que el dinero importaba mucho menos que la buena voluntad.

Terminada la informal ceremonia, los abogados de Yanko entregaron un cheque bancario certificado por veinticinco millones de dólares. Arlequin lo guardó en su billetera, doblándolo con tan poco cuidado como si fuera un ticket de aparcamiento, lo que provocó un agrio comentario de Yanko: mejor que no lo perdiera, porque no iba a haber más.

Los abogados volvieron a cerrar sus portafolios y partieron todos juntos. Arlequin los acompañó hasta el ascensor y volvió con uno de sus detectives suizos que se encargaría de traer las bebidas. Todos pedimos whisky salvo Basil Yanko, que para no perder la costumbre pidió un zumo de tomate con una pizca de tabasco, un chorrito de limón, sin sal y con una ramita de menta fresca. El detective salió, mientras el fotógrafo daba vueltas manipulando su fotómetro y buscando ángulos para las tomas.

Se produjo una pausa incómoda y después entró la niñera

con el pequeño Paul, recién bañado y listo para la cena. Arlequin lo levantó en sus brazos, lo besó, jugó un momento con él y lo fue presentando a todos para que diera las buenas noches.

—¿Tiene usted hijos, señor Yanko? —preguntó cuando llegó a Basil Yanko.

—No, señor Arlequin. Nunca tuve esa suerte. Es un hermoso niño.

—Se parece mucho a su madre.

—Nunca tuve el placer de conocer a la señora Arlequin.

—Tampoco este niño, señor Yanko .. Llévelo, señorita. Buenas noches, pequeño. Después subiré a contarte un cuento.

Karl Kruger farfullaba, incómodo. Herbert Bachmann se sonaba ruidosamente la nariz. Yo me di vuelta para ocultar mi indignación.

—Puede usted empezar tan pronto como sirvan las bebidas —dijo Arlequin volviéndose al fotógrafo—. ¿Cuánto tiempo necesitará?

—Diez minutos. Si usted y sus amigos no hacen caso de mí y actúan normalmente, yo les iré sacando.

Momentos después entraba el detective con una bandeja de bebidas y una fuente de canapés.

—Nada de llamadas ni visitas mientras no hayamos terminado —le advirtió Arlequin.

Herbert Bachmann levantó su vaso para brindar.

—Por el fin de las disensiones, caballeros.

Arlequin dedicó el segundo brindis:

—A Karl, mi agradecimiento por sus esfuerzos..

—Salud —respondió Basil Yanko—. Y por usted, Herbert. Le agradezco que haya venido hoy.

—Lo hice por George —respondió secamente Herbert Bachmann— y también tengo ciertas obligaciones para con mis colegas en el mercado.

Basil Yanko se mostró tolerante pero pesaroso:

—Estimado Herbert, soy uno de los hombres a quienes no puede usted desairar. Soy desagradable a la vista, como lo fui siempre, desde niño. Ahora estoy acostumbrado. Por lo demás, sé quién soy y lo que hago. ¿Cuántos de sus respetables colegas pueden decir lo mismo?

—Yo pensaba —dijo suavemente George Arlequin— que teníamos que parecer contentos.

Basil Yanko lo miró con tenue desprecio.

—Me temo que yo soy el esqueleto en su fiesta, señor Arlequin. Si me perdonan, me retiraré.

—¡Por favor, señor! Unas instantáneas más —protestó el fotógrafo.

—Yo no tengo ningún inconveniente en prescindir de las fotografías —declaró George Arlequin—. Fueron idea de usted, no mía.

Yanko volvió a levantar el vaso.

—Pues me quedaré... Dígame, señor Desmond, ¿cuánto tiempo seguirá en Nueva York?

—Tal vez otra semana, no más.

—Creo que se casa.

—Así es.

—Eres un hombre de suerte —terció Herbert Bachmann—. Espero que lo sepas.

—Lo sé, Herbert.

—Cuando yo lo conocí —declaró Karl Kruger— no tenía suficiente sentido común para abrir un paraguas si llovía.

—Y además —Basil Yanko se mostraba casi cordial—, entiendo que se retiró de Arlequin et Cie. Quisiera recordarle que mi oferta sigue en pie.

—La declino, señor Yanko.

George Arlequin agregó un acre comentario:

—Me parece prudente, Paul. Es un trabajo peligroso.

—Esas palabras son contenciosas, señor Arlequin —estalló

Yanko, enojado–. Permítame que le recuerde que constituyen una violación del acuerdo que acaba usted de firmar.

–Yo no oí nada contencioso –apuntó Karl Kruger–. ¿Y tú, Herbert?

–Tampoco, Karl. En todo caso, estoy un poco duro de oído.

Basil Yanko se bebió de un trago el resto del zumo de tomates y dejó el vaso.

–Soy demasiado viejo para juegos de niños, caballeros. Tengo que irme.

–Si se mueve –anunció amistosamente el fotógrafo– es hombre muerto –con la mayor de sus cámaras apuntaba directamente a la cara de Yanko–. Esta es letal. Dispara seis proyectiles de cianuro– explicó.

–¿Qué demonios es esto? –lo desafió George Arlequin.

–¡Por favor! –el fotógrafo sacudió una mano con impaciencia–. Siéntense todos a la mesa y apoyen las manos abiertas encima.

–¡Todo el piso lleno de detectives –comentó Yanko con disgusto– y viene a suceder esto! ¿Qué es lo que quiere? ¿Dinero?

–¡Siéntense!

Nos sentamos en semicírculo, apoyando las palmas en la superficie pulida. El fotógrafo se sentó enfrentándonos, con la cámara puesta sobre la mesa, el dedo sobre el disparador.

–Si alguien se mueve o grita, le disparo –explicó sin ambages–. Si nos interrumpen, usted resolverá la situación, señor Arlequin. Estamos en conferencia y no queremos interrupciones.

–Es la indicación que ya di.

–Es posible que tenga que repetirla. ¿Querían saber quién soy? El señor Nadie. ¿Y para qué estoy aquí? –sacó del bolsillo una hoja doblada escrita a máquina y un lapicero y los dejó sobre la mesa–. Estoy esperando, como todos ustedes... Señor Yanko, acaba usted de beber un vaso de zumo de tomate. Lamento decirle que estaba envenenado.

Primero el espanto inmovilizó a todos; después se oyó un suspiro de horror. Sólo Yanko siguió impávido.

—No le creo.

—No le estoy pidiendo que me crea —precisó tranquilamente el fotógrafo—; le comunico un hecho. Muy pronto se sentirá pesado y adormilado. Después perderá el control muscular. Entonces se dormirá y luego morirá. No será doloroso ni largo. En quince minutos estará usted inconsciente.

—No puede usted hacer eso —articuló George Arlequin—. No puede quedarse mirando morir a un hombre.

—Permítame que lo corrija, señor Arlequin. Todos nos quedaremos mirándolo morir.

—¡Pues no! —Karl Kruger levantó su enorme puño y la cámara apuntó a su pecho. La mano bajó lentamente—. ¿Por qué Yanko? ¿Por qué no cualquiera de nosotros?

—Esto... —el fotógrafo levantó el papel doblado—, esto es una lista de muertes. En ella hay seis nombres y un resumen de la forma en que murió cada persona. Les leeré los nombres: la esposa de Basil Yanko, muerta en la explosión de una lancha; la señorita Ella Deane, atropellada por un coche; la señorita Valerie Hallstrom, de un disparo; el señor Frank Lemmitz, de un disparo; la señorita Audrey Levy, secuestrada en Londres, a quien se da por muerta; la esposa de George Arlequin, de un disparo... Todas esas muertes fueron organizadas y financiadas por Basil Yanko.

Basil Yanko estaba rígido en su silla. Emitió una risa áspera y sin humor y sacudió la cabeza.

—¡Oh, vamos! ¡La treta más vieja del mundo! ¿Preparó usted esto, señor Arlequin? ¿Usted, señor Desmond?

—Jamás he visto a este hombre en mi vida —declaró Arlequin—, ni he cambiado palabra con él hasta esta noche.

—Es verdad, señor Yanko. ¿Sabe usted? Valerie Hallstrom

era mi colega. Lo mismo que Audrey Levy, a quien le encargaron que vigilara a Lemmitz en Londres... Ustedes juegan duro, y nosotros también.

—Pero no pueden probar un carajo, y bien que lo saben.

—Unicamente la policía necesita pruebas. Nosotros no. ¿Cómo se siente? ¿Un poco pesado? Es lo normal... ¡No, señor Yanko! Si trata de levantarse le dispararé, y eso sí será doloroso... Hasta ahora, es usted más privilegiado que cualquiera de los que mató. Se está muriendo, pero está muriéndose en paz. Sin dolor, sin confusión... Está sudando, señor Yanko. Eso es indicio de lucha, que no sirve para nada. Relájese y nada más.

—¿Qué demonios quieren de mí?

—Nada. Fue interesante lo de su mujer. Bernie Koonig nos lo contó. Usted estaba en Nueva York. El puso gasolina en el pantoque y cuando ella apretó el arranque... ¡bum! No entendíamos por qué nunca se deshizo de él como de Frank Lemmitz. Probablemente en esa época fuera más blando... o tuviera menos experiencia. ¿Cómo se siente? Flexione los dedos. Las reacciones son un poco lentas. Todo va muy bien... —empujó a través de la mesa el papel y la pluma—. Debería leerlo mientras todavía puede enfocar la vista... Lo gracioso con esto, caballeros, es que todavía tendríamos quince minutos para salvarlo y quedaría perfecto. Caso contrario, está *kaputt*. Como ve usted, señor Yanko, el documento está redactado como confesión. ¿Le gustaría firmarla?

—¡Antes lo veré en el infierno!

—No, señor Yanko. Nosotros lo veremos partir.

—¡Por el amor de Dios, hombre! —la voz de Herbert Bachmann sonaba quebrada y temblorosa—. Esto es tortura.

—Ya lo sé, señor —el fotógrafo era tan razonable como cualquiera—. Pero el señor Yanko es impermeable al sufrimiento. La señora Arlequin murió con un balazo en el vientre. A su hijo lo colgaron de las manos por una ventana del quinto piso... el mismo niño que vieron aquí esta noche. A Audrey Levy probablemente la torturaron antes de matarla... Sin embargo, si el señor Yanko quiere poner término al sufrimiento de ustedes y al suyo propio, no tiene más que firmar la confesión. Entonces yo me iré y ustedes todavía estarán a tiempo de conseguir un médico.

Yanko seguía resistiéndose. Aunque su voz era un poco pastosa, en ella seguía trasluciéndose la burla.

—¿Ven? ¡Les dije que era una trampa!

—Si no firma usted, señor Yanko, caerá en la trampa, por la cual se cae hacia la nada. A mí me da lo mismo. Ya le cuesta hablar, y es probable que esté perdiendo sensibilidad en las extremidades.

—¡Firme, hombre! —pidió desesperadamente Bachmann—. Es su única oportunidad.

—Es su vida —señaló Karl Kruger—. Déjenlo que haga con ella lo que quiera.

—No importa lo que yo le diga, no me creerá —dijo sin malicia George Arlequin.

Se produjo un largo silencio y después vimos, fascinados, que Yanko procuraba controlar sus músculos cada vez más debilitados para tomar la pluma y escribir su nombre al pie de la hoja.

—Devuélvanmela, por favor —pidió el fotógrafo. La plegó lentamente y volvió a ponérsela en el bolsillo.

—Señor Yanko —dijo después—, usted alegará ahora que este papel fue firmado bajo coerción. De modo que con esto no basta para salvar su vida. Alrededor de esta mesa hay cuatro testigos, sin contarme a mí, porque yo vengo y voy. Conteste una pregunta con una palabra. ¿Organizó usted la muerte de estas personas, sí o no?

—Pero usted dijo... prometió...

—Esta vez mantendré la promesa. ¿Sí o no?

—Sí.

—Gracias, señor Yanko... ¡No! ¡No se muevan, caballeros! En cinco minutos estará muerto.

—Pero usted prometió...

Yo no podía soportar más. Empujé hacia atrás mi silla, me levanté y empecé a andar hacia Yanko. Oí el clic de un mecanismo y la voz del fotógrafo, brusca y fría:

—Siéntese, señor Desmond.

La cámara me apuntaba al estómago. Retrocedí lentamente y me senté. Basil Yanko se tambaleaba sobre la mesa, farfullando y gorgoteando como un borracho. En un silencio impotente, seguimos mirándolo hasta que se derrumbó boca abajo sobre la mesa.

—¡Pero tenga compasión! —clamó Herbert Bachmann—. Ya tiene lo que quería. ¡Ahora vamos a buscar un médico!

El fotógrafo sonrió, sacudiendo la cabeza.

—No necesita médico. No hará más que dormir. No es más que una variante moderna de un juego muy viejo... De paso, caballeros, por si los llaman a declarar es mejor que vean esto —abrió la cámara y la hizo pasar de mano en mano—. Como ven, es una cámara fotográfica normal; no tiene nada de letal. Pueden decírselo a Yanko cuando despierte.

Herbert Bachmann recorrió con la vista a todos los que rodeábamos la mesa, escandalizado y furioso.

—¿Quién organizó todo este... este horror?

—Yo —declaró el fotógrafo—. No es agradable, ¿verdad? Pero, aunque un poco burdo, es un método de interrogación muy normal. Lo enseñan en las escuelas de policía y en las fuerzas armadas. Usted lo financia, señor Bachmann. Subsidia a la gente que se lo enseña a sus aliados... algunos de los cuales no necesitan lecciones —volvió a sacar el papel del bolsillo y se lo entregó a George Arlequin—. Esto es para Milo Frohm.

—Gracias. Se lo entregaré. Dígale a Aaron que lo llamaré.

—¿Quién es Aaron? —preguntó Herbert Bachmann.

—Nadie de quien usted haya oído hablar, señor —respondió el fotógrafo—. *Shalom!*

Karl Kruger levantó la mano inerte de Basil Yanko, le tomó el pulso y volvió a dejarla caer sobre la mesa.

—¿Y qué va a hacer con él?

—Mis hombres lo bajarán y su chófer lo llevará a casa y lo meterá en cama. Ojalá pudiera estar cuando se despierte. Me gustaría hablar con él.

Todo el mundo hacía preguntas, y yo sentí que tenía derecho a hacer la última.

—Ya tienes su dinero, George. Tienes una confesión que no será válida en el tribunal pero que lo desacreditará para siempre. ¿Qué queda por decir?

—Murió esta noche —dijo sombríamente George Arlequin—. Siempre me pregunté lo que habrá sentido Lázaro al salir de la tumba.

—Yo te diré lo que sintió, George. ¡Cuando vio lo que estaban haciéndose unos a otros los hombres, rogó que lo dejaran volver!

ERA UN GRITO DE DESESPERACIÓN; una expresión de desolación total. Mucho después de que se hubieran ido Herbert y Karl, después que se llevaron a Yanko, las palabras pendían en la habitación como la blasfemia final para la cual no hay misericordia. El círculo de mi propia condenación se completaba. Había incitado a la violencia, había colaborado con la violencia. Había visto destruir la vida. Había terminado negándola como si fuera una obscenidad.

Cuando miré mi reloj tenía la esperanza de descubrir que el tiempo se había detenido. Me quedé atónito al comprobar que apenas si eran las siete de la tarde, que Suzanne seguía escribiendo a máquina, que George Arlequin le contaba cuentos de hadas a un chiquillo de ojos muy abiertos, que la gente volvía a casa para la cena. Se me hacía insoportable esperar. Salí, pasé junto a los detectives y atravesé con ciega prisa la ciudad para reunirme con las otras almas perdidas en el bar de Gully Gordon.

Podría haber sido una hora más tarde, dos tal vez porque Gully estaba cenando, el lugar estaba casi vacío y yo refugiaba mi morbosa soledad en un reservado, cuando entró George Arlequin con Suzanne. Se me sentaron uno a cada lado, de modo que no pudiera escaparme. Suzanne me apretó entre las suyas una mano inerte.

—George quiere hablar contigo, *chéri* —me dijo.

—¿Qué hay que decir? Se acabó. Olvidémoslo todo.

—Es necesario perdonar también, *chéri*.

—No lo merecemos, mujer. Somos tan asesinos como Basil Yanko... No me refiero a ti, sino a George y a mí. Es verdad, ¿no es así, George?

—En lo que a mí respecta, sí. En cuanto a ti no, Paul. Tú trataste de frenarme. Yo no quise dejarme retener. Tú seguías intentándolo hasta el último momento.

—¿De qué estás ahora, George... de padre confesor?

—No. Intento estar de penitente. No es tan fácil como parece.

—¿Esperabas que fuera fácil?

—Posible, por lo menos.

—George, no me quedan absoluciones ni indulgencias. Ni para mí mismo.

—Pues yo las tengo —dijo gravemente Suzanne—, porque los amo a ambos... Este es el último paso, Paul. Dalo por mí.

—¿Cuánto más quieres?

—Todo, Paul. Eso es lo que significa amar.

Durante largo rato George Arlequin permaneció con los

ojos clavados en su copa y después, lenta y dolorosamente, empezó a hilvanar su confesión:

—Yo quería su muerte... quería verlo desnudo y tembloroso, esperando la ejecución. Hablé con Aaron Bogdanovich y me ofreció una docena de posibilidades. Yo jamás había sabido cuántas maneras sencillas e ingeniosas hay para matar a un hombre: una bocanada de vapor en la cara mientras baja las escaleras, un pinchazo con un alfiler envenenado, una bomba en el coche, una carta que le estalla en las manos, una bala perdida, un cultivo de virus en lo que bebe... Me daba placer estudiarlas, desplegar cada secuencia como un problema de ajedrez... Claro, ése es el símbolo: el juego de ajedrez. Las piezas son inanimadas. Trozos de madera o de metal o de marfil. Tienen nombre, pero no tienen vida, no tienen alma... Su destino se discute como un ejercicio intelectual. Los argumentos son de una sensatez eminente y Aaron Bogdanovich los enumeró todos. La ley no puede reparar la injusticia: es menester trabajar fuera de la ley. El sistema político excluye toda reforma: hay que destruirlo para poder construir uno mejor. No se puede alcanzar lo ideal: cuestión de contentarse con lo práctico. El torturador triunfa: hay que eliminarlo. El ladrón se ríe sobre su botín: a ahogarlo con el oro robado. La democracia es un fraude, porque al pueblo se lo engaña para que vote y se lo embauca con políticas que no entiende. Todos los hombres son traidores y todas las mujeres prostitutas, siempre que se acierte con el precio... Son argumentos para los que no hay respuesta, a no ser un acto de fe del cual yo ya no era capaz... ¡Cosa extraña! Tú, Suzy, y tú, Paul, lo hicisteis por mí. Creísteis que yo era alguien mejor de lo que me proponía ser. No me convencisteis porque hacía demasiado tiempo que estabais demasiado cerca de mí. Yo podía engañaros y engañarme y hacer de ilusionista para todos... Pero no pude engañar a Bogdanovich, ni dejó él que me engañara a mí mismo... Llegó el día en que había que tomar una decisión. Fui a verlo a la floristería. Estaba jugando con un gatito, muy pequeño, que había venido de la calle, perdido. Me pidió que enunciara exactamente lo que quería y yo le contesté: que me devuelvan mi dinero y la vida de Yanko a cambio de la de Julie. No discutió mi decisión. Se limitó a desnucar al gatito y lo puso delante de mí, sobre el escritorio. "Esto es lo que significa, señor Arlequin –me dijo–. ¿Puede hacerlo?"... Comprendí que no podía. Apenas si pude soportar tocar el cuerpo...

–Pero así y todo pudiste mirar cómo un hombre pasaba por la agonía de la muerte...

–Sí. Eso es lo vergonzoso. Pude y lo hice y creí que estaba viendo cómo se hacía justicia.

–¿Y todavía lo crees?

–No. Vi el terror aplastado por el terror... ¡Bueno, pues en eso estamos! Nada ha cambiado. Pensé que tenías derecho a saberlo.

Quiso ponerse de pie pero lo teníamos atrapado. Tomándolo del brazo lo retuve.

–¡Quédate, George! Te pido disculpas... Tampoco yo estoy orgulloso de mí mismo. También sobre mí dio su veredicto Bogdanovich. Dijo que quería la respetabilidad sin la virtud, la posesión sin amenaza, el placer sin pagarlo... ¡El ciudadano medio, prestándose a todos los horrores del mundo siempre que no perturben su descanso ni su cena...! Hacemos buena pareja, ¿no?

–Tengo una noticia para ustedes dos –dijo parcamente Suzanne–. Intentaron ponerse fuera de la ley y ahí están, humillados por el veredicto de un asesino. Me parece que ambos necesitan cambiar de compañía...

Con esa nota destemplada dejamos el tema, porque Gully Gordon estaba de vuelta, dándonos la bienvenida con una reverencia y preguntándonos qué música nos gustaría.

Las cuarenta y ocho horas siguientes fueron un limbo en

el que no pasaba nada. Suzanne estuvo ocupada poniendo en orden los asuntos de Arlequin antes de que éste se fuera para Europa. Yo vagaba ociosamente por el apartamento, metiéndome bajo los pies de Takeshi, eligiendo libros para dejarlos de nuevo sin haber leído más de una página, embarullándome con planes, proyectos, y horarios para un futuro que en ese momento era tan vago como el tiempo del año anterior. Leí los periódicos, preguntándome por qué no traerían la noticia del arresto de Basil Yanko. Toqué música sin oír ni siquiera un compás. Estaba como el muchachito del cuento de hadas que había perdido su sombra y no pudo vivir feliz hasta que la encontró.

Lo que yo había perdido era más que una sombra. Había perdido esa pequeña parte de mí mismo que permanecía intacta después de años de vagabundeos y de batallas indecisas. Había perdido un amigo, y uno de los pocos a quienes me hubiera entregado alguna vez con una confianza sin reservas. Había encontrado una mujer digna de amor, y había perdido el derecho al respeto sin el cual el amor dura poco más que un capricho. Ahora me enfrentaba con la prueba de fuego de una fiesta ofrecida por un hombre a quien no quería ofender por nada del mundo, para celebrar un compromiso que yo dudaba de poder cumplir alguna vez. Tres veces levanté el teléfono para deshacer la cita, y cada vez me faltó el valor y perdí un poco más de respeto por mí mismo. Suzanne estaba amorosa y solícita, pero por más que yo le respondiera, sentía que estaba en el papel de un falso amante, vacías las manos y el corazón, demasiado temeroso para confesar.

No era solamente mi vida privada la que estaba descoyuntada. El mundo que había más allá de mis ventanas también era un lugar hostil. Jamás podría volver a enfrentarlo con inocencia y sin prevención. Tendría que usar siempre la cota de malla del cínico, la daga y las pistolas del viajero desconfiado, morder todas las monedas antes de aceptarlas, amenazar a los hombres para que cumplieran su palabra, no confiar en mujer alguna y mirarme dos veces al espejo para asegurarme de que seguía siendo yo mismo. Con ánimo tan desilusionado –propio de mi edad, pero sumamente impropio de un hombre que se dirige a su banquete de esponsales– salí con Suzanne para cenar con George Arlequin y Francis Xavier Mendoza.

El lugar de la cita era uno de esos antiguos rincones de Nueva York que todavía se salvan de los bárbaros: un sótano de la Primera Avenida, cubierto de piso a techo con vinos de cosechas elegidas, amueblado con una mesa de refectorio atendida por un solo chef, dos camareros y un maestro de vinos, consagrados todos a la fe para la cual comer y beber juntos es un rito sagrado, el primero y el último de nuestra mortal peregrinación. Arlequin ya estaba allí, recorriendo las bodegas junto a Mendoza, con la reverencia de un discípulo hacia su gurú.

Mendoza nos saludó como si fuéramos mártires salvados de los leones. Besó en ambas mejillas a Suzanne, se apoderó de mis manos y, mirándome de arriba abajo, anunció:

–¡No está mal! ¡Has sobrevivido, por lo menos! Arlequin, aquí presente, me contó la historia. Me maravilla que no te falte ningún pedazo. Ahora permítanme que les muestre lo que hemos preparado... Para empezar, canapés de roquefort y nueces, con mi mejor Palomino y un poco de conversación. ¡Susana querida, ya lo sé! Te han dejado relegada. Aquí el tema eres tú y únicamente tú. ¿Todavía no abriste mi botella?

–Todavía no, Francis. ¡No están en condiciones!

–¡Ay de mí! Y yo que pensaba que eran hombres civilizados. No importa, entre tú y yo los domesticaremos. George, ya sé que Paul es un visigodo, pero de ti esperaba otra cosa.

–Yo soy un bufón –precisó George Arlequin–, y lleva tiempo desaprender el oficio.

—Tiempo y vino... y ambas cosas tenemos. Bueno, pues para la comida tenemos una *mousse* de salmón acompañada de un Pinot muy seco, de una cosecha de la cual estoy muy orgulloso... George, ¿no pensaste nunca que la fe del Islam es sabia? Sus promesas nos resultan comprensibles... agua fresca y flores y vino y mujeres generosas... Nosotros los cristianos prometemos arpas, que nadie sabe tocar, y una visión beatífica cuyo significado nadie entiende.

—Pero suspiramos por eso, Francis. El simple saber, el goce simple...

—¡Ah! Ahora andas cerca, George! La simplicidad... la unidad... Ese es el secreto que nos cuesta toda una vida aprender.

—Y que no llegamos a entender jamás.

—Suzanne, ¿por qué las mujeres son más simples que los hombres?

—¿Te parece, Francis?

—Siempre y en todas partes. Nosotros somos estúpidos, complicados. Despertamos en el pecho de una mujer y, si tenemos suerte, morimos también en sus brazos. Andamos un millón de kilómetros para volver al punto de partida. Paul, ¿qué dices tú?

—Es un buen Palomino, Francis.

—¡Bueno, dice el hombre! Si no lo hay mejor mientras no llegas a Jerez de la Frontera... e incluso allí es difícil encontrarlo. Ahora, amigos míos, tenemos lomo de buey *en croûte* con salsa Périgueux, y para acompañar, mi Cabernet del sesenta y cinco... ¡una maravilla de año, sin heladas, con la lluvia justa, el sueño de un viñatero! Y lo bebemos ahora, ocho años y medio después, tiempo de madurez para todos nosotros. Amigos míos, no importa lo que haya sucedido, no importa lo que pueda traernos el mañana, somos los afortunados: afortunados de saber, afortunados de gozar, de estar agradecidos. Unámonos en una plegaria.

Con las manos juntas y la cabeza baja, permanecimos de pie mientras él la pronunciaba:

—Comemos mientras otros sufren hambre. Reímos mientras otros están tristes. Por lo que tenemos, damos gracias. Séanos dado recordar siempre lo que otros no tienen, y toda vez que podamos, restituirlo. En el nombre del Padre, del Hijo y del Espíritu Santo. Amén.

Con un gesto nos indicó nuestro lugar: Suzanne a su derecha, Arlequin a su izquierda, yo frente a él.

—Nunca sé cómo bendecir la mesa —confesó—. Jamás comprendí por qué el Todopoderoso es tan desigual con sus dones.

—Tal vez esté ciego —acoté con impertinencia.

—O lo estemos nosotros —conjeturó Suzanne.

—O no usemos la medida adecuada —apuntó George Arlequin.

—Es lo más probable —aceptó Francis Xavier Mendoza—. Buen apetito, amigos míos.

Comimos, bebimos, hablamos de todo y nada, momentáneamente felices en presencia de un hombre bueno, que era como la sombra de un árbol acogedor en medio de un paisaje agostado. Hicimos chistes tontos. Nos reímos como hacía mucho tiempo habíamos olvidado que se pudiera reír. Después, demasiado pronto en mi sentir, llegó el momento de los brindis, que según dijo Francis Mendoza, no se debían hacer con el vino de un país nuevo sino con el del viejo: un Oporto añejo, suave, del color de los rubíes.

Aunque el grupo era pequeño, él se puso de pie para la ceremonia. Para George Arlequin, el polígloto, habló primero en español, después en francés para Suzanne, y para mí en inglés:

—¡Queridos amigos! Este es un momento de promesa; una promesa entre Suzanne y Paul, que tarde han aprendido a amarse, y entre todos nosotros que tanto nos necesitamos.

Si no pudiera yo compartir con ustedes este vino, sería el hombre más solitario del mundo, y el vino se moriría, inútil, en la botella. Si no pueden compartir todos ustedes el dolor que han padecido y el perdón que todos necesitamos, ¡ay! también ustedes vivirán en soledad y el vino de la vida les sabrá por siempre agrio. Cuando llegaron les di mi bendición. Les ruego que quieran darme la suya, amigos, al irse juntos...

—Así sea —respondió Suzanne.

A mí no me quedaban palabras. George Arlequin permaneció largo rato en silencio y después, lentamente, se levantó. También él habló primero en español y luego en inglés:

—Francis, hemos disfrutado del honor de tu mesa y de la bendición de tu compañía.. Todos te lo agradecemos. Yo agradezco a mis amigos, que me acompañaron en tiempos sombríos y compartieron conmigo el dolor y me vieron hacer mal bajo el sol, y siguieron junto a mí y me perdonaron. Con el permiso de ustedes, me gustaría hacer un regalo a Paul y a Suzanne. Lo acompaño con el lema de mi antepasado, el bufón: "Si tú ríes, yo como. Si tú lloras, ¡Dios nos ayude a todos!"

Sacó un sobre del bolsillo y me lo tendió a través de la mesa. Yo lo tomé, lo sopesé, rogué que no fuera lo que parecía: un regalo en dinero, una dote. Si en ese momento procuraba comprarme, lo odiaría por toda la eternidad.

—¡Abrelo, Paul!

Francis Mendoza me alcanzó el cuchillo del queso. Abrí el sobre y se lo entregué a Suzanne, que lo miró un momento y después volcó sobre su plato el contenido: un segundo sobre lleno de trozos de papel, rotos y vueltos a romper hasta parecer *confetti*. Perplejos, miramos a Arlequin. Por primera vez en mil años, vimos su antigua sonrisa burlona, retorcida. Alguien tenía que hacer la pregunta. Y ese alguien tenía que ser Paul Desmond.

—¿Qué es, George?

—¿No lo adivinas?

—Yo sí —dijo Suzanne.

Ya les dije que soy un estúpido. Me había olvidado de que él es payaso e ilusionista. No entendí el chiste mientras Suzanne no apiló en un plato los pedacitos de papel y Francis Xavier Mendoza los bañó con su mejor coñac y redujo a cenizas la confesión de Basil Yanko.

Impreso en Printer, Industria Gráfica, S. A.
Sant Vicenç dels Horts, Barcelona
sobre papel Offset PM de Sarrió, C. P. L., S. A.